支持单位

成都市文学艺术界联合会

出品单位

四川师范大学文学院
成都市李劼人研究学会

四川新文学大系

散文编　·第二卷·

总　　编　　王嘉陵　刘　敏

副 总 编　　张义奇　曾智中

本编主编　　曾智中

副 主 编　　吴媛媛

四川文艺出版社

图书在版编目（CIP）数据

四川新文学大系.散文编：共五卷 / 王嘉陵，刘敏
总编；张义奇，曾智中副总编；曾智中主编；吴媛媛
副主编. — 成都：四川文艺出版社，2024.8
ISBN 978-7-5411-6546-7

Ⅰ.①四… Ⅱ.①王… ②刘… ③张… ④曾… ⑤吴
… Ⅲ.①中国文学－现代文学－作品综合集－四川②散文
集－中国－现代 Ⅳ.①I218.71

中国国家版本馆 CIP 数据核字（2023）第 216413 号

SICHUAN XINWENXUE DAXI·SANWENBIAN（DIERJUAN）

四川新文学大系·散文编（第二卷）

总编　王嘉陵　刘　敏　副总编　张义奇　曾智中
本编主编　曾智中　副主编　吴媛媛

出 品 人　冯　静
策划组稿　张庆宁
书稿统筹　宋　玥　罗月婷
责任编辑　邓艾黎　张亮亮
封面设计　魏晓舸
版式设计　史小燕
责任校对　段　敏　付淑敏
责任印制　桑　蓉　崔　娜

出版发行　四川文艺出版社（成都市锦江区三色路 238 号）
网　　址　www.scwys.com
电　　话　028-86361802（发行部）　028-86361781（编辑部）

邮购地址　成都市锦江区三色路 238 号四川文艺出版社邮购部　610023
排　　版　四川胜翔数码印务设计有限公司
印　　刷　成都东江印务有限公司
成品尺寸　148mm×210mm　　　开　　本　32 开
印　　张　50.875　　　　　　　字　　数　1350 千
版　　次　2024 年 8 月第一版　　印　　次　2024 年 8 月第一次印刷
书　　号　ISBN 978-7-5411-6546-7
定　　价　276.00 元（共五卷）

编选凡例

一、本编所收作品时间跨度起止为 20 世纪初年至 40 年代晚期。

二、注意到四川新文学中散文作品体裁的丰富性，本编涵盖政论、史传、游记、书信、日记、小品、序跋等各体散文。

三、尽量采用早期版本，除将原版的繁体、竖排改为简体、横排外，不做其他变动。一时找不到早期版本的，采用后期比较权威可靠的版本。

四、先列四川（含当时重庆）本土作家作品；次列流寓作家作品，即其在四川创作的作品，或以四川为题材的作品，或与四川有密切关联的作品。

五、所有作品以作家出生时间排序，早者为先。出生年份相同者，按月份排序。出生月份资料不全者，以卒年之先后排序。

六、整理时忠实其原貌，辨识不清者不臆断，或以"□"示之，或加注释。

七、作者对其用法特别加以强调但又与今日相异的字、词，均依原字、原词。如"那""哪"不分，"的""地""底""得"用法与如今不同，"他""她"不分，"牠""它"间有使用，等等，均依原版，不照当前现代汉语标准修订。

八、标点与今日相异者，一如其旧。

九、外语词汇翻译与今译不合者，一律保留原貌，以存其真。

十、原版有误，以注释加以说明；原版明显排误处，径直改正。

十一、作者自己所加注释，称作者注；原版编者所加注释，称原编者注；本编编者所加注释，称编者注。

十二、作者行文广征博引，对先前文献往往以己意略事删节以突出本意，又其时所用版本与今本之通行者也容有不同，故整理时略有说明，但不以今本绳墨之。

十三、每一作者先列小传；在作品篇名下注明相关事由；在作品后标明出处。

十四、所收作品，系当时时代产物，为存真计，均保留文献原貌；其中与今日语境有别者，读者当能明鉴。

目录

本土作家

卢作孚

｜作者简介｜　卢作孚（1893－1952），四川合川（今重庆合川区）人，著名实业家、教育家、社会活动家，有《卢作孚全集》行世。他创办的民生公司是中国近现代最大和最有影响的民营企业集团之一。

怎么样做事——为社会做事

做事不怕慢只怕断！

事贵做得好莫嫌小！

做事有两要着：大处着眼，小处着手。

我们应一致反对的是空谈，应一致努力的是实践。

天下事都艰难，我们如能战胜艰难，天下便无艰难事。

事求妥当，第一要从容考虑，第二要从容与人磋商。

无论做什么事，事前贵有精密的计划，事后尤贵有清晰的整理。今天整理出来的事项，不但是今天的成绩，又是明天计划的根据。

做事要免忙乱，总须事前准备完善。

可靠功夫须从实地练习乃能得着，学骑马须在马上学，学泅水须在水上学。

人不贵徒有抽象的知识，贵能随时随地解决具体的问题。

书只能介绍知识，却不是知识。读书只能作为求知识的帮助，不能只从书上求知识。

我们应从野外去获得自然知识，到社会上去获得社会的知识。

人每每有透彻的知识，深厚的感情，但不能影响自己行为；所以贵从行为上增长知识，培养感情。

我们天天从办事上增加经验，从读书上整理经验，从游戏上增进我们身体的健康。

做事应在进行上求兴趣，成绩上求快慰，不应以得报酬为鹄的，争地位为能事。

人生真味在困难中，不在安泰中。最有味的是一种困难问题的解决，困难工作的完成。

做事不应怕人反对，但应设法引起人的信心同情，减少人的反对。

我们对人有两美德：一是拯救人的危难，二是扶助人的事业。

对人诚实，人自长久相信；好逞欺饰，人纵相信，只有一次。

从行为上表现自己，自得人佩服；从口头上表现自己，徒讨人厌恶。

人有不可容的事，世没有不可容的人。

消灭社会上的罪恶，不是消灭在罪恶里面的人，是要拯救出他们。

给人饭吃，是教人吃饭靠人，不如给人一种自找饭吃的能力。

但愿人人都为园艺家，把社会上布置成花园一样美丽，都为建筑家，把社会上一切事业都建筑完成。

好人只知自爱，不顾公众的利害，结果便是让坏人坏。

我们为社会努力，莫因事坏而不管，效缓而不为；事惟其坏更应设法弄好，效惟其缓，更应设法提前。

我们第一步要训练的是组织——怎样分工？怎样合作？怎样合议？

目前的中国，是一切人不能解决问题，不是一切问题没法解决。

要在社会上享幸福，便要为社会造幸福。社会不安宁，绝没有安宁的个人或家庭。

苟安是成功的大敌，应该做的事情，每因苟安终于不做，应该除的嗜好，每因苟安终于不除。

我们要随时随地转移社会，不为社会所转移。

我们要改造社会环境，应从我们一身的周围改造起。

今天以前的社会兴趣，在以个人的所有表现于社会上。今天以后的社会兴趣，应以个人的所为表现于社会上。

我们应以建设的力量作破坏的前锋，建设到何处便破坏到何处。

人要在饿的时候才知道饭的味，在乏的时候才知道睡的味，所以人生的快乐不贵有太丰的享用，贵在极感需要的时候才享用。

事业的失败不为病，只病不求失败的原因，不受失败的教训。事应着手做的，便应立刻着手，不可今天推到明天，今年推到明年。

我们的时间，便是我们的生命。时间过去一天，便是生命少一天。我们爱惜生命，更应爱惜时间。

我们工作与休息应调匀，用心与用力的时间须常相交换。人应当爱惜时间，所以应当不辍的做事，尤应当爱惜经验，所以应当不辍的做一桩事。

人贵有不拘于习惯的习惯，贵能立刻养成良习惯，去掉不良习惯。

侥幸是误事的大原故，人因为有侥幸的心，便常做莫把握的事，常坐待祸免，或坐待事成。

我们做事应取得利益，但应得自帮助他人，不应得自他人的损失。

人对人的行为，宜找出好处，对自己的行为，宜找出错处。

办事须尽力揽人才，更须尽力训练人才。

望人做好一桩事业，自己应在前面指导，不应在后面鞭策。

搜寻人的坏处，不但无由望人好，倒把自己的思想引向坏处了。

对人说话须先想想，使人了解，并须使人感动才有力量。

我们最可惜的精神是不做事而对人，专门防人图己，或更专门图人。

我们应努力于公共福利底创造，不应留心于个人福利底享受。

原载北碚峡团务部民国十八年（1929）四月二十日所印单行本第一版

选自张守广、项锦熙主编：《卢作孚全集》（第一卷），人民日报出版社，2016年

东北游记（节选）

一　由上海到青岛

自到上海，事便麻烦，比在重庆在峡里都厉害了，问题不是自己能够解决的，要同许多洋行，许多不可信的商人去解决。不是一天可以解决的，要经过许多天的调查，才能够决定我们要买的东

西。又要经过许多天的接洽，才能够决定我们要买的东西谁家好些，谁家坏些，何种样式最为适宜。又要经过许多天的接洽，才能确实比较出各家价值的多少，才能决定买谁家的。你看，一桩事体是何等的麻烦呵！谁也不想在上海过两个月有半的日子！而这两个月有半的日子，都付与洋行商店中间。惟一的唐瑞五是一个共同工作的朋友，胡绶若在事务上是特别有帮助。此外则各有所长，各视问题为何如了。

我于此番到上海办事，愈有两个深切的感想：第一是中华民国急切需要一个辅导各种事业经营的团体，至少可作各种事业的一个顾问。如果今天有了这样的团体，我们到上海来办事，何至于这样费力！第二是一切人都需要养成公共事业和公共生活的兴趣，认为自己是为公众服役的，尤其是峡局青年，须着眼于这一点！因为几年来的事业，差不多都是在为青年谋，没有要青年马上去为社会谋，所以大家还不知道在社会上的责任，还不很对社会问题发生兴趣。虽然没有染得社会上许多恶习，然而习惯了各了其自己，只须加上社会上的恶习，便完整的成为现社会中间的人了。青年们没有超于现社会的志趣，要求其不为现社会所染，恐怕不可得罢！

闲话少讲，好容易到了六月二十日夜一点钟，才把上海已经着手的事务告了一个段落。还有一二件办理未完的，交与刘华屏、卢魁杰两个青年试办去。睡觉三个多钟头，便起来准备行事。

这回游历是准备由青岛到大连，再到奉天，游历东三省各地后，到北平。如便利，或到绥远一行。最后仍转到上海准备回川。同行有李佐臣、唐瑞五、王鳌溪、李公辅、胡绶若、袁伯坚，连我七个人。

六月二十一日　星期日　天雨

晨起，到杨树浦码头，上大连轮。寻得三等舱位，一看，是一个广大的统舱，人都平铺在高出于路几寸的地板上。左右两旁都被更早来的人占领了，我们只好到中间去。

魁杰、华屏亦乘电车来，同到船舱上下看了一遍。上一层是二等舱，其房间布置、陈设，与三等相去甚远；至于头等，则三等客人看的资格都没有了。我们很叹息阶级之彰明较著而森严，恐怕首先要在船车上去找了，只要几块钱和十几块钱的差异，便把它显然划分出来！这是我们经营航业的人应该留意的一点。

船开了，我们仅仅得着的剩余地位，也发生了问题。两次俄国人来移开我们的行李，一次职员茶房来要我们他移。他说：中间是外国人住的，外国人多，中国人便须让到两边去。然而两边早已没有地位了，茶房便把我们移到货舱口上去。我们为尊重他们定的秩序，亦只好听他们的安排。只感到一切自由行动的四川军人们也应出来游历游历，才知道本国轮船之当爱惜呵！

等到安排已定，走上甲板望望，船已离岸甚远，到海洋中间了。但见一片汪洋，中有几点风帆，倒是一幅好画。

船中无聊，取出关于山东和东三省的各种记载看看，觉得青岛、大连、奉天等处以外，安东是中韩交接的地方，又在鸭绿江边；满洲里是中俄交界的地方，又在兴安岭外，铁路在岭上穿了两个洞子，绕了一个圈子，各自值得去游一游。但一算旅费，相差到现有的一倍。瑞五说：到奉天发电与天津喻元恢，请其电汇来，岂不快哉！但又计算时间，须超过预定计划一周以上，这又找谁汇来呢？还是以事业为中心，看看抚顺的煤，本溪湖的铁和煤，并到哈尔滨一看中东铁路和松花江流后，即转向关内，不要纵所欲游吧！虽然如此打算，究竟感情上还是十分歉然呵！

二十二日　星期日　偶雨仍晴

由傍晚睡到天明，出甲板再望，已经不是黄海了。水色深黑，然而地图上告诉我们，就是青岛也还在黄海中间的。洗脸时候，尝尝海水滋味，咸得非常。瑞五说：中有百分之七都是盐呵！

近午发现远山数点，慢慢接近，山亦延长，知道已是大陆了。忽而他面亦发现群山，山上怪石屹立，各成奇峰，其面前竟隐隐有房屋，瓦似红色，规模不小，像是一个城市。同行人猜，这或许是青岛了。

果然船开慢了，停了，岸上静悄悄地。竟不见一只接客划子来。正令我们疑怪的时候，船里面的人忽都跑上甲板，茶房任指挥官，把所有的客人，属于三等的，编成队伍，并将行数人数，数了又数。我们亦自受编制了。说要检查。等候好久，才传医生来了。举行阅兵式似的在队伍面前走过一遭，便说完了。

船又向前续开，一直开抵码头。码头边站的中外人士好像比苦力还多些，并不像长江各个码头那样嘈杂拥挤。那许多中外人士伸着头向船中寻找，找着他所盼望的客人了，高呼、举帽，快活得了不得。这个风气也好像与长江不同，长江船到码头抢着跑上船来欢迎的，有两种人：一是栈房接客先生，一是苦力。一上轮船，到处乱窜，就有朋友要来欢迎船客，也拥挤不进来，而且苦力最有权威，竹杠摆在那里，谁也不敢帮助客人设法避免的。

船在完全靠岸之后，才准一种穿制服、戴红帽的力夫上船来搬运行李。此等力夫持铜牌子一交客人，一系在行李上，以便取对。我们曾从青岛记载上看明了他们的规矩，很放心地将行李交给他们。上岸正不知往谁家旅社去，突来一位穿黄制服的，是中国旅行社的职员，问我们从哪里来。我们亦便问他谁家旅社好些。他说：第一旅社。你们坐汽车去，我自替你们行李运起来。请给我几张名片，我好应付检查行李的人员，免得麻烦。我们感觉得到了长江一个码头，便感痛苦。到了这里，倒反得着帮助，为什么这些办法不影响到长江去？

进旅社门，茶房见着我们，还没有等我们开腔，便告诉我们，只有小房间一间了，住不了这许多人。于是我同公辅另寻旅馆去。走一家，满了。走二家，还是满了。顶多也只有房间一间，同第一旅社一样。只好回到第一旅社来，则同行人已决计苟安在这里，以待午后旅社中想办法。因为中国旅行社的职员送行李来，从电话上问了许多旅馆，都没有房间了。我们很诧异青岛竟有这般热闹。

青岛的市场是安置在一些浅山上下的。马路亦随以起落，曲折有致，两旁都有树木，房屋高高低低，各据形势，绿荫中间衬出黄墙红瓦，愈显出其鲜丽。

午饭后游览德国人经营的几个炮台，还有遗迹在。先到汇泉岬，许多中外游人在那里抚摩大炮，讲说故事。有人燃烛给我们，入地道，中有铁轨，有房屋，有厨具，其布置不但坚固而又完备。其用意，固在以此为远东根据地，立军事上不拔之基，谁料成败无常，图人尤其是不可靠的事业，而今一个青岛竟两办移交，仍归故主了。

此可以为今之帝国主义者殷鉴，而不可以为中国人之光荣。还有许多这样的地方在外人手中，何时收得回来？一身都是耻辱，何时说清？曾否记忆？

次到旭山，亦有地道。持烛领导我们的人为我们介绍：这是饭厅，这是寝室，这是输送子弹的路轨，这是治疗所，这是厕所。差不多是应有尽有的。

他又告诉我们：德军守青岛的时候，水有鱼雷，陆有地雷，而又有山上的大炮，山下的机关枪，若干重的障碍。日军如何进攻，又如何失败，如何占了崂山、浮山，又如何掘战壕而前进，口讲指画，非常明了。我们且听且想，德人苦心经营的成绩，便是这样！

转到第一公园，深喜其为深邃，满布林木。从这条路穿过去，又从那条路穿过来。或植梅花，或植樱花，或植海棠，令人百游不厌，只可惜留不住的时间要迫着我们出来。

过农林事务所，访其职员，问以青岛经营的经过。他说：德人经营的时代成绩最好。山上的汽车路，平整与市面无异；市内市外皆满植林木。自从日本人来，便以赚钱为事，不肯像德国人那样经营了。自从我国接收，则并日本的精神亦失掉。其可称的成绩是砍伐了许多木料，卖去了许多地皮，建筑了许多房屋，如斯而已矣！

问青岛的人口多少？他说：接收的时候不过二十几万。到而今不过七八年，有三十几万了。为什么人口增加得这样快呢？第一是内地连年灾荒，无钱的人都跑到青岛来求吃；第二是内地连年战争，有钱的人都跑到青岛来避难。我们想想：这倒不是青岛的问题，而是中华民国的问题呵！

出公园，横断跑马厅，到海水浴场。场在沙滩上，备有更衣的小房间和游艇，我们欲浴而未得，离开浴场了，终于不能忘情，找一个地方，踞石而坐，脱鞋脱袜，下水洗脚，忽有人发现石缝中有螃蟹，于是大举搜索。螃蟹之外，又得许多螺蛳、蚌壳，一律收拾起来携带它们到中国西部科学院去。

二十三日　晴

晨起，雇汽车一辆，游崂山。经过街道很长，风景都佳，心很惊异。三十年前一个荒岛，而今竟经营得这样好，发展到这样大，何尝不是出于人力呢？中国人一向做什么去了？过市场最后一段，房屋矮小，大有北方城市的风味，才觉得这里还是中国的地方，真令我们有无穷的感想！

出了市场，经过几处密林，几处农村，但见许多男女在屋外广场，曝晒粮食，工作得很亲切很快活似的。前面发现一座高烟囱的洋式房子，问汽车夫，说是自来水厂。去看，技师告诉我们：这水是取自井中，供给青岛的。青岛每天需水一万五千吨，有三处供给，都在一二十里以外。一部分的机器是德人安设的，一部分是日本增加的。

再乘车前进，过一市集，你们再也不会想到，这市集是在河中间的。不过北方的河在没有水的时候，便是一个长的坝子。此刻正没有水，所以竟成市集。

我们觉得太有风味，亦就下车混在乡下人中间赶市集去。许多摊子，卖食物的，卖杂货的，卖铁器竹器的，乃至卖烂布破鞋的，无虑数百起。比起那上海大马路所供献于社会的，生活程度是何等低！抑或许让他不齐，将这里提高？将那里降低？倒是一个问题。

很多老人，被太阳熏晒得同棕色一样了，纹路一条一条地粗大而且紧密。两位坐在地下而饮酒的，端着杯子，我饮了递给你，手上各拿了牛肉一块，细细地嚼，又细细地撕。另有以花生做下酒好菜的，亦有以茶当酒的。他们且咀嚼，且谈，且饮。另外见着一位买烂镔铁筒子的，他取着一个镔铁筒子，用手敲敲，侧耳听听，又翻来覆去看看。将第一个放着，又取第二个查考。我们觉得他们的味，不仅查考，亦好像很欣赏，亦好像科学家进了实验室样，而且亦给予我们从容欣赏的机会了。或许我们这时欣赏他们的味，比他们来得还更浓！

我们找着一位乡下朋友，问他们几天赶一回市集。他说：五天一次，逢二逢七。问隔好远都有人来。他说：远至七八十里。

我们在这市集里细细地参观了一间，绥若介绍我们买了一个柳藤的篮子，准备带回博物馆陈列去。佐臣①、瑞五又买了一些食品，拿在手里。鳌溪②说：许多研究社会问题的人，总要想把中国社会下一个笼统的断语，是封建制度，是半封建制度，是商业资本制

---

① 佐臣即李佐臣。——原编者注
② 鳌溪即王鳌溪。——原编者注

度，很剧烈地在那里争执。其实中国社会万有不齐，以这一个乡村，比上海一个都市，不知隔了若干世纪，何能把他扯在一起？我们感觉得中国人不研究实际问题，向来喜欢在空的理论上扯，实在是一个大病，是急切需要治疗的。

离了市集，心犹系念着它。经过许多浅岗低原河流乡村而入山谷了，车在谷间不断的回转，好像发现了无穷的新世界。最后到一个地方，见着有无数的轿子，有几家店子，有两个警察，知道开始登山了。

警察告诉我们游的方向，从那边到柳树台、北九水、靛缸湾，从这边上崂山。我们说，很想从那边去，从这边转来，警察说：时间不够。许多轿夫亦说：时间一定不够。我们问问路程，不过五六十里，以我们四川颇有跑山训练的人，何至于不够，决试一试。于是为佐臣雇了轿子一乘，以备缓急之用。另雇轿子一乘抬运衣物，便抖擞着精神前进。

不知走了若干牛掉尾的路，转过来又转过去，一直转上柳树台，问路程是八里。这里有德国人修的医院，而今毁了。有德国人修的饭店，而今事业还在，主人已改了。

在柳树台喝了汽水两杯，继续前进。沿着溪流迤逦而下，到最深处，有一个村落，在溪流边，在林荫间。轿夫告诉我们：这便是北九水了。由柳树台来北九水，一位道人招待我们进他的庙子，备茶给我们解渴，煮了几碗白水干溜的面，更和以盐，供我们一顿饱餐。

再沿另一溪流而上，且听水声，且听鸟鸣，这是好久不尝的风味了。从乱石深草间寻路，穷了水源，得着深潭。轿夫说：这便是靛缸湾了。外国人常到这里洗澡。我们见着泉清可以彻底，亦澡兴勃发，而又有人顾虑时间，主张纷歧，又令我们嗒然。终于染指涉足其间，以了心愿。

应从此登崂山了，轿夫却迟疑起来，认为路险，时间太晚。可我们终疑他懒，一切不顾，仍主前进。便又前进。可是常常走投无路，轿夫要证明艰难，亦绝不指点我们的错误，可他也终究不能阻止我们这一批不怕艰难的人物。

不幸我们七人中间，绶若、公辅都不习于爬山，予轿夫以口实，轿夫又向我们宣传起来。不得已分作两组，他们两人另寻归途，分配轿夫两名担任引导，我们则继续前进，不到绝顶不休。

在这荒山乱石间走了许久，忽发现前面竟有人影，惊喜。走到近旁，见他蹲在那里。问他在干什么，他说：在捕山鸡。问他捕得没有，他说：这里只有作引诱用的，在笼子里。于是我们看看所有山鸡，别他而去。

走了半里许，又发现两个老人，亦是捕山鸡的。他们已经捕得几个，每个要八角钱，鳌溪劝我们买送科学院。于是商量他们买四个，连笼子四块钱。一位老人站起来高呼刚才碰着那一位捕山鸡的提笼子来伙卖。佐臣、伯坚凑了四块钱，瑞五替他们摄了一个影。四个山鸡于是有了万里游历之后，远入四川的机会。倒是许多人们应该羡慕的。我们却羡慕这三个老人，只知道山上有雀子，不知道世间还有许多问题，中国还有许多乱子。

再爬山，愈爬愈无路。穿的都是皮鞋，踩着草是滑的，踩着石头也是滑的。我们一面要斟酌方向，一面要斟酌下脚的地位。不提防一脚滑了，竟倒跌下来，不是手伸得快，几乎头撞进石缝去了。可也手脚都负伤，仍不顾一切地前进，以至于崂山之顶，据危石而四望，只见着云山云海。轿夫指示我们南是青岛，北是崂山湾，东是大海，这时都被云雾遮掩。四围都是乱山，奇峰怒石，非常好看。

从此我们下山了，滑得更厉害，放开脚步快跑，不让他滑下来，一气跑到汽车停止的地方。公辅说：我们等候两个多钟头了。

然而终究还没有傍晚。我同鳌溪谈：万事都要肯亲自去试验，不可轻信而畏难，一生这样做事成功的例不少，今天又添一件。

这时，问题发生了。绶若说：付轿夫没有钱，怎么办？于是又搜索，鳌溪有，汽车夫也有，有多的，大起胆子叫了两瓶汽水来，止情急的口渴。

午前汽车盖把我们盖着，望不见许多美的风景。转去，我们便商量汽车夫把盖子去掉，殊不知山上起雾了，来了，来到我们面前了。雾中的水分触在脸上如像细雨，风从前面打来，有时连树上的水点，打得脸痛起来，衣服都已润湿，发上都起水珠。沿途什么都看不清楚。过午前那一个市集，已经没有一个人影了，只剩得一片荒凉，几个冷灶。

二十四日　星期二　午前雨午后晴

午前因为下雨，各作事务上的整理，未出去。

午后，乘公共汽车往沧口参观日本人办的洋灰厂，约半点钟，到沧口。竟是一个热闹的市镇，有几条大街。问一家商店中人：洋灰厂在什么地方？他说：已停几年了，还剩有房屋几所，就在那边。我们依着他指的方向，沿河边去，寻得两位在旁边坐家的人，请他们领导。他们很高兴地替我们解说：炉子是怎样用法，碎石的机器是藏在那间屋子。炉子，砖砌的。将石灰岩石碎成粉，与黄泥调好，做成砖后，才堆在炉子里边，加火于下，这是旧式的烧法。据说：烧的洋灰还好捡了几块用力抛在地面，很坚，但销场不好，折本很多，所以停闭了。已卖与山左银行一位姓赵的，但不知何年何月，时局安好，才能经营。我们感觉得在这资本事业剧烈竞争的情况之下，规模太小，方法稍差，都是会失败的，还不仅时局成为问题咧！

转到一个日本人经营的窑业工厂参观，烧砖，烧瓦，红的，灰的，各式各样都有，全部规模不小，也是日本人经营的。又有人告诉我们，这里有几家日本人经营的纱厂，一家中国的纱厂，才知道这里闹热的原因。问日本人经营工厂的年月，都在他们占领青岛之后。几年之间，便新有了几个纱厂，更惊日本人经营能力之敏锐，中国人怎样呢？

回来过四方井，停车，亦是因为有了胶济路的机械厂、日本人的纱厂，而成为一个市镇，热闹同沧口一样。机厂曾经营有一个公园，规模很大，林木花草山水之外，还有运动场一处，动物多种。其附近还有职工住宿的房屋，这都是德国人之所遗留。

二十五日　星期三　晴

晨起，全队开往新新池洗澡。洗澡后往市政府访葛市长。一位姓陈的秘书出来接洽，说是葛市长病了，正在辞职中，不能同诸君谈。病了，正是中国官场中的一种精神，不能不引起我们无限的感想。问以青岛情况，大半不知道。他说：同葛市长来，不过三月，又在机关内办事，所以外间情况，都不明了。他又告诉我们：市政府成立期，是去年五月，而今已三换市长了。我们联想到汉口一市，成立市政机关，亦不过两年，已经三变制度了。政治上的措置如此，如何把事办得好呢？我们问他：青岛有什么记载可供参考的没有？他说：有胶澳志一部，只市政府有，可以送诸君一部。跟着就去取来，翻开看看，记载很详，可惜外间不能售卖，止于市政府有。

到社会局晤得第一科董科长，问他青岛的各种事情，仍不知道，同陈君一样。他又介绍一位李君，是接收青岛时就到这里来的。才告诉我们几个问题。第一是人口。接收青岛的时候，只有二十八万几，去年调查便有三十六万几了。接收青岛的时候，日本人有三万几，去年只有一万二千几了。第二是教育。接收青岛的时候，小学校只有四十三所，而今有八十二所了，但发达程度又远不及日本。第三是交通。接收的时候，只有柏油路几条，而今柏油路差不多到一半了。又告诉我们：屠兽场很可参观，现在已改为宰畜公司，是中日合办。每日宰牛一千几百几头，猪几百头，不过几点钟可完。牛肉是青岛的大宗出口，大半来自河南、山东。我们问他：青岛增加的人口来自何处？他说：人口来自江苏、浙江、安徽的很多，浙江人多半在机关，宁波人很多在这里开商店。他又说：这里热天热闹，冬天冷淡。热天各处有钱的人都来乘凉，一时房屋、旅店，为之挤满，商店亦有生意了。一到秋天以后，许多旅店，生意都关了门，街上亦不易看到人影。所以这里的物价非常昂贵，因为卖物的人，卖半年，吃半年。我们也于此才知道这时找旅馆困难的原因了。

午饭后，叫了两部马车，连人带物，运到轮船码头，又见码头边站了许多中外人士在那里欢迎来客，我们想到：接送客人大概在这里久成风气了，轮船开到，仍无力夫拥挤，客人都从容下船，很有秩序。又令我们联想到长江码头了，乱得来客人害怕，那些力能定国家之乱的当局们，为什么对于这一点码头之乱不想想办法。

我们离开青岛了，都留恋着他，由码头以至于旅馆，由市场以至于山上。很惊异德国人之经营这个地方，不过十几年，便由荒岛而变为美丽的市场。很惊异日本人之发展工商业，占据不过几年，便有几万人，几个大工厂，许多大商店。而又回想到中国人呢，如何不奋发起来？

上船没有地位了，要等着装货之后，安顿在货舱口。等着货装完了，正有许多客人围着，为丢被盖上去，发生口角。日本人就在旁边，真不好看。毕竟我们让步，睡在舱口之旁，楼梯之下。为什么负国家重大责任的许多人们，一点不肯忍耐，专因争执而打战火给各国人看？

二　由青岛到大连

二十六日　星期四　天晴

晨起，上甲板一望，尚沿着山东海岸的山脉前进。满山荒凉，不见村落树木。回想到三十余年前的青岛。岂不是一样荒凉，国家的当局们亦应想到国家有待于经营，不要误以为问题只有内争！

写一篇游记给峡里的朋友，未完。午饭后再上甲板。则船已到辽东半岛的岸边，迫近大连了。收拾铺被，准备上岸。

船快到岸了，又停起来：茶房鸣锣，叫三等客人，到上层去，站在头等船外之走廊边。每行三人，点清人数，而后有医生来，仍用阅兵式检验。以为如是完了，突又来一人指问我们：是什么人？到哪里去？从哪里来？我们说明来历，并一张团体名片交他看看，仍不能了，还要细细问我们姓名、职务，到大连住甚么地方，考察甚么事业。我们都一一告诉了他。他才说：你们就是这样到各处去参观是会被谢绝的，最好先到国际观光局去找一位中国职员李秀山去，他可以介绍你们，并可以替你们买车票，比较便利。我们谢了他最后这一点好意，可仍气愤他之严格询问太缺乏礼貌对人，而且怀疑大连这一块地方究是谁的？竟如是提防中国人！

船抵岸，比青岛来得更清静。有可以升降进退的铁桥渡客人登岸，却没有力夫跑上船来。等一会，来了一位南方旅社接客的先生，帮助我们运输行李。

坐马车到旅社，将一切安顿停妥了，便去访周孝怀①先生。沿途所经大连街市，比青岛阔，但不及青岛曲折有致。马车夫亦不甚熟悉街道，每一个十字街头，都有一个区域的详图画在木板上，连

---

　① 周善培，字孝怀。——原编者注

号数也注明在上面的。我们同着车夫在图上去找，经三数回才走到。孝怀先生不在家，其弟竺君先生出来接谈。问以大连事业，他说：大连是一个东三省的运输口子，只看一条南满铁路，一年比一年发展，没有其它大的事业。如尽一般的说，可以分为三类：第一是油坊。专榨豆油。近来大豆贵，油饼贱，尤其是日本人折本的很多。第二是钱庄。近来为赌金票，亦多倒塌。其中用力于兑换生意的，还稳当。因为这时日本人用金票，中国人用上海小洋，外来的人携带大洋必须掉换，离开这里，又需掉换，所以掉换生意，比较发达。第三是代理店。许多买卖大豆的人不是买现货，是买空卖空，同上海交易所一般。代理店招待这些商人非常周到，并替他们垫款，却赚他们大钱。这本是一种赌博性质的生意，商人赚了，倒还代理店的垫款；输了，便还不出钱来，牵累了代理店。我们问：大连近来人口增加的多么？他说：不错，许多阔佬都到这里来避难了。房屋只见增加，前江西督军陈光远，福建督军周荫人，都在这里开代理店，损失到八十万。王占元现在大修其公馆，田中玉则修许多房屋出租，图收租钱。鳌溪叹息着说：军阀官僚之末路竟至于此！我说道：我们由他现在之所为回想到他们当年做官的时候在做些什么，更值得我们叹息了！

鳌溪问：日本人在大连经营的教育事业如何？他说：有一个工业专门学校，有一个商业学校，有两个中学校，有一个高等女学校，有几个小学校。这都是教育日本人的，办得很好，很注重军事操。另外有几个公立学堂，是教中国子弟的，那就办得不好了，七年毕业，无论中文、日文都弄不清楚，教科书很守秘密，除了学生不能购买。但是中国人呢？除此而外，自己也没有学堂读书。

接着周孝怀先生回来了，细细地问四川近来的状况。我们告诉他：这几年来，四川比较少战争了，少土匪了，军队逐渐讲究训练了，财政逐渐讲究整理了，地方经营逐渐成为风气了，尤其是修马路，办市政，全川都在进行，一个地方别离两三年，再去便会认识不得了。周先生很安慰，又很叹息。说道：这种现象已经比中原好。又细细地问我们经营的事业，我们告诉了几样。他说：我早就听着说了，以那样混乱的政局下面，还有许多朋友在那里努力创造事业，倒是难得的。我们又告诉他：事业上也感受内外无数的困难。他说：现在大家遭遇的困难，已远不如我们在四川的时候，杨子惠可以拆人的房子。我们当时要拆去街心的肉架子，也很不容易。他又说：四川是太好的地方，有无数的富藏。四川人亦肯做，而且有坚持的毅力，只嫌其规模太小。我们想到四川人作事规模太小，实在是由于眼光太短，一方面只看到自己，一方面只看到今天。所以虽肯做，究不能把公共事业做好。

又谈到统一问题。周先生说：民国以来，袁世凯有了第一个好机会，蒋介石有了第二个好机会，都把中国弄不好，真可惜了。进步不一定要统一，能够像四川那样不统一而在经营地方上比赛着努力，比统一还要来得活跃些。我们说：统一有两种方式：一种是用武力一部分一部分地打下去。这个方式已经有十九年的证明不成功了。还有一个方式，就是各经营各的地方，一桩事一桩事地逐渐联合起来，最后便一切统一。这正是今后须得采用的方式，周先生亦极以为是。

周先生是在四川建设上惟一有办法且有成绩的人。他办警察，警察有起色，办实业，实业有起色，他每办一桩事业，必先训练一批学生。凡他的学生或曾经跟从他办过事的人都很佩服他而且很思念他。我们倾慕很久，想象他必有可敬可爱之点，在这一次会面中间，我们发现有两点，见我们青年朋友特别值得留意的：第一是关心事业，第二是爱重人才。

　　………

八　由唐山到北平

到车站，恰好一钟，西行的火车刚到了，上车便开。途中所经，都是平原，居民房屋之小，几与一带的死人坟墓相似，而且一样是黄土，不过形式不同，一是方的，一是圆的罢了。

过塘沽，看见北河，有大的海船在中间移动，午后四点钟，便到天津东站了。

下车，先到聚兴诚访喻元恢，问知先到天津的四位游侣住在泰安栈，便往泰安栈。全体集合商量到北平的办法，后读上海转来北衡①的信，说考察实业的学者团体入川，刘甫公②愿助银四千元，合州陈师长抑或可助银一两千元，遂致中央研究院蔡子民③先生一函，请其留心人才。

接着往应聚兴诚银行的晚宴，九点钟罢席，同元恢往访大公报胡政之先生。谈到时局问题，他非常叹息，认为袁世凯统一中国时，是第一个弄好的机会，不幸而错过，乱十余年以至于今日；国民政府统一中国是第二个好机会，何可以再错过去！他非常反对国内战争，认为要国内战争消灭，有两个方法：一个方法是不让战争起来，一个方法是战争到底，不堪再有第二次牺牲。

谈话未完，时钟已过十点半了，于是同往参观报社的印刷厂。有滚筒机一部，每钟可印报八千余份，每日发行三万余份。

再到劝业场顶楼一游，与元恢谈公共事业的困难，最困难的是人才。虽有人才，其兴趣乃在公共事业以外。

---

① 北衡即何北衡。——原编者注
② 刘湘，字甫澄。——原编者注
③ 蔡元培，号子民。——原编者注

十三日　星期日　晴

九钟搭车到北平，有元恢同行。车拥挤比往天更甚，前后月台都站满了人。我们亦在月台上站了许久，才得一点隙地。元恢说：这不稀奇。以前平汉车人多的时候，连车的顶上和车的脚下都是人。这大只是由于中国火车营业太好了的关系，抑或不是？

到北平，住正阳旅馆。午饭府，往访张弘伯①。相见皆大欢喜。我们在上海起身时候，曾写信通知他，说十几天内要到北平，而今延到二十几天了，他天天盼望，望得眼睛都坏了。弘伯说：我们兄弟在清华亦盼望得很，肇文在城内亦盼望得很，等了好久不来，都到上海去了。

于是同游中央公园，弘伯指着皇城角上很鲜艳的故宫房屋说：这房屋快坍塌了，美国人见着深为可惜，才由罗氏基金会捐钱来重修的。罗氏基金会是因为美国煤油大王捐六千万美金作为中国文化基金，保管这基金而组织起来的。

中央公园里最宝贵的是参天的古柏，前后成林，大有到四人合围的。参观社稷坛，见着坛前还立有一座可耻的参战纪念坊，是段祺瑞于参加欧战后建立的。而今又于其上涂以不伦不类的标语，可以看出中国人无所不用其胡乱的施为。

公园里边游人很多，茶馆亦如之。许多男女安详地坐在矮的椅子上，围着小的桌子，快活得像国家没有事的光景。我们在奔忙之余，亦陪他们小坐两小时，商量在北平几天的游程，而后出来吃晚饭。

饭后到汽车公司，讲好包用整天的公共汽车，银三十元，而后回寓。

---

① 张昌圻，字弘伯。——原编者注

十四日　星期一　阴

晨起，约七钟，汽车已至，乘往约弘伯，出西直门，到燕京大学。这时学校都已放暑假了，只好大约参观其设备。校中建筑采中国的皇宫式，而变圆柱为墙壁，很美丽。有一发电厂，其规模之大乃胜过平常一个城市。有一自来水塔，从外面看去直是一座若干层的白塔，很艺术的。转到清华大学，参观一个大的礼堂，可容千人。坐次依阶段而上。演说台，可作演剧用，亦可作演电影用。弘伯说：因为会场很大，又坐次都编有号数，学生开会极有秩序，比别的许多学校好些，所以人的行为的改善，有时亦须靠物质的设备。参观图书馆，是工字形的建筑，前面是阅书室，后面是藏书室。藏书室上下三层，架子都是铁铸的。阅书室可容几百人，然而还苦不够，还要扩充。可见清华学生之喜欢读书。参观体育馆，楼下有游泳池，楼上有篮球场，径赛练习和各种健身的设备。校地很宽，树林阴翳，我们走了好久，才走完一周。校中有银行、有邮局、有消费合作社、有衣庄、有鞋铺，一切生活的需要，都有供给的地方，不须常入城市。尤其是图书、体育的设备完好，所以是最好的一个读书而无他种牵绕的学校。

午饭后到颐和园，园中全景有一湖一山，其精粹的经营在湖山之间，雄伟庄严为排云殿，精巧玲珑为佛香阁，其美丽在间架配置之方整，雕刻堆砌之繁复，画楹画栋之细致，形式颜色之调和，或为长廊，或为深宫，凡所表现都在建筑。野景经营却无佳处。宫中殿中陈列之品，最优美的是瓷器，盛极于康熙雍正乾隆之时。次则木石漆角之雕刻，亦有许多名贵之品。我们沿湖边而往，绕山后归来。乘车到万牲园。现在已经改为天然博物苑了。范围广大，林木阴翳，足供游览。有动物园，植物园，中所陈列，尚觉寥然。尤其是动物园中半是空栏，可见名称改良，内容尚无与焉。

十五日　星期二　雨

乘汽车同弘伯到香山，参观熊秉三先生所创办的香山慈幼院。一位湖南邓君，是由慈幼院中出来，曾经在大学预科毕业，现在院中办理的青年，领导我们参观。对我们说明：慈幼院分七院，第一院为幼稚园，第二院为小学校，第三院为中学、师范，第四院为职业学校，第五院为附属的工厂，第六院为大学，最后为总院，是各院的办事机关。工厂规模很大，种类很多，专以作为训练学生的机关，学生学成便都他去。常常来的都是做工不熟练的人，所以折本很利害，逐渐将范围缩小了。大学亦并未办。六院学生都往各大学中送，每年寒暑假中归来，颇与大的家庭一样。我们曾在院中见着几个归来的学生，其态度皆极亲切，衣服亦都朴素。邓君说：女校平时是不准男生进去的，都叫女校为紫禁城。洗浆、缝纫，都由女生自行担任。我们从幼稚园小学参观起，转到中学师范，最后到女校，都各有很多假中留校的学生。小学生最可爱，都喜欢亲近人，活泼泼地在校里做事或游戏。

最后到熊秉三先生的别墅，地名双清。住室之外，小有园林。乱石隙中，泻出清泉，诸色小鱼，游泳往来，竟留我们围坐而细玩，久乃再起登山。看辽王坟，砖砌墓道，掘露出来，工作很坚。转到一亭，俯瞰香山全景，各院历历，道路迂回，亦隐有可寻，远望发现无数土堆，高与屋齐。问邓君：是何物？邓君说：是清代征回部之部，为要破回部的碉楼，特在西山一带造起无数碉楼试攻。

到碧云寺，佛殿极为庄严。停樊钟秀的灵柩，有兵看守，不让人入。后面有雕刻极精的塔，曾停中山的灵柩，墙壁上还留有遗嘱。出寺，买照片多种，寻小馆子吃些无味的面，转往汤山。

汽车前进越一山岗以后，便进了泥泞，愈走愈深。方向不由驾驶的人作主，时时要同树干碰头。且由慢而至于不动。车轮但就原地自转，转得泥浆乱飞，而车始终不动。急得汽车夫汗如雨注，不断地摆头，我们心里几乎都在同他一样使劲，而终于他约助。本来是要到汤山参观温泉浴池的布置，今天没有希望了，而且照我们的日子算起来，今年亦没有希望了。便向车夫说：转去了吧！好容易车掉了头，又好容易才出泥泞之险，今然后知道汽车不可以走牛路，而为四川的前途踌躇，无怪乎有人推汽车而且坐车的人下来推车的时候。

转回城中，到地质调查所，访丁在君先生，与约时间长谈，并参观其陈列馆，关于矿石、化石、岩石的搜集很富，在国内是仅有的了。我们觉得南北走了一周，难得看出显有成绩的事业，地质调查所总算显有成绩了。几位学者领导一些青年到各地搜索，在里边研究，试问国内这样做正经事的，共有几处？

到天坛，参观皇极殿和圜丘，伟大精细两有长处。据地之宽，等于大的城市。古柏阴森，纵横组织成林，愈增其庄严静肃。想见古时候祭天典礼是如何郑重。

乘汽车游先农坛，坛犹存在，亦有古树。路的左右，茶社林立，以息游人，可见游人很多。我们迫于时间，未能停住。

同游的人都觉得到了北平，不听京戏与不看皇宫，应一样是憾事。遂于晚饭后往戏园。一出主要的戏是《赚文绢》，是一段秦少游和苏小妹的故事。程砚秋扮苏小妹，于表情的动作、言词、声调，都轻描淡写，而有含蓄，令人觉得深刻之处，固自有其艺术。一部分人专唱打倒旧剧的，却忘了无训练的新剧，直率，肤浅，其艺术或竟旧剧之不如。

十六日　星期三　晴

访邓木鲁先生，问张石亲先生病中和殁后的情形，以及移柩回里的问题。木鲁先生说：石亲先生到平，我即迎其住在我的家中，照料其饮食起居，惟恐不周。我所以这样事石亲先生实有两点意义：第一因先生是一个坚苦卓绝的学者，在史学上曾用很博大的工夫。如在江南，早已为群流所推重，不幸而生在四川，四川人向来是不推重人的，所以亦没有人推重先生。我则尽一点推重先生的诚意。第二因先父在时，我们在外边读书，没有得侍奉。先父死了。只有石亲先生是先父的一个朋友，侍奉石亲先生正所以追念先父。

我觉得旧来的读书人讲究知大义，于木鲁先生的一段话也就可以看出来。新的读书人根本不要这些东西了，更不知眼前有人值得推重，忽略了一切人的好处。而专寻求其坏处，或更以坏的心理解释人的好的行为，如何肯推重人呢？

同弘伯游古物陈列所，古物陈列所是就故宫中间文华、武英、太和、中和、保和五殿设立的。文华在东，武英在西，太和在中，中和在太和之后，保和则又在中和之后。故宫建筑之艺术，在能表现其伟大庄严，而又以这几殿为最伟大庄严了，我们瞻仰这种遗迹，回想到以前皇帝时代庄严的设备和朝见群臣时庄严的仪式，便知道帝王制度之能够保持，正全靠这些人为的东西在下面作支柱呵！人不比一切人伟大崇高，是另以一些伟大崇高的设备和仪式把他装点陪衬起来的。

文华殿的陈列品值得人细细欣赏的是书画，不仅欣赏书画中的笔意，直与古来无数事业、文章、艺术中人晤对一室，而亲炙其对事接物之态度、认识、兴趣，或更深觉其寓意之深，寄情之远。武英殿之陈列则以瓷器、玉器、古铜器为最丰富，近代的瓷器，古代的铜器，是中国两大艺术的代表，从这陈列所中便可以显然看出来。太和、中和、保和三殿之所陈列，则御用和进贡之品为最多，可以想见当时皇帝的生活和四围诸国与天朝所生的一点关系了。

出宫，到无人进出而食料还待新买的小面馆，人各吃面一碗，又从担子上吃豆腐脑各一两碗，转到故宫博物院之东路。

故宫博物院系旧清代的后宫设立的，分中、东、西三路。以其范围太大，照料难周，所以每天只开放一路。今天逢着开放东路，故先游东路。

进东路后，首先到文渊阁，看《四库全书》。阁的建筑和书的庋藏同文溯阁仿佛，有目录和一二摆开的写本供人观览。我们到这里算看第三部《四库全书》了！只有这一部是全书，没有遗失一种。

东路各宫中间的陈列品最有意义的是宫中遗留下来的文件，有历朝大臣的奏折，皇帝的批答，可以看出国中几桩内政、外交、内乱、外战的大事，中间是如何紧急，如何措置。有历朝会试、殿试的各种试卷，可以看出当时之考试制度和读书人的考试生涯。最有趣的是光绪的疾病诊察报告，如何失眠，几天遗精，列举为表，又宣统两个夫人的来往信件里半通的词句，偶含的醋味。可惜我们来的时间太晚了，次第摇铃关门的人紧跟着我们，迫着出去，不能细细将里面宝贵而有趣味的东西看完，以资玩味。

出游东安市场，晚饭后回寓。黄君汲清来访，与谈川省近年进步的概况，较中原为有望。

十七日　星期四　晴

午前游南海瀛台，戊戌政变以后，慈禧太后曾将光绪幽囚在这里，不令亲政。所谓瀛台者一簇房屋在南海之北，假山之南，与世隔绝，可以想见当时皇帝的苦况了。假山上有木化石，约一丈多高，湖中有荷，湖边有茶亭，凭栏看湖，风送香来，在我们感觉是快乐，在当时皇帝不知作如何的感觉呵！

转到中海游居仁堂，参观图书馆。这算国中一个古书最多的图书馆了。有宋明版本，据管理员说：宋版书而今每篇值银十元，明版每本值银十元。有不全的《永乐大典》，亦是写本，每本值银四百元。有文津阁的《四库全书》，是从热河移起来的。我们到这里是看第四部《四库全书》了。瑞五笑道：我们此游行程两万里，看了四部《四库全书》，真可以自豪了。

游怀仁堂，是以前中海作总统府时总统接见外宾的地方，建筑很精雅，而今作为国民党扩大会议的会场了。

出中海，往文化基金董事会访任叔永[①]先生，谈川局，近年逐渐减少战争，建设秩序，如再有人肯作和平运动，则战争或竟可弭，或竟成为中原之好的模范区亦未可知。叔永先生主张相同，并说曾努力作此运动而未有成，仍当继续作此运动。与谈中国西部科学院之标本采集交换问题，彼极愿帮助。最后商量觅专门学者到川省考察几大生产事业，彼极愿约人，并愿亲自回川一行。

转到北海，观所谓五龙亭。而今都已改成茶亭了。我们亦就其中喝了清茶几杯，赏了赏北海风景，并登高处指点清故宫的建筑，何处是三殿，何处是中、东、西路各宫，于是全宫的布置都明了在胸中了。

再进故宫博物院之中路，共十七个陈列室，仍以字画、瓷器、玉器、古铜器，各种雕刻，如木、漆、骨、石的雕刻，为最丰富。古铜器自商代起，瓷器自宋代起，品类繁多。读古书时，所谓尊罍瓶斝等物，莫名其妙，而今都知其分别了。以前皇帝赐大臣尚书房行走或南书房行走，而今我们在这里来行走过，也才认清楚所谓尚书房、南书房了。建筑很伟大的乾清宫和坤宁宫为明代所遗留，我们才知道京城之伟大是几代堆积起来的，不是一姓经营之物。字画中有一种最精致的长幅图画是郎世宁画马。瘦的、肥的、健的、弱的，各种姿势的，与夫驱马骑马的人物，莫不深刻地写出其精神，不仅酷肖而已。

访丁在君先生。谈起川中经营的事业，彼力劝缩短战线，集中

---

① 任鸿隽，字叔永。——原编者注

精神，人力，财力于一种事业以求其有大成。并为介绍张伯苓先生，盼望到天津时与之晤谈一度。

夜晚赴弘伯之宴会。弘伯特约十余位川中良友和平教社的发起人，以便交换事业上的经验，并各报告其情形。得晤陈祝三、汤懋如两君，问定县的平教经营很详。据说：定县教育计划分为四类：第一是文艺的，第二是生计的，第三是公民的，第四是卫生的。第一期侧重在文艺，现正在第一期。第二期侧重生计，现正在准备第二期。文艺以民间文学为主，生计以农业为主，公民以乡村自治为主。试验区域有三四十村，拟更以一村为中心。定县城内有百余职员，其组织分三部：第一部行政，第二部教育，第三部学术。各职员轮流到四乡担任实施教育或调查任务。

弘伯要我们报告川中情形和川中事业，我报告了三事：第一是有希望的川局，并说明其今天之前之种种进步。第二是我们有关系的事业，峡局方面、科学院方面、经济事业方面。第三是此番考察之所得，基于学术之研究而发生影响于社会的事业。

十八日　星期五　晴

午前参观协和大学，其建筑亦是仿照皇宫，可见皇宫建筑之值得欣赏及其对西人发生之影响。校中陈列有周口店掘出的猿人时代的头盖骨，爬虫时代的恐龙模型，研究得的效用很好的中药。有一位博士是专门研究中药的。我们很感想到中国人研究中药的却没有几个人，尤其是中医！转到医院参观洗浆房，规模极为完备。洗、排水、烘干、熨，都用机器，能够在二十分钟内，便将一件衣服洗好交还。参观厨房，自厨子一身，以至器具，地面都是极为洁净的，没有一点食物之屑或一滴污秽之水，是有人专在那里任洗扫的。参观眼科和喉鼻科的诊断室，其余各诊断室因正在诊断，未去。三等病室最便宜，每天只取钱七角五分，药费在内，可容两百以上的人。头等则最贵，每天十二元，现在是革命人物常常享有的。

领导我们的人为我们指点孙中山解剖处，梁任公病殁处和制石膏模型处。为我们说明每年经费是一百五十余万，医院收入有三十余万，其余是由美国煤油大王所捐的文化基金六千万美金的子金中拨付。

张石亲先生之公子胜伯约午餐于邓木鲁先生家，商处石亲先生著作问题。我们由协和出来，便往木鲁先生处。有邵伯钧、曾叔度先生在座。邵深叹息石亲先生著作尚未完成，不能印行。曾主张存稿本于清华学校以俟机会。后来谈到时局问题，曾说：阁之局度太小，只知道用山西人，又太吝。两千块钱一个月的财政部经费，一千七百块钱一个月的外交经费，天下岂有此理？又说：最无办法的是他们不用人才，而且不知道有人才。到底项城高出于他们，其诱用一个人才，无微不至；如终不为用的或竟杀之。如像对付宋教仁。国民党还不知宋教仁是一个人才，只有袁项城还可算宋教仁一个知己。我笑道：袁世凯用其奸雄的手腕，蹂尽中国的人才罢了，少认识几个，或许还可多留下几个。邵说：现在用人的只知用私人、同乡、同学或亲戚，倒不如满清。一个机关的主管，不能乱用或乱去一个机关的属吏，亦不能乱支钱一文。曾又举了几个例，并说：那时主官对于最小的属吏亦有礼貌的，何尝像现在的武人可以随便仰卧着接阅秘书科长送来的文件，而不须起来呢？

年后参观静生生物研究所，搜集的动植物标本很富：于木材、于果树、于虾、于蟹，更有专人研究。一组人先到故宫博物院，得参观西路，宣统几年前住居的房屋种种陈设和用具。我们则去时太晚，院门已关，回到前门外找浴室洗澡，准备行李，等人回来齐了，便运往车站，搭车回天津。

这回北平的参观本来准备一周，因为接到上海转来的信：有许多问题要回上海解决，遂缩短成五天，居庸关河张家口未去，弘伯约往定县一观平教设施亦未去，是大憾事。

最可感念的弘伯，为我们筹备无所不至，整整牺牲了五天领导我们参观，直送我们到车站待车开而后去。这是永远萦绕在我们脑里，我们想起北平便会想起弘伯的。

原载川江航务管理处：《东北游记》，新记肇明公司印刷，民国十九年（1930）九月

选自张守广、项锦熙主编：《卢作孚全集》（第一卷），人民日报出版社，2016年

打擂与世界运动会

中国的政局，依据二十三年来的经验，应该叫做擂台。上台的是台主，是国术的选手，是专门在台上预备着打擂，等待另外一个台下的选手上台把他打下去，便接着当台主；或是被他打了下去，他仍然当台主，等待着另外打他的选手，一直等待到把他打下去的时候。观众有四万万人，所以那许多选手都非常起劲，努力，拼命，不是在打擂便是在预备着打擂，成了一时而且普遍于一国的风气，这是中国政治上的国术。

如果诸君回头一看那边呢，场子更大，几乎遍了五洲；观众更多，恐怕不下十万万罢。他们却正在那里轰轰烈烈地开世界运动会。以一个国家为一个运动团体，以产业运动、交通运动、文化运动、国防运动为运动节目。他们简直在那边运动场中作长距离的赛跑。在一种节目上，今天打破了昨天的纪录，明天又要求打破今天

的记录；今天甲打破了世界纪录，明天乙又要求打破世界的纪录。任何一个运动团体都不仅仅是选手，而且是总动员。这个运动会场逐渐扩大，几乎一个地球没有多少隙地了。虽然像似剩了中国，然而已经挤得我们气都不能出，早已从沿海，从西、从北挤了进来，尤其是最近更将东北挤掉一大块地方去了。

我们还是提倡国术，天天打擂或预备打擂吗？恐怕几年之后，会并擂台一齐挤掉了。但是，如何可以停止打擂？纵我不打人，人要打我，其将奈何呢？这却有一个简单办法，只须将那四万万看众，和那预备着打擂的选手一齐送到世界运动场去，使他们参加那更大的运动会，看一看那许多惊人的纪录，就会自己惶急起来，赶快努力，拼命，作那许多世界的运动节目的预备了。愿我们的国术专家都参加到世界运动会去。

原载民国二十三年（1934）四月二十一日《新生周刊》第一卷第十一期

选自张守广、项锦熙主编：《卢作孚全集》（第二卷），人民日报出版社，2016年

麻雀牌的哲理①

几块麻雀牌儿，何以会使乡村以至都市的人，下层社会以至上层社会的人，无论男女老幼皆喜欢它，亲近它？这有一个很简单的答复，便是搓麻雀已经形成功了一个坚强的社会组织，在这个社会

---

① 该文为卢作孚在永年轮上口述，由朱树屏记录。——原编者注

的组织当中，有它的中心兴趣，足以吸引人群，足以维持久远而不致于崩溃。

搓麻雀是在一个社会组织当中作四个运动：用编制和选择的方法，合于秩序的录用，不合于秩序的淘汰。把一手七零八落漫无头绪的麻雀局面，建设成功一种秩序，是第一个运动。全社会的人总动员加入比赛，看谁先建设成功，看谁建设得最好，是第二个运动。到一个人先将秩序建设成功时，失败者全体奖励成功者，是第三个运动。去年偶同黄任之①先生谈到此段哲理，他还补充了一点，就是：失败了不灰心，重整旗鼓再来，这是第四个运动。这样的哲理，实质得介绍与国人，移用到建设社会、建设国家的秩序上去，也许一样可以吸引整个社会，整个国家的人的兴趣于社会秩序和国家秩序的建设上去。

原载民国二十三年（1934）七月十六日《新世界》第五十期

选自张守广、项锦熙主编：《卢作孚全集》（第二卷），人民日报出版社，2016年

_____

① 黄炎培，字任之。——原编者注

李思纯

|作者简介| 　李思纯（1893—1960），字哲生，四川成都人（一说为云南昆明人），著名历史学家，代表作为《元史学》《江村十论》等，有《李思纯文集》（四卷）行世。

评《川行琐记》

陈衡哲女士所写《川行琐记》一文，我未得读，所以然名，现代鼎鼎有名之《独立评论》，我即根本未读，我认为少以此客籍旧论以干名利。写今日社会恒态，刊物甚多，我固无精神时间以遍读之，《川行琐记》虽不得读，然其内容，近日已于诸驳斥文中，见其大略。即驳斥陈女士诸文，亦尚有未惬之意者，著此短文，评之如下：

陈女士所记，我认为有一前提需先解决，此前为何，即卜之一语：

一、陈女士所指诸短处，为四川所独有，而各省除四川外，为完美无短处可指耶？则我固有证据以证明其不然，陈女士何独苛责四川？

二、陈女士所指诸短处，为各省皆同具有其一二耶？则陈女士亦何独苛责四川？

就上列二前提以评论陈女士之文，则陈女士实未能立于不败之地。今试就第一端论：

陈女士谓四川无日光，火炉不温，兰花无香，水果与鸡蛋无味，女生多为军人妾，川人皆吸鸦片，川人皆做坏事，四川女仆操方言土音可笑，不外此八端。我以为兰花与鸡蛋水果之无香味，此未天□上之缺点，实则中国惟北方花香果美，江浙且未必然，四川实不能负何责任。四川之少日光，则尚应研究，四川山国，春秋间似多云布，稍欠日光，我亦承认，但四川无黄梅雨，不似江浙梅雨之可厌，陈女士想亦承认。陈女士自犹曾受此类日光，鄙人亦曾吸西欧空气，以西欧论，伦敦多雾，世界著名，而无害于英国之为世界强国。即我曾久住之巴黎，每当冬季，即数月不见日光，而法国仍为欧洲文化渊薮。陈女士作何解释？安南、新加坡、亚丁诸地，终年烈日，而仍为殖民地，陈女士又作何解释？以太阳灯代日光，愿望诚恳，但颇类童稚之言。

川人皆吸鸦片，乃至须发七千万把铲，令人吸金箔、海洛因及常常打吗啡针者，皆非川人。我意固不愿为一人作辩护，但陈女士用此全称肯定之说，亦需斟酌。他人我不敢担保，陈女士尊夫任校长若未改投他省籍，则彼亦川人，我敢担保其决不吸鸦片。即川大诸教授、学生，其中川人不少，我亦敢担保其决不吸鸦片，否则任校长决不延聘之。即此诸位，我固敢同盐烟主持者萧双平先生上前担保之。然则陈女士所发给之七千万把铲子，尚需略为减少。

所云四川女生多为军人妾，女生嫁为军人妾，事诚有之，但亦偶见。中国内地，若滇、黔、陕、甘、湘、桂，想亦非绝对无有，不能独责四川。我所怀疑者为数量问题，陈女士既识多字，必于数量上有所根据，试问陈女士曾用调查统计之法，统计全川女生共若干，嫁为军人妾者，占其中百分之若干，若非百分之五十以上者，则此一多字，尚须斟酌用之亦也。陈女士以学者面孔，发写言论，当不能就一二偶然事实，使多数蒙冤，此非学者所应出也。若果如此，全川女生皆得联名控诉于法庭矣。

川人皆做坏事，此言亦尚须考虑，不然，以我所见，目前最大之坏事，如卖国、如当汉奸、如走私、如当洋奴买办、如贩猪仔、如倚仗洋人势力发洋财、如拐卖少女开按摩院，凡此类坏事，川人皆未能为之，即有为之者，亦终让他省人一筹。然则坏事虽多，中国人已做尽，而四川人尚未能做尽。陈女士此语，又为信口开河，非学者态度所宜。

四川女仆之土音诚可笑，然平心论之，四川尚为官话区域，语音学者亦承认之。方言土音何地无有？苏沪语言，宜为陈女士所佩服，然其中之冤大头、杀千刀、拍马屁等名辞，其恶俗乱俚，实不可耐。即陈女士之贵乡湖南，以我所闻，湘南若衡州，湘西若辰州、凤凰等地之土话，亦未见其远较四川为高明。陈女士吹求及此，诚饱食终日，无所用心，徒耗心力以形诸笔墨，未免无聊。

火炉不温，非川人之罪，四川交通不便，物质享受较为落后，岂敢否认。然我有一言以告陈女士，凡人只能任京津沪穗享受美极之物质生活者，请勿劳其趾，来四川受苦。再申其言，凡人只能任外国享受美极之物质生活者，则可迁入外国籍，为外国民，亦无须回此野蛮中国受苦。我以为西洋文化之濡染人，有深浅之分，凡受西洋文化较深之人，必能牺牲耐苦，开□□筑，如外人因到外通商与殖民，探险之故，而深入蛮荒不毛之地，此等地方，实无火炉也。受西洋文化较浅，仅得皮毛者，则非洋房不能居，非火炉气管不能暖，非刀叉不能食，非汽车不能行，此则殖民地中受肤浅欧化之洋奴故态，徒供人之一笑耳。

四川短处诚多，然陈女士佩服之通衢大邑，又岂无短处可以指出？以我所见，苏州清晨，马桶满街，四川无之也。上海弄堂，时有臭气，夜则稚妓拉人，四川无之也。广东以蛇鼠为食品，四川无之也。凡此种种，皆为陈女士所能原谅，独对四川，若有深仇大恨，苛责不遗余力，其心理殊不可解。

陈女士既为学者，发言应有学者态度，今乃不能，岂学者之重量，尚多不足耶？平心论之，陈女士生平仅编高中历史教科书一部，若编教科书者便为学者，则上海各书局中之学者遍矣，即陈女士尊夫任先生，其《科学家列传》与《科学通论》，今之教员学生，凡中英文沟通者，皆能写之，任先生若为学者，亦尚须更有较高深之贡献，社会乃敢承认之。遑论陈女士耶？

最后，尚有为陈女士告者，四川兰花、水果、鸡蛋无香味，诚为四川之短处，凡川人皆甚抱歉。然四川尚有一长处，与世界各国皆同者，即四川之金钱，仍可用之以筑房、买汽车耳。

选自陈廷湘、李德琬主编：《李思纯文集》论文小说日记卷，巴蜀书社，2009 年

金陵日记（节选）

中华民国三十五年丙戌，余以国民大会制宪事，自蜀东下，略纪所历如左。

四月廿一日，晴。自家首途，仪与桓、桢二子，桂女伴至成都东玉龙街中国航空公司，至午后二时，乃与家人别，乘汽车赴机场，以二时四十五分起飞，三时五十五分抵渝珊瑚坝机场，历时七十分。是时以有小雾，飞略高，在一千八百公尺左右，越龙泉山、

歌乐山，机中女客三人皆呕吐。抵渝后，四川省银行派员迎接，自珊瑚坝以小轿登山，旋乘大汽车，载至青年路天府行宫。为一新开旅舍，一人一室，每日万元（不具餐则每日每人六千元）。余居二楼二零三号，晚赴机房街省银行晚饭。自此，一日三餐皆赴省银行，有汽车迎送。

廿二日晴，盛暑。晨发电一，致家人，午复发一航函。闻曾慕韩（琦）寓省银行，因访一谈。晚代表同人会商乘机或乘轮问题，多数主乘民裕轮，余亦犹豫未决。

廿三日，晴，酷热如盛夏。晨，与程仲梁访刘泗英于沧白路之沧白纪念堂，地势临江高朗，为川东书院旧址。泗英索观近诗，为写数首于册上，复辞出。至省行午饭后，与李仲阳、姚勤如二君赴石板坡中央卫生署汉宜渝防疫所，注射霍乱预防针药。午后三时，赴民生公司卢作孚、丝业公司范崇实及畜产公司、电力公司等联合公宴。归后，以连日为炎热所苦，购杭菊花、蜂蜜等，和热水饮之，夜，邻院舞榭喧腾可厌。

廿四日，晴。闻政治协商会议中，各党派对国民大会代表尚未推出，须待此一二日内，始能明了局势。故同人决议，待明日（廿五）以后明了情形，再定行止，决暂缓登记飞机。午十二时，赴石体元、潘昌猷二君招宴，闻有延期开国民大会之说，发一函致家。午后，陪都各界欢送蒋主席，及国府胜利还都大会。余往，入会场坐，忽屋顶转旋之电风扇滴黑油，污余衣，乃不待开会，即归。晚，闻本日政治协商会议对国民大会事，未得协议，民主同盟代表张君劢、罗隆基等反对开会，蒋乃以明令宣布延期召集，其召集期另定之，是日欢送会，余以先归，未及见其盛况。闻同人云，蒋公赴会，即在政协会商定国大延期之后，深色似甚忧愤。

廿五日，晴。蒋公赴蓉，午十二时，中国青年党曾琦公宴川康国大代表于沧白纪念堂。曾君即席致辞，谓在政协会中，青年党之态度主张有三：（一）五月五日如期开会，举行典礼，复休息数日，暂不举行正式会，以待各党各派之提出代表参预；（二）有期限之延期开会；（三）无限延期，俟一切问题解决后，再召开。余即席对此亦有所说明。午后三时，代表同人集会于陕西路兴业银公司，推冷曝冬主席，以党派劫持，政府无信，群情激愤，决议于明日在沧白纪念堂集合留渝各省区代表开会，筹议对策，晚在建设银行，与傅真吾（常）、陶绥萱等会谈，主人胡铁华（宪）留晚饭。

廿六日，晴。午后三时，各省区代表约百人，开会于沧白纪念堂，由孔文轩（庚）主席。孔君年已七十七，而精神贯注。决议请孔庚、王普涵、石体元三君访邵力子质问，并起草共同宣言，主张自行到京集会，并斥责政府失信，党派劫持。

廿七日，午前小雨，午后晴。午后三时，邵力子以茗点，约请各省区国民大会代表百余于沧白纪念堂，说明政府延期之苦衷，希望同人不必赴京集会。由孔庚答复，仍望政府协助同人到京静候，旋由江一平、曾济宽等质问，余亦对邵君提出三点：（一）是否在还政于民之先，有一多党训政时期；（二）所谓一切问题解决后方开会试问其问题之界说如何，是否一切问题有穷尽之时；（三）如一切问题终无法解决，则国民大会究能召开与否。邵不能解答，仅表示愿转陈蒋主席，自身无解决此事之权力，但表示代表中有以私事须赴京者，政府可与以便利，无结果而散。是日闻蓉于廿三日已得大雨，则今年旱灾或减矣。

廿八日，晴。发家函。午后与龙国桢（灵）、李仲阳同看电影。

廿九日，阴凉。得家中廿七日祖桓函。午后各省区代表集兴业银公司。邵力子来电话，谓蒋公已自蓉返，嘱推代表三人往见。遂推定四人：四川王兆荣、石体元，陕西王普涵，江苏曾济宽，约明日往见。晚六时，赴民权路聚兴诚银行，应黄墨涵君招宴。

三十日，夜雨、阴凉。午后集兴业银公司，由所推二王、石曾诸君报告晤蒋经过，大体结果尚佳，遂决计赴京。复往晤曾慕韩，亦力劝余须赴京，勿返蓉。余既至此，计惟有赴京一行，略觇时局前途。午后，蒋主席飞西安。

五月一日，阴雨竟日，凉爽。午前十时赴临江路七十八号国民代表招待站，登记飞机，决于六日起飞。领得交通费十万元，以八万五千元购飞机票。今日闻江水已略涨。

五月二日，阴凉。发家函。闻长春战事展开在四平街公主岭一带，周恩来宣言，政府有对共军攻击用兵之意。同时，豫陕边区李先念部及江北共军与政府军有战争之势。

五月三日，晴凉。代表同人中陈紫奥、袁守性、姚勤如、冯均逸、魏延鹤、杨敏生、韩伯城等多人乘机返蓉。闻南京国民代表组织国民大会准备会，已于五月一日成立。推定朱经农等为主席团，到会者二三百人。今日蒋主席至汉口转京。

五月四日，晴，微热。偕冷曝冬、李仲阳、周荫棠至后俊坡中央公园茗坐。复偕仲阳往民主日报社，晤梅心如（恕曾）。南京国民大会准备会来电，促同人速赴京，复得孔庚等自民裕轮发来无线电，促同赴京。各党派代表：周恩来、杨叔明、刘泗英等均于昨日飞京。以时局察之，内战恐必不可免，而协商亦未能中辍。今日午刻，美登陆艇一艘试航抵渝。观者甚众。

五月五日，阴，午晴。至铜鼓台新民街胡宅取款。午发家函、理发。今日拟整行李，以备明晨登记飞京。晚得消息，明日无机，尚须再住一日。重庆国民大会候补代表电京联谊会，要求到京列席。渝西康同乡学生通电攻讦主席刘文辉失败。

五月六日，阴，午后晴热。晨餐后，偕唐宗尧、李宇杭、马玉泉诸君至中央公园茗坐。余平生不喜引茗久坐。然渝地喧嚣，城中市楼鳞次，独鲜草木，极感其苦。惟公园小有树数十株，空气较新，是以被迫而往。午后入浴一次，略快适，晚得讯，明日有机飞京，拟定明晨五时出发。计此行居渝，至本日止，已十六日矣。今日得讯，国民大会代表同人在京已开第六次准备会，分组讨论宪草。

五月七日，晴热。晨五时半，乘汽车至珊瑚坝，拟上飞机。而临时生变，今日无机可飞京，聚议纷纭。最后乃由招待站主任吴君向航空公司交涉，决明日必有飞机。今日先将行李过磅，交付公司，即乘车返原居之天府行宫。夜赴咖啡馆，与李铁夫、余中英等同饮冰淇淋，即返寓寝。

五月八日，晴。半夜三钟半起。汽车已候于旅寓门外，乘之至珊瑚坝，同人咸集，转向出城。六街人静，电灯高下如繁星，风露清凉，夜色正佳，经七星冈、通远门、高路口、化龙桥各地，向白石驿进发。其地距重庆市区九十余公里。汽车登山至老鹰崖山洞后，天色已明，空气清鲜，车行至午前六时半，攀登逾高，车忽停顿，机械失灵。凡停留修理者四次，遂滞留半山，不能前进。同车二十余人皆惶惶不安。良久而航空公司以车来援，遂改乘此车前进。距机场尚二十余里，山路回环如羊肠，下临危崖。而司机者鼓勇疾驰，奔如怒马，车中客震撼倾欹，头目昏眩。每转弯处，因车行过速，车身倾斜特甚，山路逾转逾高，情状至危。余心惊魄动，同车诸人皆噤若寒蝉。至八时，路稍平夷，下山已至机场矣，即集合登机。此机为运输机，甚巨，能容五十余人，余坐近其尾部。八时五分起飞，午十二时四十五分抵南京，共航行四小时三十分。是日天候甚佳，机行平稳，无震荡之苦，平均高约三千余公尺。经由酉阳、秀山一带，未见三峡。余衣薄生寒，已不能耐，而行李已无法取出。同行梅心如（恕曾）以绒线衣借余，服之乃能支持。在机中，食蛋糕数块、鸡蛋二枚，皆同机友人之赠。余昨夜因不知今日能否成行，故懒购之。今日几为寒饿所苦，固知凡事皆宜勤慎，勿以轻忽应之也。机至鄂湘一带，见江水如小溪涧，又如白练一条，回环作蛇形，时宽时窄。洞庭鄱阳二湖，望之不能辨，但觉随处有小沼泽，如雨后庭院中积潦之湿土。日光时隐时现，俯视白云，皆在脚下。坐机中见日光朗照，心为一安。忽焉阴黯，则略感戒惧。尤所苦者，机械之声如雷动，震耳欲聋。同行有以棉花赠余者，搓为小团塞耳，略减其苦。同人大声疾呼闻讯，皆不能闻。航行至三小时，渐觉昏闷，倚坐入睡片刻，已入赣皖境，又多山阜，与蜀中同。惟下视蜀山，其在巴渝之间，皆苍翠成堆，如庭院假山，被以苔藓，又如蚁壤，灰色而偶现紫翠，与赣皖之山微异。赣皖间航行，下视诸山，为绿黄二色，相间成纹，如黄色多足之虫，爬于绿毡之上，盖蜀山无黄色，而赣皖山多黄色，可知蜀中草木荣茂，赣皖则多童山无树，故呈黄色耳。航行四小时余，觉如雷之机声，渐低如暗哑，登机之初如奔雷，今则如击小铜器。以为其声果低，及大声呼人，乃不能自闻其声，始知机声轰震如常。余耳官震动过久，故成此状，殆半聋矣。两耳塞棉过久，左耳心作微痛，余亦听之，塞棉如故，下视江水较阔，前如小溪涧者，今乃如小河，知已入吴境矣。天候渐变，有时下视，不能见地面，但白云如絮，障蔽重重，后抵京乃闻人言，适方降雨，故下视甚难。偶见地面，旋又隐去，余心知飞机将降，睹此云雾，不免恐惶。既而机中热度渐增，知已低降。忽睹下方，豆房寸屋，碎散如黑块，又如小孩玩具，破散弃置于地，知抵南京矣。一瞬间已降落着地，乃南京城南大校场飞机场也。下机有国民大会筹委会招待人员来迎。同人分乘二大汽车入城，至国府路国民大会堂报到。更登车至朝天宫红纸廊（今名建邺路）中央政治学校，即代表招待处。此校在朝天宫之东，旧为王伯秋君所创法政学校地。余居第八宿舍四楼八五七室，与冷曝冬、李铁夫同一室。程天放来访，小谈。招待人员送余行李至，乃缺一被卷。余诘之，其人允为负责检送。旋即晚餐，是日航行四五千里，备极辛劳，夜乃不能安眠，以生活变化过甚，精神刺戟，故致如此。抵京不久即小雨。闻人言近日多雨，此江南黄梅天气也。夜未眠前与曾慕侨（济宽）同行至秦淮夫子庙小步。

五月九日，晴。发一电、一航平函致家人。晨晤林隐青（虎）。谈及国民大会准备会事，此间人以开会无期，多有归志，难于支持不散。而未散之先，必须有具体办法，以应付政府，使散归后而精神能团结。十钟晨餐开会，张静愚主席，讨论办法，多主休会者，川康代表要求报告川康情况，由傅常报告。余亦登台，提出要求，拟再继续延长数日，勿遽休会，使后来代表及行至中途之代表，获有参预讨论之机会。幸得决议，决定延期，暂不休会。其休会后办法，由各单位拟定，交主席团归纳。午后，同人乘车拜访陈果夫、立夫于常府街，谈论甚久。各单位代表所推主席诸人，公宴川康代表于秦淮河岸之六华春酒家。联席劝饮甚欢，夜归有月。南京战后，气象萧条。是日午后，曾赴玄武湖公园小游茗坐。湖山清丽，风日颇佳。然怆念前尘，不胜怅触。归途车中，同人欢笑，余则独有凄清之感，惘然不能言者久之。

五月十日，晴。晨十钟开会，讨论久不能决。最后决定，午后由国大准备会议及联谊会各干事及主席团诸人，于本日决定方案，提交明日大会，午偕川康同人赴和成银行祝贺开幕。此银行为蜀人所创，新设分行于京中，总经理吴晋航君，亦国民代表之一。同人皆集资赠送礼品，每人三千元。午后乘车出城，游中山墓、谭延闿墓及明太祖孝陵。树木益茂，风景不殊。惟谭墓一享堂，门窗俱毁，似被盗去。中山陵园新村显贵居宅，颇有毁损为平地者，而群木苍蔚，尤胜于前。孝陵翁仲及石马石驼，似经整理，往年自中山墓凭高可以望见孝陵，今则不能，以万木纵横益高，蔽之不能见也。灵谷寺已为抗战烈士祠，志公遗迹，移于寺之右。后新建一塔，亦为革命烈士纪念。在中山陵园茗坐片刻即乘车入城，至汉西门铜银巷访唐式遵将军——新任武汉行营副主任也。唐君字子晋，蜀之仁寿县人，与余有旧，曾任战区副司令官，在皖南督战八九年，昨日曾偕王方舟（陵基）来访同人。王君亦蜀人，方为江西省政府主席，故同人今日答访之，晤谈良久而别。至新街口蜀中饭店，同人聚餐，此乡味也。餐后，偕梅心如、曾济宽、李琢仁三君，步行至太平路。此地昔甚繁华，今则衰冷。道旁雄厦商肆，多为敌人及汪氏伪府产业，多贴封条，门亦锁闭。亦有战后荒墟数处。行至旧日安乐酒家，今已易名为光明餐厅。亦有舞场，遂入舞榭，饮茗小坐。舞者甚多，音乐尚胜他处，惟无舞女，以政府新禁职业舞女也。舞者皆携伴而入，心如、琢仁皆欲舞而无伴，遂小坐而归。发家函一件。

十一日，阴。午后至夜风雨。晨再寄一函致家人。十时开会讨论，朱经农主席。两广代表林虎等多人提出一方案，与川康同人所见尚略同，提付讨论。发言者纷纷：有主张准备会休会后，即以联谊会代之者；有主张休会后主席团仍保存者；有主张加强干事会而废除主席团者。久不能决。余登台发言，主张主席团名义保存，而人选不固定，于开会时有形，闭会时无形。一面加强干事会机构，根据报到代表人数，增多干事名额。开会时即由干事会互选主席团，休会则主席团资格不存在，盖此事所由久议不决之故。因代表中多人深恐休会后成为空名，精神涣散。又恐休会后主席团操纵有弊。既惧主席团无能，又惧主席团万能，心理矛盾，遂成争议不决之状。余此议足以消融此矛盾，故为众所赞同也。此多日纷争之事，既已解决，人心大慰。午与同人赴和成银行，应吴晋航招宴。复赴新住宅区牯岭路六号，访曹纕蘅（经沅），茗坐片刻。此地冷杰生（融）故居也。忆九年前与桓、桢二子，仓皇于轰炸投弹声中，寄运行李于此，不胜感叹。天雨淋漓，遂冒雨登车而归。晚雨益甚，气候增寒，冒雨往膳厅晚餐。餐后至会议堂观电影，皆美国空军宣传战片，盖招待所每星期六皆有电影也。

十二日，阴、微雨。晨餐与萧叔纲（纯锦）晤谈，同出至龙蟠里，访晤图书馆长柳翼谋先生（诒徵）。图书于战事中损失三分之一，复全部运往中央图书馆，与他处之书混淆不辨。柳先生正以全力往清检运归，散堆如山，现运归者仅什之四。馆址又为其他学校蟠踞未迁，其他什之六，运归亦无地存置。全馆薪资每月仅一百万元，复员费仅允二百万元。馆址仅收回原屋一隅，约三之一。而此老力争不已，辛苦经营，劳瘁勤劬，令人生感。谈此经过，浩叹不堪。先生坚欲约出小饮，余与叔纲固辞。不可，适缪赞虞（凤林）来，遂四人同行。雨后泥泞载道，后乘小车至夫子庙秦淮河畔饮于酒家。至午后二时，与叔纲同归。五时偕同人乘车至普陀路八号访陈辞修将军（诚）于其私宅，谈时事甚久。六钟至香铺营公余联欢社，应陈立夫、余井塘招宴，宾客约百余人，共十二席，宴会，偕王宏实（兆荣）同归。

十三日，晴。晨十钟开会，相菊潭君主席，通过国民大会准备会议干事会组织简章，决议明日第一届准备会休会。访程天放小谈，即偕同人乘车赴夫子庙六华春酒家，应唐式遵将军公燕。栏槛下临秦淮，荒墟寥落。酒罢，与西康代表诸君摄影，即乘车游雨花台。中华路即昔日之三山街，其东折为瞻园路，为明徐中山王瞻园所在。当时园囿极盛，今瞻园路内政部及宪兵司令部，即中山王邸也。中华路瞻园路相交处，即大功坊遗址，坊已不存。由中华路出中华门，昔为聚宝门，路西为铁路车站。忆丁丑与桓、桢二子黑夜于此登车往芜湖，避轰炸之难，不觉八年，念之黯然。登雨花台小游，即乘车入城。同人欲游鸡鸣寺，驻车登山，至寺中小坐。景物如故，惟张之洞所书之豁蒙楼题额已不存。下楼驱车出城，复往玄武湖，泛舟游一小时。登岸小坐啜茗，遇吕汉群（超），同座茗谈至六时，复入城至新街口蜀中饭店，应重庆银行总经理席文光、潘昌猷、余仲瑶三君招宴，乃归。

十四日，晴。晨十钟开会，曹经沅主席，通过准备会议第一届休会宣言，举行休会式。川康代表推举干事，组织干事会，于休会期间执行一切事务。另以联谊会为各地联系机构，当经推定准备会干事川三人为傅常、梅恕曾、李琢仁。康一人为马玉泉，干事须本籍人，余非康人，恐滋物议，故不愿居之。又准备会外之联谊会，则不限本籍人，推定川三人：曾经沅、陈潜溪、曹葆章。康一人，即余，余亦姑应之而已。旋出，与冷曝冬、李铁夫步至秦淮河畔，饭于一广东酒家。肴核甚美，其蚝油豆腐与冬菇火腿汤尤佳。饭后即归。午后三时有梁寒操等发起之党政革新运动会，具柬相邀。余非国民党人，与众乘车至中央党部门外，下车即他去。雇小车至马家街芦席营六十三号，访陈瑾琼女士，询得红豆馆主寓宅所在，即转赴鼓楼金陵大学临时大学训练班，访丁山父（山）不遇。遇王伯武（绳祖）于门外，至校旁金银街第二号伯武所居小坐。伯武亦新自蜀归，其家为江北高邮，家人皆逃至南京。据其所谈，江北诸地为共军残毁之事，为之浩叹。伯武此行自蜀之北道，经陕、洛、汴、郑而归，出示沿途所摄影片，其中尤以广元武则天庙之一神像为可宝。像之人头为石质，与身不连，盖一残石之头，装置于新塑之身。头为女像，云鬟双梳掩两耳。头之上有小冠，冠镂一小佛像。此石人头眉目端丽疏朗，双颊丰润，庙祝指为观世音像，别指其旁新塑之一泥像为武则天像，实不足信，疑此石头即为则天真容也。五钟半与伯武别，自鼓楼步行至新街口蜀中饭店。川康代表公宴各省代表于此，余为主人之一。宴后步归，月色极佳。

十五日，晴。晨十钟赴中山北路龙门酒家，应四川同乡之招茶会。午后二时，偕同人游玄武湖。此湖前命名五洲公园，今易名为玄武公园。余与曹葆章君同把桨泛一小艇，飘泊二小时。复于新街口蜀中饭店，应许行成君之招宴。八钟归，月色皎洁，独行迷路，迂回良久，乃识途而返。本日政府一部改组，交通（俞大维）、经济（王云五）、宣传（彭学沛）皆易人。

十六日，晴。晨九钟出发赴燕子矶，同行大汽车五辆，乘者约八九十人。出挹江门，经下关而至三台洞、二台洞、头台洞。沿途石榴树夹道成密林，有红萼者约十之一。抵燕子矶，侧倚幕府山，前临大江，可望七里洲及八卦洲。公路经日俘兴筑，平坦如砥。自和平门归，时仅正午。饭后，与王宏实（兆荣）及江苏张道行、蒋建白三君，商谈组织座谈会事，决集合代表中大学教授于将来开会时为共同主张。午后三钟，丁山父君（山）来访。同步出，经水西门大街至夫子庙，游书肆及骨董店，在秦淮畔茗坐，旋在市晚餐归。招待处将余所失之被盖卷送到，此物遗失七八日，今幸寻获，亦可谓危矣。近日盼家书不至，或留或归，彷徨不定，颇为凄感。

十七日，晴、昙。晨九钟乘交通车至大行宫，改雇小车，至珠江路珠江饭店，晤常燕生君（乃惪），复至老虎桥廿六号谢承平君家。燕生亦来，午饭于谢君之家，乃别归。午后三钟，会商组织五五座谈会事，预会者秀山王兆荣、常熟张道行、淮安蒋建白及余共四人。七时至新街口交通银行二楼，应粮食部长徐可庭（堪）之约宴。遇四川主席张岳军（群）及贵州民政厅长杨公达二君。宴后，余独步至太平路购物而归。本日准备会干事会举行第一次会议。

十八日，晴、昙。本日代表同人有汤山之游。出发汽车数辆，余以午间有人招宴，不能不赴，遂未预汤山之行。同人盛允诚（绍章）、李铁夫今晨赴沪。十钟余乘小车出水西门，独游莫愁湖。忆二十年前来此，荷影波光，尚可茗坐。中间数度来京，皆未游此湖，不料惨败至此，胜棋楼题额犹存，楹联尚存什九，临湖水榭往日可供茗坐者，已倾毁无存，惟残余石础十数，矗立波畔。胜棋楼下侧屋，有贫妇三五居之。临湖阁子所谓江天小阁坐人豪者，已残败将圮。旁有小学，生徒喧嚣，莫愁美人遗像无存，徐中山王画像尚在，曾侯画像，面部已有毁损，无地茗坐。湖中蒲苇相连，不甚见水光，亦无一艇子，睹之凄然。人事兴废无端，遂至于此。然则今日紫金山畔，玄武湖边，又岂能久耶？十一钟常燕生、刘东崖二君来访，十二钟应乡人乐干、傅况鳞、何龙庆、余仲瑶四君公宴同人于秦淮畔贡院街金粉酒家，座中有唐式遵、刘航琛、徐堪、康心如、何北衡等。宴罢，余独行，越利涉桥，经大石坝街小石坝街而至文德桥，此皆明代旧院地也。民国十三年曾于小石坝街兴筑时，发现界石，其地即媚香楼故址，长板桥亦在此街。今则荒墟芜秽，风流俱尽。乌衣巷在文德桥管家巷稍东南，廿年前尚有巷名木坊，今亦未见。利涉、文德诸桥，昔为石筑，今易以木，即余眼中，亦已沧桑，遑论千载而后。旋至三山街（今中山北路）三星池入浴，廿年前曾浴之地。晚偕冷曝冬、曹葆章饭于泰淮畔酒家，复同观电影而归。闻昨日蒋公召见山东及苏北国民代表诸君，以此二地共产军之祸最烈，代表诸君垂涕而请援手故也。山东告急，济南有危急之势。东北战事仍在公主岭一带。瞻望国家前途，莫知所届，念之心摧。

十九日，晴。午前未出，午后二钟至新街口聚兴诚银行二楼。是日南京昆曲社友约十人聚会，余亦被邀。预会者，南京甘贡三、无锡曹天受、永嘉徐炎之及其夫人张善芗女士、彭山陈瑾琼女士，及溥、刘二小姐，溥小姐即红豆馆主溥西园（侗）之女也。曹君即聚兴诚银行经理，甘君、徐君皆为名笛师，张女士尤多能曲。是日歌《游园》、《望乡》、《议剑》、《刺虎》、《山亭》、《辞朝》、《写状》诸曲。《写状》即《贩马记》，乃弋阳腔也。余亦歌《琵琶记·书馆》及《长生殿·弹词》数曲。闻溥君患肾脏炎，卧病居甘君家，故今日未至。曲会散后，七钟至蜀中饭店，应新民报经理陈铭德及其夫人邓季惺之约宴。八钟驱车至砺志社，应军政部长陈辞修将军（城）之约，公宴川康代表于此，故余亦预焉。宴间宾主谈甚久，多为时事。十钟归，刘泗英来访。

二十日，阴、微雨。十钟与萧叔纲（纯锦）同出，至成贤街教育部访人未遇，转至国大代表选举事务所，晤萧文哲君，坐谈片刻，复与叔纲步至中央大学。此地于日本占领时为陆军医院，大门内法国梧桐甚茂，而门外大石桥一带张南皮相国（之洞）所植诸柳已一株无存。中央大学物换星移。余与叔纲皆二十余年前之老教授，入校门无一相识者，询教师中熟识，则皆留渝未返。学生有已抵京者，行囊堆积。梅庵已改建砖房，园墙无存，花木残毁，惟六朝桧苍挺蟠屈，赖此树为标记，否则不可识矣。教习房红砖犹昔，此余二十余年前旧居也。附近犹有少数日俘，更有军马残炮，地下散积残破之日文书报。图书馆犹设医院，游毕怆然。与叔纲别，冒雨独归。待刘泗英不至，晚雨益甚，遂不外出。王宏实君今夕以夜车赴沪，余送之楼下而别。

廿一日，阴凉。晨八钟餐后，赴内桥南捕厅十五号甘贡三宅，访晤溥西园（侗）于病榻。溥君为满洲帝胄，即贝子溥伦之胞弟，溥仪之从兄，今年七十一岁，病肾脏炎，卧不能起。鬓须皆白，而形容癯瘠，贫病交侵，承允为余修函介绍苏州潘栋甫君买笛。午于餐厅与宁夏代表孙俭、徐宗孺、任忠杰三君交谈。宁夏代表八人，奔驰道路，昨方抵南京，而开会之事，已成尾声，可慨也。一钟乘交通车至珠江路访常燕生，乃已于今晨赴沪。独步至新街口大华电影院观电影。五钟步归，得桓、桢十四、十五两函，同时送达。披读知家中平安，少慰而不能自禁其悲，垂暮而孑身远游，固非少年与中年时之情致矣。夜与萧叔纲及青海代表赵德玉（佩）谈。

廿二日，晴。晨发家函。十钟乘交通车至成贤街教育部。于门前遇陈长蘅君。陈君，荣昌人，现任立法委员。遂同入访次长朱经农君，谈二小时而别。独步自大石桥经丹凤街唱经楼而抵黄泥冈，八年前与桓、桢二子仓皇奔命于轰炸中所居之鼓楼饭店，房层犹存，已非旅寓，门首榜题"灵粮堂"三大字。盖此地于沦陷中为日本人所居，近始收回，为南京基督教会及红十字会租作办事处。今日政府军收复四平街，战事甚烈。午归，与外交部张道行及华侨代表李介平二君同饭。张君为驻荷兰大使馆参事，李君在秘鲁三十余年，娶妻亦秘鲁人，能操西班牙语。张君告余昨日晤马歇尔之经过。马氏谓国共皆拥军队而相争，非其他国家政争之常轨，深感其不易措手，可知其深明中国现势也。午后三钟，独乘交通车至大行宫，换乘小车，独游玄武湖。茗坐一小时，独步湖滨，风日甚佳。六钟归，遇刘相尧君自沪返。为言沪上生活极昂，学校罢教，清道工人罢工，电灯、自来水、电车工人亦继起不已。循环难止，盖生活即昂，势必至此。工厂多近倒闭，政府亦穷于措施。此种情形，初非全由共产党构煽所成，而适足以增长共产党之焰。国家前途，殊可忧也。

廿三日，晴热。晨至白下路，访陈长蘅不遇。十钟柳翼谋先生（诒徵）来访，遂与萧叔纲三人同出，乘交通车至大行宫而别。独至国府路筹委会。取得回程旅费二十一万元，遂归。午餐时，误将开箱之钥匙，锁于箱内，箱不能开。近日心绪恶劣，方寸已乱，乃至于此。自叹亦复自怜，此亦时光造成，余少年时固常奔走四方，未常有此情状也。呼工修治不能，携赴市间，将击断之钢铜片换去，乃可复用。所费仅千五百元，尚为幸事。四钟乘车至大光路二十三号童季龄（锡祥）家。访刘泗英，不遇。转赴秦淮畔小食，独行赴利涉桥。此地于二十年前曾有木坊，上书"桃叶渡"三字，其稍东河房，悬"丁字帘前"四字。今临岸建一上海咖啡室，题榜俱无存矣。自利涉桥步经抄库街而至武定桥，复发见乌衣巷犹在，巷名木牌在文德桥稍西，惟巷狭如一线，殆不通车马。武定桥犹是旧形，利涉、文德二桥俱改木质，将来改建市街，恐难幸存矣。今日访泗英，曾至大光新村八号门首一视察。此屋为余八九年前旧寓，房舍依然未改。余与桓、桢二子当南京初次空袭投弹时，曾历险于此地，回思怆然。今日政府军于攻下四平街后，已近长春。而共军围攻济南，欲扑青岛。守济南王耀武军不过三万，连电告急，代表中山东人士极为焦急。然政府以主力图东北，未暇用大军于津浦线也。本日筹委会洪兰友宣布继续招待代表办法，系由政府议决，闻邵力子曾力阻，未果。

廿四日，晴。今日闻蒋公抵沈阳，政府军攻克长春，共军北退。余上午未出，偃卧寓中得小眠。午后六钟，至秦淮畔老万全酒家，同人集者十余人，为冷曝冬、刘效虞（相尧）二君祖饯。二君明日将归蜀也，余亦主人之一，出资一万元。座中同人有招歌妓者，凡招来四五人，余于此事，意兴索然，饮酒不及二杯。人生渐近暮年，又多忧患，此固常态，非矫情也。酒罢遂早归。

廿五日，晴。晨起，晤萧叔纲，赠余近日摄影一纸。同人冷刘二君绝早即起，至明故宫机场，不久即返，则上海今日机场工人罢工，故今日无机至也。姚仲良来访。午后二钟，国民代表联谊会举行还都后第一次会议，余为干事之一，出席至五钟始毕会。旋至国府路国民大会堂换取餐券，在中央商场食面包咖啡，即为晚餐。复至秦淮河畔游，购香蕉食之（每枚四五百元，每斤二千余元），九年不尝此物矣。

廿六日，晴热。晨与萧叔纲、曾慕乔同出，食干丝肴肉等物。地在朝天宫侧之仓巷，味佳而其肆之设备甚劣。复与叔纲同至白下路安徽中学，与杨亮功君会谈。杨君现为江西监察使，亦国民代表之一。午与叔纲及赣人刘恺钟君、江毓麟君同饭。晚与川康同人至秦淮白鹭洲公园茗坐。其地为明徐中山王东花园也，余廿年前曾来此，今则亭榭修饬，较前为胜。其东面附近地，本为鹫峰寺旧基，回光寺亦在附近，为名妓马湘兰故居。今则新筑楼舍，已为民居，不可识矣。今日玄武湖赛船，余未能往。蒋公抵长春，令共军退出哈尔滨。

廿七日，晴热。晨与萧叔纲赴监察院，遇金静庵君（毓黻），长谈甚久。监察院在新住宅区颐和路，乃汪精卫之私宅也，建筑宏丽。旋晤于右任院长，余与之谈监察制度之得失，与固有台谏制度之比较，并及标准草书问题，于君极为欣然。其人今年六十八岁，犹甚强健。辞出后与叔纲至组织部，偕胡兰女士及江西程叔时君（孝刚）同饭于一闽菜馆。又至程君家小坐，复步至鼓楼金陵大学，晤森林系教授浙人陈宗一君（嵘）。陈君为耶教徒，南京沦陷时曾与美国教士组织难民区，救人无数。八年中死守学校不去，著述甚富。本为留日学生，操日本语甚熟，始终不受日本利诱，亦可敬也。出校遇孙洪芬君，东南大学旧教授，今在农林部。与叔纲别，至太平路买赴苏车票（一万三千六百元）。复至三新池入浴而归，得家书十九日寄，桂女所写，甚慰。

廿八日，晴热。晨八时乘交通车至下关，登头等车赴苏，此行独身无伴，午后二钟抵苏州，住阊门外苏州饭店。即赴东花桥巷四十二号访潘栋甫君，同至玄妙观前街凤林斋买笛四支（每支二千元）。苏州制笙笛琴弦者独此一家而已。潘君服务北京盐务署多年，为清季陆凤石（润庠）相国之婿，与溥西园为至友，约余至玄妙观中一游，多食品小肆，前殿三清神像伟丽，后殿更为宏伟，惜数年前被火后已毁。今后殿为政府收去，作革命纪念堂。中设县参议会，据云此观为吴王故宫，后殿即吴宫正殿遗址也。观之左偏栋宇，历年为昆曲会演剧及清唱之地，名曰道和俱乐部。潘君云，自廿六年物价高腾，曲友星散，今已无力恢复，改为茶肆。或于此作牌戏博弈，笙歌久绝响矣。潘君更约入观前街一茶肆，食小品点心，此亦姑苏风味也。六钟归旅寓，则唱声与猜拳拇战，喧腾不堪，或云此地多妓，然余闭户早眠，但闻喧嚣耳。

廿九日，阴、午夜雨，晨九钟趁火车赴上海，无头等，二等客满无座，惟独身迫坐三等车中。又系慢车，每站必停，十二钟正午抵沪。驱车至汉口路扬子饭店，又告客满无屋，询知李铁夫君居六楼六二二号，乘电梯登楼，铁夫外出，乃寄存行李于其室中。外出觅旅寓，皆客满，良久不得。天雨益甚，乃于三马路新惠中旅舍得一小屋暂居，饥疲已极，外出冒雨至四马路黎明书局，询得蔡漱六女士住址。更至霞飞路四明里六号，晤蔡女士之夫李晓峰君，询知已代买《遏云阁曲谱》一部。复问知路金坡（朝銮）先生所寓，即至山西路南京饭店。在电梯门外，遇路珠英女士。同乘电梯，访路先生于其室。更至四马路取得曲谱，乃归，夜赴扬子饭店铁夫室，遇铁夫及费宗之、杨鸣九二君，谈至夜半归。

三十日，晨雨、晚阴。晨赴铁夫寓早点，并食香蕉，遇梅心如、李琢仁。十钟独乘一路电车至静安寺，复步至海格路五四一号，会晤左舜生、陈启天、常燕生、刘东崖、谢承平五人，谈甚久。四钟赴萨坡赛路、辣斐德路口三一零号周颂九宅，晤王宏实君。六钟至铁夫寓，遇唐宗尧君，约余携行李至山西路天津路口通惠实业银行内二楼宿。上海生活奇昂，工潮时起，盗匪颇多，夜十二钟即断交通，公司银行十钟闭门，秩序可危。沪人亦变为早起早眠，与旧俗全异。马路多改旧名，撤销旧路牌。旧法租界尤甚，不能辨认。其可举者，如南京西路（静安寺路）、北京路（爱文义路）、林森路（霞飞路）、华山路（海格路）、英士路（萨坡赛路）等，皆非旧名，甚难重认。是日午后在大新公司二楼遇郑寿麟君，其人为交通大学新生院主任，初由蜀来沪者。连日疲劳，夜眠甚酣。

三十一日，晨阴、午晴。晨七钟早起，与唐宗尧君赴车站。唐君之子，即通惠实业银行经理，以小汽车送行。乘头等车西上，途中遇陇海路列车，遣送回国之日本俘虏甚多，皆兵士也。五钟抵南京，乘交通车，返红纸廊寓。招待所交通车以今日为最后一日，明日即停止，亦最后机会也。暮与同人八人赴秦淮畔远东饭店晚餐，复至秦淮畔上海咖啡室饮咖啡，其地即桃叶渡旧址。民主同盟代表沈钧儒、章伯钧、梁漱溟、张君劢、黄炎培、罗隆基来京，请停止内战，邵力子、雷震皆未往迎。盖政府军新克长春及四平街，因胜利而不愿再低首下心。民盟代表调解苦心，而政府认为共党利用，故致如此，政治场中之炎凉异态，朝夕万变，亦可叹也。

六月一日，晴。晨发家函。午十二钟在京代表百五十余人聚餐于砺志社，讨论会务及政府招待事，并拟发表对时局宣言。四钟与萧叔纲同至玄武湖，约同程孝刚君及胡香谷女士（兰），同泛舟玄武湖中，约二小时余。川康代表台湾考察团事，已由蒋公核准。今日洪兰友送来陈公侠（仪）电，表示欢迎。

六月二日，晴。晨十钟与李仲阳、李劲枝（宇杭）外出，至秦淮畔远东饭店就餐。即用步行至新街口，上马车，沿汉中路、上海路至五台山。其地有日本人于占领时所筑神社，高据山头，有水泥所筑之神社式牌坊三座。日本式殿屋二所，两旁有中国式屋数处，政府即用此地为战利品展览会场，共辟六室，现仅开放四室。其第一室，有南京受降时之桌椅笔砚等纪念品及摄影多种。椅背均标明所坐人名，自冈村宁次以下凡七八人，更有日本降书全文。其他诸室，为军用品装备弹药武器粮食医药文书史料旗幡衣物等极多，并有历次会战地图及大炮飞机装甲车登陆艇浮桥等。神社内部神位，已易为抗日阵亡将士位。来游士女甚多，车马云集。大门外有茶座，即在其地憩坐多时，至午后三钟下山步行，经随园遗址，已为广州路。山即小仓山，其麓一木坊，题曰袁随园先生墓址。登山有石碑一，题曰袁随园先生墓道。山巅有袁侧室姬妾之墓，而袁墓不可寻。日色甚烈，下山步行至清凉山，登小九华一望，全城皆见。复下石级转至扫叶楼茗坐。天微雨，乃循龙蟠里步至新街口，时已八钟，三人共饭于蜀中饭店。复步归。是日步行诸路，殆近三十里，疲极，夜眠甚酣。

六月三日，晴热，晨得仪感电，以久未得余消息也。十钟外出理发买信纸并小食。午后三钟复独出，步至中华路三山街就浴，更步至大行宫午餐。餐后，又步至四牌楼中央大学牙科大楼，访金静庵君（毓黻），谈良久，乃雇车归。金君今日示余以文芸阁（廷式）所著《纯常子枝语》数册，刻本甚佳，盖假自中央图书馆者。此书余所未见，亦晚清光绪间一应涉猎之书也。

六月四日，晴热。今日为旧历端午节，同人十余人，各赐招待所侍役三千元，招待所膳厅亦于今日改组开始。晨九钟同人开会。讨论组织川康代表台湾考察团事，决定用团务委员制，分总务组、社会研究组、文化教育组、经济交通组、农工渔矿组。余所任为文化教育组。散会后，重庆银行经理余仲瑶遣人送来角黍、盐卵等三竹筐，为端午点缀也。余食角黍数枚，盐卵三枚。发家书致家人。同人约游玄武湖，余以今日暑热，且端午人众拥挤，遂未去，独卧寓中，成午眠。午后六时，得同人电话，约在秦淮畔老万全酒家聚餐，共庆端午节。余乃往，同人赌酒喧嚣。余未饮，此酒家昔为南京文士聚集之所，旧闻悬有"停艇听笛"四字扁额，今不存。饭后同人复自酒家后门石步，登秦淮船，且召妓二三人。余以秦淮水臭浊，不敢久坐，少憩后，遂与唐宗尧、李仲阳、李琢仁，共乘小吉普车先同人归寓。今日报载蒋公昨返京，陈公博已处决。闻四川通江、南江、巴中有民变，共党王维周所策动。

六月五日，晴热。晨同人商赴台湾考察事，分组办理。余思虑再三，即表示不愿参加此行。近日归思忽动，倦飞知还。川康同人气味多不相投，故无意偕行。午后。独赴珠江饭店，晤李幼椿（璜）及刘东岩二君。谈片刻，东岩以吉普车送余归寓。曾慕乔、李铁夫均自沪返京，晚与铁夫及李仲阳赴秦淮，饭于远东饭店。复同至上海咖啡室饮冰水，遇陈耀东（宗进）、萧岳峰（峻）二君。闻幼椿言，政府与共军谈判无结果，马歇尔尚作最后努力，未卜其能有结果与否。国家经济财政，已临最危之境，如无策挽回，则非仅民不聊生，政府亦将有总崩溃之一日，非延至世界问题总清算，无法解决，深可忧也。

六月六日，昙、微雨、午后晴。午前未出，今日既决计不赴台湾，遂发电告家人，并登记飞机，大约本月中返蜀。午后四时，独赴新街口，至大华观电影《出水芙蓉》，尚佳。至中央商场门外，遇陈逸凡（茹玄）。入场遍览商肆，遇余光烺君，皖人、为金陵大学教授，新自成都携家抵京，寓汉口路九号。更至楼上饮冰酪一杯，复赴珠江路，访李幼椿，不遇。夜归有月。今日政府与共军有停战半月之议，马歇尔所主张也，惟双方条件距离甚远。

六月七日，阴、午晴热。今晨川康同人登机赴台湾，未去者，在京为余与马玉泉，在沪则王宏实、盛允诚（绍章）耳。晨与山东葛为棻君同乘交通车，至成贤街中央图书馆，访馆长蒋复璁君及山东大学校长赵太侔君，皆不遇。遂与葛君别，至文昌桥晒布厂二号访宗白华君，不遇。五号访汪辟疆君（国垣），在其家晤谈一小时。复步至汉口路九号，访余光烺君。余君所居金陵大学教授宿舍，为美国教会所有。民国元初，孙中山就临时大总统，曾假诸美国教会为大总统私邸，当时即居此屋。余笑告余君曰，此屋君所居乃有关于中国之历史，慎勿宣扬于外。否则政府将收为纪念堂，君不得安居矣。余君笑颔之。三钟归寓，五钟萧叔纲君来谈，晚赴秦淮畔小食归。今日政府与共军停战，招待处方君来讯，云九日买票，十日有机飞渝。然余以事尚需留三数日，恐尚难成行也。夜奇热，至天晓犹未清凉。

六月八日，晴热。晨十钟乘吉普车至鼓楼，步至中央研究院。其地在北极阁山下，鸡鸣寺之南，建筑伟丽。访浙江大学校长竺藕舫（可桢），不遇。乃访李济之（济）君，在其研究室内长谈至正午十二钟。别李君出，至成贤街，复遇竺藕舫君，再偕返中央研究院竺君寓室内，谈良久。竺君与余同食面一碗，辞出返寓。今日酷暑，午后至夜不敢外出，政府举行田粮会议。今日为始，闻政府原定今年后方各省全免田赋，现又改为每年免三分之一，三年乃毕免。经各省力争，定为今年免三分之一，明年免三分之二，两年乃毕免。议尚未决，预会者为各省财厅及田赋管理处长。夜酷热蒸郁不能眠，半夜大雨，乃稍凉成睡。今日抵京已一月矣。

六月九日，晨阴、午雨、午后昙有风。餐时，西康财厅长李光普（万华）、田粮处长徐自强（健）来访。同至中华路和成银行，会四川财厅长邓鸣阶（汉祥）。偕傅常、马玉泉二君，分乘汽车三辆，游孙中山陵、明孝陵。在陵园茗坐遇雨，遇聚兴诚银行经理曹天受君。午刻至新街口，遂别返寓。邓、李、徐诸君皆以出席田粮会议来京。今日休沐小游，午后并拟赴玄武湖，余未偕往，在新街口复兴商场购夜光表三枚（三万五千余元），又在中央商场购衣料数件（五万余元），共用八万余元，乃归。晚未出，夜雨。今日周恩来自延安返京。

六月十日，阴凉、微晴。晨未出。午饭后，至国府路代表招待所办飞机及结束膳食事。复赴碑亭巷开罗饭店访陈耀东（宗进）君。谈片刻出，独步太平路，遇张道行君，偕行至新街口别去。入食店谋小食，又遇陈宗进、萧峻二君，皆携眷属，坚约同餐后，余乃称谢归寓。萧作梁来访，未见。今日以凉爽之故，晚归不觉偃卧成眠，梦身自南京归，抵家与妻子叙家事，并跪谒父母，涕泣答问，如二老人尚生存然，醒乃知是梦。独卧孤馆，怆然记此。

六月十一日，晴。晨餐后无事，思余自二十年前即履此土，中间来此多回，迄未至凤凰台一游，此度旅京，所居尚近，必须一往。而传闻其地早为荒墟，势难约得原同游者，乃发愤独行。晨间日出尚凉，决步行问途而往。自红纸廊而南，穿评事街，至升州路，更穿马巷而南（马巷已定名中正路），至新桥。越桥左行，至鸣羊街胡家花园，其西有丘陵地，名曰甘露冈。冈上有凤游寺，即古凤凰台地也。地势高爽，三面城垣环抱，寺已无存，惟破屋三间，瓦砾堆积，亦无僧居。其侧有民居数家，其中一家业医，知余为游客，招余入室。壁间悬同治时所绘凤凰台图，并有沿革说明：此地六朝与瓦官寺及瓦官阁，唐宋时为崇胜禅院，为升元阁，历明清尚为佛刹，洪杨之乱乃全毁。观同治间所绘图，则台榭殿堂，宏伟壮丽。今实地察之，冈陵地势高爽，当年台阁多层，建于冈上。近临城垣女墙，凭眺登临，眼界寥阔，三山二水，指顾在前。可知太白之诗，非虚辞也。今寺已无存，破屋之南，菜畦半亩，云即瓦官阁旧址所在。其旁有孤坟，砖甃完好，树有碑石，题晋阮籍字嗣宗之墓，为清末所修治者。导引余之土著云，此即所谓晋代衣冠也，览毕喟然。此地荒芜，游人罕至，履金陵者多不留意，甚且不知其名，而余今日独以步行访寻至此，诚不胜凤去台空之感矣。乘小车归，所行非原途，溯秦淮西段岸，由船板巷至上浮桥玉带巷而归寓，途经胭脂巷柳叶街诸口，当是明代妓院十四楼之旧址。由此稍北，越小巷名曰船渡口，皆为破屋。附近衢路，尚未改修，已定名为光华路。归寓适午餐之时。餐后阅报，知昨日山东籍之中委参政员国民代表多人见蒋主席，反对将在粤之共军运鲁，并请援苏北例，速发赈款，及速遣大军，营救济南、青岛、泰安、大汶口诸地。盖东北虽停战十五日，而山东共军之进攻未停也。周恩来自延安归南京后，不愿晤蒋，双方根本条件，距离尚远，和平未必有望。五钟汪辟疆君来访，谈其所见姜西溟、袁简斋、张廉卿手写稿本，并云廉卿稿本现藏张溥泉（继）处。汪君去后，即乘吉普车至萨家湾外交部北之凤颐村，其地为青年党办事处，晤曾慕韩（琦）、李幼椿（璜）、陈启天、刘泗英、刘东岩诸君。慕韩留共晚餐。餐后小坐，遇吴蔼（辰君），前川康外交特派员也。十钟返寓，得金静庵、王宏实来函。

六月十二日，晨昙凉、午晴、晚微雨。晨餐后，发函致家人，未外出。午十二钟乘吉普车至新街口午餐。以气候阴凉，遂步至广州路小仓山随园遗址。以前数日来此，烈日当空，未睹袁墓，今更独至其地，路侧北面山麓砖坊，题曰清故袁随园先生之墓。向北登山之径，砌以石质，山半有墓道碑，更上右折有亭。此路与亭，当犹是随园之旧。更上得六冢，大小相若，蔓草丛遮。二冢最南在外，一左一右，无碑。其后在北四冢，最中且最后一冢，位置最北，碑题袁景政公及其配之墓，旁署男枚立，此简斋之父母也。稍前左东一冢，碑题袁简斋公与其配王之墓，旁署男通、男迟立，此即随园先生埋骨之所。稍前右西二冢并列，其一碑题随园侧室方、陆、金三姬墓，其一碑题随园侧室陶、钟、金三姬墓，皆合葬者。山麓路旁尚有一二处小水沼，当即随园诗中所谓前湖后湖，今之衢路，乃填湖所筑，故尚有未尽填之一角余波耳。自袁墓下山，步至成贤街口，遇胡小石（光炜）君及宗白华君。宗君告余，陈寅恪君已自英国归，抵京，目疾未瘥，将往视之。余遂与二君同行，至慈悲社二十八号俞大维宅，晤寅恪。清华大学校长梅贻琦君亦至，共谈约三小时，乃各别去返寓。天微雨。共军于停战之第四日，突攻陷吉林之拉法，轰炸德州，攻陷胶县。杜聿明限共军于今日退出拉法。以现况觇之，和平之望，恐不易达，政协谈判，亦恐无成。

六月十三日，阴凉、午晚时微雨。晨迄午后皆未出，得家中六月六日函，桢所写。即发一函致家人，并寄杭州竺藕舫一函。午后五钟与马玉泉君同至中央饭店，晤李光普、徐自强二君。同乘汽车至太平路安乐酒店，在光明餐厅茗坐，听流行跳舞曲及京剧清唱。京中当局禁舞，舞女无计谋生，改业为歌唱。甚者更迫而为妓，殊非禁舞者初意所及。十钟冒雨归寓。今日闻共军已攻陷泰安及德州，济南青岛危急。青岛美军已议应付之策。此固停战时期之战事也。又三人会议中，政府主张美方有仲裁公断决定权，共方不允。

军事调处执行小组中，政府主张三人中有二人同意，即可执行。共方亦不允，必须三人全体同意，乃能执行。其距离如此，安有和平协定之望耶！

六月十四日，晨至午大雨后晴。今日天晓大雨不止，迄午乃停，未能外出，惟偃卧读书而已。晚六钟乘吉普车外出，至新街口小食。大雨又至，食毕即归寓。南京市政惟有干路数条，归途经丰富路，已成小河。车行河中，所谓江南为水国，此殆其证明耶？夜有雷雨。

六月十五日，竟日阴雨。不能外出，阅报知昨日太平路一带，大雨中皆为泽国。门东一带，居民皆沦陷水中。市政府亟派员修治水道，盖战争八九年来，久失修理故也。报载东北共军之正规军已退出拉法，政府军亦未前往占领。周恩来宣称共军决不攻青岛、济南。毛泽东有抵苏俄之莫斯科说。政府拟开放长江之南京、芜湖、九江、汉口，允许外轮行驶，以一年为限，因本国船舶运输不足供用也。惟航业界力争，以为外轮之内河航行权复活，有损主权，力主撤销此议。政府中异派亦有借此为倒宋子文之口实者，政局暗幕中抗攘殊甚。晚萧作梁来访小谈。

六月十六日，晴。晨乘吉普车至鼓楼，见大华电影院及中央商场前通衢积水犹如小河。自鼓楼下车，步经保泰街，至文昌桥晒布厂二号，访宗白华，不遇。其家云宗赴徐悲鸿家。然余不审悲鸿寓所在，遂至中北大学礼堂，晤胡小石（光炜）君，谈一小时余。胡君云，凤凰台侧所云阮籍墓，实乃阮孝绪墓。孝绪事见《南史·隐逸传》，按阮籍字嗣宗，孝绪字士宗，故混淆误传耳。辞出后，复步至慈悲社二十八号俞大维宅，晤陈寅恪君，谈数小时。既而俞大维君亦至，俞君新被命为交通部长，较二十余年前在欧时为丰腴。据云，现居屋为兵工署所有，不久将迁至萨家湾南祖师庵七号。其地为交通部官邸，俞飞鹏所新让与者。寅恪告余，新得一联语云

"托命非驴非马国，处身不惠不夷间"。余为大笑。寅恪并嘱余常往谈，以解寂寥。四钟辞返寓，曹缲蘅（经沅）来访，未遇，留刺而去。晚八钟赴新街口中央日报社访卢冀野（前）君，未值。

六月十七日，晴。晨赴文昌桥昭布厂二号，访宗白华，于成贤街遇金公亮君，彼在教育部任秘书职。晤白华后，在其家登楼长谈。不久而商藻亭（衍鎏）先生来，谈一小时余。商先生去而白华留余午饭，饭后乃别。白华为言，中国人为最实际之民族，缺乏理想与宗教感情。日耳曼民族则反之。盖日耳曼人古为田猎生活，居处无定所，生活无定算，故好冒险而多理想。中国自古即为农民，农乃土地之奴，居处固定不移，生活有定式而收入可预期，故专力实际而缺乏理想。又中国以人配天，并天地人为三才，人之地位甚高，非若欧西之以上帝为伟大而个人为渺小，易生信赖之心，故中国不能产生纯正之宗教思想。凡此皆中国之所优长，亦即中国之所缺短也。其言甚深切可味。午归寓，领得招待费（至六月底止）十四万八千五百元。得六月八日家函，祖桓所写，曹缲蘅君又来访，未值。五钟，马玉泉君约同赴清凉山扫叶楼茗坐。车经柏果树街，九年前祖桓所寓居也。茗坐良久，有僧来谈。其人为如皋人，幼年出家，法名智华，尚能画及书，以所作示余。画多人物花鸟，书多汉隶体。自言为谛闲和尚之弟子，固请余写诗句。余即写近作金陵杂感二绝句与之，僧亦书一小幅赠余。文曰："兰为国香，生彼幽荒，贞正内积，芳华外扬。"余与之谈良久，乃别而行。与马玉泉君步至中山路湘菜馆晚餐，遇湖南代表粟显扬君。其人曾为谭延闿之参谋长及幕僚，坚约余与马君至贡院街飞龙阁，观话剧《金屋藏娇》。夜十一钟，始共步返寓。

六月十八日，晴。今晨餐时，招待所通告余，返川飞机定廿三日购票并行李过磅。廿四日上机西飞，然则余归期定矣。餐后，遇金孔章、萧作梁及舒觉人（嗣芬）君。金、萧皆政校教师。舒君为江西德兴人，政校审核委员，能度昆山曲。十钟参加国民大会宪草研究会教育组会议，朱经农主席，历三小时余，预定下星期二日，即六月廿五日，在国民大会堂召集大规模之教育座谈会。然余飞机已定，不及待矣。午发电致家人，告飞渝日期。寄上海何鲁之函。午昼眠熟睡未出。以曹纕蘅君两度来访未值，欲通电话与期。而所寓政校因增建大楼，工人掘地版筑，致地线被毁，电话数具皆不通。不获已乃致一函。七钟至政校教职员宿舍，访舒觉人君。彼约余度曲，又有谢真甫君吹笛。谢君扬州人，供职南京高等法院，其父为度曲名手，已逝世，舒君即从其父学。是夜舒君歌《夜奔》、《惊变》、《封王》诸曲，谢君歌《刺虎》，余歌《三醉》、《弹词》、《折柳》、《扫松》诸曲，至十一钟乃归。

六月十九日，晴、昙。午前未外出，以行期既定，拍电致重庆行营参谋长余中英君，请代定转蓉飞机。阅报载新疆省政府改组，新任命委员共廿二人，汉族九人，并主席张治中为十人，非汉族共十三人，内有副主席鲍尔汉阿合买提江喀司罗夫一人。民厅长王曾善，而赖希木江沙比尔哈吉副之。教厅长赛福鼎阿滋作夫，而蔡宗贤副之。建厅长穆罕默德伊敏，而顾谦吉副之。故民厅为汉正非汉族副，教建二厅皆非汉族正而汉副，惟财厅正副皆汉人。尤可异者，教厅主持教育文化，而主者乃非汉族。然则新疆殆将远于汉族文化本位耶？此为新疆政治一大转变。且除建厅穆罕默德伊敏尚为回教人命名之外，其余如副主席鲍尔汉阿合买提江喀司罗夫，如教厅长赛福鼎阿滋作夫，如委员阿市都克力木阿巴索夫、达立汗苏古尔巴也夫、阿里汗土烈夏克尔和加也夫、伊斯哈克江穆那哈吉也夫等，其命名皆近苏俄式。西北前途，可以想象，此固张骞、班超、唐太宗、清高宗、左宗棠辈所不及料也。政协谈判，大概为停止冲突，恢复交道，整军及防区，马帅仲裁权诸项，但尚未得协议之结果。午十二钟，乘吉普车至新街口，更至牯岭路访曹纕蘅，不遇，留刺而去。赴中央商场购物，复至三山街入浴而归。晚谢真莆君来访。谢去后，金孔章来访。天微雨。

六月二十日，晴。午前未外出。政协谈判，国共以外之第三方面，为青年党与民主同盟。深惧谈判破裂，战端重启，故向政府方面，要求将停战十五日改为长期停战，以便求得完全解决。又向共党方面，要求承认马帅之最后仲裁公断权，以免延搁停顿。惟双方对此，未审能容纳否。盖其他问题，尚可接近。最难接近者，仍为整军及驻区问题，双方皆不愿居于不利之形势下也。今日协商前途，甚为黯淡，人多悲观。午乘吉普车至新街口，赴慈悲社二十八号，晤陈寅恪、俞大维二君，谈至四钟辞出。独入新街口新都电影院，观《一千零一夜》。八钟，至太平路各书肆流览，归寓约十钟。今日午刻，曹缠蘅来访。夜曾济宽自台湾归，来访，谈台湾近况。

六月廿一日，晴。晨乘吉普车至北极阁中央研究院，道绕经复成桥三条巷一带，则旧日之第一公园，已因扩充飞机场夷为平地，附近尚有仓园，亦归乌有。至中央研究院，晤李济之（济）、傅孟真（斯年）、任叔永（鸿隽）等，谈历史语言研究所事。又晤石章如君，告余友人徐中舒君之书籍，有印章者，已清得一部分，现堆存竺桥之点收委员会，已由石君整理包裹，日内可以运出代存云云。午十二钟仍乘吉普车返寓。午后三钟。赴中华路和成银行，应姚仲良君之约，小谈即归。七钟曹缠蘅君来约，同乘吉普车至慈悲社，访陈寅恪小淡。更至太平路安乐酒店，约同赵巨旭君，三人共餐于秦淮老万全酒家，余仲瑶君亦至。九钟乃同缠蘅返寓，遇唐宗尧、李仲阳自沪返。今日政协商定，以明日为停战十五日满期，已决议续停战八日，至本月底为止。然双方条件，尚难接近，八日之期，亦未必有效也。夜微感失眠。

六月廿二日，晴、昙。午赴新街口购物，并商明日赴中航公司购票、过磅、汽车事，以明日为星期，今日须先接洽也。午得曾慕韩君电话，约余往谈。决以晚往，以昨夜失眠，遂午睡以补足之，昨夕与曹纕蘅共饮秦淮，余素戒饮，昨忽多饮数杯，遂致于此，甚悔之，此后仍当力戒。五钟，赴凤颐村，访曾慕韩君，知余将行，倡议为玄武湖之游。慕韩素日忙于政治奔走，日无暇晷，今乃有此逸兴，余自乐为陪往。遂与慕韩及其夫人，尚有刘东岩君及皖人杨伯安君，同乘吉普车，至玄武湖。日暮风清，湖波皱碧。旬日未来，新荷万叶，已众绿田田矣。舟穿荷丛，容与中流，凡二小时。慕韩诵其所作诗，言笑甚乐。七钟后舍舟登陆，乘车至秦淮金粉酒家。临秦淮晚餐，慕韩伉俪作主，意在为余饯别也。餐后，复以吉普车送余，至余所寓大门，乃下车握手珍重而别。寓中方演放电影《战争夫人》，余乃就座观电影。毕后，以慕韩送来之《中华时报》数十份，分送赠代表诸人。以报端载有驳斥罗隆基君一文也，今日以停战延期八日之故，各方紧张之情绪，微见和缓。冷曝冬、曾济宽、吕超诸君今日均自台湾归来，言游台事甚久。据云，全台土地，百分之八十五，皆为日本公有，台人私有者仅百分之十五，故中国接收之国有土地甚广。然政府既无力经营，又不能归之人民私有，此为一问题，故最好莫如推行耕者有其田之主张。又日本占领时代，台人仅能有少数为保甲长及低级公务员，高级官吏皆为日人。中国接收后最重要之一大事，为台人可参预地方政治。现刻全台皆成立省市县参议会，皆台人为议员。台北与高雄二市长亦为台人。然台湾人士尚不满足，盖台人习见原管辖之日本官吏，年高资深，今见中国高官皆青年为多，故亦表示不满。且以为各省皆省政府，而台湾独为长官制度，亦颇不喜此特殊之待遇。盖未知台湾返归祖国，今为过渡时期，其人民多通日语而不解国语，似需稍迟，乃能与内地采同一之制度也。故台人之不满政府，固由政府措施或有不当。然台人幼稚轻躁，要求过奢，亦为原因之一。然政府最失当之处置，为所有接收工厂，皆保留为国营，实则政府又无力经营，以致多数工厂，至今废停，不能开工。人民欲经营，又不允许，此盖由政府与民争利之故也。至教育方面，日本纯为殖民地教育。台人对谈时，若有一日人在内，则必需操日语，否则有罚。台人男女，皆受八年之基本教育，然不与以高级教育，其能至日本大学留学者，实极稀少。台北大学极为宏伟，藏书至数十万卷，然学生皆为日人，今均遣回本土，惟日本教授尚留若干人未去。台人之能操中国语者，皆为粤闽方言，彼此不能互晓，惟日语则全台皆通晓。现正厉行国语运动，台人妇女儿童皆能道简单之数字，尚不能成短句，然循此不懈，则十年之后，必有长足之进步，可以预期。现刻台湾报纸皆汉文，但尚附有日文一版。其他方面，日人治台，以国家之力经营，使发展交通与工业，然后吸取其发展后之财富。故其政策，非杀鸡以取卵，乃牧牛使肥腴而取乳也。其公共建筑皆伟丽，而私人所居日本式建筑极狭小。与中国相反，日人治台，道不拾遗，秩序安全，皆臻上理。今接收后渐有盗贼。且闻有日军二三万未缴械，今已入山为寇，未知确否。至其市政之华整，森林之修饬，交通之便利，每三四里，必有一小车站，人民生活之安全而守秩序，远非京沪所能及。台人无着长衫者，以天热故。男子皆西式短服，乡农亦翻领衬衣，而多木屐。女子无着旗袍者，皆翻领衣裙。至其风俗之观旧剧，贴红纸门联，犹为中国旧习。综言之，台湾为一物质文化甚高之区，然精神之学术文化教育，则极为幼稚，逊于中国内地远甚，此固为殖民地之当然状况。闻在日本投降前一年，因美军之轰炸封锁，台湾与日本之本部，已整年断绝交通，日本之台湾总督府极壮丽，今已轰毁无存，台北大学亦有毁者，今之长官公署，乃旧日之市政府，其大略如此。

六月廿三日，晴，风。晨十钟乘吉普车至新街口中国航空公司，将行李过磅秤，并购返蜀飞机票。以多购物数事，原定十五公斤，今超过五公斤，共二十公斤，故除飞机票八万四千元外，更付行李加重费一万五千元。午间未出，小睡。晚八钟外出，至新街口小游，晚餐于市，步至秦淮首部电影院，观电影《中国之友》，复在市中购饼饵数事，香蕉一斤，以供明日飞航时之食用。十一钟返寓，盐城李鸿儒君来谈。

六月廿四日，晨晴风，午晴，晚入川雾雨酷热。晨六钟半即起，准备赴飞机场，计余五月八日抵京，今日恰为四十八日。七钟半乘吉普车往飞机场，地在明故宫午朝门侧，同人中送余下楼者，为冷曝冬、马玉泉、李仲阳三君，至飞机场送余者，为曹纕蘅君，并在机场待机室中，与余同饮咖啡，余食面包二片，珍重握手而别，余独在机场，待机不至，据云：沪机已起飞，因风势甚大，复又折回。计苦待约四小时，至十一钟，飞机已至，余方登机坐定。展翼将飞，而机械复需修理，又历二小时。乘客坐机中，酷热不能堪，皆下机取凉，又苦日光甚烈，皆避于机翼之下，席地而坐。余既独行，同机无一相识者，睹此机既因风迟至，又需修理机械，使勉强飞行，心颇危惧。然亦委心任运而已，私念天或护佑渺躬，庶完此身未完之责。午后一钟起飞，望南京房屋疏落，旷地甚多，不似其他城市之密集。入皖境后，遇白色浓雾团二次，飞机皆猛冲向前，上穿浓雾而出，颇为震动，头脑为之昏晕，至鄂湘境稍安。余左耳复因震响而微痛，然不似乘机出蜀时之甚。鄂湘境满地积水，如雨后庭中凹下处，潭潦未干，则洞庭以次诸湖泽也，至此余尚未加衣，已觉微寒。三钟后，抵武昌徐家棚机场降落，在武昌城东十余里。忽又酷热不堪，赤日当空，下机少休而挥汗不止，香蕉已尽，口渴无水饮。未抵武昌前，机中散发乘客每人纸袋一具，中贮面包三片，一片夹牛肉，一片夹加里，一片夹黄乳油，余俱食之，故渴而不饥。同机乘客于抵武汉后，下机者多，上机者少，故遂多空座，不过十人。三钟四十分起飞，横渡大江，以低飞之故，江水宽阔，汉口楼房及大江舟楫，皆可指数。自此续飞至鄂西后，云雾益浓，地面时见时隐，阳光乍明乍暗，渐觉愈寒不能耐，急取所备夹衣及毛线衣加身。忽如暮秋气候，知翻越楚蜀间大山，而白雾迷茫，山不能见。入蜀后，似已至梁山境，浓雾四塞，四面灰黑，机中微光黯淡，如在黄昏，知其时下界方大雨。余背后机窗有小圆洞穴，大如茶杯，可容一拳，余试探手出洞，觉风力如鞭，突击余手，又如手触湿絮，五指俱污。急缩手入，然睹此情状，不知此机今日迷途否，能安全降落否，心中突兀不安，惟闭双目默坐待之，机声轧轧，若告余人类能力有限，未必完全征服自然也。良久觉寒度少减，开目下视，微见地影，山形在雾中，如巨魔耸立，然知降落时较飞行时尤险。机飞迟缓，在群山中盘旋，飞益低，热度益增，地面益明显，久乃近地。余以热甚，起身解衣，忽如触一物，余几倾踬，已着地矣。此机场名九龙坡，在浮图关附近，距重庆城四十余里，因珊瑚坝机场已被江水淹没，故于此降落。重庆附近有三机场，余自蓉抵渝，在珊瑚坝降落，自渝赴京，在白石驿起飞，今自京返渝，又在九龙坡降落，然则二月中余遍历三机场矣。机场积水，大雨初过，送客之汽车，亦积水污湿，登车检行李，泥水狼藉而汗流浃背，热不可当，此诚至苦。抵珊瑚坝江岸下车，呼黄包车二具，运行李入城，仍投宿于原寓之青年路天府行宫二楼二零七号。计午后一时离京，三时后抵鄂，三时四十分离鄂，七时三十分抵渝。在机上飞行达六小时之久，抵渝已薄暮。此行一日中乍寒乍热，半小时前，尚御夹衣毛衣，令已汗出如浆，衣服浸湿。余已过中年，此苦尚能支持，亦可谓顽强矣。在寓室中，饮水二壶，洗面擦身十余次。渝城郁蒸，时有雨点而毫无凉意。偃坐半小时，惫不能言，旋食所携未完之饼饵，起更汗湿之衣，遂步出至机房街四川省银行储信部，访行营参谋长余中英君。盖在京时曾电请为余代定蓉机也。余君言，若余今日午后四钟前抵此，则明日有机可抵蓉，余君以余四钟未到，已嘱航空公司不必保留。故余已不能乘明日之机，只有定廿八日之班机，在渝尚有三四日之留。然则今晨在京之迟飞，实误余事不小。与余君谈半小时，冒小雨归寓，疲极，入浴后遂眠。

六月廿五日，阴。晨八钟出，至机房街电局，拍一急电致家人，文曰"廿四至渝，廿八飞蓉"，使家人安心。更至四川省银行，访余中英参谋长，适彼已外出，遂于其室中案头留笺，并置二像片，托其为余定廿八日蓉机。事毕，乘公共汽车至观音崖勤居巷二号，访陈寅恪家属，盖在京时寅恪所托也。见寅恪夫人、登恪夫妇及俞女士，即俞大维之妹。留余午饭，登恪夫人新学唱昆曲，俞女士吹笛，邀余亦唱，登恪坐听。俞陈二女士歌《游园》、《惊梦》、《思凡》诸曲，余歌《闻铃》、《弹词》、《折柳》诸曲，至午后三钟别归。寅恪、登恪家属数日内将登轮东下，此屋为兵工署官舍，暂寓候舟。由寅恪夫人言，知李方桂夫妇已离渝，汤锡予（用彤）及其家属等，皆在渝候舟，友朋中之留于西南者渐少矣。阅报知马夷初（叙伦）与其他数人由沪入京，称为上海各界代表，向政府呼吁和平，反对用兵。在沪登车出发时，即有人否认其为代表，宣称马等自命各界代表，实并无人推举之，情况颇有异。然马等仍不顾，毅然来京，廿三日暮抵下关。偕新闻记者多人，均为多人包围殴打，马等皆受伤入医院。似为预定之暴行，与数月前重庆较场口事，如出一辙。共党周恩来等，政府方面邵力子等，皆赴医院慰问。下关警局长撤职，此亦今日黑暗政争之一活剧也。夜访余中英小谈。热甚，在市食冰淇淋一杯，价仅六百余元，若南京则非千余元不可。盖川中米价，每双石四万余元，京沪每双石十余万元，川中肉价，每斤七百余元，京沪每斤二千元，故以此计之，京沪现刻生活之昂，在川中二倍以上。然此特仅就米价肉价论之，其他租屋之需若干金条，较之川中，恐不能以二三倍论矣。

六月廿六日，阴，午晴，夜雨。晨起即出汗，毫无凉爽之意，起身后，觉时尚早，再登榻忽又熟眠，至九钟方醒。而旅寓之晨餐时间已过，遂未外出。午餐后外出，至聚兴诚银行，访其副总经理黄美涵君（云鹏）。黄君亦字墨涵。银行在林森路，即旧名商业场。座有重庆市私立治平中学校长黄源深君。美涵昔年为国会议员，富有政治经验，今则为川中经济界名宿。彼近日热诚组织一政团，名曰民主建国会，方在筹备期中。为余力言其民主建国会之主张态度，约为四不二要。四不者：不左倾，不右倾，不争权，不夺利。二要者：要作事，要说话。尽之，此二语为守法者无权，有权者乱法，其言亦深切可味。余常谓中国为特权政治，为手令政治。旧日帝王批答奏议，亦须交某部议覆，或交军机处议，今则一纸手令，即可决定。其手令有时且前后矛盾，自相冲突，其下属奉令者，惟有如令推行，固不问其矛盾与否，如有矛盾，亦系奉命，责不在己。故曰：今日中国之政治，一特权与手令之政治而已。

六月廿七日，大雨，晚阴。晨起闻雨声苏苏，气候忽变凉爽，继而大雨不止，天色黯淡，甚惧明日无飞机返蓉也。早餐后，对门二零三号室已空，其室较明朗通风，即迁居于此室。亦即余两月前赴京过渝时所寓之室，此固人生因缘定数，来去皆居此室，不期然而然。甚盼午后雨止云开，使余明日能成行返家。惟今日因大雨之故，清凉无汗，尚感舒适。午后函询余中英君，明日能否登机起飞，五钟始得复函，云票已交涉妥，恐须明日午后，乃能起飞。余终恐有误，晚饭后，亲赴珊瑚坝公司售票处询问。据云，明日晨九钟售票过磅秤，十一钟开车赴机场。如此则今日无事可作，乃返寓。晚未外出，清算旅寓膳宿之资，四日，用三万余元。

六月廿八日，阴，午微雨，晚抵成都，晴。晨六钟起，赴机房街四川省银行，晤余中英君辞行。余君方起栉沐，小谈即别。归寓时尚早，静坐片刻而余中英君至，言来以车送余行。遂与余君同乘吉普车，至重庆行营，与之握别。更乘余君车至珊瑚坝中国航空公司，将行李过磅秤并购飞机票，机票用一万七千余元，行李过重，加费四千余元，事毕而静待。至十一钟半，微雨良久乃止。余小食果腹，而候机久无消息。独坐茗肆中至十二钟，忽见王宏实君（兆荣）自肆外过，相遇握手，则王君亦以廿五日自沪飞抵渝，今日亦返蓉，与余不期而遇，亦甚巧合之事也。王君言，今日公司方面，须待昆明来渝之机已起飞，乃能开汽车送旅客赴机场，故久候迄今，尚未出发。与王君谈间，又遇教育部督学钟道赞君，亦送眷属飞成都。至午后一钟，公司宣布开车赴九龙坡机场，旅客争上车。余与王宏实君皆上一私人之小汽车。车主为重庆金城银行经理余钧延君，其人为皖人，与宏实相熟，今日盖送其夫人乘机赴蓉也，同车为王君与余及余君伉俪，共四人。车经城北美大使馆附近，山路迂回，行四十余里，乃抵九龙坡。入机场至候车室，复坐待至三钟四十分，乃登机起飞。初飞时尚多云雾，约廿分钟后，天已开朗，炎暑已减，下视地面，愈过愈清晰，飞约一小时又十分，至四钟五十分，抵蓉凤凰山机场降落。此行来去，皆未睹成都市区，盖起飞即北行，未经市区之上也。下机即遇殷石臞君（孟伦），彼以此时登机飞渝东下，殷君告余，家人于午后二钟已在城内中航公司迎候甚久。余复静候片刻，至五钟二十分，乃以汽车入城，抵东玉龙街公司，则仪与桓、桢二子、桂女皆来迎迓，相见欣然，同返小福建营十六号宅。此行自四月廿一日至六月廿八日，共六十九日，计在渝廿一日，在京四十四日，在苏一日，在沪三日，往返皆飞机，共行一万余里。

中华民国三十五年十一月八日，阴，夜小雨。晨十钟，偕令仪及祖桢赴中国航空公司，将行李过磅，蓉渝飞机费四万二千余元，行李过重，加缴四千余元。祖桓及陈玉霞小姐亦来送，仪与桓、桢、玉霞搭乘立达中学校车赴机场，余乘公司车至其地，同行者甚众。是日天阴有雨意，空军站有社会服务处备茶点招待，即憩其客室内，枯坐自午后一时至四钟，得渝电话，以气候恶劣，未能起飞。至五钟，仪等乘盛元丞（绍章）伉俪车返城。余留机场，晤美国人林则，华西大学牙科医师也，以英语谈良久而渝机飞至，以时间过晚，决不飞回渝。适遇宋师度下机返蓉，即同乘公司车入城，至公司询知，明晨五钟前须赴机场启行，乃返家。饥疲已极，食后得公司通报，果请于明晨五钟须赴公司。乃早眠，不能安寐，闻雨声，甚忧明日之行。

十一月九日，阴，抵渝雨。夜四钟即起，浣沐进食，家人均起。昨晚已预定车，桓、桢偕余各乘一车，天尚未明，道途坦荡，人皆闭门，惟灯火数星闪烁而已。至公司，则王宏实（兆荣）、侯宗鲁二君已先至，五钟上车，与桓、桢别。车至骡马市成都招待所迎美国机师，乃出城至凤凰山机场，已六钟，同人均次第集。七钟起飞，云雾甚厚，余亦倦甚，惟闭目假寐，八钟零五分抵渝珊瑚坝机场。下机时正阴雨，群集机场棚内，商定行李皆不提取，暂存公司内，明日即乘机飞京，以省周折，并预缴由渝至京机费二十一万元，及像片一纸。余随身仅携二十万元。余款皆锁箱内，无法取出，乃向李铁夫借三万元，付机费后，剩二万元备用。即乘社会服务处之吉普车，至机房四川省银行储信部，副经理周癯仙君招待甚殷。小食后，即出外至电局，拍电致家人，电费八千余元，回银行午餐。三钟，周经理约同向育仁（传义）诸君，至咖啡店小坐。晚六时应罗承烈、彭树鑫二君约，宴国民代表同人于陕西街丝业公司。至九钟乘汽车返银行，室内二榻，余与李仲阳各据其一。

十一月十日，渝小雨，汉雨，南京阴。四钟起浣沐，乘汽车，五钟抵珊瑚坝机场，天犹未明，小雨淅沥。在机场过磅，以行李过重，加费一万四千余元。复以气候恶劣，久不起飞，在机场枯坐良久，遇朱建民君，告余，陈石孚君之夫人亦飞京，与余同机，为余介绍。饥甚，食面包一片咖啡一杯，至午前十钟，疑已无望，忽喧传登机，乃大喜。是日共飞三机，余与余中英、杜履谱、李万华、马玉泉诸君，同乘第一机。机为四十七号，座次为纵列单位式，非横列对坐式，有空气开闭筒。余坐右临窗，位于右翼稍后，飞升甚速，云雾冥蒙，至不能见机翼。至高空而无寒意，温暖且欲解衣，遑论加衣，余所携皮外衣，乃成无用，乃知机上装有暖气设备，故高而不寒也。惟外望阴晦已极，一无所睹，仅微露日光。约二十分钟，日光自机右来，反射机左下方白云。忽现一奇景，白云为底，上现虹霓色五彩光圈，圈之中心，现一飞机黑影，恰当五色光圈之中心，极为奇妙，此理与峨眉绝顶佛光正同。机将至汉口，发给乘客食物一纸包，贮夹肉面包一片，蛋糕一片，柑三片，花生米一小包，遂得免饥。食后抵汉降落，为武昌徐家棚机场。余下机小立，雨甚，不能久立，复返机坐，计十钟起飞，抵汉为十二钟五十分，约为三小时。在汉加油后，未久留，即再起飞，适为一钟三十分，余在机睡熟一次，抵京为三钟四十分。计由渝至汉，历时二小时五十分，由汉至京，历时二小时十分，共飞四小时五十分或五小时之久，亦可谓神速矣。下车疲甚，有招待所派员来迎接照料。在明故宫机场上车前，遇陈石孚君来迎其夫人，并遇傅况鳞君。旋至国民代表第一招待所下榻，其地即红纸廊中央政校，别开门于其侧之丰富路，为代表宿舍之用，余居四层楼四〇五号，与余中英、李铁夫、李伯玉（为纶）同一室，共四人。住宿定后，即乘车至新街口社会服务处报到，领得一切证件并摄影，复乘车返宿舍，发一加急电致家人，遇川康代表先到者数十人。晚餐食包子四枚，即足。是日政府宣布参加国民大会社会贤达名单七十人，川人约十分之一，然其中亦有人望未孚者，关于停战令及蒋公发表之言，评议甚多。夜有月，明日当晴矣。

十一月十一日，微晴。晨起发一电，致杭州浙江大学张晓峰，告以抵京。明日国民大会开会典礼后，当来杭一行。今日为所得消息最离奇变化之日。昨夕抵京，即闻人言："政府中人有某某数人，欲控制全体民选代表，由若干人居间组织，分别省区，以一人节制十人，如军法部勒，如保甲制度，并推定发言人，其余则对《宪草》不能发言。"余初疑未必如此，今晨果有某西康党务人员，素不相识，忽约在某处茶会，吃点心，似将有何种意义，以余为自西康选出之代表也，印证昨夕所闻，不能无疑，余遂拒绝不去。傍晚，晤湖南、湖北诸代表，则皆有如此情形，且均曾明白宣示，幸两湖代表皆自爱人格自由，多数拒绝，与余所遇印证，灼然无疑矣。此事或为少数邀功之人所为，未必当局之意如此。然如此作风，其去民主之距离，万里而遥。午后一钟，至鼓楼中央银行四楼，应川康渝市代表联合大会之招，晤杨子惠（森）、唐子晋（式遵）诸君。到会之川康渝市代表七十余人，推最年高之朱叔痴（之洪）主席。当时提议，明日大会开会，将组主席团，必须拒绝普选，而采用分省区推举之法。因普选则更为有组织者所易利用操纵也。对治之策，在各省区统一意志，自行推定人选，然后与他省区交换投票，联合举出，则川康庶可当选主席一二人，否则必失败。屡经讨论，由川推定朱之洪，康推定杨敏生，渝市代表仅六人，亦不愿放弃，推出赖建君一人。散会后，转赴国民大会堂，应国大筹委会之茶会。小食后，入议场，由洪兰友主席，报告明日大会，应推谁为临时主席，主持开幕，请众讨论。有主张蒋公秉政还政，应以蒋主席者，有主张应以年最高之八十五岁代表吴稚晖主席者，有主张蒋为秉政之人，吴为中央遴选之代表，俱不相宜，应以民选代表孔庚主席者，有主张以蒋吴孔三人共同主席者，议论纷纭。且代表中发言，主张大会须多示民主作风，以期待各党派参加，语至此时，亦闻有作嘘声，秩序极乱。余登台，主张蒋孔二人主持开幕，蒋代政府，孔代表民众，以示政府还政于民，众亦不赞同，争哄良久，以表选器表决，通过以蒋主席致辞，以孔致答辞，仍为余之主张。此时忽有人提议不须答辞者，又有主张孔之答辞内容，须众审议者，幸未经多数通过，遂散会。归后，得政府通报，明日全体代表，七钟半出发，九钟谒中山陵，十一钟行国民大会开会典礼。余以为已确定无疑，晚餐后，与李伯玉外出就浴，未果，步归。忽筹委会派人来，口头通报，突有变动，明日仅谒陵，不行开会典礼。政府发送外国公使观礼之请柬，又复索回。此事变动，如波谲云诡。据闻马、司二使已与第三方画商得结果，第三方面将参加国民大会，仅共产党除外，故大会典礼，改于十五日，以待第三方面提出代表名单。据闻此讯为司徒之秘书傅经波所传出，未加确否，然亦极为变化无常，生平所稀遇矣。

十一月十二日，晴。晨七钟半乘车出发，赴中山陵墓，是日为中央诸人及国大代表谒陵礼。余亦以连日阴雨，今得晴爽，趁此郊游。在墓门享殿前，遇李石曾（煜瀛）及贺麟、胡庶华诸人。立谈片刻，睹蒋公及马歇尔谒陵出，旋乘车归。午后一钟，与余中英、李铁夫、李伯玉同出，至秦淮畔远东饭店同餐。三钟，憩息于中华路和成银行，复偕姚仲良、杨仲华至中山北路龙门酒家饮咖啡。归寓，有中兴日报记者龚选舞来访谈。夜深，萧叔纲（纯锦）来谈。今午，黄离明（建中）访余，适外出未遇。今日闻民盟张君劢、青年党李璜赴上海，召集其党员，商提出名单事，共产党未闻有撤退离京之说。目前延期三日，为本届国民大会第七次延期。十五日是否果能行开会礼，决不再延，无从预测。据叔纲言及余所侦闻，党团控制代表之保甲制度，浙江代表已全接受，江苏及江西代表大部接受，山东代表全拒绝反对，湖南、湖北代表亦全拒绝反对，极为激烈。湖南由程潜大骂贺衷寒，贺之保甲制度遂失败，湖北孔庚为首反对，四川已暗定，由曾扩情、吕超、向传义、黄季陆、陈介生、李天民等六人统制，然四川代表亦仅部分参加，保甲制度当未必收预期之效，亦可以休矣。

十一月十三日，昨夜有风，今日气候增寒，仍晴朗。今晨有陈立夫、陈诚、吴铁城三人，柬约各代表于中央党部谈话。余未得请柬，以余非国民党员也，然亦有本为国民党员而未得请柬者。川康代表多数前往，西康代表杨敏生君，年老而无党籍，西康国民党部书记任某欲统制代表，为杨君大骂，乃鼠窜而去。因之今日之约会，西康代表赴会者甚少，杨君亦可佩也。晨赴新街口，购印名刺。旋至太平路安乐酒店，访黄鹏基，不遇，复遇黄离明，同乘车至外交部，独访凤颐村。曾慕韩、陈启天皆未遇，在路遇张道行，复回新街口，遇柳翼谋先生，同坐中央商场楼上，茗点而别。至国民大会堂，换一月券为餐费三十万元，乃归寓。不久柳翼谋、萧叔纲来，约同晚餐。晚在寓，遇黄稚荃女士。今日闻柳先生言，乃知张晓峰（其昀）已抵京出席国大，明日拟往访之，然则余赴杭州之行可缓矣。今日所得消息，第三方面决提代表名单，十五日开会仪式，似可不再延，然此消息正确与否不敢必。夜作家书，今日同室诸君赴无锡游览，余独据一室，贺自昭（麟）来谈。

十一月十四日，晴朗，午后阴寒。晨寄家书，九钟外出，至参政会，访黄离明未遇，遇周谦冲，立谈而别。赴中央大学附近，访宗白华、李济之，皆不遇，由新街口乘车归。今日午后四钟，蒋公在国防部大礼堂，召见有国民党籍之国民代表，余非国民党人，故闲暇无事。午后未出，晚得通知，明日决开会行礼，今日君情属望于第三方面之参加国大与否，然截至夜晚，尚无消息。民主同盟青年党皆有破裂之虞，青年党有周济道者，成立新中央执行委员会，反对曾琦、李璜，不主张参加国大，共产党已作撤退之准备。昨日已有一批驻南京人员，乘马歇尔之飞机撤退回延安，闻明日周恩来亦将离此，国事前途，殊难预言。

十一月十五日，晴朗。晨十钟，乘车至国府路国民大会堂，行开会礼。代表至者一千三百余人，国府院部长及各国外宾使节俱至，新闻记者尤众，军警林立，摄影及电影制片者尤多，蒋公不愿主席，推吴稚晖（敬恒）主席，以吴年八十二岁，年最高也。吴致辞后，由蒋公以国府主席名义致辞。说明还政于民之意，亦无代表答辞。其节目有读遗嘱唱歌等，所唱仍为党歌，非国歌也，礼节及致辞皆极简单，与国民党普通开会，并无不同。所不同者，上悬之党国二旗，已将党旗撤下，换为国旗二面对悬耳，其他如阅兵，如飞机传单，如全体摄影等项，皆无之。十一钟即散会，午后亦无集会，余等乃集合川康代表二十五人聚餐于秦淮畔之太平洋餐厅。复同乘车至莫愁湖，荒凉如故，曾文正公画像已不见，余数月前来此，尚见之也，复同至鸡鸣寺茗坐。四钟，同赴国防部大礼堂，参预鸡尾酒会，主人为白崇禧、陈诚、程潜、周至柔、汤恩伯等。归后七钟，与余中英、李铁夫、李伯玉步行至新街口，入胜利餐厅，在石鼓路，观沪剧，又名申曲，即滩簧也，复小食而步归。闻青年党已提出代表名单，明晨将公布，不知确否。

十一月十六日，晴朗。晨九钟乘车赴灵谷寺，谒抗战阵亡将士公墓。国府要员及国民代表咸集，沿途军警林立，汽车数百辆，如长蛇形。蒋公领导行礼，遇刘文岛、陈长蘅诸君。十一钟散，偕川康代表数十人，分乘汽车二辆，往视石青阳、卢师谛二君墓，地在京城之东三十余里。归途游明太祖孝陵，购影片数幅，以寄家人。返寓已午后三钟，小休息后，四钟，川康渝市代表开会于招待所内中美餐厅，议川康推选主席团事，并聚餐，六钟始散。七钟，应蒋公夫妇之邀，观剧于砺志杜，为中国音乐剧团所演，欧人阿富夏洛穆夫作曲，共为三折。第一折曰"五行星"。其色彩姿势，盖本于敦煌壁画，第二折曰"钟馗"，亦本于中国古画。第三折曰"波光琴心"。其动作略仿京剧，以西洋音乐代锣鼓，有动作姿势而无歌唱说白，亦创格也。同座遇陈立夫君。小谈而剧毕，乘车至新街口，与李伯玉、侯宗鲁小食而归。今晨张晓峰来访，拟约余于开大会之前，赴杭州一行，余已允之。青年党参加国民大会名单提出，已公布，共一百名。连日吴铁城、陈立夫等控制国民代表甚力，其有党籍者，多已受控制。蒋公今年召见有党籍之代表，告以二事：其一，只制宪，不行宪；其二，宪草必须以政协审议改订之稿为据。

十一月十七日，晴朗。晨十钟，赴香铺营公余联欢社，参预格桑泽仁之追悼会，主祭为邵力子，尚有于右任、吴忠信、张默君等。十二钟归寓，午后一钟，乘车至中山北路国际联欢社，应四川同乡会茶会之招，遇刘文辉、曾慕韩、唐式遵、朱叔痴、胡子昂、王治易、胡次威诸人，复遇四川大学毕业生刘克光等。傅况鳞主席。散后乘车赴毗卢寺，参预曹瀼蘅追悼会，遇柳翼谋、刘君惠等。今日川康人士中，以青年党新加入国民大会，故所遇熟识至多。遇何鲁之、刘东崖，皆未及谈。杨叔明告余，欲约余交换见闻，亦未确定日期。夜得祖桢十五日书。

十一月十八日，晴朗。晨十钟赴议场，参预第一次预备会议，本日始依所抽席次入座，余抽得一百五十号，在第三排，距主席台甚近。余右为一百四十九号，为冷曝冬，余前为一百四十二号，为陈启天，余前右方为一百四十一号，为张群，余左为一百五十一号，迄今尚虚，更左为一百五十二号，为女代表王孝英。是日孙科主席，洪兰友为秘书长，到会代表一千二百余人，所讨论为大会主席团产生之方式，主席收到请求发言单一百一二十人。至十二钟，凡历三小时。发言者仅三十余人。待发言者尚有七八十人，中间曾休息十五分钟，入休息室食茶点。是日有主张直接选举与复选者，有主张区域代表与职业代表划分与不分者，有主张维持原订办法与推翻修正者，议论纷乱，迄未得结果而散，明日再议。是日蒋公夫妇亦入议席，坐第一排。余在议场，遇胡适、顾颉刚、傅斯年、曾琦、杨叔明、陈启天、朱经农诸人。自会场出，遇何鲁之、吴天墀、张雨村、闵达诸青年党代表，同行至中央饭店，举行川康滇黔及渝市代表大集会。到者数百人，推年高者五人主席，川为龙灵，康为杨敏生，滇为周钟岳，黔为周恭寿，渝市为唐华，五人致辞后，更由青年党魁曾琦，及妇女代表包德明，康族代表麻倾翁，苗族代表杨砥中，相继致辞。聚餐而散，所食为西餐，每人餐费一万四千元。归后已三钟，作家书毕，即付邮。晚七钟，与杨敏生、韩百城、魏军藩等同出，餐于五味和菜馆。即至大华电影院，应南京各界欢迎会之招，食茶点。主席为首都卫戍司令汤恩伯，致欢迎辞后，即表演余兴，为章翠凤、山药蛋之大鼓，邓国庆之技艺，王少楼之《古城会》，童芷苓之《梅龙镇》，戏毕已十一钟，即乘车归寓。

十一月十九日，晴朗。晨九钟，至议场，茶点，举行第二次预备会。孙科主席，讨论主席团产生方式。发言者甚多，秩序极乱，共归纳昨日意见，使用电流表决器。第一次表决，原订办法修改，仍用复选制，惟删除第一条不以本单位候选人为限一句。第二次表决，区域代表、职业代表之主席，混合选举，不必划分。是日略得结果，即主席团共为五十五人，由各单位分别推选，每代表十人中，推出一主席团候选人，共计各单位所推。共产党、民主同盟未参加，应除外，应推出候选人一百五十余人，构成一候选人总名单，再以此总名单提付普选。选出大会主席五十五人，决议后散会，与余中英、李铁夫至远东饭店午饭，复同至中华路和成银行，遇向育仁、吴晋航等，由吴君款以晚饭。与向育仁、李伯玉同坐吉普车归寓，寓中以将产生主席团之故，川康党团人物，活动甚力，吕超、黄季陆、曾扩情均至余室内小坐。然余为西康选出之代表，不问川事，又为无党之超然派，不问党团之事，如闲云野鹤，逍遥于自由天地之间，彼等亦无如余何也。今日周恩来离京飞延安，共党办事处仍留京，或云尚有续商之可能。

十一月二十日，晴朗。晨六钟，余尚未起，得大会通函，以余与陈耀伦君，同担任西康单位选举主席团候选人之召集人。盖各省区皆以年最长之代表为召集人，西康代表以杨敏生君年七十余为最年长，然杨君当选时，宁属尚隶于四川而非西康，故依选举法，杨君仍属四川，而余与陈仲光，同年五十三岁，故皆为召集人也。余接得选票，即交付仲光，九钟半赴议场，西康代表二十人，仅有十七票，其余三票，为宁属之杨敏生、傅梅、马玉泉三君，在四川召集人朱叔痴君处，此三票，川既欲得，康又欲争，川康僵持，良久不决，奔走多时，乃自川代表之手取回。即推李万华君监票，选出二人，杨敏生得十九票，刘家驹得十四票，盖川籍人士之任西康代表者，一律放弃被选举权，故以康籍代表当选也。既毕，独乘第三路车，至成贤街第三招待所，访顾颉刚，已回上海，张晓峰亦不在寓，乃访宗白华。在其家小谈，并留午饭而归。午后五钟复外出，至中央商场小食归。夜四川代表所选出之主席团候选七人，为吕超、曾扩情、王陵基、冷曝冬、李琢仁、陈潜溪及包德明女士，皆不相下，聚议良久，乃决议以吕超、曾扩情、王陵基竞选，余皆放弃，明日午后，或将以复选解决。至政协审议之《宪草》，已由政府交付立法院审议，经过立法程序，当为正式讨论所据之蓝本，或云张君劢所领导之民主社会党，最近必可参加国民大会，以政府既以政协《宪草》为据，则必可参加也。闻大会主席团五十五人，其中三十余人，已经政府决定，尚有二十人，可自由竞选，未知确否。综言之，中国之距民主政治，实基遥远也。晚得张晓峰书，促余与贺自昭同赴杭州，余尚未决。

十一月廿一日，晴朗。早七钟，以张晓峰书，商之贺自昭，自昭力劝余及大会未开以前，同赴杭州，作三日之勾留，余遂允之，遂决今晚同乘京沪卧车赴沪转杭。早餐后，偕萧叔纲至龙蟠里图书馆，访柳翼谋，参观善本书，柳先生约赴新街口雅叙园午餐而别，与叔纲步至国民大会议场。午后三钟，选举主席团，西南土著民族代表坚持欲列一单位，贵州主席团候选人张道藩，自愿放弃主席团候选人之资格，以贵州苗族代表杨砥中代之，其争乃息。旋由主席孙科宣布，主席团法定五十五人，为伫候共产党及民主同盟参加之故，主席团保留名额九人不选，仅选四十六人，复接一传单，声明四十六人中，蒋中正、孙科、张群、宋子文、陈立夫、陈诚、邵力子、曾琦、李璜、左舜生、陈启天、胡适、王云五、吴贻芳等二十六人为必选，仅余二十人为自由选举。散票后，余圈定三十人，即投入票柜。入休息室茶点，遇胡适之、傅斯年、左舜生三君小谈而归。以今夜赴杭，特收拾行李，得祖桓十六日书。夜八钟，自昭来约余，同乘交通车，至大会堂。换第一路交通车，车上遇胡自翔，九钟半抵下关车站。国大招待员招待甚殷，代购卧车票，自昭为上铺，四万二千元，余为下铺，四万五千元，在招待室饮咖啡后，上车而卧，车以十一钟半开行。夜眠颇安，而时为轮声惊梦，不甚能熟寐，窗外沉黑如漆，时过小站，路灯闪灼而已。车上遇顾葆常。

十一月廿二日，阴。晨八钟，车抵上海，与自昭雇汽车至老靶子路，复至百老汇路礼查大楼，访陈铨不遇。复同坐三轮车，至九江路中美文化基金委员会，访林伯遵，款以面包早点后，复乘汽车至北站，乘沪杭车，头等一万四千元，车以十一钟开行，车上遇陶公衡，快谈，至嘉兴，乃下车而别。公衡为嘉兴人，离乡垂十年，今乃返乎也。午后四钟二十分抵杭州城站，贺自昭之友广东人谢幼伟君至站来迎。谢君为浙江大学哲学系主任，自昭有电致之，故来迎也。至谢君家小坐，旋至平海路沧洲饭店，辟室而居，与自昭同一室。谢君约自昭与余晚饭于天香楼，更至大学路附近张晓峰家，晤晓峰小谈。十一钟归寓。今日报载国民大会主席团选举结果，选出四十六人，川人当选者，有张群、曾琦、李璜、曾扩情四人。

十一月廿三日，晴朗。晨七钟起，浣沐后，与自昭同出，乃知余等所居沧洲饭店之平海路，今已改名英士路，路之西端临湖滨。有陈英士骑马铜像，与自昭同进早点返寓，而谢幼伟君至，三人同出。唤游艇，议定自午前九钟至午后二钟，付资一万元。遂泛舟首至三潭映月，风物如故。浙江先贤祠即彭玉麟之退省庵，所供木质神牌，惟吕留良、杭世骏二位犹存，其余黄宗羲、全祖望、朱之瑜三位均不见。旋移棹至南屏净慈寺，舟过白云庵，已为倭寇焚毁，月下老人祠亦无存矣。净慈寺培修，丹漆较新，复回舟至花港，未登岸，入西泠桥，至里湖葛荫山庄，其地今为复性书院，投刺谒马一浮先生。先生鬓须皓然，坚约余等至楼外楼午餐，食醋鱼、蟹粉等物。复至西湖公园高处茗坐，其地可眺湖景，园中红枫树三株，丹黄烂然可爱。午后三钟，与马先生别。泛舟归，日丽风和，波光荡漾，极为愉快。四钟半，与自昭、幼伟同行，车经西浣纱路庆春街而至大学路，晤张晓峰，同至礼堂，参预王驾吾（焕镳）之新婚宴，新夫人名张尔敏，余与自昭各送贺资一万元，王季梁（琎）君及其欧籍夫人致祝辞。宴席中与余同席者，尚有郦衡叔、谭其骧及陈援庵先生之公子陈乐素。宴后，至晓峰家，谈良久，至九钟返寓，夜与自昭谈甚久。今日报载张君劢所领袖之民主社会党已提出代表名单，参加国民大会，惟君劢与张东荪不参加，以备将来以超然第三者之资格，调解国共，此意已为政府谅解。

十一月廿四日，晨雨，午后微晴。昨夜星斗满天，以为必晴，天将晓而雨声大作，天明不止，望西湖迷蒙在五里雾中。与自昭外出晨餐，谢幼伟君亦至。报载民主社会党参加国民大会名单共四十人，已提出，将于廿五日举行首次正式大会。余与自昭，只有缺席矣。候张晓峰，至十钟乃至，遂与晓峰、自昭、幼伟同乘吉普车，至灵隐寺，冒雨游览。寺中一切如旧，惟寺后登韬光庵之竹径，乱中已尽斩伐无余。幼伟与寺僧熟识，僧邀入座，款以茶点而别。复乘吉普车，至玉泉寺，五色大鱼，原有一千三四百尾，倭寇占据此寺，大鱼全被烹而尽。乱后，寺僧募款，养有较小之鱼二百余尾，雨后池水不清，偶见游鳞，无复旧观。池后有珍珠泉，以脚力蹴岸石，则水中有细泡沫上升，亦为可观之一事。更至陶社，为浙大教授租居，晓峰拟为余留有楼下住屋三间，尚可容住。更至岳忠武庙及墓，瞻礼而出，徘徊西泠桥畔，览苏小墓、武松墓，遂至酒楼。晓峰为主人，中餐于此，酒肴俱佳。饭后，车经苏堤，由北而南，行尽全堤。南端有石拦路，余等下车后，车由路侧，压小树而过，拟赴虎跑寺，及上车行，乃知方修盖路面，沙石稜稜，堆积塞路，车难通行，幸所乘为吉普车，跳跃而过，颠顿泥中，良久乃抵虎跑寺。入寺品茗，茶香泉甘，坐谈一小时余，上车循钱塘江岸，傍大铁桥行，至六和塔，在山门外。天色转晴，江山清旷，丹枫照岸，烟帆沙鸟，远望神怡。忽睹火车一列，轰然奔越，经过大铁桥，没入平野。入寺登塔，内装有电灯，余以筋力不济，仅登一级即下，晓峰、自昭、幼伟登四级乃下。此塔共十三级，今可登者七级，创于西晋，信为伟观。下塔后，小休茗坐，更乘车行，至凤凰山万松岭，地为南宋大内旧址，左湖右江，在城隍山之南。明代为王守仁之敷文书院，旧多松，明代倭寇，斩伐无余，今为浙江大学校产。有山地千亩，尚无资建筑，尚有水泥梯级华整，乃汉奸伪杭州市长何某葬地，其墓已移。下山登车，经南山小筑、万松园而达湖滨，已午后五钟。今日全以吉普车代步，车为大学所有，主人殷勤，亦可感也。返寓小休，六钟，与自昭、幼伟，复至大学路中正巷张晓峰家晚餐，其夫人治庖，食蟹。饭后，请见晓峰夫人。乃赴大学，为贺自昭君公开讲演，题为《论道德标准与辩证法》，晓峰主席，余亦听讲。自昭分道德标准为五种，一为本能，二为权威，三为良心，四为社会福利，五为学养，其说甚辩。讲后，与自昭、幼伟，同乘吉普车返寓，幼伟与自昭，又辩驳良久。自昭主张新功利主义，幼伟竭力反对之，仍标新理想主义。九钟，幼伟乃别去，以明晚为余公开讲演，已将讲题写付李絜非君，夜深犹思明日讲演内容，久乃成寐。

十一月廿五日，阴，微雨。晨起与自昭外出早餐，旋同至中国旅行社，购明日返南京车票，以明日必须返京，今日国民大会已开第一次正式会也。所购为金陵号专车，自京至杭，则名曰钱塘号，对号入座。余等所购为头等，价四万五千元。返寓与自昭、幼伟步行湖滨，至平湖秋月，隔壁为浙大教授孟宪承之家，即同访孟君，小坐谈而别。乘公共汽车归寓，复改乘人力车至浙江大学。午饭后，自昭至幼伟所教授之哲学系教室，为学生讲一小时，余则与李絜非君至教室，史地系学生三四年级仅六人，余为学生讲《史学大意》，并指示应读之书，亦经一小时余而毕。复与自昭、幼伟同访梅迪生君之夫人李今英女士，有沈女士在座。梅夫人款以咖啡，稍坐即别，复与二君至湖滨，登舟至孤山放鹤亭、冯小青墓、西泠印社。在西泠印社山亭小坐，眺望外湖苏堤一带，山翠空蒙，雨中西子，别有情味，返棹复至旅寓小休。六钟复至浙江大学，应校长竺可桢之邀宴，竺君已赴巴黎，出席联合国文教大会，由王季梁君（琎）代表作主。在座除自昭、幼伟外，尚有七八人，多为新聘之教授。饭后，张晓峰、李絜非二君偕余登楼讲演，时为午后七钟，晓峰登台介绍，对余多赞美之辞。余即登台讲述，题目为《对中国史的几个观点》，听讲者三四百人，教授中除晓峰、絜非外，尚有谭其骧君及其他系教授四五人。余所讲之内容，大意为：第一，中国史应与亚洲史及西方史沟通研究；第二，为于政治史料之外，应补充社会史料；第三，为以零碎之史料小考证，密接关连，如几何学之积点线为面体，以解决整个重大之问题；第四，为清史以后之新中国史，其体裁应分为史料与正史二部，并重并存；最末复略述浙江之史学，以为大学同人勉励。讲毕已八钟半，晓峰派吉普车送余返寓。独坐休息良久，自昭、幼伟皆归，幼伟寻别去，十钟寝。

十一月廿六日，阴雨。抵沪雨，抵苏后阴。晨六钟起，与自昭同付旅馆费四万余元，幼伟来送，遂三人同乘中国旅行社汽车，至城站。登车，与幼伟别。八钟开车，十一钟抵沪，未换车，复行至苏州，自昭下车别去。以彼欲在苏州留一日，访钱宾四，并作小游也。余单独返京，车中读报，正式大会虽开，仅讨论议事细则，尚未开始《宪草》之讨论。六钟抵无锡，已薄暮，天雨亦止，七钟抵镇江，八钟半抵南京，登交通车至新街口，换车至第一招待所，已九钟矣。今日午前八钟在杭开车，午后八钟半乃抵京，共在车中十二小时三十分，可谓劳矣。

十一月廿七日，阴小雨。今日大会休息一日，以昨日讨论议事细则已毕，故休息一日，以便明日开始讨论《宪草》也。大会讨论《宪草》，既经决定以政协会修正稿为依据，而代表中仍有力争须以《五五宪草》为依据者，故私人会外之活动甚多。彼等旨在拥护《五五宪草》，且力主行宪，即由现届代表中产生立法监察委员，遂以拥护《五五宪草》为口号，且以政府准备提出之宪草，名为《政协宪草》，或曰张君劢之宪草，不知政协中亦有国民党之代表多人，且此宪草已经立法院通过之立法程序，何能认为某派某人之宪草耶？今日天气渐寒，余亦疲惫，终日未外出，作二书，一寄成都家人，一寄杭州张晓峰，内附应聘书。夜雨中有雪，寒甚，易裘而后寝。

十一月廿八日，雨雪，骤寒。晨起即雪，飞片如鹅毛。八钟赴议场，今日为讨论《宪草》之第一日，到会代表甚多。入休息室，晨餐茶点，九钟开会。胡适主席，请政府交出《宪草》，旋蒋公出，手捧红色装裱之《宪草》一册，亲交付主席胡适，并由蒋公以国府主席资格，说明还政于民之意，历时四十分钟，辞甚恳切。新闻记者之水银灯及摄影镜，群集其身，辞毕，拍掌甚久。复由秘书长洪兰友逐条宣读《宪草》全文，即政协会对《五五宪草》之修正稿，而新通过于立法院者，至正午十一钟十五分读毕，乃散会休息。复再开会，主席指定立法院长孙科，将本宪草对《五五宪草》修正之要点，及修正之意义，逐一解释，至十二钟三十分完毕，即散会。午后由主席团开会，本日议场之庄严，殆为空前第一，全场除拍掌声外，无发言者，秩序之佳，得未曾有。预料明日作广泛讨论时，必有辩论。出议场，冒雪登车返寓，与贺自昭同餐。午后大雪不止，屋瓦皆白，地面堆积数寸。晚六钟，冒雪乘车至中山北路国际联欢社，应徐堪、刘航琛之约宴，川康代表集者百余人，餐为西式。餐后并观电影，由徐思平等谈川军流亡，不能返乡，商筹救济之策。据云，抗倭川籍兵士流离江浙一带，有在太湖区为盗者，大约二三十万人。首都卫戍部军官何龙庆云，本月南京捕获盗三百余人，中有二百余人为川籍，亦可知救济之为急务矣。九钟返寓，雪益厚不止。

十一月廿九日，晴。晨起日出，照积雪，皑皑可观。九钟开会，主席左舜生宣布代表资格审查委员会委员，共一百零一人，中有召集人九人，已经主席团推定。余亦为委员之一，今日大会改排席次，由主席团就各单位抽签，最前为主席团座次，西康抽得第一，余座次为三十，前为朱经农，前右为段锡朋，前左为王云五、刘蘅静。本日秩序最乱，每有三四人同时发言，最初责难主席团，未将代表资格审查委员会名单要求大会通过，遽行决定，实为违法。旋由大会付表决，多数通过，复就《宪草》全部，广泛讨论。其间发言甚多，大体集中于立法院之权力过大、国民大会之权力有限，领土应采列举规定、不应采概括规定，国民大会代表及立法委员均应兼用职业代表、不应仅有区域代表，女代表应有硬性规定其数额，基本国策第一章应分别规定、列为子目等项。十二钟散会，午后三钟再开会，继续广泛讨论，余亦提有书面意见一项。六钟散会归寓。七钟，川康同人赴金陵大学及女大川籍学生邀请茶会，闻两校川康籍学生，因生活高涨，积欠两校应缴之费甚巨，希望代表等与以救济。当由王宏实、向育仁、潘昌猷等分别作答而散，归寓。今日气候极寒，以日出雪融故也。望家书不至，今日在金陵大学，曾遇袁伯樵、刘君惠诸人。主席宣布未宣誓之代表，明日补行宣誓。

十一月三十日，晴。今日亦晴，而屋瓦积雪，犹未全化。八钟半至议场，进茶点。九钟开会，主席于斌，提出《宪草》审查委员会之组织案，计共分为八审查会。一审查总纲及人民自由与权利义务，二审查国民大会及宪法之修正与解释，三审查总统行政及立法，四审查司法考试及监察，五审查中央与地方之权限，六审查省县制度，七审查基本国策，八为综合审查。综合审查委员会之组织，为各审查会推出召集人二人，主席团十五人，每代表单位推出一人，共同组织之。午前发表意见者纷纷不休，主席以根据原案容纳各方意见付表决，多数通过。十二钟散会，返寓休息。午后三钟，再到会场，新换身所佩之标签，易金色星形之徽章为银色圆形，更换一红绸之姓名签，佩左胸，又领到十一月公费三十万元。三钟开会，主席吴铁城，秘书洪兰友未到，换为雷震，将关于本日午前对《宪草》审查委员会之各方意见，归纳后，作下之决定：一将第七审查会之后，增加一委员会，为第八委员会，专审查蒙古盟旗及青藏各地方制度；二为将原第八之综合审查委员会，改为第九，其组织改为各审查委员会推定二人，又各会召集人二人，主席团九人，每代表单位推出三人组织之，遂多数通过。本日除审查会一问题外，尚有多人讨论《宪草》者，大都反对《宪草》，力主大加修改，其用意固别有所在也。在会场与王云五、张道行、胡适之谈片刻，六钟散会归。连日访顾颉刚，不见，因邮书致之。今日议场补行宣誓，午前青年党、民社党之代表，皆不出席，盖避免宣誓之故也。誓辞中有尊奉国父遗教之语，故不愿参加，国民党代表欲强其宣誓，但既不出席，亦无以难之，政府亦不愿多生枝节，国民党报纸谓其既出了家，又不受戒云。

十二月一日，阴。今日休会，晨九钟乘巡环交通车，至中山北路华侨招待所，访青年党诸代表。值其开会，仅见张希为、陶元珍二人。与何鲁之在凤颐村小坐谈，并同午饭。二钟赴国民参政会，晤贺自昭，同步至鼓楼二条巷，乘人力车至北平路中英文化协会，参预哲学座谈会。座中人数甚寡，有倪青原、谢扶雅、罗忠恕、黄建中诸君，旋偕诸君至对门印度大使馆，应代办哈散夫妇之约茶会。其夫人白皙似欧美妇女，以英语会谈，座中吴其玉君发言最多。五钟辞出，与建中、自昭雇小吉普车至中央大学，约贺昌群君，同车至秦东饭店晚餐，由自昭、建中作主人，昌群与余为客。酒后，复同往听歌女清唱，以自昭坚欲一往，在彼为初次经验也。十钟返寓，同室三君皆已熟眠矣。

十二月二日，晴。今日雪已化尽，气候较和。九钟半赴议场，白崇禧主席，秘书雷震，继续讨论《宪草》。发抒反对意见者甚多，青年、民社二党代表则默不发言。午十二钟散会，返寓遇王云帆君小谈。三钟再赴会，白云梯主席，仍广泛讨论《宪草》，余于今晨曾投发言请求单，至是发言一次。余登台主张《宪草》第十二章选举，宜酌采知识限制，凡年满二十岁，曾毕业小学，能诵读宪法文字者，有依法选举之权，其不识文字者，须年满三十五岁，始有选举之权，此项知识限制，并不背反于普通平等直接之原则，但可减少地方恶势力及政棍党棍之操纵。余之所言，乃未为全场注意，以全场喜闻煽动性之反对《宪草》论，未能对于此有关民治前途之问题留意也。六钟散会回寓，复与余中英、李伯玉、李铁夫三君同出，晚饭于中央商场餐厅，伯玉为主人，九钟返寓。今日送曹襄蕙之赙仪一万元，夜但怒刚（懋辛）来久谈，闻昨日上海因干涉摊贩事，发生大暴动，大公司商店多被捣毁。

十二月三日，晴。晨九钟半赴议场，今日各单位推选《宪草》综合审查委员会代表三人。余为西康召集人，用记名连记投票结果，周馥昌九票，陈士林八票，杨仲华七票，当选参预，余与刘家驹各五票为次多数。分组审查会，余分入第三审查会，关于总统行政立法，又分入第七审查会，为基本国策，盖每代表至多只能任二组也。午前开会，孔庚主席，继续广泛讨论《宪草》。午后开会，刘蘅静女士主席。由新疆代表阿合买提江发言，操维吾儿语，有通译。复由艾沙发言，用汉语，大约均主张宪法应规定新疆民族之高度自治，阿氏为新疆之副省主席，听其所言，足为新疆前途忧，其高度自治之言，乃有若干代表报以掌声，可怪也。旋有贵州苗族代表杨砥中发言，谓当抗倭时期中，暹罗国曾致函于滇黔苗族，谓为泰族同胞，应大联合而创立泰族国，经杨君复函驳斥，又倭军攻入贵州独山时，倭人曾煽动苗族建国独立，其所言皆未之前闻。六钟散会，偕川康代表多人赴中山北路国际联欢社，应张群、刘文辉二主席之邀宴，宾客百余人，宴时并摄影，九钟归。

十二月四日，晴。晨赴议场，今日议场有茶无点心，盖自今日始，停止点心之供应，以点心之费，捐助下关流亡难民，亦缘每日供应点心之费至二十余万元，殊非宜耳。九钟开会，胡庶华主席，有青年党何鲁之、余家菊等发言，评论宪法，颇得掌声。午十二钟，与何兆青同餐于新街口五味和，遇黄鹏基夫妇。三钟再开会，王云五主席，由民主社会党徐傅霖、蒋匀由发言，讨论《宪草》，亦承认立法院权力过大。傈族代表曲木倡民，亦论及边疆土著民族，应与以参政之机会。闻今日新疆代表所提高度自治案，邀人联署，均遭拒绝。昨夕有陕西女代表刘纯一女士病故，今日大会举行默悼，夜与李伯玉同出至五味和晚餐，复步行至中华路和成银行济康银行访人，皆不遇，九钟归。

十二月五日，晴。八钟赴议场，九钟开会，讨论《宪草》，张继主席，发言者以邵力子为最久，意在维护政府所提之新《宪草》，颇得若干掌声。《宪草》广泛讨论，已历七日，而未发言者，尚有二百余人，如续发言，尚需一星期之时间，或名之曰疲劳轰炸，又名之曰讲演竞赛。今日主席提出停止广泛讨论，其未发言之二百余人，可提出书面意见，经表决通过。明日将开第一次之分组审查会，十二钟散会。返寓后，收到浙江大学汇票一百万元。复与李铁夫同出，午餐于新街口之五味和，又同步行至太平路安乐酒店而别。登楼访黄鹏基，不遇，复至中山东路空军参谋学校，访林文奎、张敬夫妇，小谈而别。六钟自新街口乘交通车归。八钟，复与杨敏生同至议场，出席代表资格审查委员会，余与杨君审查西康代表十七名毕，九钟半归。夜与李伯玉谈宪法甚久，彼此皆同意立法监察委员，应不兼国民代表，且分别选出。

十二月六日，晴。晨九钟赴议场，与李铁夫步至香铺营公余联欢社，观陈树人画展，复返议场。余径往二楼休息室，参加第三组审查，所审查为总统行政及立法一章，王宠惠主席，关于本组推选二人参预综合审查事，当举行票选，王宠惠得票最多，王世杰、曾琦票数相同，决以抽签定之。有人提议，审查发言，宜就前数日广泛讨论之意见讨论，不必泛论，免耗时间，多数赞同。惟前数日广泛讨论之意见，现尚未整理就绪，因之决议休会，俟下星期一日审查。十一钟散会。午后一钟复出，至建康路购物未果，逐至中华路和成银行午餐，与刘主席文辉、李铁夫、杜履谦等商定，明日将往游镇江扬州。今晨审查时，晤杨叔明、陈启天，彼此交换意见，叔明所言，尤足注意。据云，代表掊击《宪草》，又力持即刻行宪，政府为软化代表及控制代表计，或将现有立法委员及参政员名额增多也。晚至新街口小食，遇林伯遵君，夜有湖南代表向乃祺君来谈。第三组审查会参加综合审查会之王宠惠、王世杰二人，已早经选定为综合审查会员，现改推曾琦、蒋匀田二人。

十二月七日，晴。晨六钟与铁夫至中华路和成银行，偕杜履谦、杨家桢四人登汽车，至中山北路，会同刘自乾（文辉），及其医官副官二人，共为七人，分乘汽车二辆，至下关车站，登钱塘号头等车。八钟开行，九钟四十分抵镇江西站，下车至渡江码头，登渡江小轮，青天白浪，气象万千，遥指金焦北固，倍觉形胜，十钟二十分抵北岸。包小汽车一辆，循镇扬公路，南段树木甚少，十一钟抵扬州，沿城多柳，所谓绿杨城郭也。入城驻于绿杨旅社，为扬州第一旅馆，其设备不过如上海之三等旅馆耳。城中无马路，仍系旧街，石甃而狭隘，仅如一线，行人肩摩踵接，极为不适。至食店，食扬州菜，蛤蜊及狮子头之类。食后，出天宁门而西，为瘦西湖，登舟荡桨徐行，经过之处，多为荒园废圃，两岸尚有竹树，假山奇石，屹立三五，皆在菜圃与瓦砾堆中，此皆清中叶时之名园也。泛舟向西北行，随处皆未登岸，以平山堂为目的地。舟将至熊园，岸上有军队，隔湖练习打靶，不许舟楫通过，余等皆失望，回棹欲返，铁夫奋而登岸，与军队交涉，其中有少数为川籍，商之军官，乃吹号角，停止三分钟，余等舟过，复打靶。舟行瘦西湖中，极为冷寂，午后三钟，乃抵平山堂。其傍观音山，云即隋代迷楼故址，有军队屯驻。拾级登平山堂，有欧阳公殿，奉石刻像，苏文忠公配享。其南为平山堂，有联云："过江诸峰，至此堂下；太守之宴，与众宾欢。"别有乾隆御碑题诗，地势清闼，南望山川，烟树苍苍，可以入画。拾级而降，登舟自原道返，平山堂在扬州西北，其附近当即隋宫遗址，今无遗迹可见，惟平山堂山麓之西，约半里，即二十四桥，今惟有石质小桥，半埋土中。余意隋唐时扬州城市，当偏西北，今平山堂及二十四桥地，荒烟冷落，竹树甚稀，然必为隋唐时之宫苑繁华之中心也。念杜牧之、姜白石以至王阮亭诸题咏，不觉怆然。此间百事衰歇，不必远征古人，即阮芸台、汪容甫，亦何处可再得哉？回舟至法海莲性寺，其中有西藏式白塔，为模仿北平之北海琼岛白塔，乾隆南巡之所遗也。寺外湖心，有莲华桥，俗名五亭桥，虹梁跨水，舟穿其下，纵横皆有石质拱门，桥上五亭，如梅花瓣形而相连属，彩画雕镂，甚为巧丽，远望如画，微似北平琼岛对岸之五龙亭。更南为湖心律寺，其傍曰小金山，地为岛形，在湖中，四面临水，亭馆数处，有伊秉绶所书悬额"湖上草堂"四字。临水远望五亭桥及白塔，信为美景，想月夜如能至此，当尤佳胜。更南为徐园，即徐宝山之园，又更南为熊园，即熊承基之祠宇，皆未上岸。徐园较完整，熊园残毁已甚，倭寇之所为也。自小金山以南，瘦西湖泛舟，皆傍城垣以行。将近城门处，尚有绿杨村及冶春等园，为游人茗话之所。瘦西湖水面不阔，而回环有致，前后左右，随处瞻眺，皆有虹桥跨水，别有情味。所惜园囿多荒，轩亭鞠为茂草，怪石支离草际，扉楹栏槛，断碎成堆，竹树亦多经斩伐，平山堂附近尤甚，实可慨惜。五钟舍舟登岸，抵天宁寺，更东约半里，至史可法墓，地名梅花岭，一土埂耳，亦无梅花，祠宇大门，题"史公墓"三字，阶除非广，墓有石碑，墓东小院中，供史公画像，屋宇亦多破败，势须培护修理。瞻仰后，乘车入天宁门，返绿杨旅社，旋偕铁夫出外小步，观街市夜景，路狭人多，不能展步，返与自乾诸君晚餐于市。有扬州商会会长戴天球君来访，戴君字星一，亦国民大会代表也，略询关于扬州事。据戴君言，数月前，共产军距扬州城仅二十里，平山堂曾有战事，今则共产军距城数百里，无怪今午余等至平山堂附近，见尚有军人戒备森严也。即由戴君为主人，招待余等晚餐，酒肴甚丰。食后返旅寓，已疲倦，与自乾、铁夫诸君围炉夜谈，至十钟就寝。

十二月八日，晴。六钟天微明，即起，同诸君乘车出城，雇一汽车南返，车费二万余元。七钟抵江岸，登渡江小轮。八钟二十分达南岸，即至招商局，交涉一小轮，赴焦山。遂至宴春楼早餐，为肴肉、干丝及包饺，皆镇江味。餐后至招商局，云轮船已备，乃登小轮，坐前舱，如小客室，三面玻窗，座极舒适，望大江东去，心旷神怡。十钟抵焦山，入定慧寺，晤住持僧东初，泰县人，太虚之弟子，款以茶点，出示杨继盛墨迹，八大山人白描佛罗汉像，皆极真，又出示文天祥楷书《诗经》，则似未可信。寺中创设佛学研究社，出版刊物，自乾慨捐二十万元。寺中所藏宝物，今仅存此，其余如周鼎、岳飞手书墨迹、杨椒山玉带，今皆不存，盖毁于倭寇也。数年前，倭据焦山为炮垒，与国军战，寺屋多被焚毁，著名之松寥阁，亦片瓦无存，惟瘗鹤铭残石犹在，正新建亭。勒残石于壁上。寺僧云，鹤铭全文一百三十余字，今存八十余字，余观之，不过三四十字犹存耳。杨继盛墨迹题跋甚多，自阮元、王文治，至近代之康有为、梁鼎芬、陈三立，颇可观。寺僧留午饭，辞谢出登舟，转航南岸，至北固山，山麓为甘露寺大门，以倭乱毁。登山览胜，殿阁皆已破坏，瓦砾满山，仅存之屋，亦近朽败，惟寺后极顶，临江一亭尚存。江风怒吹，扑面寒噤，而北望中原，蒙蒙一发，大江三面，风帆沙鸟，白浪淘空，雄伟卓绝，诚壮观也。下山登舟，见山麓石壁摩崖，有"英雄勒马"四大字，今惟"勒马"二字，尚可辨识。舟至招商码头，再登岸，换乘车至金山寺。殿廊宏丽，凡三百余所。洪杨之乱，金山全毁，焦山独完。今倭寇之来，则焦山残破而金山独完，亦互有乘除也。登石步数百级，回旋殿阁间，至山巅之佛塔，凡七级。余仅登二级即下，自乾诸君竟登七级。复转下至法海洞，有法海僧肉身，在石窟中。更转上妙高台，有亭有碑，康熙间立，书四字，曰"江天一览"。康熙碑已毁，今碑为曾国荃重摩。远望大江浩渺，渚青沙白，西风振衣，亦妙景也。下山入方丈室，见所藏周鼎及铜鼓。欲观东坡玉带，而典守者适外出，未得一睹。出寺左转，导者引观八仙洞紫竹林，更西有白龙洞，燃炬照见岩凹，有白矾石雕塑二女神像，并肩立，殊曼妙，云是白蛇传中之二女郎，一白一青，齐东附会可笑。其傍曰卧佛殿，有佛侧卧，印度风也。转至山门，登车至市中一枝香菜馆，素餐甚可口。时已四钟半，径赴车站，购得返京头等票，为时尚早，小休于道傍咖啡馆。五钟二十分登车行，六钟五十分抵京，乘汽车归。今日为旧历十一月十五日，月明如画，云夜半全蚀，余旅行疲极早眠，不能观也。李伯玉言，昨夜有音乐会，甚佳，今日陆空军联合演习作战，有跳伞等项，颇可观，惜余游镇江，失此机会。此行全为刘自乾君招待，约用数十万元，余则未耗一钱，而获偿多年旧愿，亦幸事也。得桓、桢二书，皆二日付邮，知家人安，甚慰，然疲劳不能立复，拟于明日或后日寄复。

十二月九日，晴。九钟赴议场，早餐饮咖啡，遇黄季陆及蓝孟博（文徵），旋赴会，与陈长蘅接座。今日为第三组审查会，主席潘公展。关于本组讨论材料，尚未整理完毕，未能讨论。一部分代表欲超出范围，讨论全部中央政府。殊不知本组范围，仅总统、行政、立法三部，其司法考试监察在第四组，且立法监察，已变为人民意思机关，非如《五五宪草》之纯为治权机关，何能以中央政府四字包括之。余当即起而反对，余意如讨论全部中央政府，须与第四组举行联合审查，主席亦以材料未整理，宣布散会。余乃乘三路交通车，至成贤街，访张晓峰、顾颉刚，知皆在沪杭未返。遂至中央大学，访贺昌群，长谈二小时余，贺君留在其家午餐，具有鸡黍。三钟辞出返寓，清理函件。七钟，与李铁夫同出至五味和晚餐，复同至大华观电影，盖美国极浅薄无味之影片也，使人昏昏欲睡，勉强毕事。归寓时大月满天，霜风凄紧，急拥被眠，不能写家函矣。

十二月十日，阴。晨八钟赴议场，参预第七组审查会，审查基本国策章，朱家骅主席。第七组已分为四小组：一国防军事，二国民经济，三教育文化，四社会安全。余所参加为第三小组，代表多数发言，咸认为教育文化，应列专章。争辩多时，由主席指定傅斯年、黄建中等，归纳提案意见。十二钟散会返寓，与王宏实、李铁夫同出，至五味和午餐。午后三钟，再至议场，参预第三组审查会，主席潘公展，就总统章讨论多时，通过数条。六钟，会尚未毕，余乃先出，应中国哲学会之招，与黄建中、贺自昭二君，同至中山北路泰利咖啡店。至会者，有宗白华、方东美、倪青原、陶希圣、牟宗三、谢扶雅、刘国钧诸君，同进西式餐。由宗白华、贺麟、倪青原三人，报告近年哲学会状况，并略谈今后发展之问题。十钟散会，雇小车返寓，极寒。

十二月十一日，阴，午小雪。晨九钟赴议，参预第三组审查会，王世杰主席，将第四章总统讨论毕。发言最多者，为民社党孙亚夫、青年党夏尔康。十二钟散会，川康及渝市代表同人百余人，齐集国民大会堂大门外摄影，并分乘大汽车三部，至砺志社聚餐。但砺志社房舍未先接洽，餐亦未备，天适小雪，众乃四散。余与何鲁之、李伯玉等，至秦淮老万全酒家，应潘昌猷君之邀。午餐后，复至议场，再参预第三组审查，史尚宽主席，讨论立法院对行政院长之同意权，幸获通过。续讨论行政院对立法院负责问题，争辩剧烈，尤集中于立法院似有变相之不信任权，而行政院却无对立法院之解散权，争执多时，无结果而散。返寓与铁夫同出晚餐，复至国民大会堂，观电影，为国民大会新闻片，及警魂歌一片，为中央警校制，无足观。十一钟归。

十二月十二日，微晴。晨赴议场，参预第三审查会，蒋匀由主席，续议行政对立法院负责事。意见纷歧，由王宠惠、王世杰等组织整理小组，将第二项立法院出席三分之二复议不改，可以使行政院长接受该决议或辞职事。觉立法院束缚行政院太甚，因将出席三分之二，修改为全体三分之二，行政院仍不能有解散立法院之权。此项整理小组意见，幸获通过。十二钟返寓，寄家函一。午后继续讨论，集中于立法委员之选举及名额事。六钟散会返寓，与王宏实同进晚餐，并同步行外出，至中央商场餐厅饮咖啡。九钟归，倦极而寝。

十二月十三日，微晴。晨赴议场，参预第三审查会，主席柳克述，讨论立法委员会名额及选举。妇女代表坚持十分之二规定名额，刘不同代表坚决反对，争执甚烈，结果决议以法律定之，妇女代表完全胜利。午十二钟散会，领得代表补助费五十万元。午后三钟再赴会，争议集中于立法委员名额，表决不得超过五百人。复讨论立法委员不得兼任官吏条，有人主张改官吏为公职，结果表决维持原文。六钟返寓，复至中央餐厅晚餐，余中英、王宏实等亦至。今晚程砚秋剧团在大华电影院演剧，招待国民代表。余得入场券二张，余中英今自北平归，其入场券已被人攫去，余乃分一券与之。余座在楼上第七排五十号，八钟开演。初为《闻仲回朝》，次为叶盛章之《时迁偷鸡》，身轻如叶，武术甚工。又次为叶盛兰之《八大锤》，谭富英饰王佐，甚佳。最末为《红拂传》，程砚秋之红拂女，王少楼之李靖，袁世海之虬髯客。程近年过丰肥，然歌喉清烈，又回转弄小腔，亦其创格也。夜一钟散出，天方雨，冒雨乘车归，就寝极晚，将午夜矣。

十二月十四日，雨。昨夜迟眠，今晨九钟乃起。十一钟，冒雨乘车至大会堂。代贺自昭领得补助费五十万元，即以航空挂号信寄北平。盖自昭将归北平时，以印章及领款证付余，不能不应其请托也。午十二钟三十分，赴秦淮万全酒家，应潘昌猷之招宴，座客五六十人。余与陈长蘅、杨公达同座，杨君为新任英士大学校长也。三钟，乘小车归寓，雨犹不止，道路泥泞，寒风萧瑟。今晚幸无事，遂不再外出，独卧阅报，自息劳疲，今日午后，有京沪飞机失踪。

十二月十五日，微晴。晨寄顾颉刚一函，午至成贤街第三招待所访张晓峰，不遇，留刺而去，并附一函。步至文昌桥晒布厂，访汪辟疆小谈，返至国府路乘车返寓。夜与余中英、李伯玉同出，中英作主人，饮于秦淮万全酒家，深夜乃归。今日闻综合审查会开会，关于《宪草》第一条，修正为基于三民主义为民主共和国，又边疆少数民族及妇女当选名额事，争执甚烈，未得结果。晚得通报，原定明日大会，已不能开，延期二日，定十八日开大会。盖青年、民社二党皆表示，若将政协《宪草》推翻修改过甚，则不惜退席。政府苦口约束国民党员，不可反对政协《宪草》，而党员多不顾政府困难，故政府深感棘手，非将国民党员疏通约束，确有把握，则不敢遂开大会。今夕陈诚、陈立夫、吴铁城三人，柬约全体国民党员茶会于砺志社，即为此之故。

十二月十六日，阴，晚小雨。晨未外出，午与王宏实等饭于五味和，复偕冯均逸、李宇杭饮咖啡于中央餐厅。晚六钟，赴中央饭店，应邓华民、韩仲达招宴，川康人士集者约百人。闻今晨蒋公集国民党代表，告诫以必须维持政协《宪草》原则，辞甚严厉。十四日午后由京飞沪之中央航空机，已发现堕于浙江长兴县境，人机俱亡。内除机师三人已死外，尚有乘客二人，纸币三十三箱，又同时中国航空公司客机，亦抵沪降落，与大华公司机互撞，乘客有伤者，于斌主教亦在内，幸无伤。今日午刻，发家函，并以五十万元汇回成都。

十二月十七日，阴。晨与李铁夫、王云帆同出，至秦淮凤凰餐厅早餐。十二钟同至大石坝街，应余中英约宴，座有湖北代表多人。其中之一蒋君，即蒋作宾之弟也。餐后，同李伯玉在秦淮利涉桥侧之上海咖啡室同饮咖啡。五钟归寓，六钟三十分，复至新街口蜀中饭店，应西康省委员杨丙离及济康银行经理詹明扬二君招宴，座客四十余人。

十二月十八日，晴。八钟半赴议场，参预第十次大会。在饮咖啡室，遇张晓峰，谈外国文学系聘任教师事。九钟开会，主席何成浚，由各组报告审查结果。第一组张知本，二组林彬，三组王世杰，四组江一平及水梓李中襄共同报告。十二钟毕会，与李伯玉同饭于五味和，遇贺元靖（国光），餐后归寓。午后四钟，复与伯玉同至秣陵路二百三十一号洪兰友宅中，会晤章行严（士钊）。盖行严甚赏余近作之议场书感二诗，且多年不见，故一访也。行严近日有组党之计划，与余谈多时。旋尹石公（炎武）来，遂辞出，与伯玉再出，至中央餐厅进西餐。八钟归寓，有川大女学生戴学敏来访，云将于星期日以吉普车来，迎余与何鲁之出游。

十二月十九日，阴。九钟赴议场，参预第十一次大会，主席田炯锦，仍由各组报告审查结果。五组黄季陆，六组李敬斋，七组分由四人报告：国防军事为冷欣，国民经济为萧铮，社会安全为谷正刚，教育文化为傅斯年。议场休息时，遇顾颉刚，谈片刻。十二钟毕会之前，为白崇禧报告新增第八组之蒙藏边疆土著民族审查。毕会后，赴中山东路益州饭店，应曾扩情之邀宴。午后返寓作书，寄石蕴如、李梦雄夫妇。今日气候增寒，闻西伯利亚寒流已越内蒙古，中心达河北，前锋已抵南京。晚未外出，今晚得讯，《宪草》综合审查，大部维持原案。以民社、青年两党有退席之决心，马歇尔切盼政协《宪草》通过后，将携回国，以便决定对华借款及援助。今日报载杜鲁门重申对华政策，在使中国息内争而建一各党共组之民主政府。蒋公意旨，在适应此环境，而国民党员乃多不能仰体此意，仍反对政协《宪草》。闻昨日蒋公曾因此而悲泣，未审确否。今日综合审查，虽大部维持原案，然其中第七条迁都北平，及五十八条行政院与立法院问题，尚未得解决，大会能通过与否，未可知也。

十二月二十日，奇寒，微雪。晨八钟与李铁夫、余中英同至大行宫，早点于大三元。九钟赴议场，参预第十二次大会，主席程潜，由陈诚报告综合审查会审查结果，历四小时。十二钟散会，午餐得家书，盖十五日桢所寄。因四川大学将考试，催速命题，余乃就所授宋辽金元史及史学方法二课，拟就各六题，立刻以航空快函付邮。二钟半，独乘巡环交通车，赴中央研究院，访胡适之。睹者云，胡昨夜半始归，今方午睡。余不欲扰之，留函而去。至成贤街，访顾颉刚、张晓峰，均不遇。天适小雪，乃乘车返寓。夜写家书，本日辽宁代表王秉谦逝世。

十二月二十一日，微晴。晨八钟寄家书后，赴议场，参预第十三次大会。在饮咖啡室中，与傅斯年、张晓峰、钟伯毅、胡瑛等小谈。九钟开会，胡适主席，今日为《宪法草案》一读会。盖综合审查报告，昨日已完毕矣，《宪章》原条文，及审查会修正条文，综合审查修正条文，逐条读后，交付二读会。其中大端，已无问题。盖昨夕蒋公于砺志社，召见国民党代表，已严厉指示，故今日通过情形甚顺利。第一条国体同题；一方主张用民主共和国，除去三民主义字样；一方主张用三民主义民主共和国，除去民有、民治、民享字样。但现已折中解决，仍用原案，基于三民主义，为民有、民治、民享之民主共和国。第七条国都：草案为南京，审查结果为北平，北方代表主张最力，联署者八百余人，此为大会中最无法解决之案。第三为立法委员出席三分二持原议，行政院长应接受或辞职，审查改为立法委员全体三分二，综合审查又恢复为立法委员出席三分二，亦为今日未决之件。十二钟，一读会未毕，胡适宣布延长二十五分，乃一读完毕，遂赴新街口午饭，中央餐厅饮咖啡。午后三钟开会，朱家骅主席，讨论兼二读会。第一条总纲国体，以折中原案通过。第七条国都，余意可省略不列专条，以免纠纷，因而告张群、王世杰，由张群提出，不列专条而通过。第三立法委员全体三分二，仍恢复为出席三分二通过，大体顺利解决。然会中尚有若干严重争执，妇女代表主张百分廿之选举比额，亦经打消，满族代表溥心畬（儒）主张第五条国内各民族，应列举为汉满蒙回藏苗夷各族，亦未通过。满族代表毕天民登台，语中有令众人"洗耳静听"四字，为众人叫嚣，制止其发言，毕愤然出场。至六钟散会，晚与李铁夫同出就餐。

十二月二十二日，晴。晨发家函，内贮祖桓请胡适之所写之字。九钟半，戴学敏以吉普车来，同出至吉兆营，陈善安来，更至成贤街，约顾颉刚，至凤颐村，约何鲁之，同乘车出挹江门，游三台洞、燕子矶。十二钟返，由和平门入城，至碑亭巷巴山餐堂午餐，顾君之客张徐二君及二女士亦来同餐。戴女士为主人，本日招待殷勤，可感也。餐后已将三钟，赴议场，在休息室与顾颉刚谈良久。三钟开会，以制宪甚急，今日星期，亦开会半日，主席白崇禧。续开二读会，尚顺利进行。惟至立法委员不得兼任官吏一条，竟多数通过，盖根据此决议，国民代表及立法委员皆不得兼任官吏，立法、行政二部，分划太严，背反于内阁制之精神。章行严于中央日报作《宪草第廿八条商兑》一文，力言如此分划之非，然已经二读通过，无可如何。六钟散会，七钟乘车至国防部，应白崇禧招宴。余与林虎连座，谈甚久。白崇禧欲众署名，将二十八条提请复议。众以恐牵动全局，多拒署名，余亦未署。十钟归，得仪亲笔来函与桂女函，中附有桂、权、樱子女三人影片。

十二月二十三日，阴。晨八钟与李铁夫、余中英、王云帆、黄君璧及成都自来水公司工程师任君及吴女士，步行至龙门酒家晨餐。旋赴议场开会，谷正刚主席，续开二读会，讨论司法考试监察诸章，并中央与地方权限及省县制度，争议颇多，十二钟散会，遇周谦冲小谈。旋至碑亭巷巴山食店，应顾颉刚约宴，同座者有何鲁之、姜蕴刚、陶元珍诸君。三钟再赴议场，续开二次会，主席孙科，讨论基本国策条款。关于外交一项，潘朝英主张将草案之尊重联合国《宪草》数字删去，以联合国宪章，内容不定，尚有若干国家提议修改，且一国大法，不应以国外宪章列入，故主删除。其言亦尚有理。胡适起而反对，谓世界各国，惟中国宪法，首以联合国宪章之尊重，加入条文，实为创举，为世界所注视与赞美，今审查删去，已一误，现综合审查再加入，不料大会又欲删去，是一误再误，望大会认识此要点，维持原案。旋付表决，胡适之主张通过，得不删去。余意中国此次制宪，主要在应付国际环境，尤需美国之同意与扶助，特立尊重联合国《宪草》一语，良有以也，宜胡氏主张之获胜。六钟散会，七钟至砺志社，应蒋公夫妇约宴，宾客约五百余人。宴后，宾客绕室鱼贯环行，经蒋公夫妇前，与之握手。蒋公并口道辛苦，意在慰劳，旋即演剧二出。一为王吟秋之《秋胡戏妻》，一为林树森之《华容道》，剧艺甚佳。十二钟归。

十二月二十四日，阴。九钟赴议场，续开二读会，孔祥熙主席，讨论基本国策章各款。关于国民经济、社会安全及教育文化诸端，其中颇多异议，幸均通过。十二钟散会，赴中央商场理发。午后二钟，再赴议场，参预代表中服务教育界同人茶会，主席胡庶华，会后摄影。三钟续二读会，王云五主席，将全《宪草》通过十分之九。二读将毕，由胡适等八十余人提出，将《宪章》第二十八条官吏不能兼任国民大会代表一条，改为官吏于所在管辖区内，不得当选国大代表。惟此条已由二读会通过，势难推翻，且议事细则亦无复议之规定，主席方议提请复议，全场哗然。陈启天、胡庶华上台发言，均被嘘声压下。任卓宜上台反对，其言富于煽动性，掌声不绝，任言毕下台，陈诚加以干涉，几于冲突。然主席提付表决，全场一千三百余人，胡适复议案，竟以七百人左右之赞成而通过。续议宪政实施程序通过。六钟散会归，七钟与李伯玉至大华剧院观话剧，国防部所邀请也，名曰《红尘白璧》。十一钟归，天雨。

十二月二十五日，阴，小雨。九钟赴议场，参加三读会。于右任主席逐条亲读，至五十六条，即不能胜任，秘书长雷震代读，逐条多无异议通过。惟读至第二十八条，系用胡适之修正案文，反对之声又起，秩序大乱，全场鼎沸，尤以江苏代表倪弼、丁宣孝等反对最力。主席于右任无法维持秩序，渠等反对理由，以议事细则无复议之规定。于右任答以复议乃根据民权初步，渠等乃再要求复议，于右任答以议事细则规定，三读会仅能整理章节文字及每条冲突之点，不能再请复议。倪等大哗，呼声鼎沸，于氏已不能制止。蒋公在座中不能耐，起而发言镇压，谓代表为人民模范，不能不遵守议事细则，否则违法。蒋公起而发言二次，乃将风浪平静。续修正文字数处，三读终场。主席于右任以全部宪法，提付表决，用举手起立，而不用电钮。全体起立，即为全体通过，并通过以明年十二月廿五日为宪法实施之始，拍掌声长达三分钟。散会时为十二钟，领得十二月公费三十万元，代贺昭领三十万元。归寓小休息，写家书一，寄贺自昭函一，寄石璞、李梦雄函一，未及付邮，而时间又至午后三钟矣，急赴议场。今日午后为大会闭幕礼，各国使节均到，吴稚晖主席，蒋公以国府主席资格到。蒋吴二人坐台上，余皆坐台下，今日代表在京者，无一缺席。向国旗行礼后，秘书长洪兰友宣读致国民政府咨文，即由吴稚晖将红缎装裱有匣之宪法全部，亲交蒋公。蒋公收到，交付文官长吴鼎昌。蒋公即说明政府接受宪法，并接受代表拟定之宪法实施程序法，并望各代表协助政府实行，以明年十二月二十五日，为宪法实施之日。全体拍掌，约达七八分钟，多数高呼中华民国万岁者。仪式甚庄严，情绪亦热烈。五钟散会，复与二十年曾参加国民会议之代表约百余人，集合大会堂门前，共摄一影，乃共李伯玉、余中英、吴晋航坐小汽车归。天雨方甚，七钟为中央文化运动委员会请往观大华剧院之话剧，名曰《万世师表》，余未往，以劳疲之故也。八钟，与韩百城、李伯玉同至此龙门酒家晚餐。今夕为耶诞节，酒家新装一圣诞老人像，士女如云，极繁盛。今日又为丙辰云南起义倒袁之纪念日，滇人李宗黄著一小册子，自称信史，意在抹煞事实，归功于国民党及其本身，黜梁启超蔡锷之功，而归功于孙中山及唐继尧。其史果可信耶？溯自大会开会迄今，共四十日，除预备会及休假十日外，正式大会及审查会共一月。

十二月廿六日，阴雨。十钟赴大会堂领得公费三十万，复代贺自昭领得了三十万。返寓后将贺自昭款汇至北平，并附一函，复再汇五十万元回家，附寄一家函，更寄石璞、李梦雄一函。午后二钟，偕李伯玉至秣陵路二百三十一号洪兰友家中，晤章行严，谈甚久。本日三钟，有白崇禧、陈诚在大会堂东邀全体代表茶会，报告抗战八年军事及今后国防。因天雨方甚，又与行严晤谈，不能往也。五钟返寓，六钟偕川康渝市代表同人聚餐于中山东路益州饭店，商谈救济在外流亡川军返乡事。共具名致函四川省政府及省党部，复由各代表每人捐助五万元。八钟偕盛久丞同至中央商场，入大华剧院，应中央文化运动会之邀请，参观边疆歌舞欣赏会。由张道藩报告此会宗旨，巴塘女代表邓珠娜姆作说明书。计有西康舞十种，为国立边疆学校学生担任。西藏舞四种，其一名雅成昌姆拉，为吉美担任，其余为赫敖朗吉与格桑展蒂担任。蒙古歌六种，为伍如恭格及席振铎担任，其中一歌，名曰《可爱的女郎美如月亮》，为有名之牧歌。湘西苗舞一种，用鼓，击之而跳跃，名曰鼓舞，为石启贵担任。新疆舞二种，一曰欢乐舞，为张治中之女张素央担任，张女士仅届新疆五个月，即能此舞，舞姿复杂，腰肩摇动，甚美。一曰盘舞，为凌佩芳女十担任，手持二瓷盘，舞时击撞有声，姿亦妍美，凌女士亦汉女也。观众多欣赏新疆舞，而不甚喜康藏舞，以新疆回舞，多妙姿，与欧舞相近，康藏则较为原始纯朴，姿态简单。然西藏舞中之吉美与达瓦二人，舞姿颇似欧美之踢踏舞，亦尚可观。歌声多哀怨，不能尽解。十一钟冒雨返寓。

十二月廿七日，微晴。十钟赴大会堂，领取回程旅费。以报到时，于会后将往何处一栏内，误填杭州，今兹遂以杭州旅费发给，余遂未领取。转至中央大学，问得徐中舒住址，以张晓峰告余，徐已来京欲见余也。至文昌桥中大教员宿舍中舍二十三号访徐不值，留刺而去。返至新街口小食，赴普陀路九号，晤曾慕韩，遇张子柱、刘东岩。四钟归寓，乃知梅兰芳演剧，余之剧券已送到，以午后二钟开始，为时稍晚，然犹可及。乃复出，至大华剧院，乃无其事。复误忆为砺志社，在新街口遇交通车，上车至大行宫，复雇车至砺志社，又无其事；乃忆及在国民大会堂，复雇车往，已五钟矣，入座剧已过大半。是日剧为王吟秋之《樊江关》，林树森之《战长沙》，梅兰芳、姜妙香之《御碑亭》。余入座时，《御碑亭》已演三分之一。七钟剧终，乃返寓。耶诞节日晚六钟，上海同时失事三飞机，一为中央机，二为中航机，一在江湾，二在龙华，死者八十余人，连同伤者百余人，造成中国民用航空史上空前之惨痛纪录。据云系气候过劣，沪机场大雾，五尺以外，不辨人影，成此惨劫。然机场设备不善，美国机师急欲至沪，参加耶诞节欢会，冒险飞行，或一原因也。失事三机中，有二机乃自渝飞沪，余恐有亲知故旧遇难，今日名单披露，幸无一识者，然亦可哀矣。

十二月廿八日，微晴。九钟至大会堂，取得贺自昭回程旅费二十万。复至中央大学，将自昭印章，交付贺昌群，徐中舒亦来，余遂邀贺、徐二君于十二钟外出，饭于成贤街大华餐厅，余为主人。餐后复同返中舒寓中，坐谈良久。三钟返寓，将自昭之旅费汇回北平。近日国大代表有要求组织宪政促成会者，中央亦拟扩大立法监察委员会及参政会名额，以容纳代表。报载民社党主张，在改组政府之前，先改组立法院，以立法院历年所订之单行法规、普通法规，多与宪法抵触，故须先修改也。代表中近日纷纷活动，情形紊乱。晚致函洪兰友，谈回程旅费事。今日殷孟伦来访，余外出未晤。

十二月二十九日，晴寒。晨九钟至太平桥南八号礼乐馆，晤殷孟伦，谈良久，殷君约余同出。十二钟，同饭于碑亭巷巴山食堂，殷君为主人，遇董同和君小谈。饭后同步至文昌桥汪辟疆家，遇李惟远，谈至午后七钟，乃归。夜与铁夫同出，食于新街口小苏州食店，九钟归寓。侍役辈出素纸索书为纪念，余书对联一，立幅三。临睡得仪电，前汇款二次，共一百万元，家中已接到，此电系艳日发，即日接到，可谓神速。湖南代表钟伯毅，前国会议员也，赠余诗集二册。

十二月三十日，阴寒。今日原与江辟疆、殷孟伦约，晨往山西路口观中央图书馆书籍，以寒故未往。十二钟吕超作主人，约余与余中英、李伯玉、李铁夫、盛允丞、段升阶，同至新街口雅叙园，食涮羊肉火锅，及酥油葱花饼，极饱。二钟返寓，清理书物，以将去此间也。晚复偕李伯玉、李琢仁坐小汽车出，餐于益州饭店。湖北代表蒋君作主人，蒋作宾之弟也。夜得祖桓书，耶诞节所寄。今日午后三钟，余中英、李铁夫二君去沪。晚九钟，李伯玉偕但怒刚去沪，余乃独据一室为主人。

十二月三十一日，阴。昨得洪兰友复函，对余应领之回籍旅费，未有满意之答复。十钟赴参政会晤洪君，面谈后，乃得解决。遂领得回程旅费四十五万元，补来程旅费三万元，共四十七万元①。复至成贤街中央图书馆，将铁夫之《四川郡县志》一部，交馆长蒋复璁君，即捐赠该馆。十二钟返寓，再汇寄家款五十万元，寄家函双挂号，又沪章行严函。惟招待所邮局本日已撤，结束一切，乃携将寄之二函，至建康路朱雀路口邮局。人拥挤不能寄，复携函归。更提取原存和成银行之存款一百万元，归寓以家函付侍役张海珊，令往交邮，迄夜乃付邮得回条。今日午后得桓廿二日寄函。薄暮至金陵大学访刘君惠，八钟返寓，人殊劳倦。

选自陈廷湘、李德琬主编：《李思纯文集》论文小说日记卷，巴蜀书社，2009 年

---

① 原文如此。——编者注

车耀先

|作者简介| 车耀先（1894—1946），四川大邑人，中共川康特委军委委员，在成都以经营努力餐馆为掩护从事革命活动，为成都抗日救亡运动的领导人之一。1946 年牺牲于重庆渣滓洞监狱。

车耀先自传—— 一封未写完的遗书①

先说几句

民国 29 年 3 月，余因政治嫌疑被拘重庆，消息不通，与世隔绝。禁中无聊，寝食外辄以曾文正公家书自遣，遂引起写作与教子观念。因念余出世劳碌，磨折极多，奋斗 40 年，始有今日，儿女辈不可不知也。故特将一生之经过写出，以为儿辈将来不时之参考。使知余：出身贫苦，不可骄傲；创业艰难，不可奢华；努力不

---

① 此自传系车耀先牢中撰写，手稿由同狱难友孙壶东于 1946 年秘密带出。——原编者注

懈，不可安逸。能以"谦"、"俭"、"劳"三字为立身之本，而补余之不足；以"骄"、"奢"、"逸"三字为终身之戒；而为一个健全之国民，则余愿已足矣。夫复何恨哉?!

一　生不逢辰

光绪20年甲午之役，那一年的8月28日巳时，我便降生在四川省大邑县灌口场的一家商店里，据说：母亲怀孕我不过7个月。照"七死八活"的俗谚说来，是不该活下去的。说我生下地时，眼睛睁不开，哭声就像小猫儿叫唤一样的微弱。外祖母和母亲，随时用舌尖来舔我的眼睛至40日之久，才慢慢地睁开。母亲当时又无奶子，一面向人讨奶吃，一面炒些米浆喂，这样将将就就才活起来。总之，没有短命，是很幸运的事情，是很淘神的事情罢了。

听说后来居然为算命先生证明："我先后天不足而能生存者，实因命大之故。因为命带文昌盖头，又属金属水而成格局。文昌主功名，金水多刚智，不论文武总要做官。"但我推算自己的八字就"生不逢辰"。甲午中日战争之结果，我们赔款割地，蒙受很大的耻辱。8月虽然丹桂盛开，而到月底则已花谢香无。后生孔子一天，纵然沾一点文气，也是臭不堪闻。生的时刻又逢巳而不逢辰；辰属龙而巳属蛇。谚云："成龙上天成蛇钻草"，充其量亦不过做一个草寇大王而已。如果早一天与孔子同日而生，则在世人庆祝圣诞中，亦可以鱼目混珠的沾一点光。或者早生一时而逢辰，亦有"飞龙在天"之象，要迟生索性就该满10个月才临盆。先天之充足，体质健强，才有全副精力去奋斗。所谓"人力可以回天"。因此要信命我就"生不逢辰"。就是说：命不好！

究竟八字与人生有无关系？据我所知一点关系都没有。假如以降生的时间关系就能影响人生的话，那吗就根本没有人生了。因为人生就是奋斗。命既前定何必奋斗呢？既不奋斗何有人生？若云命好奋斗易成功，不好就不易成功，也是不对的。成功不成功，是人的能力够不够的问题，决不是命好命不好的问题。我们能说每天同一时辰而生的一万人的命运，都丝毫不差吗？与人生有关系的是：生前的胎教；生后的保育、教育；与自己努力不努力诸问题。降生的时间除了警告我们说："年龄不小了，还不努力吗？"之外，与人生毫无关系的，那吗，就记着："生我那年的国耻就够了！"

我因先后天都不足的原故，体弱多病。在几岁的时候常患肚疼，但不多吃药。若逢场期母亲看见曹菩萨收了挑子经过铺门口回家的时候，便把我抱立在柜台上面，请她用手指在我底额角上揉擦几下就好了。甚至有时，见她一来肚子就不疼了。因为我相信她是菩萨。病魔只要遇到菩萨的符咒，便离开我了。这究竟是菩萨医治了我呢？还是我的心理作用呢？

我经常与呼为婆婆的外祖母一块儿睡觉。她已是 60 多岁的老人了。她虽然没有奶子喂我，但她施与我的疼爱比奶子甜蜜得多。每晚我是非她不能入眠的。当她把我的衣服脱下，抱入被窝里去，搂在她那温暖的怀中以后，使用她粗皱而又柔和的手为我到处搔痒。同时以她爱我的嘴唇，不断与我接吻。虽然我已闭上眼睛，也还觉得她那慈祥的面庞，紧紧地贴着我的小脸；轻缓而颤动地发出那"乖——孙，乖——孙，睡觉觉"的怜慰呼声。在她这样爱护万分无微不至地催眠状况之下，我便下意识地握着她的乳头，顶着她的胸口，心满意足而又不知不觉地入了睡乡。这种被疼爱的真情实景，是人生最难得的！也是我一生最难忘的啊！因此我对她的印象，比母亲还深厚些。人子之孝思，究竟是天然生成的呢？是由感情而生的呢？

二 我受的教育

刚满 5 岁，母亲就把我送到三倒拐杨先生处读人之初。不管念些什么人云亦云的不到半年，就读完《三字经》《百家姓》两本。学堂在杨氏祠堂，先生一家人也住在里面，不知怎的，有一天突然起了火，把学堂烧了大半边，大家只好耍半年。第二年房子盖好了，又去从人之初读起。读到半年正在念大学之道的时候，杨先生又一命呜呼。大家只好再耍半年。7 岁就送到下场猪市坝有名的李雨三先生处上学。先生是一位秀才。他的门生之入学者有好几位。如现在四川省党部的冷曝冬委员就是他的一位高足。因此，凡父母之希望儿子得功名者，都争先恐后地送到那里去。长我几岁的哥哥当然也在那里。不过他们是大学生，另在一间房子里作文章，不像我们小学生几十个人挤在一起，麻雀林似地①嘈杂，闹架似的朗诵罢了。有时朗读累了，贪图闭口休息一下，突见先生的眼睛一鼓，便又提起嗓子高声高气地唱读起来。书，是可能背诵的，但把那已经背诵很熟的字，写几十个下来叫我认识的话，却又不知它贵姓了。每天，每月，每年都只有朗读与背诵一种功课，并无讲解，更无所谓游戏。未上学堂之前在家里的早书，放学之后回家的夜书，都是如此。有时，在学堂用手纸扎衣帽、庙塔之类的东西来开一开心，都不敢给先生看见的。

先生的管教当然认真的。我在那里头一年从三字经起，就读到孟子见梁惠王。第二年又从三字经起读到"离娄"上本，就中途辍学了。那年我们同桌的就有冷寅东、冷杰生兄弟。但我实在不长进。逃学、说谎就是我的家常便饭。因为先生太严厉，稍不留心就

---

① 原文如此。——编者注

莫名其妙地捱了几下。捱了之后只知疼痛，不知为何，因此看见先生就畏惧；越畏惧越背不得书，越认不得字。背不得认不得更捱打。既怕捱就只有逃学之一途。于是乎捱、怕、逃就成了走马灯式的悲剧，经常由我主演着。下面就有两幕可观的：一是要逼着温书（背诵全书）自己无把握，只好请有感情的同学，在暗中拿一本同样的书，以供我背诵时斜着眼睛照念。几次都如法炮制地过了关。有一次被先生查出了，当时就把我的两手打得来肿得像米包子一样，而且不准叫喊。从此，更把我监视得严密。书是越读越读不走了，先生，是越看越怕他了。于是视学堂为地狱，先生就是阎王了。第二幕是：母亲望儿做官的心切，随时严厉地督促上学堂。有一次曾由上场把我打到下场。天雨路烂，也不惜穿的湖绉套裤，便倒在街上死也不肯走。母亲越发生气，而竹片也打断了。做好事的陶油气，又赠送母亲一根竹板，才打拢香市巷。母亲虽然累了，然而为教育儿子起见，仍鼓着勇气严饬哥哥助她，把我拖泥带水地挪到学堂。交给先生并拜托说："尽管打，我是不护短的。"那天先生未放我回家吃午饭。到了下午要温"离娄"，几次都实在温不下去，先生便不负所托的越打越生气；越生气越乱打。这一顿的竹板，打得我的颈项、臂膀、手掌、手背到处是伤。疼痛难当哭也枉然。放学时，怕人笑我，揩干眼泪把袖子扯来遮着手上的伤痕，提起书笈，慢慢地踱回家来。最疼爱我的婆婆，在灯光之下忽然见我立在她的面前，急忙牵着我护痛的手说："乖孙！你才回来吗？今天在学堂里，先生没有再打你了吗？"一个 8 岁多点的小孩子，在受了一天的委屈，捱了几次的痛打，没有一个人可怜他的情况之下，突然得着这样亲切而同情的慰问，便想哭诉也吐不出一个字来，就倒在那慈祥恺悌的婆婆怀里急哑了。及待缓过气来，正想要放声大哭的时候，忽然又看见母亲站在旁边，便又抑住悲伤，把头钻在婆婆的怀中暗泣去了。母亲也难为情地走开了。

婆婆就是我的救苦救难的观世音菩萨，无论何时何地在捱打痛哭的时候只要叫两声"婆婆呀！"便不觉得痛苦了。受点委屈也觉得有婆婆为我申冤了。为我，母亲与婆婆龃龉了不少。这也不怪母亲教子过严，因她望子长进之心过切；况又与父亲失和，与人涉讼，满腹牢骚，无处发泄之故。而我之学业，也就在诸种情形之下荒废了。这就是我读书的成绩。但，这是证明我不能受教育呢？还是证明这不是教育呢？然而这就是我受的教育啊！

三 骄傲的原因与结果

虽然未上学堂念书，然而，求学的兴趣很浓，左邻的王三爷道坛，右舍的安仁堂药铺，就是我求知的地方。认药与问卜的常识也在那里获得。此外就与一般孩子们吵嘴角力，捉迷藏打明仗①。家里开了多年的糖食铺和杂粮生意，因涉讼关系也关了门，对我亦无暇兼顾了。大约是 10 岁那一年罢，傅昆山先生创办一所识字学堂于侧近川主宫内。其办法：每晚写 4 个大字如："山川草木"之类于白纸上，贴在四方玻璃灯内之一面，灯光从纸背照透出来，看得非常清楚。玻灯置之于搭在两根板凳的方桌上面，如讲圣谕之高台然。第一个报名的就是我，共有六七十个儿童。多数系失学者，亦有十六七岁在校之大学生参加。讲师系县廪生李和轩，李如有事未来，由庙上宋道士代讲，有时傅善周、傅位渊先生来讲解。方法是：先教识字，逐字讲解，教念平仄，然后出二三字之对文，令大家上对。满 10 夜回讲一次，每次榜示成绩，最优等三名都有奖励。而第一名还要贴报条。优等 5 名，中等 12 名，次等不定。我对此

---

　　① 在地下党的术语中，"明仗"指"军事斗争"，"暗仗"指"隐蔽斗争"。此借喻孩童间的打斗。——编者注

极有趣味，因而亦极热心。第一次回讲，就出乎我意料地发在最优等第一名。真不胜荣耀之至。人人夸奖，个个赞成。因在此地是一种创举，故看榜的人极多。于是乎"车老二这娃娃真不错"的赞词，填满了耳朵，婆婆自然高兴。母亲也觉得"比投考几场都未入学的哥哥还有出息"。第二晚又当场奖励我白玉台绸边纸扇一柄。一面写的三国志"汉先帝访士于司马徽……"，一面画的"兰石生香"。先生又令我把预为教会的扇文讲解一番，更博得观众的赞许。还奖有笔墨、字纸等件。炭市坝金幺姑婆，也因此请我吃两个菜卷子馍馍。

　　一个常常捱打受气的小孩子自己也觉得没有出息，一旦受了这样特殊荣誉的刺激能否叫他雀跃三百？努力前进？但，从此自己又觉得太有出息了。"以后每次的第一名当然是我的"的念头，常常萦绕脑中，不仅这样想，而且这样说。一生的骄傲也在这里种下了根基。

　　以为不成问题的第一名，殊不知就成问题了。原因是：以后回讲除了念平仄之外，还要将平时各人所对的对子的成绩来平均。这样，我确实不如杨永福。所以第二回的第一名被他占去，我发在第三名。这未免太使我短嘴了。高兴与自夸之后，遭此挫折，也觉得不能目空一切，乃转而与杨领教。因他读过声律启蒙，对我又很好的原故。努力了几天，想第三回的最优等第一名是不成问题的。殊次回讲，李老师未来主持，是傅昆山先生代理。结果更出人意料的第一名，被从未发过优等的陈清泉占去了。陈之真实本领如何不得而知，但他写的字太坏是众人皆知的。杨永福的第二名。我是心悦诚服的。我还是第三名。照理说来三次我都发在最优等也罢了。但小孩子有什么道理呢？逢人便说陈之不对，同学也愤愤不平。于是由我主动，约了几个人，用全体童生的名义，做禀帖暗递于李老师讲桌之上。本意是攻击陈而请复试。但从词不达意的文章看来，是在攻击傅昆山先生。那夜因为做贼心虚未去听讲，但放心不下乃暗到围观的大人背后窃听消息。刚到，就听傅先生在大声发怒地说："这些娃娃还了得，打起我字帖来了！"李老师问众同学说："你们来看是谁写的字？"似乎都不约而同的说："车华荣写的！"而我们同谋的牟缺嘴，也高声高气地说："对的！"我当时听了，急得来脸红筋涨，又羞又恼，一溜烟跑回家来，心子还不住地跳跃。第二天晚上更不敢去。第三天就有人对我说："先生要打你的手掌！"羞得我满脸通红之后，便恼羞成怒地说："我索性不当他们的学生！"

一般同学见了我都挤眉眨眼的。即同谋者亦表示幸灾乐祸的态度。为报复和泄愤起见，我跑去把榜上的名字挖下来，以示脱离学堂的决心。而第二天也有人来我家门上把报贴撕毁。这样一来，更使人愧恼交集难以为情了。然而还有人说我："这孩子不成器，打先生的翻天印。"更使我含冤莫白无地自容！这种打击就是一时骄傲的结果。可惜我把这个较有趣的求学机会，固然从此失掉，而学堂不知是否因此关系，在第四次发榜以后，也就停办了。我在此 30 天中，获益不少，"平上去入"也在此学会的，可惜不能继续下去。迄今思之犹深懊悔！但，此事为我之性情骄傲而有意捣乱耶？抑环境关系之相逼而成耶？

四　童年的奔波

大约我还在七八岁的时候，不知何故父母常常打架，两位老人家虽然都吸食鸦片，但为发脾气起见，不惜将零售的一瓷缸熟烟摔倾在地下。父亲经常同祖父母住在离场五里的漩滩子老屋里，常往成都买些衣服回来卖，间或又帮人背茶叶上省，有时又背些煤炭来卖。母亲因为与祖母不能相处，才回场上娘家来做生意。而父亲到场上家里来一次便与母亲吵一次，后来，还为他与人打了几年官司。因我母亲言语招尤，使我最忠厚的哥哥，被街坊的人说他助母殴父，把他弄到县里去捱了20个手掌，关在自新所思过。我同母亲去看他的时候，三娘母哭住一团。过门不久的嫂嫂和守女无靠的婆婆，在家也常常掉泪。母亲坐在县中与借50串钱与父亲的邻人缠讼，父母大老爷断我们代为偿还，母亲不服气地说："我的钱宁塞城洞不塞狗洞，愿到邛州打上控。"不愿败诉纠缠数年。

哥哥虽然脱法无颜留家，遂出门另谋生活去了。我同婆婆、嫂嫂带着一个可怜的侄女儿，在家度着穷苦的日子。靠收账借贷卖家具，也不能维持最低限度的生活。婆婆和嫂嫂就在门口摆了一个零碎摊子。10来岁的我也提些甘蔗地瓜之类的东西上街叫卖。这样地生活了一两年，母亲才怀着胜利的心情失败归来。然而婆婆已跟着她的两个自食其力的孙儿，捱延她老来穷的残生去了。嫂嫂呢？自从孩子出天花夭折之后，也无希望似的回她娘家，度她望门寡的生活去了。家里所剩者只是我与母亲二人。

我要满12岁的时候，自己也觉得为淘气而遭母亲的打骂不堪绝非常法。便将自己的一双茶青湖绉套裤，偷进当铺去典了600铜钱，上离城20里的县中，去买了两大封火柴回来，赶场发卖。所获之利可以维持生活。每逢一、四、七去赶25里的两河口，二、五、八去赶20里的三元场，三、六、九就在本场的香市巷，与同行竞争着叫卖。逢十那天也不能轻轻放过，就去10里之观音堂。如此10天奔跑7次，本场三次，直到14岁为止，都过着无可奈何的生活。每天走了几十里路回家，还要跟母亲到下场去打鸦片烟。然后才拿十几文钱去买一碗米来，在母亲房中的炭炉上煮焖锅饭，母亲吃着饭，我就掺些水煮锅巴。脚上的泥巴，在炉门前早已烤干。一面焖饭一面抠掉脚上的干泥；同时坐着打瞌睡。吃饭后快要三更了，睡不到天亮一惊便醒，照着场期又为生活而奔波去了。

吃肉，是不容易的一回事。有一次在两河口与几个布客打平伙，但想到多用了 10 文钱，便影响了回家的晚饭，乃允与邓布客背布回家，可挣力钱 25 文。那知才背上还不觉得，后来越背越重，越重越走不动。不到 5 里已休息几次，累得来浑身大汗，肩背则酸痛不已。邓布客既埋怨天已黄昏，我亦实在莫奈其何，补赏他 5 文钱，让他自己背去。待我回家已经二更时分矣。挣钱的艰难让人深深地印入脑中。有一次涉水过河，因两脚无力被水冲倒，随波逐流，自知必死，幸为一石所阻，始被同路者黄水烟追及救起，不然早已一命呜呼。这些都是使我永远不能磨灭的惨痕！

在这奔波劳碌的三年当中，受了不少的讪笑和欺凌，指责和痛骂。没有人同情过我，听其我这个十二三岁的儿童，挣扎在饥饿线上，死也活也，凭自己的命运去闯。这些切身之痛，纵不想它，也不会忘它。但，对于生活场中的交际应酬，下流社会的偷鸡摸狗，也使我懂得一个大概门径。同时也帮助我认识了社会的下层，窥透人心的残忍。医卜星相是骗钱的把戏，忍苦耐劳是谋生的法门。一切是假，吃饭是真。求神无益，全靠自己。所以一提起到崇庆州学徒弟，便不愿回顾这可怜可痛的生活了！这种劳碌奔波，是我之命运不佳吗？是我之家景使然呢？

五　学徒生活

光绪 34 年 7 月，刚满 14 岁的我，为大邑张掌柜的介绍，到崇庆州学习商业。师家姓胡，招牌"益盛荣"。胡姓为崇庆大族。在西街有公馆四、五座，故有胡半街之称。师家住奉政第大公馆的后院。铺面设在距公馆百余公尺的火神庙斜对门。批发成都惠昌厂的火柴，及邛州产的冥币，与兑换银钱。介绍我之张掌柜即在购买火柴而转售于我者也。师家经商资本，不过千金。因获惠昌厂之信任，经常可以拖欠百金为之周转。因之生意较为畅达。号上另请一位跑路的先生，呼为杨二司者，外有一个长我数岁的师兄，不久即去。师傅自己管帐与门市交易。杨二司除到成都或邛州外，亦常在铺上买卖。我每天即做打杂物与务由公馆送两顿饭上铺。公馆内另雇有奶妈及厨娘。师傅住宿公馆，早来晚归。我与杨即住号上，晚设铺早收卷。师家有师奶、师娘、师弟、师妹。奉政第公馆进门分两院，正院又分前后段。前段师傅同曾祖之伯叔四家分居。后段为师傅同祖父之五叔八叔共住。侧院是另一同高祖之三代居孀独住。然，不论亲疏远近，凡同出入于奉政第公馆之胡府大小，都与我善。我因事而往返于公馆者日凡多次。公馆中人凡有所托，我均忠勤妥办。故皆对我要好也。在铺上时学习规矩和交易，当然都稳重正经，一入公馆便非常活泼。妇女们的赌局要我参加，师弟师妹们的游戏要我指导。奉政第全公馆就是我的家庭，价人①五老师的烟盘就是我的教室。红白喜事忙得不亦乐乎，过年过节更是非常活跃。在这种大家风范，人皆爱我的情景之下，精神上生活上都起了很大的变化。安定与愉快，启发了我的灵机；无论说话和做事都博得他们的同情和赞许。

我上铺不久，师家便催我立约拜师。母亲亲来崇庆州完成手续后，不到一年我就经管大帐，同师傅到过一次成都交涉订货以后，每次多半由我赴省办理。因其忠实与努力，更使师傅一家人对我重视。虽然师娘有时对我发脾气，而师傅是不依的。师奶在背地更多方安慰我。其他各房的婆婆奶奶无不同情于我。于此，亦可见我那时的幸运了。因此，几乎难于想起我另外还有一个家庭。除了每年回家一次看望母亲与在婆婆辞世时，赶到灵前放声痛哭送她上山一回外，其余难得回家，亦不想回家。因为两个家庭相形之下，一是地狱，一是天堂。但，天堂的人们多半相信医卜星相仙佛鬼神。

---

① 善人。——编者注

我则多方破坏实地证明。始终对于这点，她们是不同情我的。

价人五老师者，师傅之五叔也，旧文学颇有修养。唯嗜好鸦片，家业凋零。我因常常从师傅家人中多方譬劝不断接济之故，他对我亦弟子视之。识字讲书，谈论掌故，就是我的课程；三国、列国、西厢、聊斋就是我的课本。此中对我的知识帮助颇多。又在商万顺处，一文钱赁一本的旧小说，如：前后说唐、精忠、水浒、西游、封神、七侠五义、石头记、绿野仙踪，等等，对于我的常识亦补充不少。

我的哥哥到我学徒弟那年，已在新都县官茶店当先生了。不时回家看望母亲，嫂嫂亦回来与母亲同住。宣统元年又生了一个侄女名叫琼英。家里专靠哥哥寄钱供家仍感不足，几亩田地都当卖干净。在我学徒期间又无钱带回。师家对我不过衣食零用而已。当然说不上娶老婆的话。但在宣统三年同志会正闹得厉害之时，从我两岁订下的杨家女儿，便要趁此送过门来完配。母亲不允，便叫我回家向媒人申明理由。我便说出"等不得可另放人户"的话，大概杨姓嫌我家穷正待我这一句话，听说第二年就另自安顿了。我亦听之，这些情形我都坦白地向师家的人说过。有一天师奶向我开玩笑地说："车师哥，你看我们西街上哪个姑娘长得好？"出乎意料地一问，便红着脸老实地说："铺子对门黄家三女儿很好！"她逼着又问："长得好看吗？"我低着头支吾地答："那，不一定，不过她管教她的弟弟，比她母亲还认真，做银子的手法又那么快。"师奶及其他的人都笑了。刚才红过了的脸又不禁烧热起来。

从此我更注意对门女儿的言行。坐在帐桌上一有机会，就注视她在柜台上很伶俐地做着冥银，与出入间买卖着零碎，都觉得她美惠可爱，庄重可敬。欲与周旋又无机会，但，一被她抬头见我注视而报以定睛时，却又使我不好意思起来。有时，鼓着勇气待她还目时，决定相对麈视，不稍示弱。然而，在她不喜不怒地正色还视之下，终为她所败。此种诚坦肃穆的态度，令人敬佩！感人甚深！一个送饭的穷苦学徒，对一个自重的小家碧玉，故不敢存非分之想；然在经常的视线交织中与彼此由自重而生的相互敬重的情形下，我相信大家是不能不默默生情的。虽然近在咫尺，仍乏接触机会。但，三年之中，已有两次交言。一为我去向她买酒；一为她来请我算账。然为自重心的镇慑，不惟不敢以戏言相加，而且不便多言。每欲一诉含情，始终未敢尝试。后虽从军他去，情景无时或忘。只因封建道德之隔，竟无从表达寸衷之缘。后闻彼美早已字人，惟烟贩之子无力迎娶坐待闺中耳。然，果天假奇缘，未始不可扭转乾坤了我夙愿。但，能努力前程人力亦可回天。天助自助，世有名言。是相思之苦，变为努力之源；奋斗成功，又为姻缘条件。附相思苦打油诗一首于此以志不忘："女儿对门居，相见不相语；美目频盼兮，痴心愈皇矣；频频倩目迎，默默知心许；羞为厨下妻，愿作梦中侣；赖人长相思，寝室不能已。"此苦境耶？乐境耶？却苦中有乐，乐中有苦耶？

六　同志会时代的我

宣统 3 年，满清政府命四川总督赵尔丰督办川汉铁路，将川民捐输而成的 2000 万路款收归国有。7 月初一日铁路公司之委员蒲殿俊、罗伦、颜楷、邓孝可等，召开各县股东代表大会于铁路公司。报告政府侵占人民权利，及以路款偿还国债由外人筑路情形；全体一致反对，并罢市罢课，以示川民保路之坚决。于是乎推翻满清的序幕，就从这保路风潮而展开了。风声所播，全省各地响应。崇庆州亦于 7 月初五日起一律罢市。蒲殿俊等旋被赵尔丰逮捕。成都市民，集数万人，各捧"德宗皇帝牌位"，赴南院跪地请愿。赵命卫队开枪镇压，伤亡数人。因之人心大愤，群情激昂。从省城乃至各县，组织"保路同志会"以抗之。各地哥老会亦乘机武装起来。尤其是西南两路的孙、吴、丁、张，声势颇大，举队进攻成都。7月五日与防军战于红牌楼。因武器不良，乌合之众遂败。但各据城池以与省军周旋。崇庆州官薛某，清廉爱民，同志军入城之前日，即请其暂避山中。惟警察局斌太爷是旗人，说他私通周孝怀，因周为劝业道开小百货厘金，人民恨之入骨。同志会在8月初二日，将斌绑赴鸡市坝宰了头，分了尸，并将他的生殖器割下来挂在一般穷人所恨的南街当铺招牌之下。及斌太爷姨太太命人来收尸时，骨头都为赶州的乡人分散了。晚下还把他的肥油刮下来点灯游街呢。这种残酷行为，以后几乎天天都可以看到。

成都的陆军开出来剿抚兼施，光复新津、邛州、大邑以后，听说就来攻打崇庆州了。①

选自《车耀先纪念文集》编辑委员会编印：《车耀先纪念文集》，内部发行，2002年

————————

① 该自传写至此处，再无下文。——编者注

周太玄

|作者简介| 周太玄（1895—1968），四川新都（今四川成都新都区）人，著名生物学家、教育家、翻译家、政论家、社会活动家和诗人，有科学著作 7 部、翻译著作 11 部，被誉为学贯中西、博古通今的一代通才。

王光祈先生与少年中国学会

王光祈先生一生最值得纪念的一件事，便是他发起和主持少年中国学会。

自然，少年中国学会在现在已是无形停顿，学会同人也是散处四方，各行其是。但是这个学会不但在过去曾经有过很大的影响，就在现在，对于中国也还是很感必要。因为似乎还没有性质相同，而可以替代这个学会的一个团体，来引导青年的奋斗和修养。现在忽然这个学会的核心人物死了，所以我们觉得王光祈先生的死，真是我们中国一个很大的损失！

我在五年前归国过德时，曾与光祈先生在车站约谈。他的精神如旧，抱负不俗，认为少中运动，仍应继续。后来直接间接的得着他的消息，也是对于这一点始终如一，可见他是念兹在兹，不但没有一时忘记，且没有一时冷淡。又可见他不但在过去是这个学会的中心，就在未来，他如健在，一定也会再以这种精神引导青年。所以我们说到少年中国学会，不但追念过去，尤其是痛感将来！

光祈和少中之所以有这样的关系，实在是因为他要借这个学会来实现他的理想。简直可以说他的整个人生观都是寄托在这个学会。我常说光祈没有这个会，便无生趣，这个学会若没有光祈，便没有灵魂，这句话实在没有形容过分。

综他的一生，在未发起少中以前，和少中停顿以后，可以说是截然的三个时代。在这三个时代中，光祈表现了三种不同的心绪，和风格，所以我们要认识他的一生，最好是拿学会的经过作一个标准。

我在这里且把他发起少中学会的经过略加叙述。

民国三年春天，我在上海读书的时候，曾接到光祈一封长信，是从四川泸县道尹署发出来的。信中表露了许多惊人而可贵的，对于那时的中国社会政治文化的许多见解。他的结论，是要彻底的打破现状，创造新路子。用现在的名词说来，可谓为非常左倾，这是我和他同学五年以来，对于他第一次的认识。以他的贫困，实在没有出川游学的可能，我虽然写信劝他出川，心中却怕未必即能实现。但居然不久，他竟自和一个洗脸盆，一部杜诗，出现于吴淞车站上了，那时，曾慕韩已先到沪，于是我们的聚会，感觉到非常之难得而可贵。后来他到青岛去了一次。以后再回上海，便使他不得不到北京去读书。民四，他进了北京中国大学。我于民五秋末到北京去和他再行聚首。感觉他和中学时代已经判然两人。生活非常有规律，治事极精细，随时双目炯炯，内蕴甚强。那是我和潘力山已在京华日报任编辑，便约他一起合作。那数个月，可是我们最值得纪念的聚会。他的风流不羁的性格，虽偶尔发露，但他克制自己的力量，却也不小。记得有一次，他得着二十余元的收入，依理应该贡献给他一位爱人，但经过一夜的彷徨，寻思，最后他竟毅然买了一部商务出版的外交月报的全份。并且就此便和他的爱人断绝了关系。这件事，我虽然不无微劳，但他这种悬崖勒马的毅力，实在少有。

后来，京华日报停办，我到北京中华新报，他仍然在清史馆供职，兼与成都华报作驻京记者。每日学事兼顾，更为坚苦。民六，陈愚生归国来京，不久雷眉生由慕韩的介绍，也由东京回国到京，于是我们的聚会便日见有义意。

光祈的理想，得他们的商榷，渐行具体。后来梦九、慕韩也都到京，我们常在南池子愚生宅，和中央公园等处聚谈。光祈和慕韩的见解渐趋一致，承认了慕韩、眉生、梦九等的少年中国主义，自己牺牲了若干左倾过激的主张，确定了达到自己的理想的路子。于是便由他写了一本吾党今后进行意见书，这即不啻是学会的先声。所以便七年六月三十日岳云别墅的会议。那时到会议的有光祈、愚生、梦九、眉生、守常、慕韩和我七人，便公推光祈首拟规约，又在岳云别墅会商数次后，便公推他为筹备处主任兼会计，我任文牍，守常任编辑。

从此以后的光祈，便真入一新境界，得着一新生活，他的全部光阴精力都用于会务；会中的大小事件都由他一人悉心擘划。而对于招引同志一方面，尤为努力。八年一月我和幼椿要到法国，便电邀光祈到沪，会商会务。他于廿一日到沪，廿三日由他召集一会议，决定了会员间个人行止，团体行动，种种重要决议。会议以后，光祈赶回北京，在南京，济南，天津各处，接洽会员，处理会务。归北京以后，便发行会务报告。直至八年七月一日，开成立会时止，这一年之中，学会的筹备，可说都是光祈一人负总责。七月一日开成立会时，光祈主席，后来大会即推他任执行部主任，直到他出国时为止，都是居此要职。

这是光祈发起少中的简单经过。

在他起草的少年中国的宣言书中，有谓"同人等欲集合全国有为的青年，从事专门学术，献身社会事业，转移末世风俗。……知改革社会之难而不可以徒托空言也，故首之以奋斗继之以实践；知养成实力之需时而不可以无术也，故持之以坚忍，而终之以俭朴。务使全国青年志士，皆具先民敦厚之风，常怀改革社会之志，循序以进，悬的以趋。勿为无意识之牺牲，宜作有秩序之奋斗"，后来便本这个宣言，定了少中学会的宗旨是：振作少年精神，研究真实学术，发展社会事宜，转移末世风俗。学会的信条，也就定为奋斗，实践，坚忍，俭朴，四项。并规定设立各种科会，凡属会员，皆必需选修其一。所以学会的精神和组织，都是本他理想实现出来的。这并非是集合已成功的专门家所成的专门学术团体，而将纯洁有为的青年合一起，本着坚苦互助的精神，向着共同的目标，向前为社会国家文化学术而奋斗，所以他的旨趣，不但是造成专家，尤其引导此等专家，从事于社会改革，国家复兴的工作，方法工具，不必相同，而精神目的，则系一致。所以在发起以后，不过一二年间，因光祈的努力，同气纷集，会务发展非常迅速。光祈在此时也是发扬蹈厉，神采飞越，这可算是光祈一生，兴致最高，天才得以发展最充分的时代。

然而光祈是始终不赞成以任何政治运动为主的，创造少年中国的方法，他曾经一度提倡广泛的国际主义，（在出版不久就遭封闭的每周评论上，有一篇关于这个主张的重要文字，题目我记不清了。）但却未常具体化。他终是具有学者的气质，有深锐的思想力，总要想在奋斗坚忍的竞赛中，造一个非常的纪录，以为后来青年的楷模。虽然都知道他的诗文的素养很深，但他后来的从事于音乐的专习，不得不算是出人意外。他在趋时务新的激流中独选择一门冷僻困难的学问，这是充分的表现了他的个性，在这方面，排万难，阐精思，锲而不舍的竟成为中国的唯一音乐家，这是充分表现了他的能力。有志竟成，他应该是满意的了，但我们却知道他心中非常痛苦，他近年在德国之愈是孤僻不群，也就愈可推知其中怀的创痛。他不是说过："欲洗污浊之乾坤，只有满腔之热血？"光祈岂是避世自了的人！他看见学会的目的未达，大家或是急近功而忽远计，或又惜羽毛而浸成自了。他抱残守缺，竟不免被偏怪之讥，这是他最难受的。至于眼睁睁的看见他所手创的学会中的同志，彼此的主张相背，力量相消，不数年功夫，竟至南辕北辙，无人过问，这尤其是他所痛心的。所以同志的精神分散，和学会的躯壳不存，可以说是戕贼光祈生命的一半！

有人说，近年以来学术团体纷纷成立，且皆各有功绩表现，是团体的生活已入第二期；在第一期的少年中国学会，已无存在的必要，其消灭为自然的推移，其复兴为时势所不许，我知道光祈必不以此为然；因为少中并非纯粹的智识结合，而尤侧重在思想，人格，和修养方面。并不只是从事于学术文化运动，而由重在陶冶纯洁高尚的个性和锻炼奋斗有为的个体。这是从一切政治社会文化事业的根本底质上着眼，是一种为百年大计的独创的团体，而非简单的模仿移植的西方组织。试一看现在国内许多团体事业的多半无思想，无灵魂，炫近功，造虚声，便使人益觉此种组织之急切需要。所以为什么光祈仍然不断劝勉同人，要恢复少中学会。

光祈已死了。我们不敢说，以后便没有类似少中的团体的兴起，我们却很感觉已有的少中的复兴，真成问题，这是我们恸光祈而兼恸我们的少年中国学会了！

光祈九年四月一日去国时的去国辞中有谓："山之涯，海之湄，我与少年中国短别离。断别离，长相忆，愿我青春之中华，永无老大之一日，惟我少年？努力努力！"短别离，竟成永诀绝；破碎河山方在挣命，青春之愿有如隔世：只好令生者涕泪泛澜！

二十五年四月十二日于成都

选自王光祈先生纪念委员会编：《王光祈先生纪念册》，民国二十五年（1936）

《好人家》周序^①

　　时代，尤其是积变的时代，一经过去了必定要留下许多渣滓。这些渣滓，有的漂浮在社会的上层，一眼便可以看出；有的淀坠到社会的下层，如果不细心经意的去发现，便永远不会为人所查觉；有的还会随着时代的巨浪漂流下来，固执的存在着而被上一层美好的外衣。尤其在不为时代主流所冲刷的都市里面，它更像旁岸的洄旋微涡，更足使这等漂浮或沈^②默的渣滓暂时在那里宁静的聚集停留着。这一些时代的留痕，无论在人生的鉴赏或慨然有澄清之志的人，都可说是绝好的资料。在那上面，如果单是鉴赏的话，可以使人换替的感觉到清新、沈郁、妩媚、丑怪，因为都是真的，所以总可令人感觉有一种美；尤其是赏鉴者如果因而偶然引起了自我分析的雅意时；会哑然失笑或忍俊不禁。没有那个逃得脱时代的点染，只是有是否老漂停在洄旋微涡上之分。即使是悠闲的旁观者在客观的观照之下，也会有若干的警省；至于志存澄清的人如果不只是为现实所束缚，而欲知其纠结的底里，也可在这忠实的时代留痕的记录中，发现若干珍贵的线索！

　　时代的记录，贵在存真，而人们却每每着意的乱真。历史官书是大规模的谀慕式的杰作，在那里面，只令人看见着意粉饰的人生，而无形中倒果为因又增加了人生粉饰的艺术。真的，我们□在

---

　　① 此为周太玄为民国三十六年（1947）二月中华书局出版的李劼人的短篇小说集《好人家》所作序言。——编者注
　　② 原文"沈"，现作"沉"，沉默、沉郁。——编者注

还在一较高的水准之下去捡寻作品，可令人满意的实在不多。本书（好人家小说集）著者这十篇小说，却令我们能在读过以后，发生各种的反响。既然使我们对于大部分已被时代冲刷过去，而小部分还抵死的固执的停留着的平凡而又不平凡的生活姿态，得一清晰逼近的难得的印象，又使我们对于杂陈于眼前的现实社会中的形形色色的现象，更能了解其来源与脉络。而且，在这个时代的急剧□演的伟大程途中，更供给我们以不少宝贵的启示。是的，"若得其情则哀矜而勿喜！"但谁又肯殷勤而热忱的去勤求其情而揭发起其隐呢？这决不是作者闲情偶寄的消遣人生；亦决非只冀自我的表现，这是诚挚忠恳的最实际的人生介绍文。

至于作者的作风技术的明快、勇敢、精劲、周密，则是读者所容易感到的，我在这里只须再将本书各篇的时代关系略为介绍一下。这十篇所写的是包括五十年间的鄱阳湖上与成都城内的一些点滴故事，直到抗战前一年为止。而写作时代则系自民国十三年至民国二十五年，都是已经在各杂志上发表过的。其中最大部分都是在作者长篇小说：死水微澜，暴风雨前及大波等各书以前，而事实上只系其短篇作品的一部分。其中除湖中旧话外，都是写在封建势力摇撼之下，追逐低级享受的人们的一些突起倏灭的小故事。透过这些故事，也可使读者隐然感到更有广大的群众曾经是如何的在运用传统的明哲保身的办法，阒静的度过这些时代的波澜。可是，无疑的，这些深刻的的印痕并未曾被拭去，相反的，还清晰的保留在若干人的下意识中！这一切，在读者细心的读了过后，一经体会，或者都具同感。

周太玄

三三、一二、二五

选自李劼人：《好人家》，中华书局，民国三十六年（1947）二月

吴芳吉

|作者简介| 吴芳吉（1896—1932），四川江津（今重庆江津区）人，字碧柳，自号白屋吴生，世称白屋诗人，五四新文化运动中杰出的诗人之一。自编《白屋吴生诗稿》，有《吴芳吉全集》行世。

一个文化运动家梁乔山的传

第一折　引子

我向来不替别人作传，独于梁乔山先生之死，甘愿提笔去做。这个原因有两：

1. 有名的人死了，尽可不替他做。因为既是名人，他生前的传，一定不少。试看全世界上，举凡舆论所颂，报纸所称，大而朝堂冠冕，小而里巷缙绅，谁不是替许多势利的人，作些生传，以骗吓乡曲小儿的呢？惟有一般无名志士，讲到人格识见，原比滔滔天下，清高的多。讲到事业襟怀，也比衮衮诸公，正大的很。乃境遇地位，偏是厄折难堪，困穷独甚，其身既孤，其心尤苦。他既不求人知，也无外人知道，他之对于世界，到有万缕之热情。而世界之对他，竟如奇零之分子。他但真能把持，真有觉悟，将那些花花样样，看得个透透澈澈，做了一天的人，便尽一分之力，虽是遁世没名，也不去管。总之，至老至衰，无尤无怨，正直而来，清白而往。这般的人，煞是可敬之至，他们死后，到也配得作传。如梁乔山先生，便是一位，所以我是应该做的！

2. 作传不是挂账：仅将何年降生，何年惨死，什么籍贯，什么世系，开他一单便可了得事的。因为凡属人类，都有这些条件。作传也不是劝进：满纸的如何生而有大德，又如何长而有大志，怎样发愤读书，怎样慨然长叹，这不过几句套话，纵是真的，也不值得赞美。作传的真义是：一面对于死者，要述其未尽的志趣；一面对于生者，要可作后来的观摩。如此作传，庶不致瞎吹法螺，亦不致浪费笔墨。至于乡党门第之微，浮沉身世之感，到是不关轻重，视行文之便，随带说出罢了。若梁乔山先生之死，对于同盟会中，少了一个健将，于中国公学，少了一个良师，到还不甚可惜；最可惜的，是先生的遗志遗业，不关系于过去，而关系于将来。他那远大的抱负，不在过去一党一会的寡头革命，而在将来群策群力的大众革命，不幸事在萌芽，而人已长逝，所以先生的传，更不容不做的了！

只是先生与我，相处才有半年，虽志同道合，又共在《新群》杂志作文，我于先生的出处，究未深悉。同人中，惟萍乡钟古愚先生，与之交游最久；衡山曹志武先生，与之谋划最多。所以这一篇传，关于生活行事上的，全靠钟先生的追述；关于思想主张上的，更加曹先生的参证；此外则以我们平日的谈论，及先生之著作，收拾起来汇成传中材料。虽嫌琐碎，却是真实，这是我私心能自信的。

第二折　行状

当我作先生的传，充满我心中的，都是先生的容貌。而容貌上最鲜明的表示，便是先生的胡子。他的胡子，本来又长又美，最青最多，再衬以和平忠厚之神气，朴素整洁之衣冠，所以无论何人，只要与他见了一面，便知他先生是个古道照人而大慈大悲的长者。他说话的声气甚小，又满口邵阳山中的土音，非与他久处数月，不能理会。他自知拙于语言，所以不常说话。昨冬，我们与他同住一楼，每天能见着他的。当晨光才亮的时候，便隔墙听得他反反复复读习英文的声气，那墙头的北风呼呼的吹，墙外的雪花密密的降，我们年轻的人，到要拥着棉被，舍不得起。早饭来了，才与他嘻嘻哈哈，在席上会了一面。午饭来了，再与他嘻嘻哈哈，在席上会一面。直到晚饭过后，那阅报室中，炉火已烧得通红了，茶味烹得满香了，好，他来与我们一般懒人休息谈天了。我们欢喜听的，是他的牧羊故事。原来中国公学，是寄生于同盟会的枝上。自从民国四年，袁老头得了那皇帝的相思病，把同盟会人追得鸡飞狗跳，于是中国公学势不能不倒闭起来。那时梁老先生，才趁此回到家中。他家在湖南省邵阳县几座荒山穷谷之间，倒有几块薄田，勉强做得饭吃。他在外十多年，到了此时，才得侍着那八十岁的祖母，六十岁的母亲，欢会一堂。他又自去种菜，自去牧羊。山居两年多些，至民国七年中国公学复兴，才又出来。这两年的山居，在我看来，是他心满意足、终身最快乐的时候。但依他说来，他的心中仍是塞满了苦境。我的日记，曾记他一段闲谈，且将他抄下，就可见得。他说：

"对着我的窗外，有高高的一座山。山上的树木十分茂密。那绿油油的树色，一直泻入窗来，举头看去，如横一幅绿天似的。从山到家，隔了一段深谷，又因山上野兽甚多，那打柴、放羊的人，都不肯去。

　　某天早晨，我当窗下正在看那晓色，恰有一只黄虎，如飞的沿山跑去。他所过的地方，那树叶草颠，好像被他惊坏，战兢兢的，顺风发抖。从那日后，那山上的鹿子、獐子，忽然大叫起来，一天到晚，叫得惨痛难堪，叫了几天，便一声也不叫了。后闻猎户传说：凡是老虎下山，每将那一座山，围跑几周。围跑一过，他身上的臭气，便发散一次，无论豺狼鹿兔，遇着那臭味的山，便以为有虎在前，不敢过去。他然后一个一个捕食起来，那叫得凄惨难堪的时候，正是那些小兽怕虎去捕食他。那一声也不叫的时候，是已捕食尽了。这场恶剧，累得我心难过得很。我想那些小兽，在几天以前，方自庆蕃息优游，得了乐土。岂知杀机之作，就在乐土之间？曾不转瞬，变算过去一世，混沌一回。想到此处，那窗户内绿油油的树色，竟变作毛发森森的鬼影，不但不可爱，而且令人生畏。你想人间世事，又不是如此么？"说了几夜，他又总结说道：

　　"但以我许多的体验，可以一语包括。就是：凡属同类，都能互助。凡属异类，乃相残杀。异类既不能免，则残杀之事，亦不能绝。永远有异类，便永远会残杀。所以大同世界，在生物之中，是永远得不到的。至于同类之相残杀，惟人类为最著，同类的禽兽，绝少残杀之事，所以禽兽的天性，到比人类高出些！"

　　我听到此处，也向先生说说我的故事：

　　"民国三年，我在四川的嘉定府中校，同事的几位教习，在峨眉山西南，发现了一块荒地，深入一千多里，都无人烟。我们就想了一个殖民的办法，各将家族的人，先去开垦，以为殖民倡导，并将那块荒地，就呼作'垦场'。我家占了一座大山，高三十几里，因为形如荷叶，我的伯父，也给他个名称叫'荷叶坪'。

　　有一天，我那伯父正在屋后掘土，忽见有四个熊儿，一个大熊，躲在那枝叶稀疏的黄荆树下，不转眼的向我伯父窥视。我伯父见他并无恶意，也就静悄悄的，各自掘土。过了许久，他们才跳跃而去。这般佳境，岂不是个大同现象么？可是那段地方，从民国四年以后，外人去的渐多。贪利的人，以为官府鞭长莫及，就遍地种起烟来。贩烟的客，于是争先去买。那苦寒的垦场，立刻变为金窟，那四方的悍匪，也就立刻杀来。到了现在，又由金窟变成土灰，没有一人敢去，弄得我们没有饭吃，才又讨口到上海，与你老会见啊！"先生听着，又是好笑，又是羡慕。此后他常向我说道："我就爱那熊儿窥视你伯父的光景。可惜湖南全省，没有这样不费钱的山地。待我英文学毕业后，我们回到内地，不妨联络同志，冒险再去开垦罢。"

这一冬天，我们夜夜聚谈，好不快活！到了今年正月初一，我们睡到十二点钟才爬起来。我在枕上还听得他反反复复诵习英文的声气。午饭过后，我们找他到大马路去看热闹，找了多时，找不着他，以为他先去了，谁知他在那图书馆内，挨着一盆冷梅，正襟独坐，看那些没趣味的书！我说："你老已四十岁了，何必自苦如此？"

他慢慢的掩了书，又摩一摩胡子，答道："你们去看看罢，我觉得世界上没有什么热闹的。"

只有正月初七的天，湖南明德学校的胡子靖先生来邀我们到吴淞观海，他才勉强休息一天。我们在炮台湾下了车，就见着那中国公学旧校舍的钟楼，巍然独立，压在那些茅屋篱垣至上。钟楼的两旁，连着两排房子，许多窗户，在那红墙上面，显得鲜明。对着校舍的右边，遥遥有些人家的，就是黄埔江岸。左边有片片的帆影，摇移不定的，就是扬子江口。两江相会之处，成为一个大白玉盘。白玉盘的外边，便看不出什么东西，只是湿云低飞，苍烟断续，似乎舰舶来往，那便是黄海的光景了。同行的曹志武君，为我指着那红墙说道："这座中国公学费了十四万银子，便是梁老先生募款监修的，回首又十年哪！"

是时，我们已经走近海边，在那两行枯柳、几堆乱石之间坐着。先生便接着说道："这座房子的命运，最是不好！当宣统三年落成之时，适逢革命军起，同盟会中有个姓李的，他就在此自称吴淞都督，把一座中国公学改为都督府。后又来了一队女子北伐军，也要驻扎校内，这还不甚要紧，最可笑的，是那些女子军，自与李都督驻在一起，也就忘了北伐，后来竟有五个为李都督拥去作妾了！"

胡老先生也接着说道："你没有去拥几个么？听说那熊秉三的财政部长，是你替他讨来的。那宋遁初找你做什么次长，你又不干，岂不是坐失时机的吗？"

大家笑了一回，略略休息。时已正午，那柳枝上的风声，带着那大海之潮声迎面吹来，吹得一身冰冷。我们方要起身，接着就是一阵的波涛，打到岸上，那浪花如怒，把我们的衣裳都弄湿了。我们便缓缓地找了一个酒店，一面吃酒，一面又开谈笑。那胡老先生问道："那时你在上海不开了一个'正利厚书局'暗作革命机关么？"

梁老先生答道："'正利厚'生意，早已倒了。开办之初，原是革命党人集股做成的。因为大家不会经商，又任意挪用，不久便就倒闭。倒闭以后，债主到来要钱，他们预先就跑到别处，不愿偿还，各商家见党人不顾信用，以后拉钱借款，竟无人应，卒由我筹了几千银子，才把亏累还的。"

胡老先生又说道："革命党人当时有许多在公学当教习，革命以后，他们都找大钱，何以不管你呢？"

梁老先生答道："同盟会中，真正革命的人，现在都是穷的，可是这话说来长了，也不必向人说。我所以未同他们去瞎闹，也就是看见两三人外，都与那李都督一样的身份。就如你自己办的明德学校，办了一二十年，用款一二百两，还是你一人在受苦，又有几人来管你的！"

过后几天，我们《新群》杂志的主任周淑楷君要到新加坡去。我们因此聚会一次，便推先生继淑楷为编辑主任之事。我们半年以来，还有几种主意，是我们共同抱定的：

一、将《新群》杂志作为我们一部分的言论机关，专来鼓吹地方自治，为第一步下手处。

二、我们以十年作预备时间，不打招牌，只是因时制宜的行动。

三、我们将外面的基础立定后，便回内地自作农人工人。就农工的本身，组织推进。

四、眼前风头主义的文化运动，油腔滑调的爱国运动，我们概不加入。

五、我们最后的旨趣：是借径于地方自治以达于无治。

新年过完了，中国公学又开学了，大家要编讲义，要做文章，又是忙个不了。那知不到几天，先生的病就起。最初几天，他还在为公学著什么商业道德，为《新群》著什么真值基础。他的四弟屏藩君，把他接在苏州养病。正月二十三的午时，我们正在吃饭，他带了几本小书，来与大家作别，说是休养几天就要回来。我们都笑嘻嘻的，随便答应几句，看他上车去了。又不到几天，那苏州来的消息一天比一天紧。校中的人天天分头去看，都说病势甚危。二月初六那天，志武同我，也去看他。他已奄奄一息，仰卧不能起来。他见着我们来了，似乎微微一笑，又费了许多的力，才说出一句话来："我现在是没法了，我只是平心静气等着一死！"

我们见他说话费力，不肯同他久说，只是默然坐着，听他喘气之声。那喘气之声，虽没有什么腔调，但一呼一吸，竟是很有意思。他最初似呼唤他的祖母，后又告诉他的母亲，又吩咐他的二弟三弟，又辞别他的夫人。仿佛向着他的夫人语道："可怜你没有儿女！更难为你是个知书识理的人啊！……"

我听到此处，更倾耳听他的下文，忽然自警醒道："明明是他的喘气，哪里是同家人讲话呢！"

至此再要去听，更听不出意思来了。他仍是喘吁吁的，也像他读英文一般，反反复复的，在那呼吸中温习起来："我现在是没法了，我只是平心静气，等着一、一、一、死啊！"

他的四弟屏藩君，以为我们没有到过苏州，硬要留着游玩两天。邀了他的同乡李湘岚先生引我们到处观看。首先就到虎邱（编者注：现名虎丘）。在那冷香阁下，留屐径旁，有小小的土屋两间，纸窗苔径，封锁在那野草蔓藤之中。那李先生指我们道："这小小屋子，便是乔山先生当年读书之地。辛亥革命时，他住此叫那苏州巡抚宣布独立，后又组织苏浙联军围攻金陵。众人推他为参谋长，指挥各军，做了三四个月，你说他得了好多薪水？"

我说并不知道，他说："得了十二块钱！"

那时我们由剑池爬到古塔之下，是为虎邱最高去处。俯视苏州，那灵岩山外的残阳，反映着太湖的水面，波光一线，将那苏州城垣，衬出得格外美丽。那矮树如绒，闪出一座高高屋顶的，便是那庄严的西园寺。再前一步，便是那幽曲的留园。又前一步，便是那梁先生卧着的病院。指点到此，不觉都叹一口气说道：

"斯人也，而有斯疾也？斯人也，而竟有斯疾也！"

同游的刘君，也接着说道："梁先生还有一事，又可怜又可笑的：当宣统元年的冬天，他因为筹了千多块钱，由武昌回上海，他的款项，已经预先汇走，只取了三块钱装在他的皮衫，作为路费。他在轮船上，坐了一位统舱。船过南京，夜半大雪，他将皮衫盖在被窝上面，悄悄睡了。夜深，忽然冷醒。起视被窝，那皮衫竟致被人偷去。天明，舟到镇江，只得穿着一件汗衣，踏雪上岸。幸而友人甚多，不致冷死。那时我在镇江，亲眼见着他的。"

过后，我们回到上海，一连几日，未见有消息，替他喜得了不得，以为病可好了。突于四月三号的晚间，苏州的电报来到，请赶急送衣衾去。这一句话，倒使大家不能回答。钟古愚先生因趁早车去看，则于昨日发电之时，那干干净净、勤勤恳恳、每日清茶淡饭、终身麻屦布衣的梁乔山先生，竟自与他钟爱的故国、得意的好友，撒手长去。在这国内友内，再也找不出了。

第三折　志业

说道梁先生为何如的人，将他生平看来，不外两样：

一、是具有牺牲精神的革命家。

二、是主张良心直觉的教育家。

他革命的成绩，是同那些党人组织同盟会。他教育的成绩，是同那般学子组织中国公学。由他牺牲的精神及良心的直觉上生出来的思想，就是他的"个人无政府主义"。换一句说：他之具有牺牲的精神，及主张良心的直觉，正是贯彻他"个人无政府主义"的思想。

但是这"个人无政府主义"最易生出误会，便不免联想到那以暴易暴的过激主义，以为"个人无政府主义"便是"俄国过激派"之缩影。实则不然、不然。"个人无政府主义"的意思，就是要清清白白、正正直直的做一个人。"个人无政府主义"的内容，说他是求极端的自由，是行极端的平等，是施极端的博爱，也可。说他是抱极端的悲观，是近极端的孤僻，是用极端的破坏，也可。总之，"个人无政府主义"的问题，便是做人问题。凡事都有两面看法：那博爱、平等、自由的内容，不过属于正的；那破坏、孤僻、悲观的内容，不过属于负的，其实都是一体。

在做人的问题内，急待解决的事，就是"苦""乐"二字。人的一生，无非去苦求乐。所以哲人的职务，也无非推阐苦乐之理。诗人的职务，也无非传达苦乐之情。乐有真有假：乐在形迹上的，形迹消灭，乐亦消灭，这便是些真乐。还有精神上的，离形迹而独立，随理解而长在，仰观俯察，在在可得，不以贫富、尊卑、生死、存亡而稍有阻隔，这样便是真乐。既要探求真乐，必将一切虚伪的排场，都要除去。政府为最大的虚伪排场，有了他后，便不免生出偶像，生出迷信，生出阶级，生出私产，生出战争，生出强权，便足使人不乐，而为人的大苦。所以要得真乐，便该除去代表万恶的政府，这便是"无政府主义"的意思。

实现"无政府主义"的时代，也就是个大同世界。但梁先生的意思，以为积极的大同世界，是终究不能做到。他说：

"惟在精神及理解内，乃有绝对的东西，一落形迹，便不能处处美满。因为形迹是有限的，是能消灭去的，大同世界若不是绝对的美满，便不算为大同。若是绝对的美满，可就不能做到，即在绝对的美满中间，生出不美满来。"

所以先生认识的大同世界，完全是属于理想的，而实际的大同世界，却不能到。他设身处地拿自家来譬喻说：

"即如性情、嗜好、思想、境遇，我既不能强迫世界人人也都如我，我又不能抛却世界之我，以从别人。是我与人的中间，终有一线缝隙，这点缝隙，就是痛苦的殖民地。"

他又推想：纵然到得大同世界，但世界的进化既是不已，到了之后，必又希望更大的大同世界，及更大大的大同世界，及无限大大的大同世界。这个推论有如"一尺之棰，日取其半"，取来取去，"万世不竭"的样子。他将时代上的现象，拿来作证说道：

"我们今天之渴慕大同，犹如居专制时代之渴慕共和。以为到了共和，就可太平，谁知专制的旧痛苦去，而共和的新痛苦来。我们又想到了大同，也就马上太平，安知共和的旧痛苦去，大同的新痛苦又不来么？”

他既认定大同世界惟理解及精神上乃可寻得，所以大同世界之隐见得失，也随各人之理解及精神而异。那么，就说大同世界是已过去的，也要得，就说大同世界是全未来的，也要得。不管过去未来，总之，大同世界是靠着一个想像。所以他说：

“孔孟一流，开口必称尧舜，后世书生，又开口必称孔孟，虽是一个旧头脑，实则无关新旧。因为他们所说的尧舜孔孟，无非当作一个想像的人。那些‘想像人’的人格，与实际上尧舜孔孟的人格，不必就是一样。只借尧舜孔孟之名，为他想像中寄托的东西罢了。今人的想像，不过掉了一个方面，将往古掉成后世，将中土掉成异域。因为将来的人，未能见着，所以不便叫出尧舜孔孟的名。实则极端的复古，与极端的崇拜将来，其为想像，是没有分别。好像悬个空鹄，任人前后射去似的。”

形迹上的大同世界，既绝对做他不到，只有相对的做得一点。所以又说：

“世界进化，只可说将世界上的痛苦减去少些。而不能使痛苦再不出于世界。减而又减，减到极小度数，这是人力所能达到的。那终究减不完的，只有受自然的支配了。”

这一篇话是从他的《读书杂记》及许多函件内，汇录下来的。其理论对与不对，另是一事。我职在追述梁先生的志业，不当加以客观的评判，不过借此便可窥见他的人生观了。

他既以为绝对的大同世界是达不到，而望人如我，与舍我从人，亦靠不住。于是大同世界的“空鹄”，只有悬在个人的心中。这般妙昧，亦仅可在理解上去领会，在精神上去享受。别人能够都得领会，都得享受固好——世界人人都得领会与享受，自然世界上的痛苦，就可减到极小限度，纵然不能，也不妨由我个人发端。这便是梁先生所抱"个人无政府主义"的由来。

今回且插入我的意思：梁先生的理解，与我虽不尽合，梁先生尚承认学问道德，有存在的价值；我是根本不相信有学问，更不相信道德——但他这段意思，以个人生活，要直接于世界，将一切虚假的排场打破，然后得见真乐，这是我所赞同而佩服的，我以为世界之大哲人、大诗人及真正觉悟之人，无论古今，莫不是无政府的同志。纵使没有明言，亦莫不具此理想。那透彻的苏格拉底 Socrates，怪诞的戴金丝 Diogenes，直截了当的希都鲁 Theodorus 及宏深博大的释迦牟尼之流，固然是无政府主义之同志先生，就是被现在无意识的笑骂，使人不敢为他叫冤的孔孟，也是无政府主义的同志先生。不过他的手续较为平易浅近，就在平易浅近的现象内，去求大同世界。他认定个人为世界的起点：假如各个个人，能够身修，自然能使家齐；各家的个人能使家齐，自然能使国治；各国的个人能使国治，自然天下是太平了。他又认定人性都是善的，更是无政府主义立论的根据。要解决无政府主义一切问题，只有归根于性善。惟其性善，所以不要政府；惟其各人的性都善，所以任凭人类如何繁杂，终有一个共同的心理。这共同的心理，便为大同世界建设之基址。再看他养成个人精神上的条件："富贵不能淫，贫贱不能移，威武不能屈"，"遁世不见知而不悔"，这种精神，非无政府主义的人，怎样配得上说！

我看梁先生之具有牺牲的精神，及主张良心的直觉，正受儒家的影响。记得他对我说：

"在个人生活，直接于世界的道上，不容别人来阻我们过去的。要是来阻止我们直接于世界的路，那便是我们的仇敌，便要起来革命。我们首先要觉悟的，就是这一件事。不过这样觉悟，要由各人直觉，不可替人去觉。因为替人去觉，那以己之力替人觉悟的，便是一种主动地位。那受人之力，然后觉悟的，便是被动地位。无论什么道理，什么方法，不是出于主动，而出于被动的，便会生出毛病，革命事业也是如此。所以应该人人觉悟，才是根本上的革命。若是多数的人，没有觉悟，仅由少数的人，操纵他去觉悟，那就靠不住了。同盟会的革命，正坐此病，凡真正觉悟的人，对于社会的事，只认为个人分内之事。革命事业，也不过社会事业之一种，所以'正其义不谋其利，明其道不计其功'的话，正是为此下一注解。若因个人功利而言革命，是以革命为投机的买卖，因革命而言个人功利，是以革命为禳鬼的祈祷。凡真正觉悟的人，就是真正的革命家。教育的意思，不过借此以引入觉悟的动机，其觉与不觉，仍在自己。"

先生的思想大概不外这些。他的诗文作得不多，所以没有许多材料。然即此几篇，已可见得一斑。至于他的计划，以实现他思想的，便是他提出的"地方自治"。

他以为政府虽不必要，而社会上的组织是不可少。犹如国家招募的军队虽当消灭，而人民尚武的精神却要提倡。地方自治的意思，是不烦政府代我们支持一切，而由我们自来支持。现代军队之蛮横，由于我们仰他保护，假如我们能够自家保护自家，人人都有枪械，自然没有军队蛮横之事，这样自家保护自家的组织，便是地方自治的事。他说：

"俄国现在的举动，我们虽称其大快人意，但是我们当知道的，俄国今日之革命，最是有组织的。几十年前，他的文人学子就从事于鼓吹，热心志士便分头去联络。他革命的现象，虽发生于今日，而革命的精神，早蓄养于先年。所以发动之后，仍是若纲在纲，有条不紊。一面虽在内讧，一面能御外侮。所以闹了几年，终不至于亡国。中国将来，虽不免最大的破坏一回，但是没有组织，必生出两样结果：

一、不是社会革命，只是土匪蜂起。不是劳动阶级去推翻强盗阶级的人，只是全国的人互相残杀。又以人民没有知识，易为野心家所利用。

二、全国的人只是一盘散沙。四万万人，犹如四万万国。瓜分四万万人合成之大国固不易，覆灭一人撑持的小国如反掌，则仍是同归于尽。

我们今日哀怜俄国，假如我们不早预备，恐如俄国今日，亦不可得！"

预备的起点，他以为须从眼前及自家做起：

"以前之推倒满清及现在之文化运动，都是提倡的人自居于领袖地位。所以专制之气习，偶像之迷信，终不能免。以后便不可再重蹈覆辙。要讲劳工神圣，便该以身作则，去当劳工。不但人人应当劳工，就是蛮横无理的军队，也当身入地狱，去与他们为伍。即在地狱之中，引起他们的觉悟。劳工神圣一语，亦不妥当。因为劳工是人类的义务，不能以义务叫做神圣，不能因为神圣，然后劳工。有了神圣，就不免有偶像。从前之军人神圣，国会神圣，可不是些殷鉴么？"

他又以为预备这种社会革命，除了普及教育以外，没有别的法子。他所常谈的一语"无教育的革命是假革命"便可见得他经营中国公学始终不懈的意思。至于他的教育方针：

"我不教人爱国，也不教人为家，我只教人做成他一个人。

"因为国家也是个人集成的，没有干净完美的个人，自然没有干净完美的国家，将个人之秉性去因势利导，使个人之天才，得尽量发展，这便是'根本的教育'。"

这几段话，从他的函件抄下来的。替他总括一句：教育能够普及，不患人民没有觉悟。人民能够觉悟，不患社会之不改良。那时节，人人都有教育，人人自会觉悟。社会问题若可以和平的解决，自然少些麻烦；若必经破坏的手续，也可不致糜烂。如此做去，社会上的痛苦，便可慢慢减小。减到极小限度，虽不算为大同世界，亦已相隔不远了。

先生不但空言，更能实践。决意自今年起，就从某处下手，此间之《新群》杂志，也作为一部分的言论机关，更约同某某数校，为同调的进行。俟布置停当，我们便放下屠刀，每日作三四小时的工，读三四小时的书，使劳力与知识，并行不悖，生活与环境，互相调和。则在我们中间，就可造个小小的大同世界。再以我们的余力，帮助他人去互相联络，也就是地方自治的基础，也就是无政府主义的胚胎。这便是梁先生的志业，这也是许多人的志业。梁先生虽死，他所抱的志业不死。他所抱的志业在许多人的心中，许多人不尽死，则梁先生也不死啊！

第四折　收场

我将梁先生的传述完，我的心中生出两种感想：

1. 梁先生的"个人无政府主义"，不仅在经济之分配、劳工之互助上为机械的主张，其最可佩服的，是超出功利之外，而在精神上去讲究。可算为"精神上的个人无政府主义"。此主义之来源，是儒家所给他的。他完全是个儒者，所以他的志业，都是中庸之道，易知易行。我相信这样"精神上的个人无政府主义"，将来要大发达。因为无论何事，只有自己管得自己。靠人来管，不会成功；去管人家，不会长久。也就是菩萨不能超度众生，惟群生自家超度之意。

2. 梁先生的遗恨，是他生前未能将他计划实现出来。所以长生之术，真不可不讲。使天假之年，再隔十年不死，以他的经验见识、毅力雄心，专从事于地方自治的事业，纵不能马上见效，但影响之大，必有可观。我看现在的高位名公，他们的资质造就，都是粗浅已极，其所以荣显如是，固然由于爱出风头，半亦由于长命所致。我们虽不羡慕荣显，但凡从事于艰难的事业，没有悠久的光阴，怎样能够妊育出来？假如个个早死，岂不是永无做到之日？所以事业愈艰难，需要的时间亦愈久远。最近如康德的哲学，托尔斯泰的文章，谁非几十年的预备呢？

我的话说完了。可是要向梁先生之灵魂补说一句：前一节话，是我希望生者之言。先生听着，也不必有所遗憾。你的兄弟，都能替你养亲。你的朋友，都能为你继志，你尽可安心勿虑；我们之与先生，是仍在宇宙间的，犹有一副精神为我们交通之路。我们借此精神内观反省，便觉先生近在咫尺。先生好谈张横渠的关学，可知"存顺没宁"原是一理。我不能文，没有将先生行状志业，表曝万一，且把那李二曲的成语，写在下面，以当先生之赞：

> 仰不愧天，俯不愧人；
>
> 昼不愧影，夜不愧衾；
>
> 在天地为肖子，在宇宙为完人；
>
> 今日在名教为圣贤，他日在冥漠为神灵！

中华民国九年五月十七号，乔山先生死后四十四日，芳吉沐手敬述。时客上海中国公学。

原载民国九年（1920）八月《新人》月刊第一卷第五号

选自吴芳吉著、傅宏星编校：《吴芳吉全集》（第二卷），华东师范大学出版社，2014 年

蜀道日记^①（节选）

八月七日

余于五月去北京。同伴为云阳邬镜苍、邬冶秋二君，途中又遇绥定尹无君。邬氏兄弟，与余同学。尹君则自上海来者也。先是未起身时，镜苍约同赴其故里避暑。既抵宜昌，余以资斧告罄，不能即去。邬氏兄弟及尹君，乃先归。余独困旅馆内。时南事日逼，风云万变。蜀道之难，正不可向尔。顾久羁于此，终亦非计。乃觍然行乞，所得，差足附川江拖轮回蜀。日前拖轮至。今晨船票等皆购置齐整。忽报拖轮已不准上驰，以吾蜀已乱中矣。余来宜昌两月余，孑影只身，枯索欲绝。甫欲乘风归去，以与老父慈母，相庆再生也。乃道路梗塞如此。且江水甚大。又闻沿途苦匪，时有劫杀。行囊不足惜，而生命可虞也。于是焦思益甚，悲身世之飘泊，感家国之倾圮。西望蜀云，惆怅莫知所止。因思忧能伤人，勉自寻乐。时日已过晡，亟命茶役锁门。步至江边，浩瀚洪流，心胸顿觉开朗。继步至南湖，与吾老伴话渔樵事。老伴者，年约六旬，家城之西南，日以垂钓为乐。谓余曰："家中豢猫数头，日赖获鱼以食之。"翁有四子，其仲与叔，读书沪上。伯则治理家政。季年幼，在小学肄业。翁虽老而心极雄。通诗书，能文。须发颁白，威严可

---

① 此先生民国二年，由宜昌行乞入峡日记，适流落北京之翌年也。先生时年十七，笔端情感至富。其所记峡中形胜，及舟行之险，尤可供地理家之参证。先生少年思想，亦可于此窥之。时先生既归白沙。同里有朱茀皇者，方见宠于项城袁氏，声势煊赫，一时无比。乡里为之歌曰："读书当学朱茀皇，莫学白屋吴家郎。"先生之艰难困顿，盖自此益极矣。——原编者注

敬。尝与余谈诗。余窃敬之，因呼之为老伴。两月以来，亦赖老伴以消遣也。既至，老伴已先在。席芦而坐，垂竿枯待。久之，得一尾。喜而笑。顾余曰："吾猫得美餐矣。"余曰："老伴良乐，余不及也。"老伴曰："先生当后天下之乐而乐。若我曰徒与木石为邻，不足道也。"默思其言，殊有深趣，欣甚。复绕湖之东岸行。短篱匼径，风光幽雅，烦襟似尽涤也。待月已东上，始归旅舍。晚膳未已，邮差投一函来，封签甚固。数月来，到处飘流，不得故人书者，久矣。乃急披而视之。

　　都门别后，半载余矣。辱承垂爱，屡获华函，至深欣忭。寄至夔府之书，亦已收到。前与爱众由夔来万。昨日爱众已往重庆。善波亦在其所。弟则现住九思堂营内。前遇郇君，道足下不久回蜀，并要至云阳。曷胜欣慰！足下抵万县时，务请来九思堂一晤，共商吾人此后进行方法。迩来各处独立，举世纷纷，莽莽中原，行见他人作主。英雄用武，此其时也。足下展翅飞来，莫只事株守。远大前途，于足下望之。时不可失，立待驾临。幸甚之至！弟陈建华顿首。

　　吾览此书，忧喜俱至。盖思陈君等皆有志青年，正当苦志力学，储他日周旋世界之用。乃今学未成，力不足，即出而问世。与一切争权夺利之徒相往还，大出吾所逆料。是以吾忧虑陈君，较吾尤切。然吾又念，使吾回蜀，约得陈君等泛岷江，登峨嵋。如苏武之牧羊，学太公之垂钓。效雷泽之陶，作莘野之耕。济济一堂，潜修静养，岂非大乐者。且陈君等赋性与余同。苟余说之，必能翩然而来。因不觉喜极，以为归隐之有伴也。

八日

天热不可耐。余决志归蜀。下午，命茶役将船票费，向公司退回。夜读法文咏月诗四首。音韵格律，颇极雅丽。可知西国文学，亦不让我独先也。发一百十七号家书。

九日

晨起，旭日当窗。忙收拾行李，雇定民船。随往购金鸡纳霜，及消暑诸药品，天气过热，不能不先事预防之也。又买豆类菜品甚多。以余习为素食，恐中途难得耳。回栈，命茶役往账房清伙食账。据彼所算，与余账底清核，溢算一元六角。余知此必茶役作弊所致。然彼既用此诡心以待我，彼已不幸至极。吾故作未见，即依此数付之，以为或可警惕之欤？然彼之视余，固痴如子产之于校人也。今不必与作计较，而惟自责，与相处两月，不能以身作则，化之以诚。而竟以诡诈转欺矣。收拾毕，遂出与同寓作别。余因此两月，今行时反觉依依不欲去者，以恋故之心，人人有之。至自由党部与旧友陈老先生告别。陈翁相送登舟。船甚小，寂无一人。久之，一幼童来，为我安置船尾。闻下午开船。余乃与陈翁登山啜茗。翁亦素食，自幼至今，已四十余年不茹荤。吾甚慕之。于是谈众生界中，以人为最恶之理甚多。又往川主宫，与寺僧话鄂江风物久之。下午，归舟。有搭客齐姓，业厨丁，长寿人，适自沙市来。谈甚洽，为余布置甚谨。余亦善遇之。此外搭客凡七八人云。船神为王爷。黄昏开舟。船主沐而祀。于时上风甚巨，扬帆而前。渡江之对岸，缘山麓而行。岩前古树，云际啼鸦。令人愁肠苦绪，一旦释然。行不数里而宿。晚间凉风拂拂，明月当空。回望彝陵城，渔火角声，千里一色。重叠远山，若浮于云际之蜃楼海市者。自念余何事而来彝陵，更何事勾留两月，复何为而宿此冷岩荒石之下。又念此两月内所经历之苦境，所感怀之事物。层层叠叠，则幻如梦。

不觉凄然而悲，百感交集。乃作《忆江南》数首云：

彝陵道，江水咏淙淙。重叠长江重叠路，几时归去出樊笼。老眼望蒙蒙。

彝陵道，何处是家乡？千里云烟横隔断，朝朝暮暮困凄凉。伴月卧蓬窗。

彝陵道，秋露湿征蹄。来是上林花似锦，红英又谢锁愁眉。愁到五更鸡。

彝陵道，细雨打长芦。离恨恼人归也未，蓬蓬华发倩谁梳。帘外听啼鸪。

彝陵道，渺渺蜀天云。云内蜀山云外客，云遮蜀客客消魂。魂在蜀山寻。

彝陵道，归雁怨夔关。月落更残人影寂，凄风入帐不堪眠。冷夜泣寒猿。

彝陵道，深晚两飘飘。岩畔鬼啼凄澈骨，闭门抚剑把灯挑。傍枕读离骚。

十日

天未黎明即起。零星三五，薄雾漫漫。四望碧落，依稀余去年暮春渤海待月时光景。寻见赤霞满天，鸟声啁啾林际。未几，日出。晓露呈晖，苍松翠柏，似脉脉有意难吐者。亦我之知己矣。舟愈前进，山愈高，江愈狭。沿岸山麓，开矿之处甚多。未知为煤为铁，抑他种矿苗也。有德人三五，不明其来历，随余舟而行。直至平善坝，始去。舟至此，泊焉。俄顷，有人登舟查验，獐头鼠目，可恶之至。诸客惟命是听。既而喧阗之声作，有无数流氓，相率登舟，逼索船主。苟言语稍犯之者，便恃众凶骂不已。嗟呼！民不聊生，于斯极矣。野心之徒，复耽耽焉日事剥削，近又酿南北之祸，徒顾其权利之私，害及兆民。其奈蚩蚩者之苦何？谚曰："饥寒起盗心。"使吾民果能乐其生者，岂复有此盗贼行为，以勒索人财为哉！读刘基《卖柑者言》，不觉痛绝快绝，可为今世针砭。天气过热，舟子皆憩。下午复前进，山回路转，风光亦其悦目。惟天气倦人，无心把玩矣。过灯影峡，岩上有大石，突立如人。凡数处，相传为唐僧玄奘至西域求佛经时所建之像，然皆俗说，不足凭也。未几，至南沱，滩水甚险。余与同舟，皆起岸。悬崖绝壁，攀援而上。岩巅有大路，宽可一尺，乃缘山凿成者。余行路中，觉足下不能自主，尤不敢四望。转过一山，有瀑布自山顶泻下，声如裂帛。一路皆为飞沫浸湿，滑不敢步。余扶一舟子手，得无恙。俯瞰江中，高可百余丈。举首望天，则岩石突出欲坠。余为足软目眩，惟正墙面立。舟既过滩，复攀援而下，至江边少憩。神魂犹恍惚不定。同舟谓余曰："此乃大道最易行者。若在大峡内，则崎岖百倍矣！"余不觉心酸胆寒，吐舌不知所可。自思若彼时有猛虎来，必无幸矣。江边皆乱石。石隙中，生白花甚香。属藤本，不知其名。馥郁袭人，心神顿爽。俯采一握，归舟悬枕上，而名之曰定魂花云。夜中月色黯淡，山寂无声。间有唧唧虫声，宛约耳际，催人入梦也。

十一日

清晨开舟，高峰突立眼前，晴光四射，热不可耐。至幺权河，江势乃转而西南向。沿途滩口极多，每隔数武，必有一处。牵缆至艰，行故甚缓。两岸皆怪石罗列，苟一不慎，则撞石碎裂矣。午时，至黄陵庙。余以舟中苦热，登岸觅纳凉地。乃沙石经日光蒸晒，步之如炙。余革履已破，亦不可行。较舟中更热，深悔登岸之非计。黄陵庙乃由宜昌入川之第一站码头，屋舍零星，毫不繁盛。入小店，煮水为茗。与乡人谈此季收获，皆谓今年苦旱，收成不甚丰。有数老翁，见余甚和蔼，亦就与余谈。老翁谓彼由渝来，因江水过大，不敢下驰。居此待水退，已两日矣。又谓来时，万县已独立，重庆亦然。自称讨袁军。川中情形，已糜烂不堪问。余曰："可敬之老人乎？吾人生当此时，不幸至矣。今且不必作杞人忧。尤不必计其孰南孰北，谁是谁非。彼革命元勋，及一般伟人，皆民贼也。民贼行为，吾人何必过问。"老人急语道："离乱之时，总要存善心，作善事。切不可乘此时机，妄行妄动。弟一要守本分。功名富贵，皆是大梦一场。"余喜曰："老人言有至理，可为师表。"老人又曰："如今世道，岂由他们摇摆吗？不久仍有真命人出现呢。"余截其语曰："老人此言非也。皇帝者，残酷无人理之大贼也。总统者，皇帝之转称，亦一大贼也。强横者居之，何谓真命乎？今世人道昌明，知一切君主、官吏、兵卒、宗教、法律，皆有强权，无公理之物。是以有识者，无不嘶声竭气，以图反对之，摧灭之。吾敢断言百年以后，将永不见皇帝、总统诸物，于此光明之世界也。"老人闻言惊甚。吾细与解说之。乃曰："世界亦有大和平之一日，惜吾人不能睹之。"余曰："睹之何益？苟能光明心地，以诚存心。我对世界上之群生以诚，世界上之群生对我亦以诚。人无彼此，境无苦乐，世界即已大同，奚用百年后为哉！是以行其道也，则瞬息可至。论其势也，恐百年亦早早矣。"老人曰："闻先生此番议论，恍如茅塞顿开。数十年来之梦，一旦得悟也。"叩其籍贯，云阳人。耕读传家，子侄皆自教之。舟复开行，一路皆滩。余等皆登陆为之牵挽。约行十余里，乃宿。余倦甚，煮面而食。饭餐睡去。

十二日

净无片云，骄阳洵可畏也。舟行甚缓，滩水仍如昨。前日闻舟子云：此段名么权河，长百里，为长江最难行处。盖随处皆滩，而乱石枚丫，最费牵挽。上水沿江岸行，犹不为险。下水则步步阽危，不敢转眼。入冬水小，始无妨也。余就船尾读《三国演义》，至武侯在东吴舌战一篇，心向往之。下午至塔洞，亦一大滩也。起岸牵缆，烈日如火，急不得上。约数小时后，赖邻舟助，得渡。时有北兵百余名，分载四舟，闻系赴巴东防川者。尾余舟而行。未几，至大滩，未详其名，水势颇凶恶。余舟易极大之纤挽之。诸客俱起岸，余独未从，以读《三国演义》正高兴也。舟至滩上，以人寡力小，不能上，且折回里许。幸比复收回。时兵舟正相继过滩，余舟亦复前进。甫至滩前，忽一兵舟以缆断被折回，急以大绳系余舟尾。船主以一舟犹力弱不能胜，若再系一舟，必同归于尽。力令解去。彼舟不应，惟欲坐享其成。波涛汹涌，执舵者几不自主，幸而得过。彼舟亦倚余舟力安渡焉。时余方仰卧，读武侯《出师表》，忽闻凶骂之声作。一群狠卒，蜂涌登舟，将舟子痛打。舟子不知所措。又将船主捕去。其尤可怜者，船主之大父，已八十岁矣。亦威迫下船，将系之岸上。诸客为代求恕宥乃止。旋闻余舟将被扣留。一时喧阗之声又作。久之，船主乃返。并罚钱五千，且为诸卒顿首伏罪，事乃得解。叩其因，即过滩时拒之之事。余曰："此事何得为罪？彼赖余舟力而上，将谢我之不暇，焉得妄肆逮捕舟子，封禁船行。然今日乃彼等世界。彼等以强横为公理，只知荼毒人民，蹂躏地方，供二三权势辈驱使。吾人力既不敌，惟忍让可全。"吾又谓北京之报馆，犹强迫封禁之，议员犹无端逮捕之，何况区区一民船哉！入夜船主又往哀求，始准放行。吾于是知兵之为物，诚残暴甚于禽兽，使世界上一日有兵，强权一日不能灭，公理一日不能伸，而世界一日不能安。如期谋世界和平，首宜从罢兵下手。无兵，然后可无政府。无政府，然后无一切造强权护强权之事出现。如此，庶可以言大同也。昔读真译革命原理篇，言兵之当罢甚详。犹忆其中段有云：

青年之子入营队，丧其仁爱之情意，耗其有用之光阴，致养成一种野蛮行为，贻羞人类。故营队者，制造浪子、残贼、奴隶之所也。损友之熏染，长官之束缚，虽贤者亦不免失其人格，习于服从而已。一旦有事，则军民之血肉，代富者为护符。以与人民相杀，此则军人之实用也。

又有云：

一切政府，或共和如美，或专制如俄，皆以军人为保护经济之屏障。

余念至此，极忿忿不平。恨不能一拳击死彼等恶物，以消此怨。时明月当空，阴云自远而至。不觉喜出意外，料其必雨也。自思吾性情往往过于激烈，以至屡屡败事。此后宜求心气和平，然亦不可失之葸懦。未几入睡。

十三日

清晨开舟，下风甚大，故行亦甚缓。时兵舟已去，众心乃安。方渡河，水势过疾，撞石上，漏入水极多。赖补塞得不沉。未几，至一滩，四境皆乱石，直至江心，水势亦迅疾如飞。舟子尽力不能渡。未几，纤断，退回数里，复搁石上不能动。舟子入水，以肩移之，缓缓而行。午中，憩数小时。余以热极，鼻血不止，殊觉苦极。然彼舟子终日操作，黑汗如流，犹不得一憩。挽纤者尤可怜，肩上则挽船，头上则烈日如火，足下又荦确难行。赤身露体，往还于危岩悬径上。渴则俯江边牛饮，浊水如泥，不顾也。其稍裕者，仅有汗衣草帽，少避风雨而已。老者或五十，或六十。幼者或十岁，或仅垂髫。闻舟子云，彼辈由宜昌至重庆，千余里间，凡月余日，不过得千余文，或两千文而已。嗟乎！方谓吾到处奔波，日日在劳愁焦感中，苦无复加矣。乃竟有较吾苦千万倍者。以今观之，苦乐判霄壤矣！然此不过吾目中所睹苦象。其较此更苦千万倍者，尚不知有若干人。舟子虽苦，犹日能饱食，夜能安眠。力资虽微，差足糊口。彼哀告无门，转死沟壑。天涯沦落，饥馁相寻，而举目无亲，进退不可者，尤不知其有若干矣。茕茕众生，茫茫身世。天道何知，生机何在？今而后知此世界乃一黑暗惨酷之地狱矣。下午至美人沱。舟子谓么权河至此方尽。时上风大作，扬帆而进，水势稍平缓。计由黄陵庙来，一路山皆坦夷。至此，复渐渐雄厚。寻至通岭。吾前过此时，忆有大石锁江心，恍如夔门之滟滪者。今已全没水中矣。就船尾四眺，但见山势层叠，高崖万仞。两山夹江而立，一水横流，状至可畏。舟子谓余曰："此牛肝马肺峡也。"未几，过通岭。扬帆入峡。峡口之狭，恐不及一里。绝壁临江，作赤色。由峡口望入峦层，凡十数重，直入云际。江流势甚疾，汩汩有声。峡上树木甚多，远望高才仅寸。日既落，阴霾四合，劲风扑面。时闻橹声咿哑，清冷彻骨。至一大石下泊焉。忽闻有人求宿，舟子及诸客皆拒之。叩其来历，谓系乘舟至此，舟沉得独生者。余怜之，为之请。船主谓余曰："恐匪徒饰作者。"余于是不便再言，忧惧迭来，至不成眠。与老船主谈行舟事甚多。自言往来此江者六十年，未曾失事。余曰："老手在船，吾不必虑也。"夜半，月光漠漠，万象俱寂。回望四山，纡回如一环，不啻身之在井中也。

十四日

上风仍作。浓云密合，日光昏暗，状至可畏。一帆风正，舟人皆呜呜而鸣，谓为呼风。声彻岩谷，回音隆隆，若千军万马，奏凯旋而归者。余亦效舟子呜呜之鸣，同舟皆笑。转一湾，已遥遥得观青滩。未几，驶至。时江水甚大，滩口全没水中。风平浪静，恬然而过。因念去年与倩斌等泛小舟来此，破浪而渡。余尚倚桨濯足，瞬息又年余矣。登岸买马铃薯十数斤，又买饼干数种。市中冷落殊甚。回船后，以饼干分给诸舟子。诸舟子皆报以梨。余曰："融融一船，固不啻一家兄弟也。"既开舟，入兵书宝剑峡。两山夹江相峙，石壁上，谓有仙人藏兵书宝剑于内。极目视之，终未寻见。峡中无纤路，全赖风力。长约十里。此刻上风正猛，仅张半帆而行，驶已若飞。舟子皆乐，唱山歌渔歌不已。两岸潮声，拍拍欲活，诚难得佳景也。俄而过湘溪，直至老归州。上风更巨。墨云片片下坠，一时雷电交作，骤雨倾盆。船主急命停船。未及抵岸，浓雾渐消，急风渐缓。雨则絮絮乱飞。晴光透入篷内，作桃红色。胸襟顿觉清爽。开船以来，第一次新雨也。凭窗纵目，惟见青峦若洗，更增鲜丽。因卧船尾吟云：

> 满地凝秋色，孤帆逐远天。软雾迷三径，凉风打一船。郁林呼宿鸟，奇石惊飞泉。烦襟滑落日，别意没苍烟。罗浮睡未足，却是在青滩。

由老归州西上数里，至滚子角。石嘴伸入江中，水流迅疾，甚难牵挽。余及诸客，皆登陆力助。用索二条纤挽，一端系岸树，舟行一寸，则缠绕一寸。行一尺，则缠绕一尺。以省力而牢固也。树前仅一石径，乱石棋布，不便牵挽。其下高岩危然，恍若崩坠。舟至石嘴上，吾人竭力曳之。既而习习声作，一纤已断。几将舟子拖至岩下。余等所曳之纤，力更不支。未几，亦断。舟被巨浪冲去。瞬息已不见。皆虑其失事。登石嘴望之，舟已冲至江中，左右摇荡如一叶。俄而冲过老归州，俄而已至湘溪。直至峡口，乃推抵岸，折回约十余里。久候不至。舟子就岩下石洞憩。余则坐一沙滩上，以竹头操练大字，约二千余个。移时，舟乃复至。船主谓此地难渡。因渡河，沿对岸行。方至江中，上风陡作，船簸荡欲翻，洪涛直入船内。忽一大漩劈面迎来，船头倾入深涡中。舟人皆失色。余急起观之，不意船柄被巨漩冲来，一声霹雳如雷，几打余入水。老齐回身，急呼余坐下。上风又陡来一阵，帆侧欲倒，船边亦倾齐水面。俄而舟平。余更起视，已抵归州矣。半晌犹痴立不知所措。余较诸客稍安。诸客甚有吓至哑口不能言者。可畏，又可笑也。余儿时尝往来于长江各地，惊涛骇浪，所过多矣。终未见有可畏者。惟此次顿失吾胆。自念区区风浪，遂生畏怯，终非有肝胆人。无怪历年十七，犹不能挺身，战胜此污浊世界也。此后吾其力勉于苦心刻励乎？归州城中，冷淡至极，仅有一道正街，长可一里。此城之大，不及一富者之居，甚可笑。吾行市中，见者甚惊异。妇孺数十辈，群来围观。余行，则尾余行。余坐，则环而立。吾和颜以叩其故，皆笑不知所对。余因买饼数十，分给诸儿。诸儿大喜。余复写字试之，颇有能对者。余教其当时刻爱清洁，不可学污浊言语，不可学骂人。彼此一群，总要长者慈其幼，幼者敬其长，互相敬爱，乃不失小孩人格。余又顾谓诸妇，对于子弟，不可溺爱，亦不可刻薄，总要送入学校，使其学礼节，明事理，方可。观者皆欣然唯唯，相携散去。余亦归舟。月明如画，凉风拂面，暑气全消矣。有某客云："昨夜见一星起东方，分外明亮，较诸星且大，恐是紫微星出现。"余曰："此星有何关系？"彼曰："大约有真天子出现。"余曰："孰为真天子？"彼曰："天道至此。非有真天子出，扫平天下，不可也。但未知为谁尔？"余曰："真天子即是我！"客曰："何故？"余曰："天者，大公无私之谓也。观其寒来暑往，春生秋获，四序循环，无一丝一毫偏袒之心以及群生，其一秉大公，可知也。吾之心，亦一秉大公者也。天能公于人，而不能正人以公。天下人之私心犹勃勃焉，日盛一日，是天犹不能完其公也。余既能公于人，而人与余接者，余亦能使之公。则天之公，不及我之公。谓余为天父可也，况天子哉！"诸客皆笑，然无语能答我。吾又曰："谚有之，'知音说与知音听。'君等愿勿笑我。"时已夜半，余就月下睡。

十五日

梳洗甫毕，舟人又催起滩。登岸，则乱石纵横，行不数武，苦热，渴甚。倦极思死。既过滩，复登舟。不久，滩又至。又催起滩。余以骄阳可畏，遂未往，仰卧读英人的夫氏所著《鲁滨孙飘流记》。有云：

I am divided from mankind, a Solitaire one banished from human society.

吾不觉心痛。念吾与鲁滨孙，流离失所，遗世独立，可谓同病相怜。倘鲁公今日来为吾伴，必欣然携手，同辟荒岛去矣。继又读至：

But I am not starved and perishing on a barren place affording no sustenance.

而知皇天究不负苦心人。士虽穷迫，终有一线生机可为。彼鲁滨孙飘流荒岛中，与繁华之社会隔绝。独居无人之境者，二十七年。寂矣苦矣！吾虽寄迹于此大千世界中，然举世污浊，几无一人可入吾目。吾恶此世界已极，世界之厌我亦甚。则余虽日与蚩蚩之氓接，漠漠之物接，与夫离离奇奇之景与情接，而相对默默，若风马牛之各不相及。亦不啻与世隔绝，独立苍茫者也。是吾之所苦，又未尝不与鲁滨孙同矣。然则鲁滨孙此两句可哀可痛之语，谓之为余写照可也。嗟乎！身如流水，景似昙花。孽海茫茫，何所止矣。约行二小时许，过大小滩四五处。屡濒于危。渡河，过一山嘴，水势似磙子角。江中亦有大漩，连见数处。其愈后漩更大。至此揽断，舟折回漩中。任水激荡，几为漩没。舟人皆曰，若冲下滚子角，舟无望矣。余乃起视，舟又被漩左右转，几不知此去何方也。余虑无救，从容向天际浮云，吟七绝一首云：

　　去觅桃源待几时，浪花有识解相知。我生惯作江湖客，喜与屈原共论诗。

　　谚云"吉人天相"，余于此次濒危信之。舟既被漩涡转入，舟人已不能自主，惟坐以待毙而已。不料江中又起大漩，舟复为所旋转，船中水汨汨透入。舟人更作急。忽闻磔然之声陡作，皆谓必沉。转首视之，则舟被大浪拍至江岸，舟人乃安。余以水行之险，万倍于陆。拟返归州陆行。老齐急止余曰："天气太热，万不可去。且巫峡中，无路可走，往往峭岩绝壁，虽猿揉不能攀渡。矧先生文弱如此！"余曰："滩水凶险奈何？"老齐曰："此亦无法。若陆路能行，早已往矣。实莫如何事也，安之为善。"此时余心殊悒悒，可恨无费长房缩地之方，以移巴山蜀水于舟前也。继又过一滩。余从此遇滩即起岸。时烈日方酣，暑气逼人。沿山径行，崎岖至极。路旁遍生荆棘，枒杈匝道，时有蛇虫出没。余亦不顾，披草莱，越榛莽，行十余里，乃登舟。诸客笑余胆怯。余曰："死固吾所愿也。惟老亲在堂，不敢轻作履薄临深之事耳。"午间，过叶滩，长江大滩之一也。青滩与叶滩较，水小而最险。水愈大，滩愈平，故舟抵叶滩时，未需丝毫之力，扬帆而过。私心慰甚。未几，苦热，遂泊舟小憩。下午，上风甚大，天气亦凉，舟抵八斗。诸客皆登岸。八斗者，与牛口相距五里，同为巴东下游二大滩，水大水小，皆险恶不易挽。岸上数十人，或老或少，或妇或孺，无态不备，皆赤身也。纵有衣者，亦不足蔽体。彼辈曰滩子。凡上水舟至此，必加请滩子纤挽。过滩后，每人得值七八文。每日可得数十文，或百文。哀鸿满野，至可怜矣。船主素鄙吝。各舟皆请滩子。船主惜钱，坚不许。出两巨纤拖之。方至滩前，水涌起，几没船头。老船主大恐，以刀断纤。舟遂折回数里外，洪流滚滚，惟见舟如一叶，逐流随波，听其自然。幸上风极大，不远，得抵岸，缓缓再进。船主犹不允请滩子。诸客大怒，强雇十余人复挽之。余亦力助。岸皆青石，步之甚滑。舟子猛力纤挽。以水势过大，纤复断，舟又被打回。余愤极，独立岸上。见舟中人东侧西倾，仓皇无措。有推桨者，有助舵者，有木立指天，觉命数之将至者。是时阴云四合，雷电交作，南风呼呼，山鸣谷应，日暗天愁，默默望天无语。舟已至十里外，环顾四乡，渺无一物。余此时彷徨悲惨，若失主之犬。中心自念，若舟被没，夜中将何所止。久之，舟卒至。余谓天已黄昏，不如明日再拉为妙。船主不听，复出巨纤三条挽之。余立石上，大呼努力。舟子奋身而进。既至滩险处纤察察作声。吾恐纤断，更竭力大呼前进。舟子亦竭力大呼前进。余呼约十余次，舟已安然过滩。惟余已声嘶力尽，软弱不胜。时黑云皆被大风吹散，明月依然，斜挂林际。余因仰卧石上。少顷，斩林莽，蹑石髓，唱斗牛而归。渴极，命侍者煮豆浆饮，与舟子谈哥伦布故事。舟子皆欣欣然曰："愿效之!"余仰月久之，乃寝。

原载民国二十四年（1935）二月、三月《国风》第六卷第三四号合刊、第五六号合刊

选自吴芳吉著、傅宏星编校：《吴芳吉全集》（第六卷），华东师范大学出版社，2014年

李尧枚

|作者简介|　　李尧枚（1897—1931），四川成都人，巴金的大哥，终生为大家族羁绊，以致自尽。

致巴金的信

一

亲爱的弟弟：

当你们送我上其平轮①的时候，我的弱小的心灵实在禁不起那强烈的伤感，眼泪不知不觉地流下来，把许多要说的话也忘记了。我们哭了一阵，被他们将你同惠生②唤走，我送也未送。但是我也不忍送你们。你们走后，我就睡在舱里哭，一直到三点半钟船开始抛（起）锚，我才走出来。望着灯光闪闪的上海，嘴里不住地说：

---

①　其平轮，船名。李尧枚乘该船离上海返川。——原编者注
②　惠生，即高惠生，李尧枚和巴金的表弟。他同李尧枚一起去上海，留在上海读中学，后来与尧枚和巴金的九妹结婚。——原编者注

"别了，上海！别了，亲爱的弟弟们！"上海，我不大喜欢①，但是我的弟弟住在那里，我也爱它了。一直看不见了，眼泪也流得差不多了，我才回舱睡觉。直到八月初三后方抵重庆，初七乘汽划到合川②赶早回省③。十五夜八（点）钟方抵家，从七月二十八日由宜昌起，每日不住的下雨，一直把我送回成都。十六日却又天晴了。一路平安，请释念。归家即读你七月十七日写的信（八月初十到的），又使人伤感不已。弟弟，沪上一月的团聚，使我感到极大的安慰，不料匆匆又别了，相见不知何日。弟弟，我真舍不得离开你呵。我回来到今已经六天了，但吃饭也吃不得，精神也不如以前了，什么事也不想做了。弟弟，并不是我懒，或是我病了。只是心中像损失了一件什么东西一样。弟弟，我真苦啊！弟弟，我在上海把你耽搁了一个月，甚（什）么事都使你不能做，真是对不起你得很。但是，我还觉得我们未好生快乐过一天，太短了。我觉得你在我的面前太少了。亲爱的弟弟，我还觉得你是我一个最小的弟弟，难得有我这个老哥子在你面前时时拥抱你。弟弟，我想你时时在我怀中。弟弟，我人虽回到成都来，弟弟，我的灵魂却被你带去了。弟弟，我时时刻刻在你的身边、我是一刻不离你的。弟弟，前数夜，我同妈妈④，大嫂⑤、九妹⑥她们摆龙门阵，我说四弟同高惠生他们俩在我的面前，简直比一些寻常的儿子在老子面前还好，我实在舍不得他们，不放心他们。我含泪的说，却把她们的眼泪惹下来了。弟弟，你的哥哥是爱你的，你也是爱你的哥哥的。但是，你的哥哥实在不配你爱呵！唉！

---

　　① 据巴金分析，尧枚可能是不喜欢"海派"和节奏快。同时，尧枚第一次远离四川，对家里很思念。——原编者注
　　② 合川，县名，位于重庆北。——原编者注
　　③ 指由陆路回省会成都。——原编者注
　　④ 妈妈，指继母邓蹇如。——原编者注
　　⑤ 大嫂，尧枚的妻子张和卿。——原编者注
　　⑥ 九妹，即李琼如，高惠生的妻子。——原编者注

弟弟，我托你一件事，是你已经答应的，就是照顾高惠生弟的事。请你照应照应一下呵。那天立约虽是我们三人一时的游戏，但高惠生他很愿意的。他有志于文艺，希望你指导指导罢。

今天又接着你的第二封信。谢谢你的美意，怎么你又送我的书？弟弟，你说你硬把我的《小宝贝》①要去了，你很失悔。弟弟，请你不要失悔，那是我很愿意送你的，其所以要在船上拿与你，就是使我留下一个深刻的映（印）象，使我不会忘记我们离别时的情景，借此也表出我的心情，使我的灵魂附着那张小小的唱片永在你的身旁②。

弟弟，还有许多话是说不完的，只好打些歇……代表了罢。本来，我要再等两天才写的（因为我实在不舒服），却因接着你的信，很念我，所以勉强写点给你。但是，我并没有大病呵，只不过我太懒和心中难过罢了。请了，下次再谈，敬祝健康！

枚八月二十一日夜书于灯下

二

弟弟：

好久没有接你的信了，很念你的。知道你的事情忙，所以我先写封来，有空请复我，没空也就算了。好在我的灵魂是在上海的，

---

① 指唱片，系格蕾西·菲尔滋唱的《小宝贝》。——原编者注

② 有关细节，巴金在《做大哥的人》中曾有描写："我们的分别是相当痛苦的。……正要走下去，他却叫住我，他进了舱去打开箱子，拿一张唱片给我，一边抽咽地说：'你拿去唱。'我接到后一看，是格蕾西·菲尔滋女士唱的 Sonny Boy。两个星期前我替他在谋得利洋行买的。他知道我喜欢听这首歌……然而我道他也同样地爱听它，这时候我很不愿意把他喜欢的东西从他手里夺去。但我又一想我已经有许多次违过他的劝告了，这一次我不愿意在分别的时候使他难过。……我默默地接过唱片。我的心情是不能够用文字表达的。"——原编者注

在你身旁的。你的身体好么？你不要太劳苦了，总得要休息休息和运动运动一下，一天到晚伏在桌子上，很痛苦的。请你听我的话罢。

你近年来还爱看电影么？我知道你进了电影院一定不高兴，因为你的哥没有坐在你的旁边了。但是，弟弟，你只管看你的电戏（影）罢，你的哥还是在你的左右。他不过是爱听悲哀的音乐，坐在前面罢了。弟弟，他还是在等他的弟弟，解释着悲哀的剧情给他听呢！就是听不见他的弟弟唱 *Sonny Boy*①，里不免有些酸痛罢了。

弟弟，你对现代社会失之过冷，我对于现代社会失之过热，所以我们俩都不是合于现代社会的。现代社会所需要的是虚伪的心情，无价的黄金，这两项都是我俩所不要的，不喜的。我俩的外表各是各的，但是志向却是同的。但是，我俩究竟如何呢？（在你的《灭亡》的序言，你说得有我俩的异同，但是我俩对于人类的爱是很坚的。）其实呢，我两个没娘没老子的孩子，各秉着他父母给他的一点良心，向前乱碰罢了。但是结果究竟如何呢？只好听上帝盼咐罢了。冷与热又有什么区别呢？弟弟，我的话对不对？

弟弟，我向你介绍一个人罢了，就是高惠生，胖大娘②是也。他是个富于感情的人，希望你时时指导他。他前天与他的妈妈有封信，信内有几句话：“大哥在上海时，有什么事情，还可同他商量商量，现在呢，我还有什么人来商量呵，唉！”弟弟，你看他说得多么可怜呵！弟弟你安慰他一下罢。

弟弟，我是不再看电影了。因为没有他弟弟在他旁边替他解释剧情了。弟弟，他要他的弟弟来了，他才得快乐呵！弟弟，这次我回川，我失掉我两个小弟弟：你和惠生，我是如何的痛苦。唉！请

---

① 指听不见巴金放唱片《小宝贝》。——原编者注
② 胖大娘，高惠生的绰号。——原编者注

了，祝你健康！

枚双十夜

三

四弟：

　　一连接着你两封（信）：九月二十八日一封，本日一封。二十八日那封信接着时，我的二女①正患着极重的气管肺炎，离死神不远了。好容易才由死神的手里夺回来，现在还调养着，所以当时没有给你写回信。

　　弟弟，我此次回来，一直到现在，终是失魂落魄的。我的心的确的掉在上海了。弟弟，我是多么的痛苦呵！弟弟，我无日无夜地不住思念你。弟弟，我回来，我仍在我屋里设一间行军床，仍然不挂帐子，每夜仍然是照在上海时那个样子吃茶看书。然而在上海看书过迟，你一定要催促我，现在我看书往往看到一两点钟，没有人催促我，因为大嫂月分大了，总是十点前后就睡了，我还是朝深夜看去，□□过迟，往往掩卷而泣，悄悄的睡了。

　　弟弟，我常常的当是你在我身旁一样，即（及）至警觉你不见（在）我的面前，我总是十分的难过。我每天吃了饭，我总是到处乱跑的混午饭，总不愿意在家吃，因为我总想你回来吃晚饭。弟弟，我诚然不对，因为我其（什）么事都不想做了。

　　弟弟，我自己（我）都不知道我要怎么才对。弟弟，我万不料我这一次把我的弱小的心灵受着这剧（巨）大创痕。弟弟，我这创痕不知何时才医得好？弟弟，更不料我这次使你也受着极大痛苦，

---

　　①　指李国炜。——原编者注

弟，我恨不得……种种……弟弟，你说的"如果你还不曾忘记你的弟弟"。弟弟，我如何会忘记你？弟弟，我如果忘记你到（倒）好了，因为我无论甚（什）么事我总是闷在心头，越筑越紧。弟弟，我多年来未曾胖过的，受不住热天，即（及）至我回来，我却胖了。家里人这样说，我不信，我把我以前的衣裳穿起，果然胖了。但是现在却大瘦了许多了。弟弟，我是时时刻刻的思念你呵！

弟弟，你不要以为我难得写信来是忘记了你了，那是错了。因为我写信给你，总是悲哀话多。我想我已经难过，如何再使你难过。所以每次提起笔又放下了，甚至有一两次写好了，我又（把）他（它）撕了。弟弟，如果你今天的信不来，还不知哪天我受不住才写呵！

弟弟，白天我都好过，夜间最糟，我真痛苦极了。我想我有一架飞机，那就好办了。

弟弟，我一天到晚都是鬼混过去的，希望你也将空时候，给我写一点信来，总之，我俩互相安慰着罢。

弟弟，我的神经是慌糊（恍惚）的，这是为甚（什）么缘故？

弟弟，我托你一件事：请你代买一本法文初范，用快邮寄来。务必费心，因为成都多年没有了，天主堂邓梦德牧师那里也去问过了。弟弟，请你不要忘记，费心，费心。

弟弟，我是时时刻刻的在你身旁，你也是时时刻刻在我的身旁的。请你时时放宽心罢，因为忧愁是很不好的。

弟弟，好好的过去罢，不要太伤感了。弟弟，我接你这封信，不知道要使我难过多少天。弟弟，我也放心些。弟弟哟，请你不要忘记罢。

弟弟，天气冷了。你的大衣做起了么？不要受凉。弟弟，《小宝贝》你在唱么？（"《小宝贝》你在唱么？"问是否在放唱片《小宝贝》。）弟弟，假如你要吃西餐，请人照顾一下三和公①罢，因为它对我和你两个很好的。茶房我走时一共给了三块钱，但是对于那笑嘻嘻的堂官（倌）和那几个山东人，我很抱歉的。你照顾他一下也好，因为我俩是时常在那里一块吃饭呵！

话是说不完。弟弟，我是忘记不了你的，请你也不要忘记我罢。我想你决不会忘记我，只有越更想我的。弟弟你说对不对？请了。敬祝健康！

枚十一月九日

四

小弟弟：

连接你好几封信，知道你一切情形，但是实在没有空复你。很使你失望，实在的对不起呵！望你原谅。

自从回来，再没有比去年冬月腊月忙的了。忙到腊月廿五把我的胃病胃疼一切发了，好不扫兴。但是事实上不容许我安静，只好撑着病体与他（它）奋斗了。把幺妹的事办完，年也完了，所以病也没有好。这两天事情到（倒）少些，精神却萎顿了，所以你的信只是一封一封的接着，没有精神与你写回信，只怕你要疑我把你忘了。

读了你二月六日（邮局戳）的"我对于生活早就没有一点兴趣"一段，不觉使我异常悲痛，我也是陷于矛盾而不能自拔之一人。奈何！来函谓"哥来函……未及弟痛苦于万一也。"此时，暂不自辩，将来弟总知道兄非虚语"将来弟总知道兄非虚语"，（巴金在《做大哥的人》中说："他回到成都写了几封信给我。他说他会

---

① 三和公，一家饭馆，现在淮海路附近。——原编者注

自杀，倘使我不相信，到了那一天我就会明白一切。但是他始终未说出原因来，所以我不曾重视他的话。")恐到那时，弟都忘却兄了。唉！

《春梦》（巴金和大哥议论写大家庭的小说书名，即以后的《家》）你要写，我很赞成；并且以我家人物为主人翁，尤其赞成。实在的，我家的历史很可以代表一切家族的历史。我自从得到《新青年》书报，读过以后，我就想写一部书来，但是我实在写不出来，现在你想写，我简直欢喜得了不得。弟弟，我现在恭（敬）向（你）鞠躬致敬，希望你有暇把他（它）写成罢。怕甚（什）么罢。《块肉余生》（即狄更斯的《大卫·考柏菲尔》）过于害怕就写不出来了。

现在只好等着你快写成了在《小说月报》上发表，你尚没有取名的小说罢。

我一定要寄点钱给你看电影，不过要稍缓几天，这几天有点窘。

代出版合作社（上海的一家出版单位）收的帐，他们答应阴历年底交付。成都的习惯，三十晚上给钱，都算漂亮的。那（哪）知到了初一都不给。问他们，他们反说我的怪话。现在钱他们决定是不给的。我只好将收条寄上，请你转交，并代答歉意。你有空吸点新鲜空气，最好早上早一点起，去到小咖啡店喝一杯热牛奶，于你很有益。希望你听我这一个小小的要求罢。

以后你写什么东西，务请你将他（它）的名字告诉我。出版时你签名给我一部。我把（它）汇存着拥抱着，就像我的小弟弟与我摆龙门阵一样。这个要求，想来总可以允许罢。我的小弟弟。

枚三月四日

选自李致：《巴金的两个哥哥》，中国华侨出版社，2008 年

陈翔鹤

|作者简介| 　陈翔鹤（1901—1969），四川重庆（今重庆市）人，现代作家、古典文学研究专家，"浅草社""沉钟社"重要成员，有小说集《不安定的灵魂》、剧本《落花》等。

我所见的鲁迅先生

在我第二次之去到北平，那是距今大约已经有十六七年的事了。这与其说到北方为的是读书，倒不如说在自己少年寂寞的心胸里很急切的需要寻找出二三个合意的师友，要较为妥当一些。

于是在北大中国文学系"中国小说史"的讲堂上我便见着了鲁迅先生。那时《呐喊》的单行本虽然已经出版了，不过鲁迅先生的名字，似乎只在极少数喜爱文学的青年的心中才占有地位，所以来听讲的人也并不多，全讲堂上不过稀稀寥寥的坐有二十多至三十个听众，而且过半数的人还是主要的去听他讲笑话。因为先生在讲着他自编的讲义时也同他文笔的辛辣讽刺的滋味是一般无二的，喜欢夹带讲些辛辣讽刺的笑话，这些时常惹的大家哄堂大笑。不过这在先生自己都并不笑，他只是屹然的站着，正同于陶元庆先生之有名的先生的画像是一样的，在长方形的带着两撇颜色很浓的黑色胡须的浅黄面皮之上，显露出一种荒凉冷峭和寂寞严峻的神气，令人想起一座孤立在巉岩之上的荒凉古庙来。自然，在其中这又并不见得缺乏热情，只不过因为热情在周遭的冷酷空气之中一变而为向内的凝聚罢了。

因为上学期已经讲过半年，不久"中国小说史"的课程就讲完了，因此先生便翻译着日本批评家厨川白村的《苦闷的象征》，一页一页的发给听讲的学生来补其缺。固然在那时用弗洛伊德的性的心理学来解释苦闷和文艺，那确是闻所未闻，颇为新鲜，不过听讲者也还是那么的几个。在其间，当先生讲书讲的高兴时，我只记得先生曾经预言似的说过这样的几句话，"将来中国文艺前途之是不是有希望，就只看这本书将来之是否销得"。即到了现在，凡是一个留心文艺的青年，而未曾读过《苦闷的象征》者，恐怕是颇为稀少的吧？而且用性的心理学来解释文艺，无论在生活上或创作上，这都是意义何等重要啊。并且中国在近些年来，因为先驱者们不断很寂寞的披荆斩棘，辛苦艰难的开拓和创造的结果，我们也可以看出，在文艺上的成就，实在是远迈过于已往的几百年来长远的时间。

《苦闷的象征》无疑的是早已风行一世了，而在先生劳力的翻译成绩上，这正同于《工人绥惠略支》一样，先生的苦心是早已给以后的青年们踏出一条道路来：无论在"文体"上或精神的粮食上，这些书虽不过只先生一小部分的功绩而已，然而它们确都可以列入一种不可磨灭的典籍之中的。

再往后不久，先生便成为了《语丝》同《现代评论》之争的主要人物了。而且由于《彷徨》的出版以及在《语丝》上先生用他的锋利的笔对于残余的封建势力（如当时的教育总长章士钊先生之反对白话文，主张读经读史等类）和黑暗虚伪势力的搏击和奋斗使得先生的名声便一天一天的扩张了上去。不仅专门从事于文艺者，凡是留心一点时代问题的青年人，都几乎全跑到先生的讲堂上去了，及至在讲堂里站着都容不下，在窗户外面只要可以听见先生讲话的地方都挤满了人，而我自己也便是因此才不再到先生讲堂里面去的。

后来因为想多知道一些外国的伟大作家的关系，自己在北平也曾同先生通过几次信，不过在先生的回信中所再三推崇的，却依旧是 Dostoyfsky，Andryev，Jchehov，Strindberg，这几位作者，犹记得在一封信中，自己曾提到过先生的小说集《呐喊》，自然在其中是充满着敬崇之意的，但先生的回答大意则为很感慨的说"他自己并非迫不得已于言的人，而且创作时又离艺术的范畴甚远，所以他很不愿意将他自己的阴暗思想来传给年青人"。这些意思已是在《呐喊》自序中讲过的，不过于此亦足见先生是何等样一个言行一致的人了。

至于同先生的单独见面在自己却一共只有两次。一次是于某深秋里黄昏时同郁达夫先生到他住所去的。先生的书房似乎因新才搬来还没有布置好，所以我们便在他寝室内被招待着。那时先生的兴致好像很好，笑着，谈着，谈话很多，并且还将他多年以前的许多像片都拿出来给我们看。而这次的印象所给我特别深的，便是先生那架用木板和板凳所架起来的一间小床，在上面只铺有一床很陈旧暗淡的垫褥，这再在煤油灯的光亮之下更愈加显得单薄而且荒凉了。然而先生那时是早已作过教育部的签事，还在大学里教着书的。

又一次也是到先生的寓所里去，同去的还有杨晦兄，冯至兄，陈炜谟兄三人。这次我们谈过些什么，此刻已记不清楚了。我只记得临别时，先生曾经送过冯至兄一本德文的波德莱尔的散文诗。

从这以后，先生便到了南方，我们也就无缘再见了。

此刻这位时代的巨人离开我们这要不得的世界不觉又已经有两年之久了。在文学的功绩和地位上，我们用不着用俄国的普希金，德国的歌德，英国的拜伦或斯威夫特来同先生一相比拟，然而他对于我们后代青年人所昭示和发生的影响比起以上诸人来总可以说有过之而无不及的。所以此刻当我一想到这位斗士，智者，导师，翻译家和文艺创作家的辛苦艰难的一生时，从我内心中所激发起的热情和崇敬，将要是永远不会磨灭的。而且就此我还可以预言式的再来肯定一下，这即是在再过十年，五十年，一百年之后，我们的青年之纪念这位导师，一定是会比现在我们这个小小的集会，还更加热烈，更崇敬到十百千万倍的。

原载民国二十八年（1939）十月二十三日成都《华西晚报》第 8 版

选自陈翔鹤：《陈翔鹤代表作》，华夏出版社，1999 年

北平的春天

抬头一看，在壁上日历的小注上，正注明腊月十一日"小寒"，悬想起眼前北平的气候，一定是冰天雪地的了。然而因阳历新年应景的关系，却令我在原稿纸上不大自然的写道"北平的春天"。

冬为春天的前夕，推根溯源，所以还可说北平最足以使人留恋的地方，反倒是冬多于春。而且就照季节上讲，一年四季当中，北平的冬天，如果从旧历十月里升火炉算起，至次年二月拆火炉时为止，则在北平居住的人，蛰伏于室内生活者，大约总不下有五个月时间之久。在世间上，确实再没有比屋子里纸窗明净，炉火青纯那样最适于人冥想，或执卷默诵，或伏案写作的时候了。而尤其是到

了晚间，在浸濡如温暖的氛围气中，更令人感到炉火加倍的与人相亲，纵使隔着一扇木门，或一层纸窗之外，天气是怎样的冰天雪地，坠指裂肤的吧，或者每每经过了半夜的时光，于不知不觉之间，外面一点声息也不曾听见，则次晨起来一看，便见得院子里早已雪深尺许，檐冰成柱的吧，然而在屋子里的空气，总是很凝聚，很紧凑，很温暖的，不大令人有瑟缩不宁的感觉。至如果能在书架或书案上摆着两盆文竹（这种植物在北平只值两毛左右一小盆，而成都此刻则需在三四百元以上，）或麦冬草（此为一雕藤状植物，学名 Asparagus）之类，借着他们那种青翠可喜，欣欣向荣的气象，那更颇令人提前有点春到人间的预感了。

"萝卜赛过梨呀！""桂花元宵！"只消听得门外这样的一声漫长的高叫，便可以提起人那种碧玉般的皮子，浅红色的肉心，有时在肉心的中间还夹杂着有一丝丝血红色的艳纹，一吃到口里，即感觉得清脆，而且甜中微带辣味的嗜欲来。不错，"雅广梨"来路太远了，而且价钱又较高，确乎为一种不大平民的东西。只有外观既美，味道又甜，更兼之有消渴解燥作用的天津青皮萝卜，以及吞到肚腹内去，就令人周身发暖的桂花元宵，才适宜于上中下三等人的需要。冬天来了，除去白红各半的肥羊肉，和足足有十来斤重一样的大白菜不计而外，那最为普遍，最富于平民化滋养的，恐怕就要算天津青皮萝卜这一种了。

至于火炉，无论怎样贫苦的人家，大约也都总是有一个的。就是地道，而又最苦寒的北平佬，也得有土炕一座，从屋子外面将做饭菜时所剩余的热气，引到了土炕内来。而用"白泥"烧成的煤球炉子，则更普通的成为一种中下等人家烹调兼战寒两用的必需品了。但如果一说到中上人家呢？则十五元钱一座的翻造德国式铁火炉，价格也并不算贵。而那时的煤价，就连一抛到火炉里去，那火苗便足足有一尺多高的山西"红煤"，每吨也只值大洋十二元，而北平近郊出产的西山"明煤"，则只要八九元便可买得一吨。总计一冬的消耗，亦不过一吨或至多吨半的煤块，便足够将一个德式火炉的肚子喂的饱饱的了。

自从旧历正月初一，"厂甸"一开设之后，这几乎整整一个月的新年时光，我们都可以看见，在正阳门，和平门的各条大道上，有纤丝般的红男绿女，或乡姑大娘们，手里高擎着，带着一大串上面插有红绿小旗的冰糖葫芦，以及迎风飞转的纸风车等等，兴高采烈地于大道间来来往往。而一设有古董癖，书画癖，和读书癖的人们，则更觅得他们买小玩意的机会了。人们在火神庙内，在街侧的旧书摊上，以及用席篷搭成的临时堆货处内，只消用代价十元，就可买得一部"汲古阁"本的《花间集》，用五元就再买得一大段残缺的敦煌出品的唐人写经，又或者用二三十元即能到手一幅破旧的小小元人画轴。但设若一不小心时，那些翻版的仿古的赝品，也自是可以混过一个明眼人的眼睛。但总而言之，这还必须得去"沙里淘金"，决不是任何人都可以俯拾皆得的。

随着"厂甸"的完结，化雪的初春的风，便从南方吹过来了，但是，且慢，我们要到真正的春天，这还得经过一个相当的时间呢—— 一个化雪天气很冷很冷的时间。因为北方的春天，向来都是很短的，而且春神同雪神的联系自来便现得非常密切，有时，我们昨天还从堆着积雪什刹海的后海，坐着"冰床"滑过前海，而到次日，立即由警察宣布：海里的冰已经开裂，绝对不准再有冰床通过了。有时北海的溜冰场尚未拆去篾篷，而柳芽便已发黄，小孩们也即在雪堆之上，放起风筝来了。自然"二月不青草，萧条蓟北春……"的形容北平春天，这同于"马后桃花马前雪，教人怎得不回头……"的形容关外春天，是同样的有名而且同样的得其神似。不过即到二月的末尾，再经过几个明朗的晴天，和几番和暖的春风，则我们虽然不容易看见地下很明显的长出蒙茸的芳草，但中央公园里的"榆叶梅"，于不知不觉之间，即会有人前来报告道：它们是已灿若云锦般的大开大放了。

不错，在这篇文字里，我要说的北平春天，或许太简短了吧，但幸而很好，北平的春天向来都是很短的，它所给予人们的感觉，似乎一切都很忽然，好像有点玩戏法似的。我们忽然从冰雪中看见杨柳发绿，又忽然从公园中看见姑娘们将外套换成毛线披巾，但接着，于不知不觉之间，便又看见人们单衣都已穿在身上了。

"二十四番花信风，开到荼蘼花事了"，如像这样姗姗其慢而且长的春天的花季，在北平我想确实是不易找到的，因为等到我一得见丁香和芍药的时候，那已经见四月末或五月初的期间了，所以我这篇文章之叙述北平春天，也同于它自己本身一样，是绝对不会过长的。

原载民国三十三年（1944）元旦《成都中央日报·副刊》增刊第 6 版

选自陈翔鹤：《陈翔鹤代表作》，华夏出版社，1999 年

郁达夫回忆琐记

一

前两天，由一位朋友寄来了一篇陈炜谟兄作的回忆郁达夫兄文章的剪报，看了之后，觉得很有感触。因为达夫兄同我，实在比他同炜谟兄要熟习许多，现在炜谟兄的文章已经写出来了，但我虽然在心里老早就回旋过许久，而直到此刻还是提不起笔来。这仿佛真

有些对不起为国家而牺牲了生命的好友似的，因此才将记忆所及者，顺笔写在下面。

二

我同达夫兄之相识，应该从民国十一年的夏天算起。那时因邓成均兄在泰东图书局任事，系住在泰东编辑所的所在地，上海马霍路××坊。我常到那里去玩，于是便同新近才从日本返国，也住在同一房子的后楼里的达夫兄成为相识。就在那时，《沉沦》尚未出版，《创造季刊》也刊行不久，达夫兄也还不是什么文学家，只不过从成均兄的口中，知道他喜爱文学，而且也很有才华，如此而已。随后，他的书由日本运到了，那简直从楼板可以堆到屋顶，除了一张小木床外，满屋子都堆的是书：英文，法文，德文，日本文，什么都有，只是不大有线装书。于是，才提起我同他谈书——也即是向他请教——的兴趣。不过依照着达夫兄平时的习惯，如果要同他正襟危坐的谈学问，那是不大好办的，他会从书架上顺手取下一些书来，用抚摸孩子似的手法，拍了一拍书顶上的灰尘，向你说，这本也好，那本也好，而结果还是不得要领。随后我才自己想出了一个方法，即是从他书堆里找出了几册日本丸善书店的英文书类目录来，请他用笔在可买可读的书名上打上符号，由我去找来或买来自己读去。记得我的自动的（即非学校课本的意思，因为那时我在大学读书。）去读外国文原作，第一本要算 O. Wilde 的 *The Picture of Dorian Gray*，也还是出于达夫兄的介绍。

达夫兄初次所给与人的印象，是天真，潇洒，真诚，自然，而微微带点神经质。譬如说，我同他认识不久，有一次他穿了一件新的灰色花绸长衫，从房间里走了出来，草帽微微偏斜的戴在头上，足下穿着一对白帆布鞋。他拍了拍身上的衣服说："这是我的女人从家里寄来的。可怜她对我很好，我却一点也不爱她！"说完之后，就仿佛有点滢滢欲泪的样子。又有一次，他递给我一本刚出版的《沉沦》说："你拿去读读看，读完以后，告诉我你的意见。中国人还没有像我这样写小说的。有些人是浅薄无聊，但我却是浅薄有聊。中国人此刻还没有懂得什么是 Sentimental。"如果你去同达夫兄相识，而他又不讨厌你时，他对人之真诚无伪，与乎心有所感便不能不言，言之又必一点一滴的都不肯隐藏，大概都是可以马上令人感觉得到的。

我们通常来往，总爱一同跑旧书店，逛马路，到晚夜来，有时也到娱乐场所去听"群芳会唱"。而上旧书店的时候更特别多，有时我们一大抱一大抱地买回书来。而成均兄似乎对达夫兄不甚满意，有时还对他颇有微词："他们只是喊痛，喊苦，求其实，中国比他们穷苦的人还很多。到将来中国的青年被他们一叫醒了，那才真苦呢！"实在的，达夫兄那时的热情和伤感，似乎难免不有一些过分之处的。

"名誉，金钱，女人，都同时的三角联盟来同我进攻。悲哀呀，真正有说不出的悲哀！"不仅在文章中，就是在口头里，达夫兄也时常叫出这些话来。

三

自从五四运动以后，承继五四精神，而从事新文艺工作者，无疑的，应该从改组以后，由沈雁冰先生主编的《小说月报》（商务印书馆出版）算起。那时在上海除《时事新报》的副刊《学灯》，《民国日报》的副刊《觉悟》而外，所谓堂堂之鼓，正正之旗的唯一新文艺刊物，而同时也在大中学生中极流行的，恐怕便要算《小说月报》一种了。在那上面，除西洋文学的翻译和介绍之外，还有鲁迅，叶绍钧，冰心，王统照，庐隐，落花生诸位先生的创作，这些都是在中国新文艺园地中颇生影响的，几乎每个喜爱文艺的青年，都莫不将《小说月报》人手一册。此外，由"文学研究会"主编的《文学丛刊》也风行一时。所以从"五四运动"（民国八年）算到民国十一年止，我们如果要追溯中国的新文艺发展史，则这三四年之间，我们都可以名之为"文学研究会时代"，因为《小说月报》的发行，亦不过在"文学研究"影响之下的一种变形的会报而已。但"文学研究会"也确实不负于它"研究"二字之名。譬如说，在《小说月报》上，除西洋文学的广泛介绍而外，无论在文艺的理论上，或创作的态度上，都很少有统一和鲜明的主张。今天是"象征主义"的翻译，到明天又是"自然主义"，甚至于竟是令人不大了解的"未来主义"和"大大主义"的介绍。但总而言之，只不过"研究研究"而已，从其中并看不出什么对新文艺鲜明的主张来。

像这样，热情的喜爱文艺的青年们会满意吗？不，不会的。于是从日本吸收了西洋文学的质素，和接受了日本新文艺创造风气的创造社诸人，便抱着对现行的中国新文艺不满的心境，而回到中国来了。

他们所标的"旗帜"是"创造"，而同时这"创造"在创造社诸君的作品中，又是有意或无意的有着一同的色彩的。譬如说，我们从郭沫若先生的诗集《女神》，以及郁达夫先生的小说集《沉沦》中，都可以听见那种青春热情，和对旧社会，旧制度的反抗，以及自我觉醒后的苦恼烦闷的叫号。这一切不论有意或无意的，都系从西洋文学的"浪漫主义"脱胎而出。而尤其在郭沫若先生的《少年维特的烦恼》，《鲁拜集》，拜伦，雪莱作品的翻译，以及郁达夫兄对于代表英国十九世纪末颓废派诸人"黄面杂志"的郑重介绍，都可以看出这种反抗热情的"浪漫主义"色彩的倾向来。

如果说五四运动是剥去了半封建半殖民地中国腐朽的外衣，"文学研究会"是将西洋文学"广泛"的介绍到中国来，给中国腐朽的旧文学一个强烈的打击和对比，那"创造社"诸人的功绩，便是在教已经将旧的外形被剥脱的赤裸裸的，而且已经有着初步觉醒的中国青年们，怎样彻底的"自我解放"，怎样的反抗黑暗现实，怎样将自己心中所感觉到的苦闷，大无畏的叫了出来。

　　他们确确实实的将 Sentimental 一字介绍到中国来了。于是在已觉醒或半觉醒的中国知识青年当中，便起着强烈的反应：他们自命为"感伤主义者"，"弱者"，"零余者"，而在郁郭诸人的影响之下，各各叫出了自己对旧社会，旧家庭，旧婚姻，旧学校种种不同的愤懑的反抗的呼声。从他们的"形式"上，似乎是脆弱的，退让的，而其实其本质确是硬朗的，积极的。别的不用说，就以当时极其 Sentimental 的郁、郭、成仿吾（成的《流浪人的新年》，也是极其伤感的作品）诸人的行为而论，他们纵到了此刻，岂不也仍然极其"硬朗"，"坚强"，"积极"的在战斗着？这比之于当时大喊"干，干，干，手枪，炸弹！"的胡适之博士来，岂不硬朗百倍，坚强百倍？

。

四

　　自从《创造周报》出版以后，青年人对创造社诸人的崇敬和喜爱，不觉便更加强烈起来。这从每到星期日，在上海四马路泰东书局发行部门前的成群集队的青年学生来购买《创造周报》的热烈，便可窥得一个梗概。这个刊物印行的目的，似乎是在因为每周一次的出版期近，便于"战斗"，所以从那上面，我们便可以找出成仿吾先生对于文艺界，翻译界，以及旧社会的各种错误，用论文形式加以指责和批评。而对于文学研究会诸人的作品似乎还成为批评的主体，并且从其中隐隐约约的似乎更有想建设起一种倾向社会主义文艺理论的企图，不过因为限于"时代"，其表现似乎颇为模糊罢了，然而青年们依旧是十分爱好的。

当然，因邓成均兄和郁达夫兄两人的关系，我又认识了郭成二先生，那时他们是住在哈同路民厚南里。他们都是一些到喝了一点酒之后，想哭就哭，想笑就笑，想到什么便说出什么，对青年们一点也没架子的热情的人物，使人一见了面便不能不爱他们，想同他们多多亲近。天下有许多事情非常奇怪，创造社诸人对于同辈者，往往爱摆出一种日本帝大风的习尚，与人争论谁为先辈，谁为后辈，谁又受了他们的影响等等，然对于真正为"后辈"的青年人却又一点先辈架子也都没有，他们从不曾对我们往访者板起面孔，说过一次教。譬如说成仿吾先生吧，初一见面，觉得他十分庄严，不大爱说话，块然木然的坐在那里。有时纵然说出一两句来，也带着浓重的湖南土音，使人不易了解。不过到同他一熟识了时，他也是要哭就哭，要笑就笑，似乎比郁郭两位还要现得更热情天真些。

"仿吾到此刻三十岁了，（？）还是童男呢，你说奇怪不奇怪？"记得达夫兄有一次曾经对我这样的说过，言下大有拖他下水之意。因为对于性的事情，他一向都十分公开，好像是对谈吃饭喝茶一样的随便，有时纵然是到"妓寮"里去过一次，也从不曾对人隐秘过。但他对于女性的，无论在言谈间或行为上，也决无丝毫轻侮或玩弄的态度，当然更说不上蹂躏了。每当他一说起女人或性的行为来，就好像她们可怜，他也可怜，一切人都可怜似的。有时到一提起他自己荒唐的行为来，就从他平坦苍白的脸面上马上现出悲伤的表情，在他小小的不大有光的眼内也神经质的滢滢然的转动着泪珠。从这一些，都不能不令人见了要发出一声长叹，和使人觉得郁达夫兄内心的寂寞，以及他对于人世的孤独和悲哀。

在那时候，即民国十一年至十四五年之间，如果有人去向任何一个文学青年问道："你所喜爱的中国作家究竟是哪个呢？"那无疑的，他是会说出郁郭二位的名字来，不管那时张资平的三角式的恋爱小说已如火如荼的流行着，而且也曾影响过一个短时间的作风，然而在一班真正认识文艺的青年当中，我可以说，他是并不曾得到过敬爱和较高的评价的。

五

我在十三年的秋天又再度的去到北平。为甚去呢？回想起来，这固然与当时所流行的 Sentimental 不无关系，但同时也颇含有一些"嘤嘤求友"的意思。因为那时与自己朝夕相见的林如稷、邓成均二兄都已纷纷离沪了，于是自己下了决心，到北平会晤已经通信了很久的冯至、陈炜谟二兄。在封建主义和法西斯党徒们面前，我相信我自己是相当倔强的，惟有在真正朋友们的面前，自己倒似乎现得颇为柔弱。这种习性，就到此刻头发已经变的斑白了，也还不曾改掉，使我不能不将有朋友的地方当作天堂，将无朋友的地方当作沙漠，有时更将自己有朋友的所在地来当作"风景美好区"，在幻想中想了又想，而且对自己的朋友，往往牺牲己见，毫不争执。所以我之去到北平，与其说是向往北大，倒不如说向往陈冯二兄要恰当一些。

好像就在那年的冬天吧？我又在北平西城的羊肉胡同郁曼陀先生的家里会见了达夫兄。那是他令兄的私宅，他即住在那很大的一间厢房里面（在北平这房子是称之为三间）。他之来北平，是在北大教书。

"上了课没有？"见面寒暄之后，我问。

"谁高兴上课，马马虎虎的。你以为我教的是文学吗？不是的，'统计'。统什么计，真正无聊之极！"

"他们为什么不请你教文学呢？"

"谁晓得那班混账忘八旦的。如果不是帝大同学××提议聘我，恐怕连统计也不会肯请我教呢。"

"真正岂有此理！"

"二周兄弟都会着了。周作人温文尔雅的，看来很有学问，真正像一个读书人的样子。鲁迅为人很好，有什么说什么，也喜欢喝点黄酒。看来我们从前的误会，真正是多余，可惜沫若同仿吾不能到北平来玩玩。"

后来我，炜谟，冯至三人之初次到鲁迅先生的家里去拜访，也还是与达夫兄同去的。

六

从此以后，北平的青年人到达夫兄处来谈天的也真多，但同他往来最多的，还要算我，炜谟，冯至，柯仲平，赵其文，丁女士诸人，到末后才有姚蓬子，潘漠华，沈从文，刘开渠诸兄。他对我们一律都称之为"同学"。我们有时一大群的，谈晚了就横卧在达夫兄的床上过夜。谈话的范围，大都不离文艺，文艺家的生活或遗事，有时也谈日本，谈日本的女人，骂金钱，骂社会，骂军阀，骂虚伪的学者。达夫兄的意见真多，伤感之处也真不少。

到发了薪时，他更时常请我们进小饭馆。菜不求其多，而酒则一定要喝够，喝醉了便大家各谈各的悲哀，好像宇宙就要从此终结。达夫兄喝醉了时的状态也真天真的可以，他有时竟会指着人大唱其"提起了此马来头大……"（意思是将指着的人当马），然后哈哈大笑。有时想起了什么，便会流下泪来。其间他也时常想起创造社的旧同伴们。"沫若仿吾他们不知道怎么样了？……"这是他时常提起的话，言下总不免露出伤感的意味。

公园，闹子馆，平剧院，旧书摊，我们都常去，电影院则从不曾有过一次，因为那时我们都名电影为"浅薄"。同达夫兄一起出去玩的时候，钱十之八九是由他抢着去付的，"我有钱，我有钱。你们都是穷学生，哪得有许多钱来请客！"好像他真正比我们富足许多似的。

那时我们大都住北大"红楼"的附近，他也时常来看我们，但来了却很难久坐，"无聊的很，出去玩玩吧！"他一定会这样的提议。在我屋子里，从日本丸善书局每月出版的图书目录，有时是英美原版的图书目录，不断的寄到，所以每当他一来了时，我便要求他在书目上圈定可买的书籍，他有时很烦厌的说："够了，够了，愈读书会愈写不出文章来的。你会成个书呆子，不是一个文学家。"但有时他更会站在我书架子面前，端详一会儿的说："不错，不错，你的好书真多，就是北大教授也不会有你这样多的好书的。""这不是你告诉我买的吗？"如果我谦逊的说。"你架子上有不少的小泉八云的讲演录，他也会告诉你买的。对的，我每回来你都拉着我圈书目，你以后还敢说你不是我的学生！"他说罢得意的笑了，但随又引用了一句"但开风气不为师"来补足道，"这不过是说来开玩笑的"。

有时，当见面时，他更爱写出几首他近作的"绝句"和"律诗"来，可惜这些，此刻在我手中，就连片字片纸都已不复存在了。在达夫兄的口中，时常提起的中国旧诗人有龚定庵，黄仲则，杜牧，李商隐诸位，但对当时所流行的苏曼殊却不甚推重。"他是从龚定庵，杜牧这些人脱化而来的。就我们写的也并不见得就比他坏。沫若的诗就实在比他好。这毫不足道！"即到此刻，当我们客观的再一品衡起来，我想达夫兄所说的话也决不为过。譬如说，如果单独的只将达夫兄的旧体诗作，完完全全的搜集起来，我想，他的成绩，也决不会在曼殊大师之下。当然，这些事情，全都要靠内战完结，世道清平以后，"有心人"的努力工作了。

七

从善于流泪一点上看来，我们也不能不说达夫兄是个多情善感的人物，我所得见他的流泪已不能用次数来计算。只其中所给我印象最深的，便要算酒后在馆子里的一次：某一个歌女登场了，他看了几眼，便很苦痛的闭上眼睛，随后一大颗一大颗的泪珠即掉了下来。我们同时都惘惘的立起身，走出场外去。在马路上他一面叹气，还一面在揩眼泪。当我问他时，他才告诉我，这个歌女的面貌很像他从前在日本时的情人。她是因他引诱由少女而堕落到几乎类似妓女地步的，就在堕落之后，他们还不断的幽会。在他此刻时时想起来，都难免不觉得这是一桩罪孽。……

还有一次，在接着沫若先生的一封来信，他也曾流过泪。他将信递给我看过后——信上问他是否愿意回到上海去重整创造社旗鼓，全信也充满了伤感气氛——说："沫若还真以为我只贪图在北京多拿钱，多享乐呢。其实我在这里也孤独的很，难过的很，老早就想走了。但是大家穷在一起，从书局方面拿到的钱又不够生活，书贾又全都是些狼心狗肺的东西，实在难得同他们去鬼缠。所以我还想弄他到北平来教书呢。青年们很多都欢迎他来。……唉，我们创造社真正是想替中国人开出一条文学的路子来的，可是社会不容许我们，一般混蛋东西都排斥我们。真正难说的很，还不如死了的好！"他说着便由滢滢欲泪的转成眼泪滂沱了。我记得那时我也忍不住的陪他掉过泪。

八

在北平当时知识阶级逛窑子的，风气相当普遍。所谓成双成对的正当青年男女们相约公园，在花前月下，谈情说爱者，实在尚不多见。所以学生逛胡同，教授也逛胡同，大家各不相照，而达夫兄同我们逛胡同的次数也相当的多。他逛的方法，是一条胡同，一个班子的慢慢逛逛看看，先点了若干班子的名（即由鸨儿叫姑娘们一个一个的出来从客人身边走过之意），然后或许挑选一个姑娘到她屋子里去坐坐，或许点了半天，依然一个也不挑，我们又走回大街。

从对待姑娘们的态度上看来，他也可以说极其特殊：他在她们面前说话时，是十分潇洒，温和，自然，而且彬彬有礼。问问她们的生活状况，客人多少，收入多少，于剥剥瓜子，喝喝清茶，闲谈一阵之后，即便起身，如此而已。所谓"色情的要求"，或"色情的丑态"，我却完全一次也不曾见过。只是有一次，曾经遇见他对一位姑娘这样的说过："让我抱抱吧，我已经有五六个月都不亲近女人了！"当然，这个姑娘便向他的怀里坐了下去。他呆呆的望着她，仿佛如有所思，又仿佛如有所求似的望了一会，便推开她，说："好了，我们走了，下次再来。"就在其间，我也丝毫看不出低等色情的情况来。末后，这个姑娘向他耳边嘘了一句，大约是留他住下之意，但他笑了一笑，摇摇头，仍然同我们一同走出。

有些事情，在恶劣的人们作起来，竟会"雅的那般的俗"，但相反，在达夫兄作着俗的事情，有时却竟会"俗的那样的雅"的。这真无怪乎有人说，纵在嫖赌之间，都可以看出其人的真正品格来。

关于性的事情的畅谈不讳，这虽然是达夫兄的本色，但当他知道某一位青年已经实行宿妓时，他曾问我道："你已经二十多岁了，还不曾有过一次性的经验，可是真的？"我点了点头。"那你为什么不去试试呢？你又不是拿不出钱来。"到他听过我纵然需要爱情，但也不肯无聊到去向妓女求爱，如果没有爱，而又用钱去买，这又是一桩罪过买卖的议论时，他兴奋的来拍着我的肩膀说（我记得当时我们是在马路上走着）："陈，这是对的，你有高尚的灵魂，你要保持下去。你将来一定得好好的结婚，过健全的生活。不写文章也不要紧，写什么狗屁文章，生活总得好好的过……"

当然，向来达夫兄是不轻容易嘉奖别人的，所以这话我至今也还清晰的记得，而且，由此也可见得关于他自身有时的放浪形骸，实在是出于他内心的孤独和寂寞。

九

不过达夫兄的性格，有时也古怪的令人莫明其所以。记得有一次，大约是在初冬的时间吧，天气很好，我因为未到过西山，提议到那里去逛逛，结果我们两人既骑驴又坐车的走到了，我打算到碧云寺去看看。"不，这不好，我们得别觅蹊径，不要走平常人所走的路子。你得跟我来，我在日本一向就是游山的老手。"好的，就跟随他走吧。天晓得，他才带我从这个乱石堆又窜到那个乱石堆，从这个乱溪涧又窜到那个乱溪涧的瞎跑了一大半天，其结果，关于西山的风景，一丝毫也不曾看到，自然更说不上欣赏了。等我们精疲力竭的再回到了西直门城门洞时，那已经是万家灯火的时候了。"就在那个洋车夫吃饭的小摊上吃点东西吧，有时我们也得普罗普罗一下。"他说。实在的，我们都已疲惫到难以动步了，而且饿者易为食，当然，我们将大饼面条都吃的十分香甜。

当我将那天不合理的玩法向他提出抗议时，他竟固执的说，"有时游山就得这样，锻炼身体的意味实在重于欣赏风景！"

"可是，我们去的目的是在看风景而不是在锻炼身体啊，锻炼身体我们在城里也可以锻炼，何必跑到山上去。"

"日本人游山的办法就是这样。"

"今天上当了，以后我得先讲明白了再去。我们是中国人，所以我只主张专看山，决不愿意瞎锻炼身体。"我有些生气了。

"好的，好的，算我不对。我们下回再来好好的玩过。光逛山，欣赏风景，而且大家还得做诗……"他不自禁的自己笑起来了。

通常达夫兄都是这样，同人很少争执。既然是属于朋友之类，他纵然生气了，时间也决不会长，随即便会在他尚板着脸的嘴上笑了出来。这固然是由于他为人的和易近人，但同时也有些近于神经质。

十

关于达夫兄同他兄长的关系，说起来也十分微妙。不仅在乃弟方面曾经菲薄过乃兄，说他"只知道做太平官（法官），有几个钱来买田买房子，养儿养女过日子"。而在郁曼陀先生方面，虽然他先前也是一个"南社"诗人，因为某种机会，不才也亲耳听见过他批评达夫道："简直是乱七八糟的，没有一件事情正正经经的作过。教书不行，文章也不曾认认真真的作。像这样下去，真不知伊于胡底！"

不过，他们贤昆仲，都在对日民族解放战争中，为国家而供献自己的生命！据报载，郁曼陀先生是在上海高等法院的任中，而被敌伪暗杀毙命。就达夫兄的高年老母也系在故乡富阳，牺牲于日寇的滥肆轰炸之下。

十一

我同达夫兄最后一次的晤面，是在"九一八"那年的夏天。那时我从吉林到上海去作短期旅行。在已经一别数年，连一点也不明了上海情形的人海茫茫当中，幸而在马路上遇见姚蓬子兄，他才带了我坐电车到达夫兄的家里去作一次拜访。他住在静安寺的×路的一个衖堂中，屋子系一楼一底。一见面，他便连连的说："你很如意，一定发了财了！"当我提出异议，问他何所据而云然时，他才指出了我如不发财，为什么衣冠会这样的整齐呢。这逻辑当然是可笑的，而同时也令我感到南方的空气与北方是有那样的不同。因为上海当时所嚷嚷的是"普罗"或者"奥古赫变"，但同时大家又在"普罗"的帽子之下，受着军阀和暗探们的迫害，所以大家都不免有些神经质。

我们只在客堂里坐了一小会，达夫兄便提议到咖啡店里去坐坐。我们去了，达夫兄同他的太太王映霞女士都短衣赤脚，拖着拖鞋。但到马路上去走了一转，蓬子兄又提议回家去打牌。结果咖啡店既没有坐成，而在牌桌上的谈话自然也就很不集中，而且条理甚少了。我因为不会打牌，觉得坐着无味，所以走的较早。到临别时，达夫兄还从楼上取下两本很厚的英国历史小说来说："你带去看看玩吧，下回来，我们一定得好好的谈谈。实在的，现在我也写不出什么东西来了，一天到晚却是昏天黑地的。看将来搬到乡下去住时，或者可以好些。"

过了两天，我便离开了上海。那两本历史小说，似乎也抛在我朋友们的家里，并不曾带回北平。

真正万想不到，我们这一别，从此便永无见期！世变万端，莫可预测，人世间可伤怀的事情，也真莫过于此了。

十二

这以下的事实是近年来，刘开渠兄所告诉我的，在大后方的成都，我们曾经同院子住过一个时期。因为达夫兄的下落不明，我们除馨香祷祝他的健康而外，便时常谈起从前他的生活情形：

"达夫自从回到杭州以后，他千辛万苦的也修起了一座房子。那时他在杭州也是名流之一，所以无论上自省政府主席请客，下至厅长，大学校长，文艺团体请客，都莫不有他们夫妇的一份。但实际呢，无论隔的很近的浙江大学，或浙江图书馆，都决不请他作任何事情，所以达夫的生活还得靠卖文稿来维持。当然这是不很宽裕的。何况年青漂亮的太太，在当时既系杭州三美之一，所往来者都系有汽车阶级的阔太太老爷们，当然虚荣心也就愈涨愈高了。达夫在白天既然要陪太太出外应酬，到夜晚来还得挑灯伏案，从事写作，以求换得稿费来维持家用。……

"即至政府已撤退至武汉的期间，王女士似乎已同什么阔人发生情感，于是外间便闹的满城风雨起来。后来某阔人又否认了某种关系，达夫才同王女士一同到福建去。其结果夫妇间感情还是闹的很坏。末后王女士又回到武汉来了，达夫为避免夫妇仳离的痛苦计，才到南洋去。……

"就在杭州的时候，达夫因为种种原因，同左右两派的关系都弄的不很好。左派的人说他同官僚往来，生活腐化，右派的人，则又视他为非我族类，其心必异，只可与诗酒流连，尊而远之，决不肯给与他一点生活上的帮助。所以他自己也感觉得很苦，愈加颓唐。"

从这上面的一些情形看来，已可以看出达夫兄的为人是何等样的潇洒，雅致，宽大，自然，与和易的近人了。但在这种过于潇洒和易的性情中，也常常容易弄的敌友不分，黑白莫辨，而结果还是使自己大吃其官僚政客们的暗亏，徒然的增加自己的烦恼，如此而已。

若果说这以上为属于达夫兄的缺点，然而相反的，我们正不妨视为他特点的所在。因为潇洒，宽大，自然，雅致也正是中国

Sentimental 旧文人的本质，像这样的人，在中国的古代作家中已不在少数，而所不幸的，便是达夫兄所处的时代，正为中国的"新与旧"，"雅与正"，"是与非"，"民主与非民主"，争斗的最尖锐，最激烈的时代，所以不容他"但开风气不为师"的宽大性格，得其适当的发展罢了。

<h1 style="text-align:center">十三</h1>

此刻达夫兄已经算确实的知道是被牺牲在日本人的屠刀之下了，纵然千呼万唤也不能将他唤了回来！但当我们想到，这位热情天真的人，这位因民族自由战争而死的那样悲惨的人，真也不能不令我们凄然垂泪了！如果他还在的话，在此刻已经历尽了千辛万苦之年，已经洗净了一切少年的伤感铅华之年，我想他也一定会如同他旧日友伴，郭沫若，成仿吾两先生一样，硬朗坚强的站立在争取民主自由的战场之前，而给中国千百万喜爱自由，喜爱民主，喜爱文艺的青年们，以最大的鼓励吧！

附注：本文所举年代，只就记忆所及，或不无讹误。但其相差，亦不会很远的。特此申明，以留待将来校正。

原载民国三十六年（1947）一至三月《文艺春秋·副刊》第一卷第一至三期

选自陈翔鹤：《陈翔鹤代表作》，华夏出版社，1999 年

李寿民

|作者简介| 　李寿民（1902—1961），四川长寿（今重庆长寿区）人，以笔名"还珠楼主"著称，中国现代武侠小说的开创性作家，代表作品为《蜀山剑侠传》《青城十九侠》等长篇系列小说。

回锅肉

平、津四川馆中之回锅肉，北方人多喜食之。昨友人招饮菜羹者，点有此味，均谓味美。其实菜馆徒求美观，已非故乡风味矣。

此蜀中粗肴，在西后蒙尘时，曾许为人间美味。怀来知县吴永，且以一饭之微，获上赏。记之以补野史之遗。

回锅肉以成都桂湖之大班（蜀中轿夫名称）所制为最佳。桂湖在四川成都附郭间，湖滨古桂环绕，参天合抱，每届桂子香飘，芬郁数里。中秋前后，游人竟日游党，踵接如云。惟地居荒僻，附近绝少饭铺，游人多自携行灶，由大班供给饮食。其惟一之佳者，即回锅肉与萝卜汤。

其制法甚简，取带皮半肥肉一斤或者两斤，加白萝卜一二斤，切成二指宽的方块，同置釜中，用清水煮（最忌放盐），以半烂为度。再将肉取出，切成厚两分许、宽寸半至两寸许之片。铁锅置火上，不放油，将切成之肉片，分摊锅中，随时用锅铲拨转，则肥肉之油爆出，视瘦肉略带黄色，用青韭百十根，切二寸长，加置锅中，微炒。再放酱油或面酱，加糟少许，略一烹炒，即成。如喜加辣，味尤美。

炒成之肉，瘦者香而肥者不腻，其萝卜所煮之肉汤，味清香而醇，淡食最妙，加咸临时随意，不可先放。

此一汤一菜，费时仅半点钟，极为省事省钱。食时再佐以辣咸菜与水豆豉，极可下饭。

蜀中号称天府，民殷物阜，缙绅之家，食饮奢侈，以回锅肉为粗菜，轻易不肯以之供客，仅游湖一度，略尝之耳。

庚子那拉后蒙尘西窜，至怀来，人疲马倦，饥火中烧。县令吴永，以事出仓卒，拙于供应，焦灼无计。其夫人固蜀中农家女，雅善烹调，谓吴曰："太后皇上虽日宴珍羞，玉食万方，然饥者易为食，今日又非恒比，倘治应先如上意，余人必易打发。请假片刻，由妾借箸何如？"吴以妇人何知，遑急间，但漫应之，仍令差役四出通觅良厨。

怀来小邑，又在深夜，仓卒间无应者，而上传谕，索食益急，太监且以老拳相饷。吴奔入内宅，夫人迎告曰："御用饭菜已备就，请上进食可也。"

吴以咄嗟间，佳肴何能立致，不信，索菜视之，则回锅肉与萝卜汤也，方疵其谬。李莲英来传谕，谓："太后知深夜难得好饭食，何物均可，以速为佳。"吴不得已，乃请两宫进食。

西后方在饥疲，食时赞不绝口，问其名，曰回锅肉也，又以为佳谶，询系亲制，更嘉其忠，立饬左右毋骚扰。吴幸免许多烦扰，回銮时，大蒙殊恩。回锅肉与萝卜汤之制法，遂由民间传入清宫御膳房云。

原载民国二十二年（1933）十二月九、十日天津《天风报》

选自还珠楼主著，周清霖、顾臻编：《还珠楼主散文集》，香港天地图书有限公司，2014年

福鹣楼食谱

珠儿时随先君宦大江南北，弱冠椿庭弃养，橐笔北游，足迹所经，都十六七省，因得遍尝各省饮食。民十寄寓津门，岁月易得，忽忽五年，志事不应，意复慵散，事变沧桑，业已饱阅苦乐滋味。分鹏程路蹇，许身无门。

所幸珠还合浦，号福鹣，笔耕所获，尚足温饱。铅椠之暇，戏作《福鹣楼食谱》，皆简而易作之家常菜。借本"风"①篇幅，陆续公之于众。有同嗜者，请尝试之。

金银肉

取顶上生南腿，中腰峰半斤，去骨带皮，洗净，切宽一寸半至二寸、厚约分许之片。再用带皮半肥瘦猪肉十二两切片，宽厚同前。每猪肉一片，隔火腿一片，皮均朝下，置粗碗中，摆齐，放蒸笼或饭锅中蒸之，以烂为度。蒸成后取出，先将火腿油逼出，但不可逼净。再取一细碗，反扣粗碗上翻转，其形类元宝肉，黄白相间，色香味无一不佳。

猪肉借火腿之咸味，无须再加其他作料，已咸淡合式。如此作法，火腿之真味不失，而猪肉之瘦者香软，肥者不腻，入口即融，其逼出之火腿油，可拌饭及熬白菜，或作他菜之用，老年人食此最宜。

---

① 本"风"，指天津《天风报》副刊"黑旋风"。——编者注

南腿之佳者曰蒋腿，明记稻香村易购得真者，半斤价约六角四分。

李公鸡

取嫩母鸡一只，去毛洗净，连皮带骨，切五六分方圆不规则之小块。先用猪肉半斤，置锅中，令沸。将鸡块置油锅中，炒之不已，直炒至鸡油炸出，鸡肉带淡黄色，再将锅中之油逼净，加葱花姜末（喜食辣者，随时加辣椒面，其味尤妙）。再置小火上炒三二分钟，俟葱花姜末均深黄色，然后取预先配就之作料（每鸡好青酱两许，白糖少许，好料酒少许），入锅烹之，即取鸡锅再置小火上，加先逼出之鸡油大半勺，再炒一二分钟即成。炒时运铲，愈快愈妙。

食时香而味醇，咀嚼间极耐寻味。绝不可用团粉，全恃火候。鸡肉似老而实松，最宜佐酒，鲜美异常。

其法传之浙东廉吏李筠谷先生，故名。

砂锅豆腐

各饭馆中之砂锅豆腐，间亦有佳者，惟皆重外观，殊少真味。

寒家所制砂锅豆腐，先取南豆腐一二斤切寸许大块，置热水中煮一小时许，俟豆腐皆起蜂窝眼，然后取出，加好口蘑十余朵、猪排骨斤许，中配干贝二两、扁尖四两、大虾干二两，鲜冬笋切片，多寡随意，依次同豆腐置砂锅中，满水文火煮约二小时。加顶上白青酱二两、盐少许，再煮许时，即成。

青酱不可早放，早则味酸，有现成之鸡汤或火腿汤加入，味尤美，豆腐必须先用水煮过，乃能透味。食时豆腐味最佳，似老实嫩。

荠菜荷包豆腐

用精猪肉或鸡胸四两，先切成肉丁后，剁成肉末，加鸡蛋清一个、绿豆粉少许、好青酱半两和荠菜末二三两，调匀，用羹匙搓裹成肉丸。取南豆腐，切成小半指厚、酒杯大小之片，取同样大小酒杯二三十个，先以一豆腐片置酒杯中，置肉丸其上，封口处微涂少许绿豆粉酱，再取一豆腐片覆之，均合拢后，入蒸锅中蒸透，取出去杯，即成荷包丸子。再用荤油半羹匙、好口蘑十余朵、鲜冬笋十余片、好青酱少许，制成汤料余之。出锅时，加鲜豌豆苗十数根，尤妙。

另有一法，取蒸好之荷包豆腐，置油锅中，煎带深黄色，以葱花少许、姜两片、辣椒面少许、白糖少许，同置好青酱中调好，入锅文火煨之，味亦佳美。

四干炒什锦丁

瘦猪肉半斤，川冬菜一两，干对虾二两（鲜者更佳），江西冬菇一两，鲜冬笋半斤，扁尖二两，木耳一两，均切成豌豆粒大小方丁（干对虾、冬菇、扁尖、木耳，须用温水泡，发开后再切）。先取肉丁置油锅中，炒微黄，加冬笋，放好青酱，再炒数分钟，依次加对虾、扁尖、冬菇、木耳、白糖少许、葱花少许，入锅微炒片刻即成，极为下饭。

以夹烧饼，较北平北海坊膳社所制之肉末夹烧饼，味尤美。

旅行携带，作为路菜，实简便切用。

消夜时，拌入面粥中食之，别有风味。

福建肉松

精瘦猪肉四斤，切不规则之小方块，入釜大火煨半熟后，加好青酱半斤、红糟四两、冬菇四两、冰糖二两、肥鹅汤一大碗，再用文火煨至汤干肉烂，沾着起丝为度。取出将冬菇择出，肉置铁锅中，文火频频炒之。旋炒旋碾，运铲不可停，直炒至肉皆松散成末，再泼入热荤油大半饭碗，再快炒片刻即成。

较之市肆所售，味佳而价尤廉，以夹烧饼、佐稀饭、下酒，均称好品。

红糟鸭

肥鸭微烤，切四方块，入油锅中炒之（油不宜多），加葱白十余根、姜数片、好黄酒一酒碗，炒半熟。将鸭油逼出一半，加水一大碗，文火煨至水半干，红糟二三两，加冰糖渣少许，好青酱二两，和红糟内调匀，入锅中，再煨片刻即成。

入口香软味厚，所剩鸭汁，熬白菜、煮豆腐，均极佳。

烧辣鸭子

取现成之肥烧鸭半只，带骨去骨随意，去骨切半寸许方丁，不去骨切寸许方块，入沸油锅中，微炒，加葱末一两、姜末半两再炒，以姜末炒至深黄色为度（有鲜辣椒切片加入尤佳）。取好青酱一两，加白糖少许，入锅烹之，连炒之四下即成（喜食红糟者，可于青酱内调入红糟少许，亦可）。色香味无一不美，为佐饮佳肴。

原载民国二十二年（1933）一月三、四、五、六、八、十二日天津《天风报》

选自还珠楼主著，周清霖、顾臻编：《还珠楼主散文集》，香港天地图书有限公司，2014 年

记北京泥人张与泥人黄

清光绪间，京中耍货多盛以木匣或锦匣，玻璃为盖，长约六寸，高厚约四五寸，中为泥制戏剧一幕，盔甲刀枪咸与真者无异。普通者每匣四五钱，佳者约值银四两。

均藏有春宵图，观时须将匣盖抽开，先取出戏剧，另抽开一纸格，始见。制绝工细，情景逼肖，尺寸悉中规度，眉目隐含荡意，生动欲活。

业此者颇多，以泥人张所制为最佳。其材料取自细泥，经文武火锻炼而成。制泥法极珍秘，虽至戚不以告。用时始上色，制成人物以后，质坚如缶砖，落地铮然有声，色亦永久不褪。非泥人张所制，其价只三分之一，盖以精细耐久，均弗及也。

当时照相之业尚未盛行，影神多用画像，慢而难真。独泥人张所制之像，妙肖自然，众乐趋之。

惟其人虽怀绝技，而性情古怪，面目可憎，谈吐尤粗鄙无状，索价奇昂，且不二价，故王公大人少与交易。

每有人请塑像，张先与来客对坐，左手持一竹签，团泥一丸，右手持牛角针，目斜睨来客，以两手在胯旁工作。未五分钟，大体已就，骨骼、身容、神态，无不与来客逼似。乃询此像似不，来客必答以似甚。张即答："好，十两银子，五天得。"如来客少迟疑，或请少让所值，张一不再答，立用手将竹签上泥首勒下，向泥盆内

一掷，泥首烂摊盆内，如东岳庙地狱变相之鬼头下油锅，来客常大怒而去，其倨傲如此。

天津亦有泥人张，所制行销南方，余曾在海上见之，虽亦工细，而神态木俗，不逮远甚。

又内城有泥人黄，先亦业制泥人，后自知非外城泥人张敌手，乃改制宫殿、楼台、园林、庙宇及一切家具、静物，均极精工，亦非一班同业所及。所制颐和园及宫殿全景，陈列一茶盘中，幅圆仅一尺四五寸。黄砖绿瓦，凤阁龙墀，回廊曲槛，金鹤铜鹿，部位井然，着色如真，如从空中以照相机摄园中全景，无不逼似，真神工也。

及清光绪末年，其子供职陆军部，黄即绝口不谈此调，有相烦制者，多以婉言谢绝。

民国庚戌，老友桂君，在友人家中见有挂屏四条，框系红木，心系楠木，每条内嵌大理石三块，其中山水人物，有类名画。因询友人，始知为黄所制，质亦泥也。

原载民国二十三年（1934）九月十七日天津《天风报》

选自还珠楼主著，周清霖、顾臻编：《还珠楼主散文集》，香港天地图书有限公司，2014 年

答"四川人"

日前在本"风"发表之"还珠楼丛谈"，记怀来县令吴永之妻为那拉后制回锅肉川菜事，并附制法。"四川人"君以拙记易青蒜

为青韭，虑损川菜价值，为文以证其谬，博达精详，不胜佩服之至。

吾蜀近年群魔肆虐，战祸不休，国难期中，尤复内讧不已，天府之国，夷为邱墟，贻民族之羞，抱偕亡之恸，西望妖云，几令人有耻为蜀民之叹。"四川人"君，不以医国妙手医四川，一治群魔之伤心病狂，而独斤斤于蒜韭之是非，不亦舍本逐末也耶？虽然，珠亦逐末之流，窃犹有辩。

按回锅肉制时，例须加菜码少许拌炒，或韭或蒜均可，既不限定是韭，亦不限定是蒜，视其人之嗜好与当时之有无为定。尝于川友家中尝此菜者，不止百回，除有一二次系用蒜薹（非青蒜）拌炒外，余用青韭与黄韭，并无一次有人用青蒜拌炒者。用蒜只能提味，不如用韭之清香脆嫩。而南人多不喜食蒜，韭则南北方人多喜食之。为求普遍计，故直书用韭，并无损于川菜价值，"四川人"君以为何如？

珠频年流转，遍尝各省异味，间谙制法，有时亦以己意创作，曾戏作《福鹣楼食谱》，皆极平凡简易而好吃之家常菜，稍暇，当陆续在本"风"发表，公之于世。"四川人"君既称知味，届时再来检讨检讨。

原载民国二十一年（1932）十二月十六日天津《天风报》

选自还珠楼主著，周清霖、顾臻编：《还珠楼主散文集》，香港天地图书有限公司，2014 年

致谢华伯

华伯老先生台右：

多年旧雨，劫后重逢，抵掌今昔，允为平生之快。翌日伻来，复奉颁江郎茶一包、深州蜜桃五枚，携归已午夜，仆媪小儿子皆就卧，只荆人相待庭院中。

时正烦渴，取洁巾略拭拂，先分食连皮桃二枚，渴犹未解。不欲以佳茶假俗手，倩荆人涤宜兴小壶，自往厨下，以瓦罐接新水就炉煮，摄茶少许入壶，甫沸即倾壶内，茶泡就，始同入室，约三分钟，以二粉定磁杯盛之，灯光下视之，碧乳湛然，与白杯相映，甚调和，未食已爱。先作徐饮，芳腾齿颊，意未足，立尽五杯，终就壶嘴作狂吸。荆人睨其旁作微笑，频为添水入壶，而色香味不变，饮竟赤足仰卧床上，觉百骸皆舒畅，日间尘乏，为之悉祛，旋沉沉睡去，至酣适。

明晨醒视壶中，旗枪俨然，间有全叶舒展者，其为来路货无疑。忆自来北地，北人好以香花焙嫩茶，茶之真味尽失。焚琴煮鹤，并此而三。间获南来绿茶，多出伧手制过，或掺色药，甚少佳趣。尊茶销行之盛，可为预卜，幸勿假庸商手，使失其真。外观平平，人久自知，世非尽作皮相者也。桃亦佳甚，谨拜赐，附布区区。

原载民国二十三年（1934）九月十二日天津《天风报》

选自还珠楼主著，周清霖、顾臻编：《还珠楼主散文集》，香港天地图书有限公司，2014 年

吴鼎南

| 作者简介 |　　吴鼎南（1902—1989），四川温江（今四川成都温江区）人，知名学者、新闻工作者，后入四川省文史研究馆。

成都惠陵·昭烈庙·武侯祠考 (节选)

四　武侯祠古柏

古柏在武侯祠前。成都记："先主庙西院即武侯庙，庙前双大柏，古峭可爱，人云诸葛手植，即所谓锦官城外柏森森者。"按田况古柏记，柏似只一株。今香叶亭适当侯祠故址，则柏即在香叶亭南，（参看五节亭院）清人以香叶名亭，可谓巧合也。唐工部咏之，段文昌为之文，柏必甚古，为蜀汉物无疑，殆即植于起惠陵时欤？及昭烈建庙，柏适当其西南，（知柏在昭烈庙西南者因武侯祠在昭烈庙西稍南而此古柏又在武侯祠前也）后人或以比于召柏甘棠，乃因柏建祠，亦至可信者也，唐宋柏渐枯，历前后蜀不复生，宋乾德丁卯夏，柏忽再生，日益敷茂。皇祐初，田况守成都，尝命工图写，为古柏记，备述本末。时柏寿已八百余龄，明嘉靖中建乾清宫，遣少司马冯清，求大材于蜀地，尝定柏为首选，欲伐未果，则柏又岁历五百龄，凡一千三百岁有奇。惟王士性入蜀记有化去之说，则柏已不见于万历后。明末献贼之乱，惠陵寸木无存。入清重临昭烈庙，先后补种，道光中成材者已百余株，即今日城南之森森者，而古柏与武侯祠，则久不可寻矣。

成都记：（文中已全引略）

田况古柏记："成都诸葛孔明祠古柏，年祀浸远，乔柯巨围，蟠固凌拔，有足异者。杜甫旧作歌，段文昌亦作文，摹状怀奇，人多谙诵。故老相传及记事者云：自唐李凋瘁，历王孟二伪国，蠹槁尤甚，然以祠中树，无敢翦伐者。皇朝乾德丁卯岁仲夏，枯柯复生，日益敷茂，观者叹耸，以谓荣枯之变，闻时治乱，武侯光灵，如有意于兹者，诚为异哉！因命工图写，备述本末，以贻好事者。自三分迄今，八百余龄矣。"

又儒林公议："成都先主庙侧，有诸葛武侯祠，祠前大柏，系孔明手植，围数丈，唐相段文昌有诗刻存焉。唐末渐枯，历王建孟知祥二伪国不复生，然亦不敢伐。皇宋乾德五年丁卯夏五月，枯柏再生。余于皇祐初守成都，又八年矣。新枝耸云，枯干存者，若老龙之形，正所谓柏森森也。"

陆游记："唐节度取孔明庙前柏一小枝为手版，书于图志，今见非诋。"

又古柏图跋："此图吾家旧藏。予居成都七年，屡至汉昭烈惠陵，此柏在陵旁庙中忠武侯室之南，所谓先主武侯同閟宫者，与此略无小异，则画工亦当时名手也，淳熙六年龙集己亥六月一日陆某识。"

剑阁芳华集："嘉靖中建乾清宫，遣少司马冯清求大材于蜀地，至孔明庙，见柏，谓无出其右者，定为首选，用斧削去其皮，朱书第一号字；俄聚千百人砍伐，忽群鸦无数，飞过鸣噪，啄人面目，藩皋诸君皆力谏，遂止。命削去朱书，深入肤理，字书灿然。"[1]

王士性入蜀记："谒武侯嗣，问老柏，化去久矣。"

徐本衷种柏记："衷寄迹丞相祠二十余年矣，每读少陵柏森森之句，辄瞻仰遗像，神游蜀汉焉。慨自明末献贼之毁，寸木无存。国朝重建以来，雍正初，吾七世祖子选公，暨先师指宝公，先后于昭烈殿丞相祠前种柏三十株，比年以来，已蔽日于霄，差补当年之百一。然衷之私心犹未已也。今乾隆五十三年，蒙上意重修陵庙，因复于惠陵前种柏七十七株，陵庙二门外种柏八株。观兹新枝挺秀，蔚然可观，他日黛色参天，霜皮溜雨，庶几继美于前云尔。是为记。"

陵庙志："国朝康熙十一年，四川皋使胶州宋可发重修陵庙，于前殿补种柏，今计成材者十一株。乾隆七年，住持道人张清夜，于后殿补种柏，今计成材者十一株。乾隆三十九年，住持道人唐复雄，于后殿补种柏，今计成材者十九株，乾隆五十三年，住持道人徐本衷，于陵前补种柏七十七株，又于陵庙大门内补种柏八株，今俱已成材。道光三年，住持道人张合桂，于惠陵前近墙补种柏四十株，又于庙后墙外辟地为园，补种柏一百株。道光六年，大宪培修惠陵，工竣，复于缭垣内补种柏二十余株。"[2]

杜甫古柏行："孔明庙前有老柏，柯如青铜根如石。霜皮溜雨四十围，黛色参天二千尺。君臣已与时际会，树木犹为人爱惜。云来气接巫峡长，月出寒通雪山白。忆昨路绕锦亭东，先主武侯同闷宫。崔嵬枝干郊原古，窈窕丹青户牖空。落落盘踞虽得地，冥冥孤

---

[1] 又见游梁杂抄。——作者注

[2] 今华阳县志谓今祠前古柏数十株，未知是否武侯手植，特柯干奇古，干日摩云，读杜诗霜皮溜雨四十围，黛色参天二千尺，尚足放物云云。真可笑之至。备录上二则，所以祛其惑也。——作者注

高多烈风。扶持自是神明力，正直元因造化工。大厦如倾要梁栋，万牛回首邱山重。不露文章世已惊，未辞翦伐谁能送。苦心岂免容蝼蚁，香叶终经宿鸾凤，志士幽人莫怨嗟，古大材大难为用。"①

段文昌诸葛武侯庙古柏文："是草木有异于草木则灵。武侯祠前，柏寿千龄。盘根拥门，势如龙形。含碧太空，散雾虚庭。合抱在于旁枝，骈梢叶之青青。百寻及于半身，蓄风雷之冥冥。攒柯垂阴，分翠间明。忽如虬螭，向空争行。上承翔云，孤鸾时鸣。下映芳苔，凡草不生。古色天风，苍苍冷冷。会到灵山，老柏纵横。亦有大者，莫之与京。于维武侯，佐冥有程。神其不昏，表此为正。斯庙斯柏，实播芳馨。"

李商隐武侯庙古柏："蜀相阶前柏，龙蛇捧閟宫。阴成外江畔，老向惠陵东。大树思冯异，甘棠忆召公。叶凋湘燕雨，枝折海鹏风。玉垒经纶远，金刀历数终。谁将出师表，一为问昭融。"②

五　昭烈庙亭院

唐宋昭烈忠武，两祠分立，而规模甚小，殿宇相接。明废武侯祠，昭烈陵庙间遂多隙地。清代重修陵庙，周以垣墉而一之，祠基益宏。为后殿以祀武侯。于西别建藕船，静远轩，静香径，紫阳洞，香叶亭，听鸥馆诸亭院。于东别建爱树山房，镜心精舍，忠益堂诸亭院。今武侯殿左有室，即昔爱树山房，有曲池在其后。右即藕船，俗呼船房，与爱树山房东西相对。藕船西临荷池。池西即静远轩，陵庙志滑临观鱼水，仰瞻园陵，极静远之致，今轩后实以

---

①　此诗前八句虽咏夔州古柏，而中八句则咏成都古柏。因丞相诗已录于第三节，故全录此诗于此。——作者注

②　段称祠前，李称阶前，一也。与成都记，及田况陆游诸家所说皆合。又按成都记称双大柏，而杜有冥冥孤高之句，田况有唐末柏枯宋初复生之说，断无两株同枯同生之理，故知柏只一株，于诸诗家文亦无舛午也。——作者注

壁，但可俯观而不可仰瞻矣。轩西北有径，曲折通惠陵。池西北为琴亭。池北今为玉皇阁，与池南观星楼相对，其名俗不可耐，非其旧也。藕船迤南为道院，今曰花园，间中花木极盛，游人多休憩其中。全院均在昭烈庙西庑后。曰静香径者，即道院门，嘉庆华阳令王西瓃题跋犹存。院纵横约十余丈。北为隔叶听鸥之馆，西为紫阳洞，南即香叶亭，武侯祠故址尚可仿佛。昭烈庙西亭院，今大体仍旧。惟庙东爱树山房南之镜心精舍已拆之。忠益堂为庙东官厅，据陵庙志载，前后凡数楹，向为往来迎送地，今庙门左侧，已悉夷为屠沽者之居，亦久非其旧矣。

陵庙志亭院：

藕船　后殿西偏，有屋三楹，下临方沼，绕以条廊。旧颜曰圆通境。乾隆甲午夏，顾晴沙廉访，查恂叔观察游此，易书为藕船。有诗词。

静远轩　藕船池西，旧为缭垣。道光乙酉岁，前任成都陈梅亭太守，辟地为轩，俯观鱼水，仰瞻园陵，颇极静远之致。因取忠武语名之。

静香径　由藕船西南行，曲径透迤，旁通道院，古桂连蜷，修竹阴翳，地极幽僻。前任华阳王西瓃明府，颜曰静香。

紫阳洞　藕船迤南为道院，旧颜曰藏密。雍正间，张自牧道人栖隐其中，又于西偏结茅屋数椽，石华宋厚题曰紫阳洞。乾隆壬辰，唐指宝道人始易以瓦。

香叶亭　在紫阳洞南。乾隆丙申岁，徐虚庐道人募建，中祀武侯画像，颜曰香叶，旧取杜诗古柏行，香叶曾经宿鸾凤意也。

听鸥馆　在紫阳洞北。周遭曲槛，翼以小亭。嘉庆庚辰岁，张香亭道人增修。道光乙酉秋，丹徒严丽生舍人，颜曰隔叶听鸥之馆，游人多宴集焉。

爱树山房　后殿东偏，瓦屋三楹，前荫古柏，后绕曲池，隙地数弓，杂莳花木。道光乙酉春，黄超然道人云游归，课徒于此，子颜曰舜树，取杜诗树木犹为人爱惜之意。

镜心精舍　爱树山房迤南，有精舍焉，轩窗高朗，池水涟漪，超然道人藏修之所，颜曰镜心。

忠益堂　庙东官厅，前后凡数楹，向为往来迎送地。嘉庆庚辰夏，前任藩使曹霞城诸公，率属培修。

道光辛巳春，聂蓉峰学使憩此，拟颜其堂曰忠益。按蜀志蜀书，俱有书忠益语，以是题额，亦景仰之思云尔。

顾光旭藕船跋："乾隆甲午六月二十二日，偕查榕巢观察观荷于武侯祠西偏所谓圆通境者，荷为张子还道人所种，岁岁作花，而道人鹤化已久，遂各赋摸鱼儿一阕，并易其旧额如右。"[1]

查礼铜鼓书堂集："祠之别院有荷花一池，旧为张子还道人所种。池上建版屋敷椽，形同半舫，扁曰圆通境。甲午六月二十二日，余偕华阳观察[2]过其地，时池花正盛，徘徊槛榭，坐卧于红香中，清风徐至，六月无暑，斯游颇乐。余以题额乃道家通套语，不切藕花境界。华阳为易藕船二字，绝佳。道童徐虚庐出纸墨乞书，华阳拔笔易之，书法遒劲，传之异日，实为此间之墨宝，亦可见我两人之逸趣也。"

宋厚紫阳洞跋："平叔为首龙衍裔，约以四百字，谈玄者弗能外，今所居洞尚在此紫阳山下，故蜀境世传清河氏独得道脉，诚是与牧翁相后先欤。"[3]

徐本衷香叶亭记："惠陵之东，不百武，有小院落，老桂数株，幽篁爽迢，面东瓦屋三楹，不华宋厚颜曰紫阳洞，为六世祖子还张公清修处。余少托迹元门，先师命课读其中，觉清幽无尘俗气，问

---

① 今题跋俱不存矣。——作者注
② 华阳观察即金匮顾光旭。——作者注
③ 此题跋今亦不存。——作者注

所谓闭门即深山也。其南修竹万竿，中有隙地半亩，可营屋。乾隆丙申，两金奏凯，都人士思侯默佑之德，谋以报之，于是捐建一亭，颜曰香叶，并奉侯画像，盖取子美香叶终经宿鸾凤意也。余宿有斯志，未克如愿，今幸藉诸君子力，落成之日，复培以花卉，四围环绕，图画列列，钟磬时闻，生卧其中，每读戒子书数过，不啻与侯相晤于一堂，而淡泊宁静之思，又若与侯相契于言表也。自今以往，将日与门弟子赋诗鼓琴，悠然自得，又恶知老之将至乎? 后之人时加补葺，无使废坠，俾得与惠陵祠庙共垂不朽，斯不负诸君子创始之至意矣夫!"①

王梦庚静香径跋："香亭羽士，牧道人薪火传也。道人结瓢于祠院之东，香亭廓而新之，门径幽折，竹树扶疏，有悠然出尘之致，因颜为额，诚以归根曰静，五千言之旨也，静以致远，则进乎道矣。传香引德，惟香亭勖诸。嘉庆庚辰夏日题。"②

张清夜莲花吟："池上莲花娇欲语，亭亭整洁香如许。绰约凌波踏镜来，绿云拥扇本中举。仙子天然浅淡妆，风鬟雨鬓佩露裳。不枝不蔓非凡质，怪杀当年比六郎。天生西岳莲花顶，顶上一潭名玉井。其中有藕却如船，花开十丈擎空影。分得灵根种此间，金茎呈露土为盘。群芳不伍能忘暑，离垢真同出世身。外直中通端且劲，品英向日溶真性。根蒂渊源得自然，鸢飞鱼跃花涵静。"③

顾光旭摸鱼儿："偶然来水廊飞槛，圆通境里逃暑，閟宫碧草青青在，一云红香如雨。花欲语，似说道半潭秋水无今古。留君且

---

① 今侯像，已不悬亭中，而面东之紫阳洞亦非旧。又按清雍正中张尊（字自牧，即宋厚紫阳跋所称牧翁。为黄冠后，更名清夜自子还。）以长洲名诸生，游幕于蜀，慨然出世，为黄冠于昭烈庙，传徒唐指宝，再传徐本衷（字虚庐），三传黄合初（字超然）张合桂（字香亭）皆不俗，士大夫咸喜与往还，今昭烈庙寺院，泰半成于诸道人之手也。——作者注

② 此题跋今犹存。又此外尚有潘时彤爱树山房记，黄合初镜心精舍箴，俱从略。又志称陈梅亭太守有静远轩跋，而艺文阙载，亦从略。——作者注

③ 藕船以池荷得名，荷即子还道人所种，故录此诗。——作者注

住，看殿角明霞，镜中凉影，乘兴放船去。　　昌黎句，十丈花开玉女。道人静扫天宇。吾书未必能胜此取义断章应许，投笔处，想鱼水当年诸葛刘先主。烟钟几杵，又翠盖翔云，青房弄月，芳草锦亭暮。"

查礼前调同作："讯城南武侯祠畔，一奁明镜围绕。仙乡种藕留遗迹，半舫疏窗深窈，帘幕表，看缕缕红云冉冉流烟沼。花擎细小，怅野鹤孤飞，吟俦今集，带旧恨多少。　　题悬榜，惜与绿池境渺。甘凉观察大好。重摹太华如椽字，墨沉映波飘缈。鸥梦杳，休更羡瑯嬛洞里留鸿宝。斜阳暮草，正枕簟邀凉，暑消浅渚，满目翠痕绕。"①

选自民国三十三年（1944）七月《风土什志》第一卷第四、五期

---

① 湘绮楼集有成都南郊看荷花待丁尚书不至明日见示长歌奉和五十六句云："蜀主祠中旧池绿，轩窗通望凉朝旭。千枝翠盖压云漪，百朵丹华削琼玉。"旧池即藕船荷池，因诗过长不录。——作者注

敬隐渔

｜作者简介｜　敬隐渔（1901—约1930），四川遂宁人，作家、文学翻译家。最早将鲁迅的《阿Q正传》介绍到欧洲，最早把罗曼·罗兰的《约翰·克利斯朵夫》介绍到中国。

蕾芒湖畔

我到新村下车。脱卜脱卜的车声载着最后的搭客驰去既远，忽然是一片寂静和旷阔。刚才隔着树帘瞥见的一线湖光，竟完全露出它的镇静光明的景象了。平湖面上，扬着佛式的澄清，伟大和自由底感觉。庄严的亚尔伯山脉被翠烟笼罩，下边照在碧湖里，上边剪断苍天，觉得人性底私欲都踏在足下了。如今竟远离了被英政府恐怖的上海，远离了亚洲、非洲被猛爪分裂的大陆，远离了骇波怒浪的汪洋，远离了病后残喘的列强……凡读过《尘嚣以上》和《若望·克利司朵夫》底"新生"者，必要说这湖山底美景恰配得它的高标出尘的住客，罗曼·罗兰。游人都止于梦退，这蕾芒僻静的一角，好似桃花源，只有仰慕自由和这自由底使徒者才来问津。我料到这恐怕是第一回才自神秘的极东，自古老的中华诱来了一位青年拜访。

第一次，我读近代思想，注意到罗曼·罗兰底时候，我正在精神建设完全破裂以后。我堕落在当时底混沌中了。我渴望读他的作品只图这种新力或可以救我。我在各书局找了几次，杳无踪迹，更觉得失望。我受的危难，我们现代的青年多半都受过的，怎经得异常的变迁如许？二十年以内，亲见推倒了帝制，搁下了那几千年来巩固天子底强权，麻木人民的孔子底偶像；亲见破了迷信底黑幕，醒了慵懒的梦，染了欧化底踏实的勤动……睡狮醒来，抖擞他古老文化底麻痹，尽力毁弃他古老的陈迹（他的理想崇奉，他的诗意，他的老实的信仰，他的神秘，他的优美和劣点……）他醉心欲狂地逐着欧化。但在这些颓靡以上建设了些什么？坏道德的唯物主义，强权的公理，外国资本底压迫，金钱底饥渴，处处导战的引线。我离了孩儿般的梦想，忽然面对着那可怕的实际。随着世人追逐那不幸的文明？重架上孔道或耶教底架担，千辛万苦才解脱了的？逃入虚空？如是辗转反侧底时候，忽而偶然遇着了若望·克利司朵夫。我们不久便成了好朋友。我怀着钦佩和同情替他分着一半他的痛苦、奋斗、恋爱、抑郁和胜凯。我从前意像中的英雄，料在现代是不可能的，却在他身上发现了。我竟发明了这种新人底模范：勇毅的新英雄主义者，怀疑的试验家，却又有坚固的信仰——照彻混沌的光明——犹如众人，他也有弱点，有迷惑，有堕落，但是他的奋斗精神愈挫愈锐，竟胜了私欲，胜了世俗底妄谬，人生底痛苦，得享灵魂底和平自由。如今的世界，最是我们徘徊不定的青年，最离不得他。将来他们必有一番热烈的欢迎。因为他不是一尊冰冷的新偶像，却是一位多情的悦人的侣伴。他的笔力的劲遒，创造底奇能，东方式的热忱，思想底伟大，他的神圣的音乐，动人底钟铃声，他的亲爱的江，都足以使你陶醉，滚滚波浪轻轻地把你卷去。所以我不能自禁就把他翻译起来。翻完了第一本《黎明》，因读作者底传，才知道他效托尔斯泰所为，给凡景慕他的人们，他都愿意通信。于是我放胆给他写了信；不望得到了他的亲热的答复。我从来景仰伟人，只能远远地敬礼他们；这一次在伟人中竟得了生存的简朴的一个人，一位朋友，好生欣慰！那时我还不敢确信：如今我亲身的经历仍不敢定是真是假呢。于是，我爬上了幽僻的山路，忽见青葱平软的斜坡上那简洁的 Olga 别墅，卧在斜阳华严的清静里底时候，我好像还在梦游一般——

　　乡式的篱落，前面一块小园，侧边半掩着柴扉，那淹在山中的岑寂的别墅，令人想到我们古诗画里绝妙的风景。一位年轻女仆把我引进一间小客厅里，厅角摆着一架钢琴，中间一张长桌，上面堆满了书籍。顷刻，轻轻地，笑融融地进来了伛偻、清瘦、劲遒的诗翁。他显乎有四十余岁。在奥妙的眉毛底下，眼光灿亮，透过眼镜。它们时而活活地表现他灵魂底动，时而远远地去了。有时一丝微笑如清风一般拂过他脸上的和平。他的口自然宏辩的，却腼腆开言，显乎他是修身养性素有功夫的。他轻轻地说话，声音和蔼而清彻。他表示他很喜欢遇着一位中国朋友。他佩服中国以往的修养和明哲。我们古来大多数的思想家，如老子、孔子等都把心性学阐发得不遗余力。他们把这个立为政治底和个人幸福底基础。但不幸平民却误入了愚蒙懒惰底歧途。现代欧人底特点可是他们的救药：好奇的勤动，求知底热心。每每有害的事理都要研究到底。用这些乱音罗曼·罗兰造成了他的极妙的和音。他有一种好动的勤性，渊博的智识，如近代的工程师一般，一方面又过一种我们古诗人底清淡真静的生活，毫不沾前者造恶的贪婪，和后者自私的疏懒——三年以来，他同他的老父和妹妹来住在这深山旷谷里。至今他二十年鳏居自得。九十余岁的爸爸只膳时才得见面。他不甚言语，习惯了和他的两个猫儿作伴。他的妹妹和蔼而博学，有时来帮他的长兄完成大功。全屋中都精致朴素，无繁华亦无矫作的缕褛，适合于中庸。

它好像又是旷闲的，又是高朋满座的。在他那小小的寝室里，壁上挂着一张甘地小影，床头一张托尔斯泰像和一张耶稣复活底画片。一朵玻窗打开湖面和山形，正映着皓洁的月色——

　　夜晚，我乘月色沿湖踱回新村（所谓新村却是古老的乡场）。湖上寂静，只一阵阵渡过飒飒的秋声。我从前住西湖时，往往在月夜里一叶轻舟逐破流光，把我送回岳坟。沿途不无感动，看着愚鲁的土人和铜臭的游客，看那平湖秋月尽被外国某资本家占去，看那些被天子利用的可怜的古往爱国英雄底青冢。但是陈古的佛寺，和它们颓败的钟鼓，尘积的艺术品，却引启一种伟大庄严的思想。多少这些无名的大艺术家，以佛式的自由，精微，自私的精神发育了他们的天才，把他们艺术底秘诀带入坟墓去了。我在西泠桥边买了些这种艺术的古画，至今还存着——

　　第二天，我再去访艺术底大使徒时，就把这些送给他了。我们以前的艺术不过是知识阶级底消遣。今日革命底时期到了，必要给它应当的重要。它是人类底尊荣和安慰。它使陆地动物长翅高飞。它把人生底愁惨和单调变成甜蜜的梦，超逸的出神。它能断私欲底铁链，破狭窄的时候和空间底牢狱……孔子以礼乐立教。田间的野花移到帝国主义底陷阱里，音乐却被礼教逼萎了。于是有些思想家如墨子、庄子等，见到这种败着，便主张抛弃艺术好像是不中用的。李斯等更加严厉，凡不合他们的道义的都禁止了；遂至于燔书坑儒。当时已萌芽的近代科学，以及墨子底这样高明的，堪入罗曼·罗兰集的思想——如："……乱何自起？起不相爱……盗爱其室，不爱其异室；故窃异室以利其室……诸侯各爱其国不爱异国；故攻异国以利其国……"这一切都沉灭了，二千余年没有回响。罗曼·罗兰不忍见这些灾患耽搁文明。他尤不忍见进化的种族，被别支野蛮的族类压迫以至于灭绝。（在禽兽中也有这种历史底遗迹存在化石层里。）希腊被粗鲁的罗马人侵略底时候，已到了他的黄金时代。于是文明退步了。蛮族底侵占使促成了堕落。和音之师，不识国际自私自利的界限，他往往表示不满意于欧洲物质文明强伏精神文明的东方：这些杀人器械底进步，这种无厌的贪婪不是能长久的，或将至于使人类文明完全断绝。惟愿东方自卫！取胜的是坚固的意志。以现代两位民族底大领袖：列宁和甘地而论，他更赞成甘地。甘地所行的耶稣、墨翟、托尔斯泰等底遗训"勿暴力主义"是一种最得力的抵抗，新人类应取的方法。勿暴力能胜过一切暴力，犹如创始时的耶教无时不受风波，但是它的牺牲愈大，志气愈锐，毕竟战胜了凯撒尔辈暂时的威权。《甘地传》是东方底辩护和教训。（在我临别以前，作者把这本书，和他的新作品《爱与死的戏》，和末卷《若望·克利司朵夫》送了我。）

清和的午后。天上染着猫儿眼色和金色。翠微间青草清香仍是阳春天气，绝顶上却蒙了一层初雪底轻纱。他用手杖给我指了毕伦旅馆，他小时在那里会见了嚣俄，指了那在湖底碧玉里照临的希雍水塞，指了湖那边，紫气围绕的亚尔伯山下的一座法、瑞中分的小村，欧战时他的家庭曾到那里来隔桥相晤，那时一桥便隔绝了两重亲爱的世界……他又遥指了天际儒拉山蔚蓝的直线，隐约在金霞里浮着，与天地相混……

一九二五年九月作于里昂

选自民国十五年（1926）一月十日《小说月报》第十七卷第一号

李尧林

│作者简介│　李尧林（1903—1945），四川成都人，巴金的三哥，教育和翻译工作者。

致巴金的两封信

一

四弟[①]：

　　来信收到，真令我感愧无极。我自信我不是一个坏人，然而我自觉我为人颇自私而寡情，这实在是我的缺点。离家后，在我们同住的两年中间，我实在没有尽我为兄的责任，对你什么帮助。心中所想及的也无非是我一人的将来。就是去年你生了肺病，我也不曾替你有所打算。让你一人在那充满烟煤空气的上海居住，家中带来的钱，大部均是我用了。也没有钱多与你寄些来买滋养品吃。这都

---

　　① 巴金在此信上加注：李尧林致巴金信（不全）一九二六年。——原编者注

是我对不起你的地方。现在你反要来感激我。真令我置身无地了。希望你以后不要再提起罢，免我心上难过。

二

四弟①：

　　昨天一回到学堂里就接着大哥一封信，现转上。我后来寄的行书，他已接得，不要买了。你只在中华买学校月历寄他就行了。

　　昨天开的书目请不要忘记。我还要加一本就是《友人之书》。若是方便，就请代买；否则就算（了）。

　　你要的两本德文小说，另封寄上。

　　你这次动身，我也不能来送你了。望你一路上善自珍摄。以后你应当多写信来。特别是寄家中的信要写得越详越好。你自来的性子是很执拗的，但是你的朋友多了，应当好好的处。不要得罪人，使人难堪。因此弄得自己吃苦。惠林②兄年长，经验足，你遇事最好虚心请教。你到法国以后应当以读书为重，外事少管。因为做事的机会将来很多，而读书的机会却只有现在很短的时间也。对于你自己的身体也应当特别注意。有暇不妨多多运动，免得生病。想同你说的话很多，但不知说哪些好。现在只说这一点，其他也不必说了。总之望你善自保重。

　　美国来了一封信，现转上，信面的住址剪下贴在信头的便是。

林

星期一

选自李致：《巴金的两个哥哥》，中国华侨出版社，2008 年

----

　　① 巴金在此信上加注：李尧林致巴金信一九二七年一月初。据此推算，此信当写于 1927 年 1 月 3 日星期一。——原编者注
　　② 即卫惠林。——原编者注

陈炜谟

| 作者简介 | 　陈炜谟（1903—1955），四川泸县人，现代作家，"浅草社"和"沉钟社"重要成员。主要作品有短篇小说集《信号》《炉边》，以及《论文选集》。

寄海外的如稷

你的来信是收到了。我常很久很久才接到你的一封信，这颇引起我的怀疑。就这一点，使我对于你的事颇不放心。果然，如今接到你的信，把我的怀疑证实了，你原来在那里为了女人的事而痛苦着。太阳底下并没有新鲜事，人总是如此。所以我对于你的事第一应当表示的是同情。我见了别人为了女人而痛苦的事，都表示同情．何况是对于你呢。

所以，我对于你，请先收受你的远道的朋友的这一点菲薄的赠礼。

但是，单单一点同情是绝不同于女人的嘴唇上的胭脂，救不了你的痛苦的。细看你的来信之后，有许多的话我不好意思不向你说。否则你就要愈钻愈深，将找不出一条出路。而且太钻深了，就是出来之后，亦要满身疮痕，叫你许多年也忘记不了呢。

呀，朋友，你错了。你要的是女人的心，但她所能给你的至多却只是两片红的嘴唇！朋友，你错了。

我原也只想歌唱着"花是香的，草是绿的"。但是，智慧不让我这样办。我看你的来信之后，朋友，请恕我，虽表示同情，但我并没有滴同情之泪。反之我倒哑然失笑了。

人应该聪明一点，但有些地方，你却糊涂了，我常想，世界上最占便宜的是一般"荒鸡"们，你我有点真实感觉的人都是怪吃苦的。所以需要聪明一点呀。我们的时代的意识刚才唤醒，而女人们呢，仍旧是那样的女人，稍一不慎，我们就难免要被时代牺牲。你所留学的国家，虽然是沙多布吕阴同卢骚的故国，但在那里也产生过佛罗贝尔。我不希望你学他的华美的文章，我只希望你要有他的一点冷静才好。

看你的来信，颇显出脚忙手乱的情形。神经衰弱呀，吐血呀……如是等等。你如果在作小说，我决不怪你。这类小说书摊上有的是。但你作的不是小说，你是在同我写信呀，还要求我给你写信呀！朋友，神经衰弱呀，吐血呀，全不中用。留心绺贼！世界上的聪明人多得很，你就不怕笑话吗？少年维特之烦恼哦……如是等等的书看看例也很好，但照演起来，我就有点不赞成，因为我是你的朋友呀！

昨天看见了一个比我年青的朋友的文章，好是写得好的，但全是概念。晚上又得到你的信。我就再小心谨慎，也不忍不分点功夫来给你写信了。

我觉得你说的话全是概念。拿了别人的一点感觉，作为自己的感觉，没有培养出一点真正的自己来，这是很危险的事。我近来看见比我更年青的人的痛苦，我自己也不免要分受一些，那般说着玩，逗着玩的人我们可以不必去管它，任其自生自灭，但如果真正痛苦了，就需要吃药。

你来信要求我的慰安，现在我却给与了你这一服药剂，真对不住！余岂好辩哉，余不得已也！

好，且坐下，让我解剖分析你的病名，再来投给你一服清凉散。

你看，你们来信实在太慌乱了，抄在这下面的都是你自己的话——

> 情深我自拼憔悴……
>
> 只怪我的性情生就，我太严肃，太认真……
>
> 啊，我的内心的种种的交战，种种的冲突……
>
> 生命是战斗，战斗是生命……
>
> 不全则宁无……

有的还是旧时代的话。有的呢，只是抽象的概念，你捧着这些抽象的概念，只有自讨苦吃。

呀，恕我的残忍。我是预备就一打左右的毒针，要来在你身上一颗地开发的。这是我的血和肉。你应该听我的话。

第一，我应该说你太不懂得女人了，女人的性格，女人的心情。受伤啊，幻灭啊，不知怎的，近来我颇嫌厌这些抽象的名词了！它们都是假药。你如果要向女人的爱上追求，那么你应该把他们升华，化为艺术，客观的艺术——就是我这样的通信也毫无用处，何况你是被概念深深缚住呢！如不追求，就应该站开一点。我常替你耽忧，即使你恋爱成功了，但你爱的那样的女人！

"As the world is, and as it will be, it is a sort of duty to be rich."

记住这些话罢。我因为你太没概念支配，使你痛苦，所以才用这话来提醒你。

呀，你为什么不从生活中得到一点"智慧"，而一定要到纠缠不清呀。

生活是一场战争，我承认，但这需要有健全的心，坚强的手，铁似的胳膊，你是不适宜的。在你，生活应该是一种把戏。你实在太不会玩把戏了。

颇需要一种"生活的艺术"呢。

你说，你的朋友都说你拼情到死真不悔。你真何幸而有这些真情，何幸而有这些朋友！呀，我如果不说女人都该拿来打死，我就得说你的朋友都专门在你的软弱处吃补药，愈补愈虚，用一位医生的话，或愈补愈凝滞，用另一位医生的话，你现在需要扎针。我这里有的是。

一半我就拿来扎我自己，一半就送给你。

我一针见血！你应该残忍一点。你如果对自己不残忍，别人对你就残忍。朋友，如果遇见了我的爱人，我不免要对她慈悲。但对你就得用这毒药：残忍一点，立刻把那些不相干的关系——女人——断开。你眼前的方法是旅行，漂泊，这中什么用处呢？是培养起一点血来又让女人吮吸么？我倒要问问你。

我且告诉你几句旧时代的话："墨子兼爱，是无父也，杨子为我，是无君也，无父无君，是禽兽也。"我并不是要谈伦理，我想对你说兼爱与为我，只是事物之两面，都一样的；这正如爱与憎一般——说不到什么无父无君。

那么，你为什么不残忍起来？你的心实在太脆薄得可怜了！"拔一毛而利天下不为也"，我以为现在应该有这样态度！尤其是应该要不让女人损你一根毫毛！

这只是为你的健康的关系。记住罢，朋友。

女人是可爱的。但你的那一点真情却毫不中用。我并不劝你卖假药，要的只是一点"智慧"罢了。女人也不需要你的心。更不需要你的身体，只是需要你的"把戏"——会玩生活的把戏。但决不是市场上的把戏，也不是文豪们的把戏。是什么？你回来我便偷偷地告诉你。

啊，朋友，我劝你立刻想法把你的健康恢复，立刻束装回来罢。

啊，我张着两臂欢迎你。我一点也不残忍，我是世界上最慈悲的人。

呀，我要赞美人间。生命是好的，人间真值得生活。记得小孩时候倒在母亲的怀里的事情了，虽然不是温暖的家庭，却颇使我幼小的心欣幸而温慰。稍长，我便想好好地倒在女人的怀里，你看，那闪在空中的是什么？是飘带，是女人的爱情。是星星，是月光，是诗。那时候我便想，将来我要爱很好的女人，要写这很美丽的文章，而今呢，智慧（不是幻灭）告诉我这些美丽的都给现实消失了。都给弄上煤烟了。给女人的肝气病弄污了，给女人的好动性弄毁了。所以，我要发狠创造优美的童年：闪闪的是星，是月，是渔火，是……不是诗……是美丽的故事。

女人啊，我爱你们。你们给我的伤害已不少，我都要一个一个地拔去。我有了美丽的智慧，我还是爱你们。

朋友，快回来，我张着两臂欢迎你，生命要紧，智慧为先。

原载民国十八年（1929）五月三日《华北日报·副刊》

选自陈炜谟：《陈炜谟文集》，成都出版社，1993年

倘若你住在重庆

我说，倘若你住在重庆，你将如何？

这地方，乍一看，很繁华。洋房子很高，亦很多，望之俨然——同一商业城也。连电杆上亦是广告呀，听说还要出钱来租，真文明的起气。长江上游第一商埠呀，坏就坏在这商埠，他就只有一个"不该"——商业城。商人们需要的东西，究竟有限。说得简单点，一个字钱。拿钱来，就完了。若必"打破沙罐问到底"，则第一样自然是需要一个柜台，好算账。其次是货架，好陈列，再次是堆栈，好储藏。再其次是戏园（电影满可不要），好热闹。再其次是妓院，好白相。最后，只要有足够安置一桌四凳（或三凳亦可，其一就将就用床边）可以叉麻雀的地方就行了。我不知道这是否就是商业城中园林隙地不发达的原因，不然，何以天津、汉口，偌大的商业城，也找不出一个"换换气"的空旷的所在呢？这情形，在热天尤其是要使你犀利的感觉到。要自然风景好，园林胜，还得求之于历史城，是的，北平如此，成都亦然，这道理我敢担保有一半确实。不信我和你打赌！

是呀，假如你住在重庆，坏处就在没有地方可游览。这地方的人士，确乎也不需要这些。他们大抵各有小组织，凑上四五人，便去开房间，打牌。还有周会非常之多。你如住在这地方，食量要好才行。

真糟糕。管它三七二十一，我们可以这样解嘲："什么娱乐场，有也罢，没有也罢。听人说贪耍消闲是足以亡国的。好，只要马路平坦，两旁树木多，有一个公园，能够散散步，就行。"但这地方名字就叫做"山城"，坡度很陡呀。这城是分做上下两半城。从上半城到下半城，或从下半城到上半城，都得爬，爬，喘着气爬坡。公园？是有一个。我同你讲逛公园的故事。前些天，一个朋友新从上海来。他压根儿没有到过重庆。我听说他游公园，得见见世面呀。这人也真是近视得厉害，门口偌大的"中央公园"四个字，竟没有瞧着，我同他爬坡，尽望上，往上，走。都走遍了，只有左边的茶社，没有去。右边的网球场，他也看见。走出园门了，好一阵。后来这小子忽然问道："你不是说伴我游公园吗？怎么还不去呢？尽带着我爬坡！""公园？先前不是逛过了吗？"他莫名其妙了，真的，公园是依上半城之间的山坡建筑，一眼望去，还以为是一条山路呢。我就听见轿夫说过："这公园可惜不准什么舆马入内。不然，从大梁子到商业场，倒近捷得多！"

真糟糕。管它四七二十八，只要住的地方舒服，不出去亦行。只要空气好。但这地方的人烟是著名的稠密呀。院子又多会是大杂院。几家合住，像北平似的独院很少。所以你要找什么煤烟气，炭酸气，尽有（这地方，凡住城内的人，鼻孔多半是黑的，即其一证）；还有的是很明显的"上海气"，表现在时新的样式上；就只缺乏一门：新鲜空气。住的又差不多都是楼房，早晨起来，推窗一望：怎的所有的烟突都在冒烟（眼所能见的，动以百计）冒，冒，尽冒，轻烟袅袅，不知趣的人，怕还以为什么地方失了火哩！

真糟糕。不管五七三十五，你说，管它大杂院小杂院，只要房租便宜就行。而且我有一个怪脾气：去参观什么机关或学校，好像不连厕所也看看，总觉得工作未完成似的。但是，且慢！房租，在这儿是特别的贵呢。以我这样的破落户而论，因为贪图一点"空气"，住居通远门外，一个小家庭，只三间可住人的房，每年须纳一百八十，还得有一百元的"押佃"，让房东拿去放子金，以这三分之二的钱，若在北平，就可租一小院。从我们的房子走出去，经过一条小石子路，便到马路边。那儿，有一个草棚，这样的草棚，不是夸嘴的话，在我们乡间，牛栏，猪圈，毛厕，都比它大，但我曾暗中打听：这草棚原来是租来的。每季七元，每年三季计算，纳租金一元。以前我是看不起它的，从此每回从那里过，因为它的租金高，就不禁肃然起敬了。有一天，因为草棚的居住者多侵占了一尺宽的边缘，我亲见房东的经纪人捶胸蹬足，逼住搬家呢。最近有几个机关，眼看房租不行，开了一个会议，商量几条件：（1）以后房租不论季，按月交纳；（2）押佃不得超过房租一月；（3）房租按地价利息不得超过一分二厘。当时大家都额首称庆。但后来听说要调查房产，丈量地亩，前途还远大哩。从此遂无下文。讲到厕所，的确应该注重，据说这是市政卫生之一。以前我听见一位哲学家说过，人生原是"郁"与"泄"哩。敢情这里就不讲究"泄"。两年以前，我曾在这地方旅行过一次，住在一家叫做巴山旅馆里。一看外面招牌，我知道里面有一个巴山旅馆，但走进去时，"巴山"不见了。这怎讲？门口是换钱摊，再进彩票铺，再进茶馆，更进则招牌是"哈尔登"，是公寓（注：公寓者，烟室也），无论如何，不是"巴山"。我没有勇气再进了，如果再探险下去，里面也许还有新花样。略一打听，"巴山"是在进门后从茶馆侧边一条角道："请登楼"。住定后，"吃喝"之余，我想到"拉撒"了——人总是有几分本能的。问茶房，厕所还隔得远哩。走过茶馆，进"哈尔登"，一连三进，转弯，一条小道直通入一小门：这门总关着，推门，门应声而开，经过人家住宅小门，一连几个，更往里，厕所在焉。一楼一底。但"候缺"的时候多着哩。有一回，正蹲着，一盆水从头泼来：原来这厕所的楼上也住家呀。真是又多一回经验。以此例彼，个中真象，你大概可以明白了。

真糟糕了。好吧。只要住着"无水火盗贼之忧，有金汤城池之固"，如某银行保管库的广告说，亦佳。其实，水灾倒不怕。只要住家不靠河边便得。我知道一个人，随时都拿着水手用的保险圈（他有痔疮），从楼上到楼下会客，亦拿着当坐垫。有了这种陆地行舟法，水灾就不怕了。但火灾却着实骇人呀，这地方，城内的洋房固巍巍乎高哉，但夹壁中是什么，自己明白。城外，除通远门外较好，其余千厮，太平临江等门，城垣内外。网绑房屋非常之多，所以火灾多着啦，其定律又往往有三：（1）由城外而城内；（2）由楼上而楼下；（3）由烟囱起火而板壁引燃。近两三年来，如千厮门外大火，临江门外大火，焚烧动辄几千家。其余的小火警，随时在报上都可以看见载着。无已，只好想出两大抵制策略：（1）住城外空旷之处；（2）不住很高的楼上。

职业的选择，因为上关天运，下涉人事，往往不由自主。如果我有随便选择职业的自由，那么在重庆城中，我毫不踌躇的挑选一项：当医生。这地方医学昌明，"营业"佳，收入颇旺。固然有许多初出茅庐的医学士，或不知名的小医生，或者嫌我说得不对。但我说的是较为知名的医生，而且只要你耐心等着，讲求点广告术，总会出名的，迟早。这地方医生的门诊金额颇大。在北平，以陆仲安先生之名震一时，号金才一元，特号始取二元，且多看几次，往往客气不收费。其余西医，普通是一元左右。以德国大夫克礼之声价，出诊亦不过取十余元而已。但这里的医生出诊，十元却是常事。门诊往往是四元，虽然简单的药在内，但稍贵的便要格外加费。有的表面只取两元。但药不在内，他自己虽然有配药室，但总不备齐，因而他所有的差不多都是贵药。一点丸药或药粉，一元二元随便说。而最普通的如硼酸，双养水，油膏等反叫你到药房去买。且往往再加开药方，叫你到指定的药房去配。因为"指定"，别家识不得药方，所以又贵了。结果算下来倒还是四元一并在内强些。有一位亲戚告诉我：重庆城的阔佬看病，先问价钱，如果是一元二元，则摇头，不相信。我想，他们生的大概是"贵族病"。我曾看见一位名医那里的病人，以太太小姐们居多数，而且看样子都红润润的，似乎没有病。他们的病在有钱，这位亲戚的话，可以证实了。她到这里才两月，但某医生门诊几元，某医生几元，倒比我清楚。而且是"贵"的居多，你如果想，医生的职业是含有救济人类的意味，应该悲天悯人，至少应有只眼睛（即全体的四分之一，不看在孔方兄的面上；那你就错了，这儿讲究的是"营业"，人最好不要害病）。

还有，那当然是做买卖了，先前说过，这地方完全是商业城，最好是在这里做生意。譬如说，囤铜元，便颇能赚钱。这生意我看得准。二百文一枚的小铜元，行市起落很大，最高时每元可换二十七千文，最低只能换十八千文。每逢过节，或金融界微有变动时，必跌，如退潮然，永不会错。从前，我知道一位贵妇人，麦子跌时便囤麦子，铜元跌时便囤铜元。她的院子便是她的堆栈。还镇日打电话到银行去问公债价目。结果，伊赚了不少钱。可惜我们无本钱，只有望洋兴叹了。

不特商人，这地方教员亦多商业化。他们的办法是凑钟点，自然是韩信将兵，多多益善。有某君者，便用此法。获大成功。他对这方面说，没法没法，于是得到一点。对那方面言，请帮忙帮忙，于是又得到一点。更设法在口□上把前二者隐瞒，辗转哀求，到某机关谋一位置。结果其余加上分红，他的"营业"额佳。他是教育界中第一忙人。这种风气颇盛行。每逢年暑假，教育界中找钟点之声浪，响彻云霄！"某校更换校长了"！或"某校大致可稳下去，来头太大哩"！教育界人士奔走骇汗相告。我曾经问过一位"客串"的教员（比如学化学而改教英文者是也），为什么钟点非多不可。得到的结论是：这年头谁不想赚几文呢？说句不好听的话，家里也许锅儿吊着要米煮呢！最初本打算多找几处，以备临时选择，后来觉得呀之可惜，所以就宁缺毋滥，来者不误了。

商人们凑集金钱；教员们堆砌钟点；学生们便聚集字句。我终于不明白：莫非这也是商业化之一种么？字句者，亦犹思想之货币也，常听得太太们屈指计算："某人存了多少钱，源兴二〇〇〇元，福泰一五〇〇元，鼎泰八〇〇两，某人买了多少地皮，黄葛垭三六〇方丈，椿树头一二〇〇方丈。"学生们便互相告语："某人渊博，他的生字习语记得不少了。""六臣注《文选》注释他都记得，亏他还能格外发证出一些条哩！"真的，一架算盘可以吃饭，一部《文选》也可以吃饭呢。（但倘若有人带了开明或北新的语体文选集，因而失业，则作者不负责）。你如果想，讲求学问应该注重创造的思想：那你便错了，这儿讲究的是"渊博"。

以上所说，似乎我对这地方很不满意，其实不然。苏格拉底说，婚姻如学骑，马性愈悍愈可练习德性。所以莎士比亚有"驯悍"一剧之作也。现代做人须具此本领。那么，高坎坡可以练习脚劲，没有游览地方，可在家里多用思想。医生索价昂，一年到头可多讲卫生，正不必"山僧结夏期"才"我辈服食谨"呢。商人气更好，它可以教给你名誉不足惜，美人不必爱，佳酿无须尝，唯独一样东西最有价值：那便是金钱。这种"金钱万能"的学说是四年的大学课程所不能教的。这是重庆城给人的好处中最大的一种，我敢说。而且趁此机会，学学珠算，人到三十而不打算盘，四十必空，五十六十必流于饿殍，是不是？

真的，我如果在重庆久住，我亦要弃学营商了。我要先开一家洋广杂货店。再找医生检查，强健肠胃，多吃一点。再设法晚上多睡一点。然后长得胖胖的。虽然不过一个小商店老板，但神气十足，看来竟像银行家。我要成年不请客，"眼睛绿斜斜，只想吃人家"。如果有同乡过路，顺道来看我，我要装不认识，眼睛向上一翻："你贵姓呢？"如果有人要借钱，话还未说完，我要先发制人，说明我亦需要一笔款，那怕月利三分。如果有人要谋事我必答曰：

"很难"——一面手指指着天，让他揣摩不定：是事情之难于上青天呢，还是指天以为誓，表明真没办法。我要见人不理，惟钱是亲，一钱如命……

写到此处，女仆来请吃饭了，这女仆，脚小，耳聋，走起路来像蜗牛在地上爬，对她说话又须大声嚷，好像在同谁吵架。她还有一个特长：听不懂话。前些天太太叫她买"白线"，她到药铺称了几钱"北辛"。但是，你说，为什么要请她？答曰：为省钱。别的要两三块一月，她呢，只要八角。这年头谁不想赚几文呢，某先生之言犹在耳……催请吃饭已两遍了，我听得不耐烦，说："我不吃，我要省一顿饭钱，收去留着罢。"

原载民国二十四年（1935）二月十六日《论语》第七十八期，署名陈叔华
选自陈炜谟：《陈炜谟文集》，成都出版社，1993 年

龙马潭游记

一

窃尝听得聪明的人对我说道：旅行者，是诗：排除身边的纠缠，投身在大自然怀里，问花美谁，听鸟说甚。是解放：从你机械般的职业，拧转身子，你的心舒展到说不出的大。是冒险：意外的惊奇往往发现在你的寻幽探胜里。是"甜美的无为"。按照洋鬼子的说法：因为你可以在松树林中，横躺在草地上睡觉，好玩得几乎要伸手去探月亮，而其时我两手下垂，恭立一旁，倾耳静听。这声

音似乎很熟识，有一种亲密的意味。呵，我知道他的始祖是培根。于是我如打了一针补脑针，如亲一张益智图，如有人给我一瓶洗眼药水，使我的短视目光，顿时清明。真是满心里好不自在。但我想对聪明的人说："人生者是大洋，人生者是饭碗。人生者似乎是旅行，有时又似乎不是。"

真的，人谁不想旅行呢？不过障碍很多。戒以琐事牵掣，或以钱包不许，或以老板不肯给假，或以请假就要扣薪，影响大局（其实就是饭局），或以太太不同意，或以其他莫明其妙的关系，总之，弄到结果，我们心虽在一万八千里外，但身子却未尝走出圈子一步。于是便只有依旧给人推磨，为他人作嫁衣裳，做种种机械工作，而且徒然与"行路难"之理。不过，短足的旅行是总可以的。这真是与人无伤，于己有益的事。这是在自己范围内活动，谁也不能剥夺谁的权利。

某月日，清晨起来，太阳照进窗户，暖融融的，飘荡若有嬉春之态，我顿时觉悟现已届三月，而平常竟一味糊里糊涂的过日子，如蒙在鼓里一般，竟不曾出游一趟。宁非可惜？回想现在郊外的春光，真是芳菲极目。只消把肩头上的担子暂时歇下，到野外去，就是晒晒太阳，袖着手不做事，如古人所说的"负暄"，亦顿觉化日舒长，襟怀开朗，更何况附近也并非没有去处呢。那龙马潭的山峦流水，是具有更何等吸人的媚态！花间人影常临水，你平常不是爱那"宛在水中央"的姿态么？去罢，去饱餍泉石，享一日清闲之福！

我们同行四人。其一是老船，这人又名"外交家"，因为他无论对什么人都要虚与周旋一番，故博得此光荣称衔。此外就是密斯黄，老船的亲戚，但我们亦叫他做"尹太太"，她显然是两个面孔：平常，脸红润润的，每笑起李，两边笑靥各一；但一遇稍有关系的事，她面部表情就很严肃，眼睛不住的闪，你知道她是心里盘算，颇具手腕的女人。她大约是薛宝钗式的人物。今天因为交游，特别换上一身簇新软缎衣服，看来便像是一只花蝴蝶，迎飞欲舞。此外便是我和小砚。我们于晨八时动身，但九时尚未走出城，因为外交家的交游也真广，沿途遇见同志，都要正步立正，点头，握手，谈心，害得我们在一旁久，连走进街旁的铺内，随便乱翻东西，以资消遣，结果又一样也不买，徒遭得学徒的白眼，这样前后都是四回。走到曾津门，又添一位同志——自然是外交家的同志，因为这人亦是交际家，外号人称"狄处长"。据说他是这城中的模范人物。没有一个人不喜欢他。他去年满六十岁，胡眉都已斑白，但还是一肚皮的豪气。心几乎要步青云而上天。新近他升了官，人家给他贺喜，他说："这不过是在唱戏，我本来是唱这一角，但人家一定要请我唱那一角。"我觉得他说的是唱猴戏。不，还不对。应这么说：他是在做诗。昔尝见有做矛盾诗者，其中方妙语曰："生成傲骨真阿巧，貌似西施并不扬。"又有警句云："文盲原是一书生，身兼九职是闲情。笃诚正直皆虚伪，工谗狐媚本天真。"若这位先生者，诚足以当之矣。他真是此诗名绝妙写照。他嘴里尽管说不顾，但暗中谁也没有他钻营得凶。他表面尽管说做戏，但在他家里，他却以为这才光宗耀祖，丝毫不觉是沐猴而冠。他的一生只是放大的照相或影片，上映两个大字曰"矛盾"——也许那背面映的是另外两字曰"虚伪"。今天真是巧会，所谓英雄之遇英雄，外交家与交际家相对也。当然又是停步，立正，九十度的鞠躬，满脸打皱的笑，握手，攀谈。老船约他去逛龙马，我不知他是一种外交手段还是出于至诚。不料模范人物居然满口承允——我知道，这也是一种外交手段，因为他信奉的金科玉律是：凡是不掏腰包与自己没有利害关系的事，不妨索性笑得满脸打皱的去接受。的确，也是在这些地方，他才受人爱戴。

但我的感觉不一定很好：我想起 A. G. Gardiner 所写的"旅伴"，你知道，那是 St. Francis 要称之为"小兄弟"的，搭火车不打票的朋友—— 一只蚊子。而我的眼前呢，却明明是新添一位如面饼，如汤团的好好先生。

二

我们由管驿嘴搭船到水淹土地。船夫是位四十左右的人，同着他的儿子，共驾一舟。老船夫在后面掌舵，那孩子便在船头帮着撑篙竿，或帮着摇橹。船夫是世界上最有趣的人物之一，我以为。无论航务处或什么处替他规定洪水期间每船只载若干人，枯水又若干人，他满不在意。船总是载得超出数量。他们管这样叫载得"哑"，但我疑心是"压"字之误。这时船已经开出去，沿着岸边划了很远，这时岸上如果来了什么人，那船夫便高声喊道"挑子这里"或"背兜这里"，绕了弯子，仍然把船划近岸，又多搭了一位。因为载客过多，失吉的事，也是常事。他们刚才在这地方撒过尿之后；又可以拿起瓢来掏水。一块木盆，可供数用：洗脸，洗脚，淘米，洗菜。父子两人共操一舟，但一有些儿不合意，便破口大骂，"妈的——"声，两方面都很顺溜的出诸口。这都是见惯不惊的事。船钱，无形中亦有一种规定，但总是多要，没法雇足其要求，比如水淹土地这码头，有陡竣的坡，但这船夫可以不嫌梯级高，跟着你一直爬到坡顶索渡资。算起来各处都是如此。我曾在宜昌过过不少回数的路，那地方的船夫，更加凶狠，几乎个个都要与你角力似的。只消你请他们替你搬点行李，那怕不过从这船到那船，他们一听你说的话声音不对，是"外江佬"，能问你要一块钱一件，分文不少！听说扬州的西湖，那里撑船的都是船娘，手拿着一枝竹竿，就如使用一颗绣花针似的轻巧而且隽妙，腰部和臀部的曲线，非常优美。就是西湖上女子操舟的也是常有的。想起来真令人羡煞。我们这地方，划船的都是精强力壮的莽汉，看样子晚上都能作水盗似的！

从水淹土地到龙马是十五里。我们同行几人，除"模范人物"自去坐躺外，其余的都骑驴。骑驴自然是比较风雅。你看中国旧式的山水画上的人物，有几个是坐轿的？可不是都得骑驴？骑驴自然是要慢些，但人生有时根本就不能太快，愈驰骋得厉害，跌跤亦愈凶。所以才有什么"守骏莫如跛"一类的话。你想，骑着跛足驴，来在人生路上，不展望不忙，盈科后进，胜利岂有不属于你的道理？这中间自有一套人生哲学，你知道。话说远了，得扯回来。且说我们几个人骑着驴，蹄声得得，一路行来，好不痛快。这时我忽然想到："马行绿荫。"仿佛在什么地方，曾有这样的经验？是的，那是在北平，从海甸到西山，路旁绿柳毵毵，欣欣向荣之意。那时我骑的也是一只瘦驴，同着一个美好的人儿。这回两旁虽没有那样的繁柯，但坡度陡斜——簸的，亦别有一番滋味。并且在这样烂漫的春光之毕，"联络于东郊"，沿路徐行，那是何等的称心乐事！

三

到了目的地，我们开了一个全体会议，决定先统行全岛一周，作个"鸟瞰"的观察，然后再来观鱼，再来荡舟。我对于中国式的风景，总有二种偏见：以为没有水的地方，便没有美丽。真的，水是一种洗涤器，无论什么污秽，经它一洗刷，便很干净。要不为什么"水心亭子绝尘埃"呢？龙马潭的好处，便是它那"宛在水中央"的神气。四围都是水，这里是一隔绝城市的小岛。我们在溪的对岸，便见楼阁参差，掩映在飞甍之下，像座绝大的水心亭。崇楼杰阁，窈窕绿树阴中，真是所谓眘而僻，没有一点市喧。寺门口更是树影参差。整个的潭，很像一位娟美的仙子，"身在虚无缥渺间"。

翻查泸县志，我们知道龙马潭的水，是由龙溪而来，而龙溪的水，则远源于荣昌县境。这水绕小山四周，复来注于江。这庙宇的建立，是在宋嘉中，原本是每年祀龙神用，冀以祛免旱魃。潭上旧有观，名曰冲虚观，又以多产梧桐，亦称碧梧。不过我们现在的潭，门口题曰小蓬莱，其中为三神殿。而且现在神宫之旁，很富楼台亭阁之美，非普通庙宇可比。潭中且有小山，苍松古木匝沓阴映。山后有亭翼然，别有洞天，而竹树交加，更成天然帷幕。这是全岛的幽胜之处，我想。

我们走马看花一般，总算把全岛察看一个大概。觉得这个地方真足把中国式建筑之美，表现无遗。中国式的建筑，妙处全在曲折，间之以高阁，绕之以回廊，总不使你一眼望穿。它的好处，就在它的"庭院深深"。所谓一览无余便是索然无味。建筑是如此，图画是如此，文学亦是如此。中国形容美人，说是"千呼万唤始出来，犹抱琵琶半遮面"，所以美人要说话，说是先启玉齿，然后才慢慢拂宝瑟，然后才开口，而说出来的又是一唱三叹。这原本不算坏处。可惜世人不把这用在正当的地方，结果曲折的表现，就只大家的钩心斗角上面，构成末世的世风浇薄！

我们平常总是嚷："自然，回到自然！"自然是什么？在外国人看来，一定是在海边落日，或湖上荡轻舟，或高山顶披襟当风，听风怒吼！这是伟大。但中国人在自然里却加上一层人工。深深的庭院，曲折的回廊，圆形的门，错落的假山，鹅石子路……这诚然是渺小，但却很幽静。而且一个人总不能天天去亲近大自然，天天到泰山看日出或阿尔卑斯山去踏雪。中国式的自然却每天都可享受。一个人的心情，总是变化多端的，中国式的"人造自然"便很适合各样心情。譬如你要沉静的寻思，可以到假山后面盖茅舍三间，仅留一条小路通外面；你觉无聊，便可在长廊上漫步，或池边垂钓，或桃子形的小亭里下围棋，高兴的时候，闻鸟声久坐；闲适的时候，循柳树独行：固都无不可也。雨打芭蕉，动你的诗兴；风吹杨柳，引你的闲情。刘同人称万驸马庄，说韵皆取柳，而"柳色时变，闻者惊之；声亦时变也，静者省之。"这种见"色"则惊，闻"声"反省，完全是中国式的享受自然法。我想这倒是正当的办法。可以调节神经，是内心修养的特效药剂。最后我们走到观稼楼。多风雅的名字！现在虽然不是观稼的时候，然而我知道，将来总有一天"登斯楼也"，"看压车麦穗黄云重"，"熟麦骚骚有意黄"，或看禾黍累累，群雀啧啧飞无上，不禁关心民瘼，起忧国忧民之念！但我记起辜鸿铭的话来了。他说今日之大弊，不患读书人不多，患无真读书人，且不知将来何以处这么多四体不勤，五谷不分，妄冀为必卿大夫之人。想到此处，不禁毛骨悚然，便走了出来，中国式的名学，本来极富诗意。我就知道洪北江会筑屋二楹，名曰"收风港"，取于惊涛骇浪中，得归藏息于此之意。你想，以港名屋，多么有趣。不过后来有许多人又太注重名字的好听，不务实际。就这观稼楼而言，我看见只是打牌喝酒的人占多数。并且我还知道有一位什么都不属于的商人，他的别墅就叫作"慕陶山庄"，虽然有人说他崇拜的是"陶朱公"的"陶"，不是"陶渊明"的"陶"，但想起来令人作三日呕！

四

从观稼楼出来，在半路上，我们碰见一位姓童的医生。他也在这里"息气"。这人是我们城里第一名医，单是门诊就取四元，而且还是门庭若市，应接不暇呢。从此你就可知他的名贵了。他虽然"营业"佳，但并不用助手。所以看病应该检视血液的时候，不替人检视血液，该考查便的时候，也不替人考查便。然而他还是很有名。我曾经仔细打听，知道他很会"保持"，所以声名永远不坠。譬如有把握的轻病，他准比别的医生多看两回；拿不稳的重病，他就退你的钱，另外给你介绍一处。所以在他手头医死的人很少，虽然也可以说他是"借刀杀人"。这是他的伟大处。然而我却万不料在这里遇见他。

同着荡了一阵舟，我们便一团聚在寺门口的石级上看水里的游鱼。这也是龙马潭胜景之一，人家管做"摇竹观鱼"。其实就不"摇"，鱼也是要"观"的。这地方鱼真多。因为每逢佛祖生日，迷信的妇女，便买来在这里"放生"，所以小鱼特别多，成群结队的，见人也不怕。黄小姐和小砚买些炒米来喂，我们仿佛听见小鱼唼喋声，与禽声相答和。老和尚听得高兴，走过来对我们说："先生，现在还是春天，若当秋的日，秋水澄微，那时候成千累百的鱼头，就自出水面呢！夜阑时分，你若有说话的声音，那鱼亦仿佛出来窃听呀。"和尚说到此处，惹黄小姐和小砚笑个不住。于是我又发现龙马潭的一件好处：就是"间隐闻人笑语在水声中"倘若你同着女人一路来游。

饭后大家各据禅榻午睡，我和小砚到后面竹林漫步。竹林是深密极了，作成天然的帷幕，真可以说是"翠盖攒天，浓阴覆地"。微风吹来，觉雅枝嗽筱，娟娟拂人。看小砚的柔发被风吹得蓬松起来，也别是一番姿致，再挽着在我身旁并肩走着的伊人的手，听见她喘息的声音，我一面便把脚步放慢些。我第一次觉得散步的愉快，真是令人澹荡神怡。我们席地而坐。不知怎的，我竟想起那位填"书愿"词说"湖水湖风凉不管，看汝梳头"的诗人龚定庵来；凄然有"偕隐"之志！我一面尽自己骂着自己没出息，这样年青，为何不去好好奋斗。

因为觉得时候尚早，所以我们决定徒步而归，归途中，大家畅谈怕老婆的故事。我们都很佩服黄小姐。像她那样，把她的丈夫玩弄于股掌之上，为她驱使，为她奔，然而伊有时却又能先意承志，得他的欢心。真不愧巾帼的佼佼者，女师范的高材生，威而不猛，刚而不厉……

到水淹土地，正是黄昏时候。有人说，到无论什么样的城市，都以黄昏时候为最适宜。因为白天则太明亮，夜深则又太凄清，不如黄昏之微茫而有朦胧的诗意。这话很是至理。我们几步便迈上船。回望泸城，正灯火点点。在船将开行的时候，又上来了一男一女，那女的一身时髦的旗袍，头发用淡青色丝带束着，脸色白，样子倒很摩登。那男的穿一件布袍，面孔上却看不出斯文的样子。这时船上只有一个座位，但那男的一屁股便坐下，丝毫没有谦让，剩女的呆呆的在船中间立着。我于是便大展福尔摩斯的本领，开始猜想：这两位是什么关系呢？说是夫妇，很不像。其他什么亲族关系，姻戚关系，朋友关系，似乎都说不上：倘若是主仆，但何以又让女的尽站着呢？这真是一个疑团。后来两人开始说话了。好了。可有机会猜出了。那男的问她一个人（名字我没有听真确）的近状。摩登女子便毫不踌躇地回答："是花柳病罢？到仁爱医院去看过了，像是鱼口。"我其时不禁感到"幻灭"，就是你们所谓Disillusion，你想，这样姣好的一位女郎，一开口便说花柳病，而且是鱼口！这时，船行得都很远了，水柔如不胜桨。因为那橹不住的划动，这船看起来竟像扑水的蜻蜓。"穿花蛱蝶深深见，点水蜻蜓款款飞。"我口中不住的吟杜少陵的诗句。你看，这船上，不是也有几个"花蝴蝶"似的美人么？

倘若有人问我：今日之游乐乎？我必答曰：唯。何物小子，竟有福气恭陪城中"模范人物"及"第一名医"游山玩水呢？更何况徒步归来，两脚疲乏，食欲大张，顿觉灯光明媚，饭顿茶香。一想起那熟识的枕头，那是我的好朋友，它正在期待我，我今晚尽可放胆高卧，一睡就是十一二个钟头，这真是"不胜愉快之至"的事。

原载民国二十四年（1935）十月五日《人间世》第三十七期

选自陈炜谟：《陈炜谟文集》，成都出版社，1993年

白　发

苍天可特何曾老

白发缘愁却未公

　　　　——陆放翁

　　年来头上白发日多，熟人见面，往往要以此为谈话的资料。比较生疏的人往往这样说："哦，怎的，你的头发白了这么多！"这时候，禁不住要回答一句："是的，白了三分之一了。"然而，同时自己心里却极不舒服："我的头发白了，关你啥子事？"或者："我亦不愿意它脱掉颜色呀！"比较熟悉的朋友则往往加上一句："都是因为你用脑筋的关系呀！"这句话的用意当然是安慰。

　　然而，这却使我不得不坐下来沉思……

　　白发似乎和健康没有联带的直接关系。据我所知，就有这么两种极端的现象。林语堂《四十生日诗》里有句云："半点童心犹未绝，一丝白发尚且无。"他在四十岁时尚没有一根白发，但我在重庆某大学里有一个同事，是一位数学教授，他在数学上还有重要的说明，他在四十岁的时候，头上却连一根黑发也没有。可是他的身体却很康强。

　　白发似乎和营养，环境，心情大有关系。我们抗战八年，据我所知朋友中许多人头上都有了白发，如朱光潜、沈从文诸兄，都是这样的。去年从文由昆明来信说："这几年来，简直等于参加了一场战争，头发已花，牙齿脱掉了一大半，然而神气却不像败北。"

当时接到此信，不觉有一缕哀愁，来扰袭我的心。我和从文已经十余年不曾见面了，忆在北大同游时，他还是一位活泼跳跃的少年呢。幸而心情并未被打败——这真是不幸中之大幸了。

传说中伍子胥过昭关，一夜之间头发尽白，可见心情的悲戚，环境的恶劣，是可以促人头白的。那些养尊处优，脑满肠肥的富儿们，的确很少白发。这就是放翁所谓"白发缘愁却未公"了。宋时，欧阳修有妹嫁给张龟正，龟正无子而死，有他前妻之女，年四岁，无所归。遂回往欧阳修家。后来此女长大，欧阳修把她嫁给族兄之子晟。后来此女与仆人陈谏私通，当时的权贵以及那般与欧阳修不睦的人，遂将这事连累及他。于是扩大宣传，声势汹汹，都说欧阳修"盗甥"。其实欧阳修不过因为"言事切宜"，肯说真话。遂为权贵人所憎，硬说他与外甥女有暧昧关系。后来案情虽白，但欧阳修谪滁州。他谪滁州时，年三十九岁，自号"醉翁"，史称他"外谪数年，而头发皆白"，当时外界攻击之厉害，就可以想见了。"白发缘愁却未公"，放翁的这句话，委实不错。

头发白了，可以转黑吗？我们读东坡的《超然台记》，那上面有这样的话："处之期年，面貌加丰，发之白者，日以反黑。"这样，岂不是白发转黑吗？在大都市的理发店门首，有时悬上几个大字："白发染黑"，令人不禁心向往之。其实，根据科学常识，这是靠不住的。所谓"发色还原药"不外乎染料，但仅在一个短时期内有效。那种从煤焦油提炼出来的"生色精"，以及其他金属染料，往往可以引起严重的中毒，是不能采用的。

白发的确是可以使人悲哀的。它是恋爱者的一大障碍。我知道一位青年，因为遗传的关系，十六岁的时候，就有了白发。他被人加上种种绰号，如"少白头""老青年"等。他为了获得异性的爱情，经常老戴帽子——甚至于五六月的大热天，也戴着。这一来，却给自己弄上了一个绰号："大傻瓜"！这是何等悲哀的事！虽然有时候在公园中，在娱乐场里，在街头，也曾看见这样一对对夫妇，那男的已是银发萧萧，而女的却正是红颜未艾，心想，这怕不是恋爱吧，这中间还夹杂着"金钱""地位"和其他关系，才产生这种年龄方面极不谐和的配偶，细想起来，这也是可悲的。而且不禁替那女的可惜。"文章是自己的好，老婆是人家的好。"像我们这样年过四十的"二毛"壮年，看见一对对的青年情侣，莺莺燕燕，卿卿我我，心头也难免一阵悸动；是悲哀？是同情？还是嫉妒？那心情的确是怪复杂的。

不特这样，在工作时，白发亦可激起我们的悲愁。明杨守陈与徐实用的信中有这样的话："且入朝班，满前皆少年新贵人，独以一白发青衫厕其后，虽未谋引去，然，臣况已索然矣。"我们四十岁以上的人，夹在二十余岁的青年队伍中工作，他们的心情虽为我们所了解，但我们胸中的印象却非他们所能想象——啊，这一道打不破的围墙，这一个不可逾越的鸿沟！

医生们说，对于灰白的头发，唯一的办法，就是：赞赏它。这也许是无可奈何的办法吧。然而在这里蕴藏着真理。正如罗曼·罗兰在他的伟著《约翰·克利斯朵夫》里面，克利斯朵夫最后说的："主啊，难道你不高兴你的忠仆吗？我的成就就是这样少，我不能再做下去了。我曾经奋斗，我也曾经错误，我也曾经创造。让我在天父的怀抱中呼吸一点新鲜气息吧。将来有一天我将再生，从事于一个新的战斗。"白发所指示的，是我们已经奋斗过了，然而还不够，还得再生，更往前努力。

而且，白发不仅是一种警告，一点预防。苏东坡《与石幼安书》："某近日多癫，遂获警戒将养之方，今极精健。而刚强无病者，或有不测之患，乃知赢疾未必非长生之本也。"陆放翁亦言："拙伤自在消前业，疾恙天教学养生。"白发使我警惕：人到底是血肉之躯，并非钢筋铁骨，所以必须步步设防，处处留意。所以白发未必非长生之本，如上文所说的欧阳修，四十余岁时，头发全白，然而他亦活到六十以上，且精神饱满，作成诗词若干首，文若干卷，而且独立写成《五代史》，那是一部不朽的名著。

原载民国三十三年（1944）七月十五、十七日《成都快报·副刊》

选自陈炜谟：《陈炜谟文集》，成都出版社，1993年

俞曲园二三事

今人虽邻有不觌，
古人却向书中见。
——陆放翁

一

数年以来就想写一篇长篇小说，纪念这个非常的时代，材料是随时都在收集：笔记，已经积稿盈几；除却亲身经历以外，着重朋友的谈话，以补足自己见识不到的地方，应该访问的人，已经访问过许多了。干脆一句话：我所做的工作是极琐碎的，几乎全是零星东西，一点一滴拼凑而成。

这小说原名兵荒马乱，后来更名为乱离曲，亦可叫做乱离三部曲；现在初稿已写成了。时间，扩展到十余年；人物多至百余人；背景，由北到南，包括华北的平、青、济，华西的蓉、渝、泸，乃至昆、筑、桂、柳等都市——论理这已是相当熟悉的了，但不知怎的，写完这初稿，我却觉得寂寞得很。真是一种难以言语的内心的

寂寞啊！

记得英十八世纪的作家阿迭生亦曾经讲到他自己寂寞的很，而且这寂寞并不因为他是同别人在一起而减少，难怪有人说，《红楼梦》和《水浒传》两部书都是描写寂寞的。我们只消有红楼梦上面所记载的焦大话就可以知道曹雪芹内心的寂寞了。水浒又何尝不是这样？杨志是世代将门，然而竟是不能保持他的宝刀。有人说这就和一个作家，被迫卖掉他的钢笔一样，你能说这不是寂寞吗？

其实，这也难怪。我的小说原是在极艰难的环境中写成的。数年来我所辛苦收集的材料曾经是"随身宝"不离左右，然而，我的藏书，他们所值的金钱的价值，是尽够买田产的了，却因为储蓄在重庆，于敌机轰炸时，正中头彩，全部化为灰烬了。目前零星集的一点点书，在局外人看来似乎很多，但自己知道，那却是极不够用的。借书，委实很困难. 真如放翁诗中所说的"异书浑似借荆州"了。我现在所住的这一个古老的乡村，据我们所知是和三十年前一样，毫无变化——那怕仅只外表的进步，也没有。因此我在这儿简直找不到一个人可以谈谈，我虽然没有到放翁所谓"贷米东村待不回，钵盂过午未曾开"的地步，然而，这里的物质方面，着实也困苦得很。

在这样的情形之下，只好自己鼓励自己，自己安慰自己，像老牛破车一般，自己将自己的工作拖着前进。然而，正如约翰生给某贵人的信中所说，"没有得到一点儿帮助，一句鼓励的话，一个慈祥的微笑"，又怎能不寂寞呢？

这时候，使我想起古今中外的许多值得敬仰的人物来了，这几天时常翻阅俞曲园的作品，觉得他实在是一个极有风度的人物，因此，记录这几则，用来驱除寂寞，尚不知有同病点怜的的朋友没有呢？

为什么要有所著述呢？关于这一点，俞曲园在书札中道：

东南沦陷，航海北来，旅食津门，忽又三载。杜门息辙，妄以著述自娱，所著群经平议三十六卷，粗有成书。(《上祁春圃相国》)

仆杜门食拙，乃以撰述自娱。(《与戴子高》)

仆以不才，为时所弃，穷年兀兀，不过聊以自娱。(《上祁春圃相国》)

一灯静对。况味宿然，泊经之外，兼及诸子。梁江总诗云："聊以著书情，哲觉他乡日。"如是而已。(《与杨石泉方伯》)

这里，有几个字很要紧，就是"自娱"，换一句话说，他著作的目的，全在娱悦自己，著作是需要技巧的，要能娱悦自己然后才能娱悦读者。倘若，能够把自己在著作中所发现的喜乐，依样的传导及与读者，引起心里的共鸣，那么，所谓文学的感动力就在于此。

杜甫的诗："文章千古事，得失寸心知。"作文的艰难困苦，只有作家自己知道，自己赏识，自己在其中发现娱乐。陆放翁说："文章排阁不求名。"又说："诗到无人爱处工。"这都是自娱的意思。自从印刷术便利以后，发表文章成了容易不过的事，我们著作的动机就往往不是自娱，即使不会有其它的用意，至少也想要炫示一番的。

人贵有自知之明。苏东坡尝言："某平生无快意事。惟作文章，意之所到，则笔力曲折，无不尽意。自谓世间乐事无逾此矣。"像东坡这样的人，可以说是最能了解"以著述自娱"的真意了。

黄山谷答李端叔书："老本懒作文，但传的东坡及少游岭外文。时一欢吟，清风飒然。顾同味者难得尔。"这很可以证明：文章不但可以娱乐作者的，它更可以娱悦读者——真正解味的读者。

顾亭林对于他所著的《日知录》，颇为自负，尝言"产生之志与业，皆在其中"。但他说著的态度，却道："若为己而不求名，则无不可以自勉。"

我觉得顾亭林所说的"为己",俞曲园所说的"自娱"都是一样的道理。这实在是很好的补正的著述态度。我愿以此自勉。

二

俞曲园尝题所居曰"春在堂",这是有一个来历的。清道光三十年(一八五〇)曲园中进士,原本他之所以能够弄到翰林的头衔,据说是由于曾国藩的力量,那一次考试的诗题是"淡烟疏雨落花天",曲园所作的诗的第一句就是"花落春仍在"。曾国藩很赏识他,说:"花落春仍在,不错,很好,这就如'将飞更作回风舞,已落犹成半面妆'的诗句相像。这诗的作者,前途未可限量呢。"所以,俞曲园索性把自己所处地方叫作春在堂了。

曾国藩为什么赞赏这诗呢?这倒是值得注意的。我们知道曾国藩是一个性格倔强的人。他赞美孙夏峰,顾亭林,黄梨州,王而农,梅勿庵这般人,就因为他们"硕德贞隐,年登耄耋,而皆秉刚直之性"。所以,他的"常令其至健之质,跻之天寿,顾而神不衰"(见所著《陈仲鸾同年之父母七十寿序》)曾国藩是很能欣赏"花落春仍在"这种刚健顽强的精神的。

如果不是靠这种精神来保持,你想,像俞曲园那样"一灯静对,况味萧然",却自少至老,著述不倦,《春在堂全集》,达五百余卷,这怎么能办到呢?

陆放翁的诗云"八十到头终强项",又说"不知千载尘埃里,更有吾曹强项不",这都是同一精神的表现。

三

上文说到曲园有一位很贤淑的太太,这儿必须补叙到她。

《太平广记》上面载：唐人李某，朝夕虔修，后来感动了神。神问他："你到底求富呢？求贵呢？"李某答："富与贵我都不愿。"神又问："那么你到底要求什么呢？"李某答："我求居住在山水清幽之地，家道小康，妻贤子顺就行了。"不料那神却连连摇手道："不行，不行。这是神仙上界清福，你那能享受呢？"

然而我们可以说："这上界神仙清福，俞曲园却享受到了。"为什么呢？因为他的眷属是神仙眷属呢。

曲园的夫人娘家姓姚。他的丈人姚平泉亦有文集行世。平泉尝自谓："以出世之心行入世之事。"余曲园亦说他："温良乐易，君子人也。"

曲园夫人亦能诗，光绪二年（一八七六）春，俞曲园在杭州，而苏州曲园中牡丹将开放了。俞老太徘徊花下，口占一诗，其末二句云："东风莫轻放，留待主人来。"曲园伉俪之情甚笃，尝谓："余与姚夫人，四十年伉俪虽未足比美古人，亦庶几其万一。"

曲园著作中，亦时提道他夫人。如：

　　仆于九月初，携老妻至湖上小栖。倚槛坐对全湖，晴好雨奇，随时领略，至夜则月色波光，上下照耀；两三渔人，明灭其间，光景尤清绝。

　　前日坐篮舆至今日天竺灵隐礼佛。……与内人坐冷泉亭上，仰观山色，俯听泉声，一乐也。（《与杜小舫书》）

他们夫妇两感情融洽，于此可见他的苏州曲园中，有曲池，曲池之中，有小凉梅槛，仅能容二人促膝而谈。曲园与其夫人坐其中，温温闲话。他们不仅谈王嫱西施，谈孟姜女，谈貂蝉，谈《三国演义》及《西游》，曲园曾称这些谈话为《小浮梅闲话》。

大约在俞曲园六十岁的时候，他的太太姚夫人死了。曲园哀悼万分，手书二十八字，悬其秘帷云：

> 四十年赤手持家，君死料难如往日；
>
> 六旬人白头永诀，我生谅亦不多时。

他又常追念夫人的贤德："唯追念四十年夫妇：其始也，仆一年只有三十洋蚨馆谷，内人赤持以至今日。富贵、贫贱，患难，更迭常之，心血耗尽，年来小治生计，粗力园亭，皆其累年节省成之也。仆拙于谋生，每事必谘之，今则已矣。"（《与除花农书》）

这件丧偶的悲痛，深深地在他的心上留下烙印。他给他的亲家彭雪琴写信："弟曾问能达观，而不能忘情。能达观，故早岁罢官，终身无介怀之日。不能身无忘怀之时。"

然而却并不是他的挽联所云，"我生谅亦不多时"。他又活了二十八余年，到八十六岁才与世长辞。这也许亦是"花落春仍在"罢？我思。

原载民国三十五年（1946）九月二、四、六日《成都快报·大地》

选自陈炜谟：《陈炜谟文集》，成都出版社，1993 年

忆郁达夫

在报上的广告栏内，看见一个杂志的目录，上面载有郭沫若的《编印郁达夫全集》一文，这不仅使我回忆往事，记起郁达夫来了。

大约在民国十五年罢，郁达夫从上海到北平来了。他是到北大法学院经济系教书的，我那时在文学院——就是那著名"红

楼"——上课还未毕业。但是因为沉钟社的朋友陈翔鹤在上海时就同郁达夫很熟，而翔鹤又早到北平，所以郁达夫到北平来之后，很快的我们就熟识了，大家时在一起玩。

达夫给我的第一个印象是坦白的。他对人极诚恳，丝毫无虚伪矫饰的情形。他几乎无话不谈——甚至就是关于性的事情，别人是不肯谈的，他亦肯谈，而且可侃侃而谈，旁若无人的光景。所以我觉得达夫相处，极其融洽，因为彼此都很随便，毫不拘束。我最怕同"绅士"见面，因为那是必须衣冠楚楚，正襟危坐的，而同达夫在一块儿喝茶聊天呢，就是只穿着一件背心也行。北平的夏天，尽可以抬起一只腿来放在另一把椅子的靠背上面，也无妨——而且，我们看见达夫就曾这样做过。

每次，我觉得达夫的为人，极其和易。那时候，达夫在北大法学院任教，而我却还是文学院的一个学生，但达夫同我们相处，极其自然。真是一见如故，仿佛在很久以前，即已经是熟识的朋友一般。我们那时组织有一个文学团体沉钟社，当时颇蒙鲁迅先生的赞助，达夫是创造社方面的，但他对于沉钟社的印象挺好。真的"创造"和"沉钟"的友谊极可——直到十余年后，创造社的郑伯奇在一篇文章里，还以为二者之间，存在着良好友谊呢。

达夫的酒量很好，每次能饮二斤黄酒。我们时常在一起喝酒，达夫似乎很喜欢吃"烩青哈"，就是我们四川所谓"小蚌壳"，每次必点这个菜。酒后又在一起喝茶，谈得更起劲。记得有一回，喝酒之后，在仙龙潭茶社内品茗，谈了一阵，不知怎的同座中有一位朋友哭了。达夫呢也是热泪盈眶。后来，招得大家都哭了。那时候，我们真是如苏曼殊所说的"无端狂笑无端哭"，那结果可以想见："纵有欢肠也似冰"呢！

现在回想起来，实在有点可笑。但那时候，我们都很年轻，所谓"年少气盛"，而又看不起人，我们并不是在那儿演戏，而是认真的做去。偶读《洪北江文集》，亦发现同样的情况。洪亮吉在年轻时，如孙星衍，吕星垣，杨芳灿三人，亦好"作竟夕谈"，有时候"夜半月出，谈亦益纵"。洪北江后来替吕星垣的文抄修序，提起此事，一段话说得很清楚：

> 是时年少气盛，读书多，不甚知世事。务负其兀傲之志，视古今无不可没之人，天下无不可为之事，以为他日当各有所建树，不负知己也。乃忽忽数十年，各更事故，各历艰险，齿发日已颓，意气日已减，而议论亦日益持平。

这一个"年"字，实很要紧，因为它是因痛苦经验去掉换得来的。昔人所谓"绚烂之极，趋于平淡"，实在是经验之谈，并非泛泛的话。王介甫的诗道："看似寻常最奇崛，成如容易却艰辛。"我平常最喜欢这两句诗，这道理实在也很简单，就如英国人以为英国最好的散文是《阿丽斯漫游奇境记》，那却是一本儿童读物，但成年人读它，亦能发现它在平淡中却很美丽，我们所谓尝遍百味然后知嚼菜根之甜，也是同样的道理罢。

我们平常都说达夫是一个浪漫的人物，这也许对，也许不对。在这回抗战之初，我在重庆听人说，达夫在武汉的报上登启事，寻找他的太太。后来又听说，找到了，达夫去登报道歉。有一部分人，甚至还以为他有点神经病。那时我们因为不明内幕，只好不赞一词。后来读达夫的散文诗记，他的心情才完全明白。

这是达夫的悲剧。达夫的夫人王女士，和他结婚已十余年，已经有了三个孩子，大的一位已经十一岁。起初，他们伉俪之情至笃。有位朋友送他们的诗里有句云："富春江上神仙侣。"达夫自己也有句云："佳话颇传王逸少，豪情不减李香君。"这就可以想见。后来，情形逐渐不对了，达夫的朋友许某，同他的太太发生了关系。达夫的性格，是这悲剧的导火线。本来可以在这时候毅然同王女士断绝一切关系的，但是达夫不能。他接到他的太太和许某同居的信，这时候他在福建省政府供职，他仍累次打电话给王女士，叫她来闽，但她怎肯答应呢？后来，王女士亦曾到福州，同达夫住了一些时候，因为许君据说又有新欢，但达夫这时已经决意去国，到新加坡从事新闻工作了。

本来，人间的关系惟有男女间的关系最为神秘——甚至就说是圣洁，亦未尝不可，因而也只有男女关系的悲剧，最为惨痛。托尔斯泰说过："人类，也曾经历过地震，瘟疫，疾病的恐怖，也曾经过各种灵魂上的痛苦。可是在过去，现在，未来，无论什么时候，他最痛苦的悲剧恐怕要算——床笫之间的悲剧了。"这是真的。这只有局中人才清楚，而局外的人简直没有资格说话的。

至于达夫的爱情悲剧之所以发生，那原因他自己说得明明白白。是因为他的太太王女士嫌他"太不事生产"，而另一方面，王女士的虚荣心又很盛，"行则须汽车，住则非洋楼不满意"。达夫虽然亦要想改造她，"闺中日课阴符读，要使红颜识楚仇"，但那有功效呢？结果使达夫亦不能不叹息道"贫贱惊知是祸胎，苏秦初不慕颜回"了！

我所读到的达夫的《毁家诗纪》是七律十二首，七绝七首，词一首。兹随意抄数首如下：

> 寒风阵阵雨潇潇，千里行人去路遥。不是有家归未得，鸣鸠已占凤凰巢。

> 水井沟头血战酣，台儿庄外夕阳昙。平原立马凝眸处，忽报奇师捷郯郊。

此身已分炎荒老，远道多愁驿递迟。万死干君唯一语：为
侬清白抚诸儿。

去年曾宿此江滨，归梦依依绕富春。今日梁空泥落尽，梦
中难觅去年人。

这些诗，显然是受了放翁的《咏沈园》的诗，龚定庵的《己亥
杂诗》，以及黄仲则的《绮楼》诗的影响，都很可爱。

达夫的小说，除一小部分外，差不多都是抒情的散文。小说的
主人翁就是他自己。我不敢说他的文章都好——有一部分是极不行
的。我以为他游记做得很好，可称为"活泼清新"。

原载民国三十五年（1946）八月二十一、二十三、二十六日《成都快
报·大地》

选自陈炜谟：《陈炜谟文集》，成都出版社，1993 年

我看《围城》

一　衡量一本书的标准

钱锺书的《围城》出版后，似乎很引起了一些人的注意，这原
因很简单。近年来，我们的文坛也是相当地寂寞的——尤其是长篇
小说的创作，更形贫乏。有些称为长篇的长篇小说，其实只不过是
长的短篇小说，或者中篇小说罢了。在分量方面《围城》是结结实

实的一部长篇，它足足有二十五万字左右的篇幅。质的方面，乍一看，它似乎也写得蛮漂亮，真是花团锦簇的。

据说，批评他人很多。"它在过去一年里面所受的'谴责'和'赞美'，如果全体搜罗起来，大约总可编成一巨册的。"（见林海著《〈围城〉与"Tom Jones"》，载《观察》五卷十四期）我自惭见闻浅陋：所见关于《围城》的批评，合计不过三两篇的光景。但我之所以写这一篇文章，倒确乎是在读了林先生那篇文章后，心里似乎有许多话要藉此机会一谈。

因此，我又破费了一点功夫，把《围城》重读了一遍。

因为林先生把《围城》说得太好了。随便举一点罢，例如，他说："钱先生是以博极群书著名的，他这部作品所取法的西洋小说真不知有几派几家，书中甚至连有些比喻都有出处！详细的注释应该留给未来天下太平时的学者去做。"这些话确乎使我吓了一大跳！我担心着，自己的认识不够，埋没了佳作——所以，又把《围城》重读。可是，我的印象却始终不变。

那萦回于我的脑子里的，却始终是这一个问题：《围城》真的是那么美妙的作品吗？还有，在评判一本书的时候，是否有一个科学的客观的标准呢？

在评判一本书的时候，我们不应该单看他的一部门甚至几部门，却必须看它的全部，尤其是全部所能产生的影响或效果。换句话说，我们不应该单看枝叶甚至花朵，我们必须更进一步看它是否生了根，甚至它会结怎样的果实——是那含着毒汁的果呢，或者是有裨益于人类的营养健康的果实？

恩格斯在落《容格与青年德意志》（*Alexander Jungand Young Germanny*）的时候，说："那对文学有什么关系呢，如果这位作家有些须的天才，或者在他的著作里的这儿或儿有相当的成就，可是在其它方面却毫无价值；可是，以全体而论，他的整个的倾向，他的文学的特性或造诣，都无足取？在文学方面，一个作家的价值并不在乎他的本身，而在乎他和全体的关系。"如果我亦作那样的批评，那么，我对容格先生本人的态度，也许应更温和一点，因为在他的书中有五页确乎写得不坏，而且显露出作者的才能。

准此而论《围城》，我敢说，在这书中的这儿或那儿，确乎也显露出作者的天才。而且，它里面写得好的地方，似乎也不只数页。即如林海先生所称道的："书中第五章记方鸿渐旅行所见，那些情景，抗战期中常在内地奔波的，谁没有经历过？可是当代小说家中，除钱氏外，还有谁能写出这样惊才绝艳的一章？"不错，这一点好处，我相信我是看得出的，我"不是眼光出了毛病"。而且也不是"把心肝偏到夹肢窝里去了"。而且，我还敢说（以我个人亲身经历的经验为依据）。书中第六章写当今大学里的腐化变质，钩心斗角的情形，似乎更是刻画入微，而且也合乎"历史的真实"。

可是，尽算是妙笔生花，珠光宝气。如果以全体而论，这书依旧是失败的，至于它的效果，甚至是有毒的。

说来话长，我逐层推断罢。

二 讽刺后面还有什么

林海先生的话很对："钱锺书和菲尔丁至少有两点相同：第一，他们都是天生的讽刺家或幽默家，揭发虚伪和嘲笑愚昧是他们最擅长同时也最愿意干的事情……"

我想，问题的关键不是在"揭发"和"嘲笑"，而且在"怎样"去揭发和嘲笑。干脆一句话，这还要看作家的态度，鲁迅先生说："讽刺作者虽然大抵为被讽刺者所憎恨，但他却常常是善意的，他的讽刺，在希望他们改善，并非要撩这一群到水底里。"（《什么是"讽刺"？》《且介亭杂文二集》）这实在是讽刺的最基本的态度。换句话说，被讽刺的对象也许可恨，但为什么要去讽刺他却是源于爱。苦口婆心，无非希望其改善罢了。

但是，《围城》的作者的讽刺的态度是怎样呢？在这里，被讽刺得最多的是主人翁方鸿渐对于女人的态度。这基本的态度很要紧，可以说，作者的一切讽刺都从这儿生根的。看：

> 他也看过爱情指南那一类书，知道有什么肉的相爱，心的相爱种种分别。鲍小姐说不上心和灵魂。她不是变心，因为她没有心，只能算日子久了，肉会变味。反正自己没有吃亏，也许还占了便宜，没得什么可怨。（原书二八页）

我没有说，书中的主人翁一定就是作者自己，但，书中的主人翁对于女人的态度是如此（这是方鸿渐同鲍小姐在船上合铺睡觉以后的观感）；这是确切不移的事实而小说家钱锺书这样地谈焉读焉；甚至带着奚落的态度。把一切过失都推到女人身上而表现出来：这也是确切不移的事实。尤其令人惊异的是：作家钱锺书把这种随便同女人发生肉体的关系的行为竟视同交易的行为——以物易物！否则，何以要说到什么"吃亏"或"占便宜"呢？真的，把女人视同玩具，当然只有男人占便宜的！好此一个讽刺作家！

不，还有更妙的呢：

> 当时张家这婚事一场没结果，周太太颇为扫兴。可是方鸿渐小时是看《三国演义》，《水浒》，《西游记》那些不合教育原理的儿童读物的；他生得太早，还没有福气捧读《白雪公主》，《木偶奇异》这一类好书，他记得《三国演义》里的名言："妻子如衣服"，当然衣服就等于妻子；他现在新添了皮外套，损失个把老婆才不放在心上呢。（原书六十页）

是的，正因为"日子久了，肉会变味"，而"妻子如衣服"，洋博士玩弄一个女人久了，当然要另换新的，干净的！

以上，我们还可以退一万步说是作者用以讽刺他书中的人物的不健全的人生观的，（虽则我从字里行间无论如何也嗅不出这气味），再看：

> ……鸿渐没法推避，回脸吻她，这吻的分量很轻，范围很小，只仿佛清朝端茶送客时的把嘴唇抹一抹茶碗边，或者从前西洋法庭见证人宣誓时的把嘴唇碰一磁圣经，至多象那些信女们吻西藏活佛或罗马教皇的大脚指，一种敬而远之亲近。吻完了，她头枕在鸿渐肩膀上，象小孩子甜睡中微微叹口气。鸿渐不敢动，好一会，苏小姐梦醒似的坐直了！笑说："月亮这怪东西，真教我们都变了傻子了。并且引诱我犯了不可饶恕的罪！我不敢再耽了。"鸿渐这时候只怕苏小姐会提起订婚结婚，限自己讨论将来的计划。他不知道女人在恋爱胜利快乐的时候，全想不到那些事的，要有了疑惧，才会要求男人赶快订婚结婚，爱情好有保障。（原书一三六——一三七页）

怎样，这儿总该表露出作者的态度了罢？你瞧，这儿骂女人骂得多么淋漓尽致，叔本华先生都要让他一着的！原来女人之要求订婚结婚（这当然又是女人的罪过，因为不是男人向她求婚，而是她要求订婚结婚的），是因为"有了疑惧"，要这样，"爱情好有保障"——你瞧，这又是多么漂亮的恋爱观！

不，漂亮的尽多着呢。瞧：

> 鸿渐吃完早点，去看孙小姐。只闻着一点血腥。正想问她，忽见她两颊全是湿的，一部分泪从紧闭的眼睛里流过身

边，滴湿枕头……鸿渐慌得手足无措……辛楣也觉得这种哭是不许给陌生人知道的……两人因为她哭得不敢出声，尤其可怜她，都说要对她好一点，轻轻走去看她。她象睡着了，脸上泪渍和灰尘，结成几道黑痕；幸亏年轻女人的眼泪还不是秋冬的雨点，不致把自己的脸摧毁得衰败，只象清明时节的梦雨，浸肿了地面，添了些泥。（原书二五二页）

我真佩服作者的闲情逸致，他竟风雅得到了这程度，连女人的眼泪他都能欣赏，难怪林海先生要推崇备至，认为他们的野心是"想拿艺术去对抗自然，把上帝创造天地时的疏忽给弥补起来！"象这样的"艺术"，恐怕那个以风骚出名的袁子才，都要"退避三舍"！（对不住，用了一句陈腐的旧话）然而，幸好这是年轻女人的哭，所以还值得玩赏，如果是老外婆的哭呢，那就会"把自己的脸摧毁得衰败"，当然是不值一顾了！

总之，《围城》的作者，对于女人的态度，似乎只有奚落，不然便是漫骂，而他自己呢，仿佛是属于另一个星球的最纯洁的男性，高高乎在上的，在那儿的云端，向着女人们诵词，真是写得太漂亮了，如某一批评家称赞它的时候所说的，"叫人放不下书"。而且书价亦奇昂，有些读者或者没有这眼福，索性再抄两段罢——

吃完饭，主人请宽坐，女人涂脂抹粉的脸，经不起酒饭蒸出来的汗气，和咬嚼运动的震掀，不免象黄梅时节的墙壁。无怪拜伦（Byron）最恨跟女人同桌，看她们一顿饭吃丑了。范小姐虽然斯文，标致得恨不能吃肉都吐渣；但喝了半杯酒，脸上没涂胭脂的地方都作粉红色，仿佛外国肉庄里的小牛肉。（Veal）（原书三四二——三四三页）

这末了的一个比喻多漂亮！原来中国女人醉后的脸竟象外国肉庄的小牛肉！真的，连我也不禁要拍案叫绝："毕竟是外国的月亮要大的多，圆的多嘞！"

还有：

范小姐眼睛稍微近视。她不知道美国人的名言——

Men never make pesses

At girls wearing glasses

可是她不戴眼镜。在学生时代，上课抄黑板，非戴眼镜不可……象一切好学而又爱美的女人，她戴白金却无边眼镜，缘故是无边眼镜仿佛不着边际，能够跟脸融化为一，戴了等于没戴，不比有边眼镜，界域分明，一戴上就以此挂了女学究的招牌。这付眼镜，她在只有看戏的时候必须用到。此外象今天要赴盛会：不但梳头化妆需要它，可以观察周密；到打扮完了，换上衣服，在半身着衣镜前远眺自己的"概观"，更需要它。

（原书三二六页）

请看这一段嘲笑女人，近视眼的女人，多么深刻！

《围城》的作者是精研西洋文学的，据林海先生说："他这部作品所取法的西洋小说真不知有几派几家。"但是，据我所知道的，依照西洋文学的讽刺作品的传统，有些东西是嘲笑不得的。例如恋爱，如贫穷，都是嘲笑不得的，贫穷是一种罪恶吗？如果是的，那也是某一种社会制度的罪恶，或者一种社会病的结果，与穷人本身是没有什么关系——至少不是有着绝对的关系。即说是贫穷是由于好吃懒做而产生，从根底推究起来，仍旧是社会病，而不是什么个人的罪恶。除非用势利的眼睛看，贫穷总不是被奚落的好材料吧？

关于恋爱呢，即使不说它是什么"神圣的"但至少总应该有相当的"尊严"，退一万步说，作者在处理恋爱题材的时候，总不应该随便奚落的。当代英国名小说家毛姆的名著 *of Human Bondage* 里的主人翁费立普，爱上了一位女茶房米蕾德，这女人既不十分漂亮。而且对于费立普又极不忠实，甚至和人私奔被摈坏玩弄后又回来，象这样的女人，如果落到《围城》的作者笔下，不知要被奚落成什么光景？然而毛姆处理这一段题材总是用着纯真，不夹杂着任何歪曲的成分在内。一句话，他是在那有血有肉的凡人所居的世界上用凡人的眼光看，并不是以高等人物自居，而让自己在半天云里呐喊！除非用着阿 Q 般的精神，总不好意思嘲笑别人的疮疤的！

是的，《围城》的作者是天生的讽刺家，我承认。但我们实在禁不住要问：

作者用什么态度去讽刺的？

而且，讽刺后面还有什么？

如果什么也没有，或者有的只是在半天云里打滚或翻筋斗，那么，我们不禁要说：这样的讽刺要它做什么！

三　说传统也是坏传统

我想，《围城》这书所取法的西洋小说，究竟有几家几派，似乎倒不必去研究它。但有一点是不容忽视的：即此书所受的外国影响比较多，尤其是英国文学的传统的影响。

在文学方面，"约翰牛"似乎颇看不起"山姆叔"的。一提到地球的那半边的作家所写的小说，英国作家似乎总要露出嗤之以鼻的神气，以为那是通俗的东西，时髦的作品，题材固然说不上，连英文似乎都写得不够味似的！提起小说来，英国的传统宁肯去赞美法国的普鲁斯特（Marcel Proust）而在其本国文学境域内，总是赞美詹姆士（Henry James），乔埃斯（James Joyce），吴尔芙（Virginia Woolf）什么"意识流"呀，"心理分析"呀，被认为小说的正宗，题材的社会性——积极的意义是不管的，最要紧的是艺术性，尤其是艺术的独立性——说是孤僻性亦未尝不可。

直至最近，那号称的当今英国文学泰斗的符斯特（E. M. Forster)发表他的艺术观，依旧是这样的：

> 简单地说来，作家、艺术家应该表现愿意表现的……他应该替自己订下规律，而不应该接受外面来的规律，而且那规律应是美学的，而不是社会的或道德的；作家尽可以随其所欲，实行为艺术而艺术。这为艺术而艺术一语，曾被误用而引起非笑。但这实在是深刻的话，它是入木三分，恰中肯綮的，它表示出，艺术应有其本身具备的和谐，艺术之所以有价值并不是因为它是教育的；（虽则它也许是如此），亦不是因为每个人都能享受它（因为他们不能够这样），甚至也不是因为它和美有什么关系。艺术之所以有价值是因为同它有关系的是秩序，因它能够创造它自己的小天地，且有一种内在的和谐，在这纷乱扰攘的尘世之间。（见 Mirror 第一期）

这，就是要强调艺术的艺术性，而忽视它的教育性；这就是要强调艺术的孤立性，而忽视它的社会性。在当今的英国文坛，它几乎成了一种极流行的风尚，成了牢不可破的传统。

《围城》似乎就是要承着这样的传统而写作的。结果当然只在注意玩字句，耍花枪，注重什么本身的和谐，而且尽管把外面的兵戈扰攘的世界视若无睹的。

因为这"传统"又可以替自身申辩着，说："法国的革命闹得来天翻地覆。但是《傲慢与偏见》的作者奥斯登小姐依旧不闻不问，躲在绣阁中描绘她的乡村绅士淑女呢。"

但是，这是优良的传统吗？明智的英国人，自己也知道它不是的，若干年前，蔼璐苏区在他的《断言》里就说：

> 在无论什么时期，伟大的文学没有不是伴着英勇的……在现代英国，勇敢已经脱离艺术的路道……因为我们的文学不是很英勇的，只是幽闲在客厅的混浊空气里，所以英国诗人与小说家不复是世界的势力……因为在法国不断有人出现，敢于英勇地直视人生，将人生锻炼到艺术里去，所以法国文学是世界的势力……

其实，《围城》的作者倘能够放弃一些狭隘的成见，从法国的文学作品（如巴尔扎克的）或者俄国的作家（如高尔基），吸收一些优良的写法，再勇敢地面对人生，正视社会，他的造就，当是不可限量的。

四　与其弥补自然，何如改造社会？

林海先生说：

> 其实，钱氏的野心是决不止于做做"上帝之梦"的，他还想更上一层地去做上帝的改革者。李长吉诗云："肇被造化天无工。"钱先生的真正野心是想拿艺术去对抗自然，把上帝创造天地时的疏忽给弥补起来。《围城》一书，除了臭人丑事外，还特地排出宇宙间最惹厌的一些东西，如鼾声，狐臭，跳虱，饥饿，梦魇，胡子，喉核，厕所之类，来加工描写，揣作者的心意，无非想化腐臭为神奇，拿粪窖中的材料来盖造八宝楼台。

这一段话一看似乎是很漂亮，但如果仔细一推敲，就实在费解。自然的缺陷，是这样轻描淡写，像做诗一般，或者讲着什么美丽的故事一般就可以弥补起来的吗？如果真的可以补起来，恐怕经过妙手的补缀之后，仍旧是有一些疤痕的！何况未必能补起来呢？

最令人不解的，是作者的那一副悠闲自在的欣赏态度。真的，经过作者生花的妙笔一渲染，似乎"饥饿"（饿肚子并不是怎样当于诗味的呢），"厕所"（该不是装置抽水马桶吧?）都成了绝妙的题材；可供洋博士欣赏的玩意儿！请问：这是"为艺术而艺术"的倾向吗？或者是"唯美主义"的作风？

这态度，我实在无以名之，只好管它做"黄鹤楼上看翻船"的态度。

想想看：黄鹤楼上看翻船，的确是怪好玩的！如果经过"艺术家"的妙笔的点染，谁可以把天地的缺陷弥补起来的！话说汉口到武昌江面，本来就很宽阔的，波涛汹涌的，虽说不上像万马腾奔，总也要算洋洋大观了。看啊，船翻了，在江心，听那些挣命的求救的呼声，看那与波浪搏斗的光景，岂不是很美丽的吗？尤其美丽的，是作家自己此时高怩在据鹤楼上，对于自身毫无危险，所以才能那样"冷静"，那样"客观"地去欣赏呢。

这使我想起高鼻子对中国人的态度了，难怪他们很欣赏我们"贵国"同胞的发辫，绣花花鞋，鸦片烟枪，因为这些，从唯美的眼光看来，的确是怪好玩的！而有些外国女人，眼光尤其是不错。那证据是：她们最喜欢在中国照相；小脚的女人她们固然要摄影，小孩的癞疮她们也要摄影，凡是"臭人丑事"，她们似乎都喜欢，那原因我一向都不明白。如今，有了，原来她们在弥补自然之缺陷！

只是，有一点——她们希望中国社会永远不进步，就停滞在这些"缺陷"上，不然，叫她们从何去摄制艺术品，从何去弥补呢？

万想不到开口骂女人，闭口恨女人的中国艺术家，无形中竟是奉那外国女人为祖师的！

五　文词的美妙与　"大众化"　问题

不错，《围城》这书还有一层好处，"感觉的灵敏和笔墨的精妙"。感觉灵敏到了什么样的程度呢？我想，下面的几句话似乎可以代表它：

> 正放心要睡去，忽然发痒，不能忽略的痒，两处痒，满身痒，心窝奇痒。蒙马脱尔（Mon-mastse）的 "跳蚤市场"（Marche auxpuces），巴勒斯坦圣朝的 "国际跳蚤联盟" 全象在这欧亚大旅社里峰行。咬得体无完肤，抓得指无余力……德国人说听觉锐敏的人能听见跳蚤的咳嗽（Er bcert die Floauhsten）；那一晚上，这付尖耳朵该听得出跳蚤们吃饱了噫气。（原书一二五——　一二六页）

像这样地能够听见跳蚤咳嗽或者听见它们吃饱了噫气的灵敏的感觉，我们平常人似乎没有这样的 "耳福" 的。但文字美，总可以看出一些的。除了林海先生引用的那些文字以外，在《围城》里笔墨精妙的地方似乎并不少。为了表示我们没有 "把心肝偏到夹肢窝里去了" 的原故，随便引用一段在这儿罢——

> 天色渐昏，大雨欲来，车夫加劲赶路，说天要变了。天仿佛听见了这句话，半空里轰隆隆一声回答，象天宫的地板上滚着几十面铜鼓。从早晨起，空气闷寒得象障凝着呼吸，忽然这时候天不知那里漏了个洞，天外的活风一折折冲进来，半黄落

的草木也自昏沉里一时清醒，普遍地微微叹息，瑟瑟颤动，大地象蒸笼揭去了盖。雨跟着来了，清凉畅快，不比上午的雨只仿佛天空蒸热出来的汗。雨愈下愈大，宛如雨点要抢着下地，等不及排行分列，我挤了你，你拼上我，会成整块的冷水，没头没脑浇下来。（原书二〇二页）

这一段委实写得不坏，其它像这样写得好的文字，在《围城》里还有的是。

不过，以整个的文章，《围城》所给我们的印象，仍不免是堆砌过火，雕琢太甚。从好的方面说，它真的珠光宝气，花团锦簇的，在某一种意义说来，确实是美丽的；从坏的方面说，写得无论怎样美，只不过是供有闲阶级清遣的玩意罢了。

甚至就是从中国文学的旧传统说来，像这样的尽量学理渲染雕琢，是否值得称道，也还是颇成问题的。从前的人岂不是说，尝遍百味都不如菜根甜吗？而且还说"绚烂之极，趋于平淡"吗？《围城》即使是珍馐，总觉得油腻太重了。

这简直是：脓得化不开。

一句话：离"大众化"的标准太远了！

六　才子和才气

《围城》的作者，似乎是自命不凡，以"才子"自居，而且也很炫耀他的"才气"。

我们知道，才子的毛病只有四个字：恃才傲物。

《围城》里面，恃才的地方实在太多了。从好的方面讲，这就是林海先生所称道的，"肚子里有的是书卷"。可是，有些地方，实嫌卖弄得过火，例如：

他依美国人读音，维妙维肖，也许鼻音学得太过火了，不象美国人，象伤风塞鼻子的中国人，他说："Very Well 二字，声音活象小洋狗在咕噜——'Vurvy Wul'）。可惜罗马人无此耳福，否则拉丁诗家波西蔼斯（Persius）决不单说 R 是鼻音的狗字母（sonathie de mare camia hitera）。（原书五五页）

又如：

褚哲学家才看看苏小姐，大眼珠脸的学德国哲学家雪林（Schelling）的绝对观念，象手枪里弹出的子药（Das absolute sei wisdertola geschossar）双管齐发，突破眼眶，并碎眼镜。（原书一九页）

像这样的炫耀渊博，实嫌牵强。如果用陆志章先生的话，那真是"一不小心，就呕吐了满地"。作者胸中的洋典故实在太多，像这样拐弯抹角地倾倒出来，实在令人作三日呕！

何以又说是"傲物"呢？《围城》的作者，似乎处处都以"高等华人"自居，藐视一切。甚至就是作一个比喻；似乎作者也是高高乎在上的俯视众生（有些地方，甚至以畜生比喻我们的同胞，上文已经提到他认为酒醉的女人的脸像外国肉庄的小牛肉），不信请看：

那些学生虽然外国文不好，卷子上写的外国名字很神气。有的叫亚历山大，有的叫伊利沙白，有的叫迭克，有的叫"小花朵"（Florrie），有个人叫"火腿"（Bacor），因为他的中国名字叫"培根"。……鸿渐说，中国人取外国名字，使他常想起英国的猪和牛，它的肉一上菜单就换了法国名称。（原书三〇

五——三〇六页）

怎样，这一段写得如何？钱先生的"外国文""虽然"变
"好"，但也未免太"神气"了一点罢？我说，洋博士炫耀他的外国
文，竟是十足的奴才相，开口外国什么，闭口外国什么的，竟把本
国的人比作外国的畜生，呸！

七　小说往那里走？

小说往那里走？

真的，甚至就是那位极端赞美《围城》的林海先生，说来说
去，也不能够曲为之讳，最后也不得不说，"汤姆琼斯传中的事实
多于议论；《围城》刚刚相反，议论多于事实"，而且要替它加上一
个称衔："学人之小说"。

"学人的小说"，好一个新名词！换书袋，显渊博；这大概就是
"学人"的最大本领罢。至于真正的小说的血肉，在《围城》里似
乎是找不出的，除了那些花枪；那些玩意，《围城》实在显得贫瘠
可怜，苍白无血色的！

这原因就由于作者不敢面对人生，正视现实。

《围城》以抗战的时期为背景；但里面几乎是嗅不到一丝丝火
药气的，作者甚至描写战争，也是带着欣赏的态度的。仿佛完全置
身事外，并无切肤之痛似的。如：

> 也许因为战争中死人太多了，枉死者没有消磨掉的生命力
> 都并作春天的生意。那年春天，气候特别好。这春气鼓动得人
> 心象婴孩出齿时的牙龈肉，受到一种生机透芽的痛痒……（原
> 书六一页）

你看这态度是何等安详自在！这仿佛在述说这一个美丽的故事似的。又如：

> 欧州的局势急转直下，日本人因此在两大租界里一天天的放肆。后来跟中国"并肩作战"的英美两国，那时候，想保守中立；中既然不中，立亦根本立不住，结果这"中立"变成只求在中国有个立足之地，此外全盘让日本人去蹂躏。约翰牛一向吹牛，Uncle shan Bnl 来说是 Uncie shani；至于马克斯妙喻所谓"善鸣的法兰西雄鸡"呢，它确有雄鸡的才能——迎着东方引吭长啼，只可惜把太阳旗认识为真的太阳。（原书四三二页）

铁一般的事实，为什么竟看不见呢？我想，这恐怕还是作者的传统的艺术观在那儿作祟，以为艺术是要创造什么自己的小天地，讲究什么和谐，什么秩序之类。其实，离开了现实的人生社会，艺术是无从生根的。我们知道《围城》的作者在英文方面的造诣是相当高的。如果他肯放弃一些狭隘的成见，研究一点英国以外的文字杰作，虚心地接受一点新的文学观念，另一方面睁眼去正视现实，以他的才华，当然是能够写出一些结实的作品。

倘不如此，而一定要这样虚无缥缈地建起一些空中楼阁来，无论是在乍看之下多么美丽，总是经不起一击。

原载民国三十八年（1949）一月《民讯》四期，署名熊昕

选自陈炜谟：《陈炜谟文集》，成都出版社，1993 年

贺昌群

|作者简介|　　贺昌群（1903—1973），字藏云，四川马边人，著名历史学家，有《贺昌群文集》行世。

旧京速写

一闪眼十多年，生活在上海滩的所谓工业社会里，生活随着钟表的摆动铸成了定型，倒也不觉得怎样讨厌，反而一旦脱了轨，却有些不惯起来。虽然有时十分气闷不过了，情愿赶着制造一两篇东西出来卖了钱，随着几个朋友作个短期旅行，却也别具风味，我们这样的竟经游了好几处江南风物秀丽的地方，如今这些印象还深深的珍藏在记忆里。

去年，离开上海时，有个朋友对我说："上海总是我们的根据地，几年后最好仍得转到上海来。"朋友的话，自然是表示他对于这种变态的都市生活还不曾厌倦，连带的意思，或许因为上海是出版界的中心，稿费生活的人们所寄托的地方吧。不幸我的这位朋友如今已在敌人的大炮和炸弹轰击之下做了失业的牺牲者，不得不放弃了这种畸形的都市生活到内地去了。

北来一年多，对于北方的风俗习惯，世态人情，印象是一天淡薄一天，每日过的是打钟上课的生活，与在上海时刻板似的编辑生活，不过是五十步百步而已。

北方的一切，自然是"北方的"，这话并不含糊，一个人只要想到用"南方的"这个词作做对比，大概就得了。假如还不明白，我再说，譬如上海战事，南方人有这样的勇气，可是不能'打破沙锅纹到底'，徒然成了一种感情的发泄，长江流域的人似乎都犯着这样毛病；然而天津战事，北京人已被证明没有这样勇气，似乎陷在屈辱的保守中，较少一些感情的冲动。这两种在国家的生存上不都是危险的病态吗？再从普通社会生活说，北平的人似乎比京沪的人认真些，所以这里中等阶级的人，较江南同等阶级的人多一些闲情，不那样扰扰攘攘的（例如，这里的花店特别多，爱花惜草，也是一种闲情，而这里无论贫家富户总是花儿草儿的，上海的人就难得了）。然而，这当中却都具有一种绝对的同一的国民性，就是民族衰微期中道德上、精神上的堕落。要消灭这种堕落的根性，自然只有仍用口头禅的话来说，必须国民自己振作起来，督促国家政治上轨道，努力从事社会建设，社会改革之一途。

南北的经济情形，现在远不如古书中所记的了，古书说，北人勤俭重农，多富豪，而"江淮以南，无冻饿之人，亦少千金之家"。这情形现在真不能这么说。在北平、天津竟找不出一家国人自办的大商号可与上海的相比拟，天津号称最大的百货商店，较之上海的先施、永安，简直是小巫见大巫。北平更不用说，前门外大栅栏一带的各大商店几乎门可罗雀，而东安市场、西单商场却格外热闹，大概这就是人们常说的资产阶级的没落，而小资产阶级增多，小资产阶级的没落，而贫民增多，于是乎社会大贫矣。自山西的汇兑业被银行抵倒之后，上海变成全国经济中心，南方人已执金融界的牛耳，旧京的昔日豪华，已如春去，北方社会眼见的一天寂寞一天。

在这寂寞的景象中，北平独有令人留连的去处。在上海我们向来过着紧张的生活，连撒污的时间有时也得列在日程表内，这里却什么都是从从容容的，大街上人们总是怡然自得的走着，偶而呜呜来一辆汽车，老远老远就躲了。这里又是洋车的世界——洋车的装制很精致，比上海的"包车"有过之无不及，——无论冷街僻巷的树荫下，总看见三五辆悄悄地待着。最能显示这古城的风光的，是当日长人静，偶然一二辆骡车的铁轮徐转声，和骆驼颈铃的如丧钟的动摇声，或是小棚屋里送出来的面棒的拍拍声，在沉静的空气中，响应得愈加沉静。还有呢，在炎炎夏日当空时，人们是稀稀疏疏懒洋洋的这里那里躺在树荫下，紧贴着墙边见到一两个行人，这时你便可听到拿着两个小铜碟当当的敲着"酸梅汤您来一碗呀"，这样叫着的声音，格外亲切，常使我想到《水浒》上梁山泊好汉的豪壮的口吻。——我爱听北方劳农民众的这种口吻，这里面藏着爽直的真情，饱含着诗的美，可惜我没有这样的诗才，不能从这中间拣选出适当的字句来，组成一些美好的诗篇。

初来这里，似乎觉得满眼都是灰色的，房屋这么低矮，一般不盖瓦，是用泥灰或草和泥砌的，这大概是御防风灾吧，尤其是农村的房屋，我很替他们担心，要是像江南梅雨时节，准会坍塌，今年，据说长江中部的低气压流行到北方来，雨量特多，而这古城里的房屋和墙壁就倒了不少。房屋的建设（当然不算洋房）总是三合或四合，中间一个天井，没有例外，而楼屋是没有的，却比上海乡下那种中国式的房子舒畅的多。前清所谓京官们的住屋，那结构我觉得也有趣。日本人有句话"不到日光，不要言轮奂"。日光的殿宇代表日本的建筑，不到北平亦不要谈中国的建筑。代表中国的建筑，自然是属于故宫的各种建筑了。

我说北平独有令人流连的去处，是有"历史癖"的人才容易感到。你如果要领略古代的制作，这里有周鼎殷盘，秦砖汉瓦；你如要想鉴赏法书名画，这里有唐宋元明各家的手泽；你如果要摩挲骨董，这里有的是，不过你得谨防假冒；你如要结伴清游，这城内有三海（中海、南海、北海）和中山公园，可以泡壶香片，坐在树荫下或水榭上，手持一卷，这样整天的时间便可悄悄滑过，要是五脏神起了风潮，也不用回家，就在茶桌上叫一盘"窝窝头"或面食，很可口；如果还有游兴，城外远郊近郭之地，如颐和园如西山，风景的幽秀也不下于西湖，还可以连带去凭吊圆明园的遗址，高吟拜伦吊希腊的名句：

> Eternal summer gilds them yet，（长夏骄阳纷灿烂，）
> But all，except their sun，is sets.（忧伤旧烈之无余。）

每到阴历正月，北平仍保存着旧来"过年"的盛况，别的不用说，只这琉璃厂海王村公园一带，自初十到十五的几日间，吃的玩的，什么骨董字画，沿街摊得水泄不通。北平人做玩艺儿，的确比上海城隍庙的高明，虽然土气颇重，而别具心机。这当中又好看又好吃的，我却很欣赏"冰糖壶卢"，最好是西琉璃厂信远斋的。这名儿，去年曾纠正我一个错误的观念，要是读者不曾到北方，这也许于你是一点新知识。你看过鲁迅君仿张衡《四愁》的《我的失恋》一诗么？那诗第二首是：

> 我的所爱在闹市。想去寻她人拥挤，仰头无法泪沾耳。
> 爱人赠我双燕图，回她什么——冰糖壶卢。
> 从此翻脸不理我，不知何故今使我胡涂。

这"冰糖壶卢"我从前总以为是冠生园卖的那种空心磁菩萨或磁芦，里而装糖，给孩子玩的。哪知大谬不然，这冰糖壶卢是海棠果（北平出产最多），外面浇上一层糖衣，有时剖开中间嵌上一片胡桃或山楂糕，颜色是红的黄的都有，极玲珑可爱，七寸来长的竹杆上这样串着六七个，只卖十二个铜子，就是这东西！

说到琉璃厂也是令人可以盘桓竟日的，但这去处却与三海公园不同了，这儿是旧书店的大卖场，仿佛像东京的神田和本乡一样，大小书店新的旧的都集中在这里。北平的书肆，可以分为三个区域，一是琉璃厂一带，二是隆福寺一带，三是东安市场。琉璃厂一带，新旧书店杂列着，隆福寺几乎全是线装书店，东安市场除一二片线装书店外，全是第二手的洋装或假装书铺或摊子。到这些地方的顾主们大概也可以分三种不同型的人，琉璃厂是遗老遗少和"摩登"都有，隆福寺便全是古香古色的老的少的所谓学者之类了，东安市场内一望人头挤挤，都是青年男女逡巡着。前几个月，这里的翻版书充斥于市，近来经上海各家书店告发，渐渐绝迹了。

常听人说，北平是文化的中心，自然不仅是这几处旧书肆便可代表的，应当包括故宫博物院、古物陈列所、历史博物馆、自然博物馆、国立北平图书馆和那些古色斑斓的骨董铺。我们在这古城里所见到的，无处不是文化的遗骸，不觉会使你起一种怀古的幽情。你如进故宫，看到"金銮宝殿"（乾清宫）会使你油然想到当年主宰全国政治的发动机，就在这横顺不过几步宽的台基上的一张矩形椅上，真是 marvellous！关于故宫，我打算在最近整理一篇游记出来，给未曾去过的读者一个卧游的机会。

北平文化机关中，使我满意而又不满意的是国立北平图书馆，在藏书的质的方面，她是令我们满意的，虽然量并不甚多。可是建筑上就花了一二百万，只是油漆听说就得十几万，而只成一个工字形的建筑，那内部的容积可想而知。要是置身其间，真如刘姥姥进大观园，令人手足无措的。我们这种穷国民，只希望有更多的图书给我们阅览，似乎用不着这样富丽堂皇的专销外国材料的建筑。从这些地方，可以看到我们国民性穷俭是穷俭得来连洗澡钱都可以节省，穷奢是穷奢得来务求极致，一门一窗都要与外国最讲究的比肩，好像中国真是很富有的。我不信像北平图书馆的这种建筑，就算是代表泱泱大国之风，或就是代表中国的建筑。

上边拉杂写了许多，似乎我把北平吹成了一个"乐园"，这里我得赶紧声明，我原说是有历史癖的人不妨来这儿观光一下，因为在这样舒松的环境里，周围是或浓或淡的暮气笼罩着，生活是只有趋于逸乐的陷阱中，对于社会国家的思想算是多事，时间观念自然更是淡薄，这也可以从些小事里举出证据来。譬如在澡堂里浴洗完了，照例要困一觉或躺个四五十分钟，这并不算什么，因为较有时间观念的上海也是这样；可是，这中间绝不同的是这里还得叫一两盘菜，一瓶白干儿，一个人自斟自酌的就在这小几上喝起来，待到耳烧面烧的时候，才躺一觉，早已是一两个钟头了。听说北平某著名学者每上澡堂，总得悠悠地吃完一块钱的美国橙子才了事，这些话未免唠叨，可不是吗？所以常有人说，中国的振兴，希望还是在长江流域，我想是有道理的。

1932 年 10 月 24 日

原载中学生社编：《我的旅行记》，开明书店，民国二十四年（1935）六月
选自贺昌群：《贺昌群文集》（第三卷），商务印书馆，2003 年

大观园源流辨

《红楼梦》的地点问题，我想本是不成问题的，不过大家既已认作问题，这就不能不先算算老账了。

最初是袁子才《随园诗话》说大观园即随园，胡适之先生的《红楼梦考证》相信此说（《文存》卷三页八四九），不过胡先生的意思，似乎以为这随园是江南甄府，即曹家当日的园林，并不就是"长安"都中贾府里的大观园（同书页八五四），但这层（地点问题）在胡先生的考证中，并未怎样注意。

顾颉刚先生否认《随园诗话》及胡先生之说（《红楼梦辨》中卷页七四），他相信大观园不在南京而在北京。俞平伯先生对于那些以为大观园便是北京的什刹海，黛玉葬花冢在陶然亭旁的一派混说，痛斥了一番，他说"问题是在南与北，是在南京或北京"，又说"以书中主要明显的本文，曹氏一家底踪迹，雪芹底生平推较，应当断定《红楼梦》一书叙的是北京底事"（《红楼梦辨》中卷页七七）。但他又不敢完全相信他自己的"判决书"，却声明得保留将来的"撤销原判"的权利。

《随园诗话》而后，还有清周春松的《红楼梦随笔》（未刊，寿鹏飞《红楼梦本事辨证》页五所引）说是叙金陵一等侯张谦的家事的，寿氏已指其妄，可不深论。其余大概都以为《红楼梦》的地点是在北京。这里本不打算再讨论了，可是，《红楼梦》的著者，在地点上的确有令人惝恍迷离的地方，趁便也可以表示我个人对于这些矛盾的解释。例如第二回：

> 雨村道：去岁我到金陵，因欲游览六朝遗迹，那日进了石头城，从他老宅门前过，街东是宁国府，街西是荣国府，竟将大半条街占了！大门外冷落无人，隔着围墙一望，里面厅殿楼阁也都峥嵘轩峻，就是后边一座花园里，树木山石也都还有苍蔚温润之气，那里像个衰败之家！

这明明说荣、宁二府是在石头城，是在剩有六朝遗迹的金陵，不能说这石头城非即金陵（鲁迅先生《中国小说史略》页二五八主此说）。这是作者有意无意的自己落了实，因为曹家的极盛时期在金陵，所以敦敏送雪芹诗有"秦淮残梦忆繁华"之句。很明白的，《红楼梦》一书是曹雪芹假北京景物追写烘托曹家当日在江宁（南京，金陵，石头城）的荣华富贵的盛况，故甄（真）府在南京，贾（假）府在北京，这北京的贾府就是当日雪芹落魄在西郊写《石头记》时那枝凭笔下的假府，因此他有时把南京和北京或"长安"都中（第十七回妙玉入园时林之孝的话）几个地点纠缠不清。那青埂峰下的一块石头虽说是贾宝玉的前身，但也可说就是这石头城"石头"的假借。古今名著之费人思索，在可解不可解之间，往往如此。

俞平伯先生提出书中，不合北方景物的几条，如苍苔，翠竹，蔷薇，荼蘼，旧年雨水，红梅，木樨，都非北方所宜有，反辨《红楼梦》似乎不在北京之证。我想这些东西即使北京城芽根儿就没有，也不足以推翻《红楼梦》的贾府不在北京。一幅淡墨画上，难道绝对不许画家随意染上几笔彩色么？《西厢记》的地点在蒲州（山西）普救寺，而王实甫何以有"玉簪抓住荼蘼架"，"点苍苔白露泠泠"，"竹梢风摆"之句？这里，除了顾颉刚先生举的几条外，我亦提出两条，可以作《红楼梦》地点是在北京的解释。第十六回盖造大观园，采办梨香院的十二花官时：

> 贾蔷又近〔贾琏〕前面说：下姑苏请聘教习，采买女孩子，置办乐器行头等事，大爷派了侄儿带领着来管家两个儿子……一同前往，所以命我来见叔叔。

当时从苏州、扬州采办童伶到北京的情形，现在我们还可在两部乾嘉间的梨园史料里看出。《燕京杂记》说："优童大半为苏扬之小民，从粮船至天津，老优买之，教以歌舞。"《品花宝鉴》第二回子玉与聘才的对话，"聘才道：京里有四大名班，请了一个教师，又到苏州去买十个小孩子，都不过十四五岁，也有十二三岁的，用两只太平船，从水道进京，乘运河粮船，行四个多月"。这两段记载，都可作贾蔷的话的注脚。同回：贾琏问这项银子（到南方的采办费）动那一处的？"贾蔷道：刚才也议到这里，赖大爷道，竟不用从京里带银子去，江南甄家还收着我们五万银子。"

所谓"京里"，明指北京而言，只此两条，已可决定《红楼梦》的贾府必在北京无疑。此外书中所用的语言，纯是一套极有选择的美丽而大方的北京话，南方话如"事体"，"二哥哥"读"爱哥哥"之类，用的极少。

《红楼梦》是曹雪芹假北京的景物、地点来写曹家当日在南京鼎盛的"旧梦"，大概是不成问题的了。那末，大观园这么一座雅丽的园林，假如没有当年最高的园林设计做骨子，绝不能平白地构成这样一座空中楼阁，历历映人眼目。什么大观园即随园，大观园便是北京的什刹海，大观园遗址即北京西城塔氏之园的种种无根之说，皆好事者信口言之，清代私家园林，无论南北，不会有这样伟丽的规模。何由见得？请听我道来。

中国园林的发达有两个系统：一是苑囿式，一是庭园式。苑囿起于秦汉，庭园则迟至赵宋，渐取苑囿而代之。前汉的上林苑，后汉的毕圭苑，隋之西苑，面积都极广大。《三辅黄图》卷四记上林苑广袤三百里，天子秋冬射猎，苑中有昆明、镐池等大湖，私家有茂陵富民袁广汉的园林，东西四里，南北五里，可谓亦为苑囿的系统。以至唐代的神都苑，私家园林如王维的辋川，裴度的午桥，都不能认为庭园的系统，所以中国北都的名园，规模豁达雄大为其特色。

南北朝之末，尤以南朝宋齐梁陈以来，渐分化为另一系统。赵宋而后，南方已形成了一种独立的风格，便是尽量揽抱大自然之风物，尽量缩之成一小天地，重在闲寂幽深，所谓"曲径通幽"，"别有天地"，这是南方庭园系统的特色。这种特色必利用错综的叠石为重要的因素，然后可于小小的面积中见幽深曲折之致。宋李格非《洛阳名园记》谓洛阳园池多因隋唐之旧，独富郑公之园如紫筠堂、荫樾堂，皆甚幽邃，这当是受南方庭园的影响，上说南方庭园的结构主要的是叠石，石以江苏、安徽两省的为有名，如灵璧石，太湖石，慈溪石，但其趣不宜苑囿系统的园林，史称宋徽宗醉心奇花异石（《宋史纪事本末》卷五十花石纲条），故石为庭阅之点缀至宋而始重。谢肇淛《五杂俎》卷三载："然石初不甚择，至宋宣和时，朱勔、童贯以花石娱人主意，如灵璧一石，离至二十余丈，周围称是，千夫舁之不动。艮岳二石高四十余丈，封为盘固侯，石自此重矣。"明人计成《园冶》一书，全为南方系统之庭园而作，尤重掇石。当时燕京西郊，名园林立，如米万钟勺园，李伟清华园，而以勺园最为当时文士所称。《春明梦余录》卷六十五说："海淀米太仆勺园，园仅百亩，一望尽水，长堤大桥，幽亭曲榭。"今观洪煨莲先生《勺园图录考》中，"勺园修禊图"，水石亭台，兼而有之。《梦余录》（同卷）又说："海淀李戚畹园（即清华园），园中水程十数里，屿石百座。灵璧，太湖，锦川，百计；乔木千计；竹万计；花亿万计。"则自明以来，燕京园林，已充分采取江南庭园之风趣，而其广大又不脱北方苑囿的系统。这自然是因地理的或地形的限制。

清朝初年，海内未安，三藩平定后，康熙两度南巡，乐江南湖山之美，乃因清华园而筑畅春园。雍正以后，复大治圆明园诸园。乾隆南巡，更仿江南名园，大起园苑。于是西郊一带，御苑林立。据《日下旧闻考》（卷八十二以下诸卷）及《养吉斋丛录》（卷十八）诸书所记，御园之仿江南名园者，如安澜园仿海宁陈氏隅园，长春园之如园仿江宁藩署谵园，狮子林仿苏州黄氏涉园，小有天仿杭州汪氏园，惠山园仿无锡惠山秦氏寄畅园。而江南各石，如扬州九峰阁之二峰，杭州宗阳宫之芙蓉石，乾隆时皆辇致长春园。现在北平所存乾隆朝庭园遗迹，如故宫，玉泉，南海之瀛台，及其西春藕斋、大圆镜诸地，其叠石之妙，令人如置身千岩万壑间。

综上所述，可知北京园林的发达，至康熙、乾隆间而极盛。这个时期，北方苑囿系统的园林，大部分被庭园系统的因素浸润了。《红楼梦》大观园的规模就是在这个历史的根据之下而产生的，它是融合苑囿与庭园两种系统而成的一个私家园林。

现在我们来看大观园的布置、建筑、设备和其他的事物与康熙、乾隆间北京的御园有多少关系，便可知道大观园绝不是一座空中楼阁，它必是依着它的时代和环境产生的。它与当时北京最高的园林设计极有关系，明白说，它受当时皇家园林城内如三海（中海、南海、北海），城外西郊如畅春园、圆明园、长春园诸御苑的影响极大，可说就是这些皇家园林做了大观园的底本。但我的话却不能助长蔡子民先生《石头记索隐》，近人寿鹏飞《红楼梦本事辨证》及王梦阮《红楼梦索隐》诸书以为红楼梦是一部含有政治意味的小说之说，我对于书中人事的活的方面，决不敢妄赞一辞，随意牵附，我的本意只在辨明大观园之所以为大观园的客观性，如果有奢望的话，亦只在使人不致再任意瞎猜它就是谁的园林罢了。

大观园的范围，第十六回贾蓉说："起自西北，丈量了一共三里半大。"这面积可不算小，私家园林当时恐怕少有这样大的，北京城里去年拆了的清初建的定王府，较城内其他王府为大，但看去周围也不及三里半，贾府虽是一等世袭侯，论起来不当比定王府更大，这规模除了三海和西郊一带的御园而外，似乎没有可比拟的。可知大观园的规制是近于北方苑囿的系统，它的结构，必受当时皇家园林的暗示无疑，所以第三回的题是"贾宝玉神游太虚境，警幻仙曲演红楼梦"，著者明明指点红楼梦是天上人间的境界（太虚境）；而第十七回宝玉题对额的时候，见园中省亲别墅的一座玉石牌坊，"心中忽有所动，倒像那儿见过一般"，其实就是在太虚境见过的那座玉石牌坊，可见大观园这个境界，决不是寻常人家乃至王公大臣所能有的。

大观园的全部设计，第十六回说："全亏一个胡老名公号山子野，——筹划起造。"这山子野胡公，当是专门造园叠石的名手。清初如华亭张涟（字南垣）父子皆以叠山世其业，故世称"山子张"，亦犹康熙以来主持清室建筑图样的雷氏，称"样式雷"，俗称"样子雷"。张氏之叠石，当时驰名南北，江南如李氏横云，卢氏预园，王氏乐郊，钱氏拂水，吴氏竹亭诸名园，北都如南海瀛台，静明园，畅春园，王氏怡园，冯氏万柳堂，皆出南垣父子之手，同时名公如黄宗羲、吴伟业尝为张氏作传（友人谢国桢先生有《叠石名家张南垣父子事辑》一文，载《北平图书馆馆刊》五卷六号）。梅村谓其兼通山水，画法云林，遂以其意叠石，可见精于叠石者，大抵具有南宗画派的意境。大观园中"曲径通幽"一带石山，"白石峻嶒，或如鬼怪，或似猛兽，纵横拱立，上面苔藓斑驳，或藤萝掩映，其中微露羊肠小径"。近蘅芜苑时，"忽迎面突出插天的大玲珑山石来，四面群绕各式石块，竟把里面所有房屋悉皆遮住"。怡红院"院中点衬几块山石，一边种着数本芭蕉，那一边是一株西府海棠"。潇湘馆"有千百竿翠竹遮映……阶下石子漫成甬道……墙下得泉一脉，开沟仅尺许，灌入墙内，绕阶缘屋至前院，盘旋竹下而出"（以上均见十七回）。这三座都是大观园中的主要院落，而是属于南方庭园的系统。潇湘馆的竹、怡红院的芭蕉（故宝玉自称蕉下客[①]，大观园又有芭蕉坞），在江南都非名贵之物，但在北方却因稀

---

① 原文如此。其实蕉下客应是探春的号。——编者注

少而往往以此名园，如西苑（今三海公园）之宾竹室、蕉雨轩，绮春园之竹林院（见《养吉斋丛录》卷十八），中海之蕉园（见《金鳌退食笔记》上），都因此二物而得名。此外如西苑有沁香亭，大观园则有沁芳亭，圆明园有稻香亭，大观园则有稻香村，静明园有嘉荫轩，大观园则有嘉荫堂等，这些题额也许是偶然的巧合，但大观园三十多处的名称，富贵中寓有高雅之趣，我们翻阅《日下旧闻考》《养吉斋丛录》诸书所载当时诸御苑题额，其意趣之相同，似不能认为无重大关系。

最奇怪的是大观园稻香村这个格局，私家园林绝不能有的。第十七回说："转过山隈中隐隐露出一带黄泥墙，墙上皆稻茎掩护……里面数楹茅屋，外面却是桑榆槿柘，各色树椎新条，随其曲折，编就两溜青篱，篱外白坡之下，有一土井，旁有桔槔辘轳，下面分畦列亩，佳蔬菜花，一望无际。"土井、桔槔、辘轳，都是北方农田常有的设备。这种格局乃御苑中为天子观稼亲农而设，私家园林何得有此？高士奇《金鳌退食笔记》上说："瀛台旧为南台……南有村舍水田，于此阅稼。"《养吉斋丛录》（卷十八）说："御园（圆明园）弄田，多雍正、乾隆年间辟治，如耕云堂、丰乐轩、多稼轩、陇香馆是。嘉庆复治田一区，其屋颜曰省耕别墅，为几暇课农之所。"稻香村分明是这个格局。要是没有圆明园和瀛台的弄田做底本，算亏得《红楼梦》的著者想的这样周到，然而曹雪芹先生是绝顶的文学家，他原不是园林设计者，所以这就奇怪了。

大观园中还有一个非常的格局，也决非私家园林所宜有，便是尼姑和女道的安排，而在当时御园中却有同样的事，第十七回林之孝说："已访聘买得十二个小尼姑小道姑。……外又有一个带发修行的，本是苏州人，祖上也是读书仕宦之家……今年十八岁取名妙玉。"妙玉是王夫人下请帖接来的。第二十三回说这些女尼道姑都分园中玉皇庙和达摩庵，妙玉住了栊翠庵。为什好好一个王侯公府的人家，偏有这样非常的局面？我们不能不想到当时皇家园林中建置寺院的一格了。如西海子（今北海公园）有大西天佛寺、宏仁寺、万佛楼（《金鳌退食笔记》），静明园有妙高寺，宜静园有香山寺等（《养吉斋丛录》）。御园中辟治寺院，也许为别有意义，但从园林设计上看来，与大观园的佛寺丹房在繁华景象中点缀一二清淡的去处，却具同样的意义，要是没有一个底子，也亏得曹雪芹先生想的这样周到，这样奇特。

大观园中山石亭台之外，又有水浦风荷之胜，如花溆，沁芳桥，翠烟桥，荇叶渚，紫菱洲，藕香榭，芦雪亭，凹晶馆等处，皆近水楼台，自花溆起分水陆两路，水中可以行船，水面自不算小。假如我们已决定《红楼梦》的地点是在北京的话，那末，北京城内除了三海，城外除了玉泉西郊一带，是没有这么大的水面的。大观园的水源第十六回说，"本是从北墙角下引一股活水"由沁芳闸而入，说也凑巧，北京城和西郊一带但凡有流水都来自西山，所以水源大概都在西北角，城内三海的水闸今犹如此。《春明梦余录》（卷十九）说："西海子（今北海公园）者，即古燕京积水潭也。其源出西山……前人谓积水为海，且在西内，故至今沿称西海。都城之水悉汇于此。"《金鳌退食笔记》上谓："其中萍荇蒲藻，交青布绿，野禽沙鸟，翔泳水光山色间。盛发芰荷覆水，望如锦绣。"上常有赐词臣泛舟采莲垂钓之乐。这些景象在大观园中都可一一指数，不必烦举。西郊御苑，今已成废墟，但那水潭湾港，犹依稀可辨。大观园的布景与当时皇家园林的关系，这层似乎可作进一层的了解。

大规园的建筑书中虽没有告诉我们多少资料，但我们所知的也就很可贵了。第十七回写贾政初进大观园察看工程时，"只见正门五间，上面桶瓦泥鳅脊，里面门栏窗槅，皆是细雕新鲜花样，并无朱粉涂饰，一色水磨群墙，下面白石台矶，凿成西番花样"，这里可注意的是桶瓦泥鳅脊，白石台矶和西番花样三事。桶瓦当是黄琉璃瓦的变称，这黄琉璃瓦和泥鳅脊的屋盖，清制非敕建不得用，白石即俗所谓汉白玉，以河北房山县出产最多，也为帝室所专用，虽王侯公府亦不得僭越，这是普通知道的。元妃省亲之事，为太上皇敕命宫中嫔妃才人的椒房眷属有重院别字者，内廷銮舆可入其私第，这是一般的待遇，并无敕命赐建大观园之语。至于白石凿成的西番花样，盖指西洋雕刻而言，西洋的雕刻和建筑，最为乾隆帝所赏好，如圆明园的水木明瑟，长春园的谐奇趣，万花阵，海源堂，远音观等处，都是白石雕刻的西洋建筑，今海源堂犹存白石门坊石柱，上刻葡萄花样。当时参预这项工程的，相传有耶稣会士王致诚（Attiret）、郎世宁（Castiglione）。步谢尔（S. W. Bushell）《中国艺术》第三章页五三）说：

圆明园的一群西洋宫殿是耶稣会士王致诚与郎世宁的设计，如水法、屏风、石柱、栏杆上的甲胄及各式花纹的雕绘装饰等，都是道地的意大利风格。

郎世宁奉敕命参预圆明园西洋建筑雕绘的设计，在乾隆十二年左右，石田干之助氏作《郎世宁传略》（《美术研究》第十号）言之甚详，步氏之说，当亦出于"传教通信录"（Lettres edifiantes），故大观园白石雕刻的西番花样，是当时内廷供奉所特有的，可知其受皇家园苑影响之大。

大观园中有许多设备，很富丽堂皇，自是王侯公府之家所不稀罕。可是有许多西洋事物，当时称为"入贡品"的，何以贾府得有这许多？书中写贾府的豪华处，每每拿了西洋制造品来做衬托。

如第六回刘姥姥在凤姐房里看见的挂钟，第十六回凤姐说："那时我们（王家）爷爷专管各国进贡朝贺的事，凡有外国人来，都是我们家里养活。粤闽滇浙的洋船货物，都是我们家的。"第十七回贾政说怡红院的女儿棠是外国之种。第四十一回刘姥姥在宝玉房中看见的油画女像（当时官书称为皮画）及大镜面板壁的西洋机括，大约即现在的拉手。第四十五回宝玉向怀里掏出核桃大的金表。第五十二回宝玉给晴雯治头疼的鼻烟壶，一个玻璃小扁盒，里面是西洋珐琅的黄发赤身女子，两肋有肉翅，又有西洋贴头疼的膏子药，叫作"依弗哪"。又贾母说的俄罗斯国的孔雀裘和宝卫说的俄罗斯国的裁缝。又，宝琴说他跟他父亲到西海遇着的女孩子和西洋画上的美人一样。第五十三回的荷叶柄乃是叫西洋珐琅活信，可对扭转向外，将灯影逼住照着看戏，分外真切，第五十七回宝玉看见十锦槅上陈设的一只西洋自行船，第七十二回凤姐将一个自鸣钟卖了五百六十两银子。第一百五回锦衣军查抄宁国府所登记的物件中，有银盘二十个，三镶金象牙箸二把，洋呢三十度，哔叽二十三度，姑绒十二度，天鹅绒一卷，氆氇三十卷等。

以上十三条所举全是西洋货，考明清之际，西洋文物输入中国，大概始于明万历中叶，盛于清康熙间，至乾隆中而绝。其时中外交通较繁的，以荷兰人与西班牙人（当时都称佛朗机人）为多，据《清一统志》（卷四二三之四）所载康熙九年佛郎机人入贡物有：

天鹅绒，哆啰呢，象牙，花露，花幔，花毡，大玻璃镜，苏合油，金刚石等。

雍正三年入贡物有：

绿玻璃凤壶，里阿嘶波啰杯，蜜蜡杯，珐琅小圆牌，银累丝四轮船，小铜日规，水晶满堂红灯，咖石喻鼻烟罐，各色玻璃鼻烟壶，各宝鼻烟壶，连座银累丝船，线花画，皮画（按：此当是刘姥姥入宝玉房中看见的那种油画），巴尔萨马油，镀金皮规矩，镶牙片鼻烟盒，银花素鼻烟盒，镶银花砂漏，咖石喻绿石鼻烟盒，阿蒽达片，番银笔，咖石喻带头片，玛瑙鼻烟盒，花纸盘，显微镜，石头火漆印把，大字镜，火漆，大红羽缎，照字镜等。

雍正五年入贡的有：

金珐琅盒，玻璃瓶贮各品药露，金丝缎，洋缎，金花缎，大红哆啰呢，洋制银柄武器，自来火长枪，手枪，洋刀，上品鼻烟，石巴依瓦油，圣多默巴尔撒木油，璧露巴尔撒木油，伯肋西理巴尔撒木油，各色衣香，巴斯第理，葡萄红露酒，白葡萄酒，各色珐琅料，织成各种远视画等。

乾隆十八年入贡的有：

自来火长鸟枪，自来火手把鸟枪，珐琅洋刀，螺钿文具，织人物花毡，洋糖果等。

《皇朝文献通考》（卷三十九）所载西洋贡物，除与上列重复外，有：

荷兰国贡：珊瑚镜，哆啰呢，哔叽缎，自鸣钟，冰片，鸟枪，火石等。

这些东西当时大概五年一贡，乾隆三十年以后，据说都"免贡"了。

《红楼梦》的西洋事物如宝玉房中的油画（皮画）大镜面板壁

的西洋机括之类，绝非通商货品，大观园何得有此？从以上种种看来，我说大观园是以当时皇家园林做的骨子，大概不至于被"附会的红学"之讥罢。

前月家里的人在地摊上买了一部《红楼梦》：于是这几十日来茶余饭后的一二十分钟间，几乎不曾离了过。回想十六七岁时初读此书，暗中也学了些"精致的淘气"；二十一二岁又读此书，懂得些"大人家风范"；后来又读此书，写了一篇"《红楼梦》里的西洋物质文明"（十七年《贡献旬刊》）；现在又读此书，几乎把它当作一种资料了，这人也渐渐变做一条"牛"了。

二十四年七月六日

原载民国二十四年（1935）七月十四日《大公报·文艺副刊》一百六十期，署名藏云

选自贺昌群：《贺昌群文集》（第三卷），商务印书馆，2003年

归蜀行纪

这一年来，从地北转到天南，从海之涯转到山之角，可算是一个千载一时的修学大旅行，把身心着实磨炼了一番。感谢我们生逢这一个伟大的时代。

从北平到杭州的时候，河北已连天烽火，江南却还是一片美丽的山河。想到旧京的文物，北平图书馆的藏书，以及留平的许多好友，便起了无限的感慨。东战场的序幕展开，杭州无日不在重大的空袭中，夜间偶尔与三五友人经过孤山时，远望旗下一带，灯火如疏星明灭，与往昔繁华大有炎凉之感。在这风雨飘摇中，正是黄叶

芦花天气，《国命旬刊》社的同人发起了《国命》的出版，当日又是一番情景，在严州的林场，南籥曝日，街头晨餐，现在想来，都不可再得。此后流亡转徙，直到江西泰和，一路上水光山色相迎，何尝辛苦，就是当时的极苦，如今都成甘美的回味了。

泰和四五个月间，与文学院诸友，时至排田村湛翁先生草堂讲学论道。"白沙翠竹江村暮，相送柴门月色新。"不料在这深重的家愁国恨中，竟寻到一种人生至高的情绪之和乐，忘生死，齐物我，我曾感到了这样的一个境界。

6月28日，学校放暑假后三日，最后决定西行。29日晚暮色苍茫时，才整装登赣江帆船，夜泊大学码头，迪生洽周以中诸先生江干相送。次晨晓发，东方未明，过排田村始现鱼肚白。原拟停舟与湛翁先生叩别，先生昨赐赠《楞伽经》《大乘起信论》及其他多珍，期许至厚，未及拜谢，今家人谓时辰太早，恐多惊动，只得遥望烟树深处顶礼而去。至泰和东门，天色大白，舟人上岸备办食物，乃趁此一登快阁，以偿夙愿。但见落木千山，澄江一道，犹不减山谷当年诗景。快阁共二层，下层有山谷画像及山谷手书，御制官籥诗，皆清末补刻，但阁基正面左右两侧石级斜上，如颐和园排云殿的结构，与开封龙亭旧址及嵩山观象台相似，犹存宋代台观遗制。阁楼虽经光绪时重修，而虚牖零落，已很残破了。今日万方多难，举目有河山之异，想当年山谷退食临倚之时，四围山色，当不如今日所见之凄清！

泰和至樟树顺流水程，本两日可到，因遇逆风整整行了四天。这四天放乎中流，又得细细观览了一回赣江山水。舟中读《楞伽经》，昔达磨东来，以此经传付二祖慧可，为禅门要典，义蕴幽深，文字简古，常苦不能断句，自想恐是根基尚浅，以后当数数细读。又读《起信论纂注》，则文从字顺，义趣横生，此书影响之大，已超越其真伪问题之上。我虽是一个习历史的学生，却常喜在义理方面探寻，也许义理的思维乃属于我的本性，历史的学习或由于我的习染罢。

船上四日的生涯，为我们这次旅途中最平和的追忆。到樟树后，情形便紧张了。

樟树虽是棺椁浙赣路与粤汉路的一个重镇，自来为军事要地（王阳明平宸濠在此誓师），火车却只停五分钟。我们到此，恰好是客车恢复的第一日。夜十一时由南昌开来的车已挤得水泄不通，四个小孩几乎不知下落，幸得我们临别遣还浙江去的一个忠仆和一位萍水相逢的欧阳先生，费了大力，才算一齐上车。车上已无容膝之地，好容易直立了二十五小时（通常十一小时）。才算到了长沙。火车是逢站必停，天气在华氏九十度以上，像沙漠中旅行一样，一滴水便是千金难得的至宝，幸而终于平安到了长沙。

这一路所见，都是兵荒马乱的景象，兵车昼夜不断地一列一列的东行，此时我们浑然忘却敌机袭击的危险。车行至醴陵，便入湖南境界。湖南的山水人物比江西又有不同。江西在历史上曾开过绚烂之花，如今却渐萎谢了，湖南自近代以来还正开着，譬如江西土色有许多地方很像北方的发育不完善的淡栗钙土（黄土性），而湖南却随处水远山长，因为多山，其民性颇刚毅发强，因为多水，其人物多挺秀之姿，竹木农产也比江西丰富，农村多隐约现于青条绿蔓之间。

长沙地方，据有些湖南朋友说，民风很狡猾，这是自然的，一个都市社会总不如农村社会的朴厚。这里的人力车，如果要他跑的话，他会回答你说，"你自己来拉罢"。可算南北所仅见。长沙的商业比杭州规模大，因为是粤汉路的第二个分配点。当日的繁华，如今竟成一片焦土，其事可哀，其志则壮，而其情则甚愚。

可惜，我们行色太匆促，不曾往岳麓山一游，到岳麓要渡过水陆洲，这是长沙江面中的一个狭长的大沙洲，长沙即因此得名，外国领事馆多设于此。我们在长沙住了两天，百忙中与老友王雪菴先生同游一次天心阁。雪菴乃杭州世家，精于礼乐之考订，富阳灵峰精舍所藏释奠礼器皆出其手，古之君子人，而落落与时不相合，殆老杜所谓"儒冠多误身"者欤。我曾力劝他及早离开长沙，或同入蜀，他终以家累太重，不能同行，从此一别，彼此便无消息，但愿他们都平安无恙。

我们原来的计划，如不能入蜀，即转湘西投依友人家，此行原为内子生产之故，不敢过于冒险跋涉长途。及闻湘西多匪患，乃重振入蜀之念。当时听说汉口正疏散人口，西上轮船分段运载，只能到宜昌，船票当然万难购得的，于是重陷于进退维谷之苦。这得多谢我们的店主人——祝福他现在平安——他热心为我们打听轮船的消息，替我们办妥了到宜昌的船票，在当时是一件极不容易的事，我们便上了长沙与宜昌间唯一的复和公司新国安小轮船，穿洞庭湖而至宜昌，整整的八天。洞庭，古之大泽，《楚辞》"洞庭波兮木叶下"，我便想起友人钱宾四先生近有洞庭之名周末在江北不在江南说。这次我们由清港出沅江，经南县，过藕池，入长江，而至宜昌，我看南县一段辽阔的沙洲，河身高出地面约摸五六尺，两岸人家旁近各有船只系着，准备万一堤防溃决，便避入舟中，这情形是洞庭渐渐淤积的证明。民国二十三年长江水灾，水利学者多谓洞庭居民与水争利，侵占湖边沙地，洞庭容纳江水的积量逐渐减少，为酿成水患原因之一，那末，洞庭的面积古代必甚大，现在城陵矶至石首一段湘鄂交界处，即洞庭湖北端连湖北监利、沔阳、嘉鱼一带低地，是最易遭水患的地方，远古时代必是与洞庭相连的一片汪洋，而屈原时代的洞庭湖，当已渐渐淤涸成现今的湖面了。如今距春秋战国虽有二千余年，但在地理的变迁上，却还不算古远，况且汉初贾谊谪长沙吊屈原所自沉渊，上距周末，不过三百余年，洞庭之名恐不至便由江北而改归江南罢。前年与宾四同游华山，车中偶论及此，今日过洞庭，此疑犹未能去怀，更不免有回首旧游之感。

我们过洞庭湖时，正是三五之夜。一轮皓月当空，白茫茫波光明灭。这小轮上密匝匝三百余人，因日间的炎热而疲敝了狼藉睡去后，我一人攀缘至船尾无人处，看两岸依约的云山，四边澎湃的波涛，倒觉得"万古长空，一朝风月"，心里为之澈然，在这境界中，忘了一切乱离之感。这一路风物极佳，居民处于湖光山色间，如鸥鹭之闲逸。今日洞庭湖可闻炮声，恐怕他们也不能安居了。

到了宜昌，横在我们当前的问题，一是旅客满，二是船票不能购得。幸而旅馆寻着了，船票万无希望，总计经营川江航运的轮船公司有民生、植丰、益民、广庆、永昌、兴华、佛亨、江津、三北、永兴、平民（以上民营），招商局（国营），亚细亚、太古、怡和（英商），美孚行（美商），聚福（法商），现在营业的只有民生、怡和、太古、聚福四公司，民生的四十八只船，除供给军运外，仅以百分之十五的票数让该公司直接出售，可是已经预订到三个月以后，即使在这规定的办法中，如果没有权势和人情，也休想买得船票，在这几万人等待着西上的宜昌，眼看买票的事毫无办法。也是机缘凑巧，我们竟得以重价经合法的手续购得三张船票，上了民生公司的"民本"轮，在一百度左右的溽暑中向着重庆上驶。在宜昌只停了两夜。

川鄂间由宜昌至巫山五百里程，即名高寰宇的三峡。鲍超有一联"巫山峡锁全川水，白帝城排八阵图"。四川主要的河流有嘉陵江、岷江、沱江、黔江及大渡河，汇合而为长江，总集于巫峡。自宜昌西行，江流折成南北向，向东顷斜，砾岩渐多。江流复向西东，山形突显峻拔，两岸采石制灰之处，疏烟缕缕，这是宜昌上游南津关至平善坝三十里的景象。平善坝之上有石龙洞，袁氏称帝时，曾有西人以发现石龙化石，以为"黄龙现"，遂受符命，照抄历史上的老文章，实乃石钟乳及石笋之类，是石灰岩中所常见的。北岸岩壁当中，有人工凿出的羊肠小径，木船上行，船夫背着纤缆在这小径上伏地慢慢爬动，船在江中，人在壁上，真是奇险。

自平善坝至南沱三十里，两岸巉岩壁立，江水宽仅半里许，是为宜昌峡，又名西陵峡或黄猫峡，为川鄂峡谷之第一段。至此石灰岩始尽，便见一种粗细杂揉的烁岩，据说为元古界冰河所成，世界最古冰河之一，美国 B. Wilis 始发现之，闻经历次调查，已成定论。南沱附近为灯影峡。南岸山石玲珑，或如怪兽，或如人形，土人各指名唐僧、孙行者、沙和尚、猪八戒。这段风景秀丽，两岸屏山如削，乱峰插云。南沱三十里至黄牛镇，镇有黄陵庙，闻庙内供大禹像，有两龙柱雕刻极精。左岸山岩之最高峰曰黄牛峡，江石零乱，水流甚急，旧时木船航行，远望此峰，朝暮常见，故谚有"朝见黄牛，暮见黄牛，三朝云暮，黄牛如故"。自南沱直上至太平溪五六十里间，地形开旷，旋又峻岩陡起，舟入牛肝马肺峡。牛肝马肺之名，起于峡壁有泉水中沉淀之石灰质所成之石钟乳，其形色颇似牛肝马肺。此为西陵峡之第二段。

牛肝马肺之下，从河庙起至老鸦石止六十里间曰崆岭峡，又称崆峒峡，江面甚狭，江中突起两大礁石，分水流为两道，水势愈枯，行船愈险。前年四川旱灾，江水大落，民生公司三段船行以此段为最困难，"民裕"轮等，皆曾在此失吉。船夫说："新滩洩滩不算滩，崆峒才是鬼门关。"山峡上行，地势又复略平，坡度绵亘，介处于下流之牛肝马肺峡、米仓峡间，岩石以页岩为主，如华山大小上方一带之状，甚易碎裂，故江岸堆积碎石极多，这碎石由山上崩裂冲至江中，往往甚远，江水经流，冲刷甚力，激荡回漩，遂成为险滩，新滩或称青滩之上中下三滩，即由此成。自古以来，常有山崩，《水经注》江水条："汉和帝永元十二年两岸山崩。晋太元二年又崩。崩时江水逆流百余里，涌起数十丈。"可见山下碎石崩落为滩之成因。近年各险滩屡经人工开凿，民生公司在各要隘处设有灯标，已较十余年前船行安全多了。

出米仓峡（又名兵书宝剑峡，相传为孔明藏兵书宝剑之处），即至香谿。又二十里至秭归县旧名归州，相传屈原秭归于此。王昭君亦产于香谿与归州间，杜诗有"群山万壑赴荆门，生长明妃尚有村"。归州城在半山上，半濒江边，城后岗峦重迭，皆不甚峻。自此以上，岩石松脆，崩坠甚多，故又成为险滩，有洩滩又名叶滩，舟行至此，声势汹汹，浪花飞溅，可想见木船上下之难。过巴东县，船出巫山大峡，此为川鄂间最长最整齐之一段，两岸群山壁立如刀削锯解，山上只有青草丛生如乱发被顶，树不能植，气象最为萧森。江流至此，曲折回环，每逢转折，似若山穷水尽疑无路，而路转峰回，江流依旧，嵚奇雄伟，殆难形容。自青石洞起，便是巫山十二峰，水手告诉我，在江心可望见的有九个峰，其中望霞峰又名玉女峰，尖削如春笋，若美人亭亭玉立，真是天地之奇观。出江即巫山县为四川最东的一县，依山而筑，居民有五六千家，产水果、煤、药材，水果中尤以青梨最佳。距巫山数十里，为瞿塘峡，三峡之最短最雄壮而又最后的一峡。瞿塘又名风箱峡，两岸巉岩高入云霄，有如铁壁，水道蜿蜒曲折，再进数里即为夔门，杜诗有"众水会涪万，瞿塘争一门"，又云"三峡传何处，双崖壮此门"。北岸小山，城郭如画，即白帝城，汉昭烈帝征吴大败，还死于此。白帝城下有礁石露出江中曰滟滪堆，下小上大，水涨时完全淹没，水落则高十数丈，谚云："滟滪大如象，瞿塘不可上。滟滪大如马，瞿塘不可下。"夔门之东有白盐赤甲诸峰，杜诗有："奔峭背赤甲，断崖当白盐。"又云："白盐危峤北，赤甲古城东。"这一带山川灵秀，已挹揽于杜诗中，想少陵客居夔府二载，天下干戈云扰，羁旅之情，日久而思故土，所谓"日日江楼坐翠微"，"每依北斗望京华"，正是孤灯零乱，去国怀乡之思，今日我们重读杜诗，处处可以为自己写照。

自宜昌至夔府六百余里间，壮丽奇伟，目不暇给。昔人称剑阁天下雄，峨眉天下秀，巫山天下险，这都是大块文章，非身临其地，要凭语言文字断难形容其万一。回想少年出川求学，经过巫峡时，志气为之一昂，如今倏忽十八年，江山依旧，而世变日亟，人事全非，这人也不觉便到了中年，流光如江浪淘沙，滔滔代逝，言之不胜惭惕！

翁咏霓先生说，四川盆地及宜昌以下长江水涨时，平均高过枯水六七十尺（二十公尺），而瞿塘巫山峡中则每高至一百七八十尺（约五十公尺）以上，此高水如善利用，可成为甚大之力源。据重庆测量，长江水量低时，每秒一万五千立方尺，平流时每秒二万一千余立方尺，洪流时每秒约三万立方尺，自重庆至宜昌高度相差四百七十六尺，距离三百五十里，即每里降低一·四六呎，即四千四百五十分之一比例，据 Sidney J. Powell 计算，以重庆平流水量为标准，山谷中可发电力四十四万匹马力。果然能够利用这项伟大的天然力量，那西南诸省的开发，必可指日而待。

我们夜间到了重庆，这里已成人山人海，寸土千金，哪有容身之所，幸顾得老友高毓崧先生替我们在青年会辟了一隙之地。在此留住两夜，备办了些药品，便匆匆乘"民意"轮船上驶嘉定。此地亦有儿时踪迹，从我故乡马边县到成都读书必经之地，山川风物都很秀丽，为川南名胜之区，在此可以遥望峨眉金顶，隐约于云雾间，不知山中接引殿的圣清长老和清音阁的海鹤和尚，依然无恙么？

我们在嘉定四川旅行社住了半月，一家都轮着地病，我自己亦卧了五天，多年不曾患病，来势颇剧烈。大哥从故乡兼程来看我们，忧患中乍见亲人，感激而泣。这十余日本想到犍为竹根滩去探视大伯父和三伯父两家，他们往日的豪华，如今都零落殆尽了。病中又得挚友蓝见东夫妇来视，见东为人肝胆相照，我这次还乡，得他们夫妇热心的帮助不少。病愈后，决定乘人力车赴成都，这四百里的路程，是我们入川以来最苦的一段。

从 6 月 29 日泰和启行到成都，整整的五十日，一家大小风尘劳顿可想而知。将到成都南关外，远远望见武侯祠松柏森森，百感交集。入华西大学寻见东住宅，承他们殷勤欸接，如家人手足。成都的街市完全改了旧观，幼时在成都读书八年，不可谓不熟，现在简直是一个陌生人，"江总还乡寻草市，陆机去国忆衡门"。幼时的师友亲戚，多已不能闻问了，刘蓼仙先生与吴照华先生是成都教育界的耆宿，现在还安健如前，对我们情意殷切，最可感谢。

成都的都市文化，大抵属于旧京的系统，少城一带尤显著，生活从容，爱花惜草，饶有旧京风味，清代二百多年间，此地设有将军，旗人势力最大。近年以来，交通发达，成都更渐渐转入于下长江流都市文化的气味了。成都市的新书肆还多，却不如北平东安市场那样集中。旧书肆多在学道街，规模较大的有茹古堂、明德书林、文益堂、守文堂、文文书林、志古堂。志古堂的木版书很多，书价亦还公道，省外的书便贵极了。学道街对着的青龙桥有仁昌书庄、和记书庄，专卖戏曲小说，很有可观，留心民间文学的人，必大感兴趣。西桂王桥街的乐镐堂，小学的书很多，书价亦奇贵，听说是渭南严氏主办的。

成都的公私家藏书亦不少。市立图书馆所藏颇有精本，可惜经费太少，不能发展。其中有湘潭孙楷《秦会要》，系光绪乙巳年孙氏家刻本，我在北平曾以重价购得一部，当时以为难得，该馆竟有一部，甚喜如见故人。四川大学的书亦还不少，观其藏书印记，大多是从前存古学堂、尊经书院移转下来的。川大的博物馆虽开办不久，经费亦绌，但其收集方法，却有系统，大抵以金石为多，陈仰之君主典守之责。馆中有南齐永明九年比丘玄嵩造像石，高五尺，广二尺，在茂县东门外田中出土，惜已破为三石，惟造像尚完整。又有汉建安残石，高二尺三寸五分，广二尺，字八行，字迹剥落不明。碑在綦江吹角坝出土。今世六朝碑碣已难得，汉石更成吉光片羽，往年赵少咸先生曾以此二拓片见赠，今得摩挲实物，尤觉欣快。此外有民国廿五年新津宝资山所出汉墓函画像十余方，明器有瓦屋及各种陶器。又有邛州什方堂出土隋唐宋元挂彩陶器及各式土俑。华西大学博物馆所藏，亦甚可观，金石不及川大之富，而旁及于书画器物，西南苗蛮诸族之衣饰用品，亦采集甚多。典守为陈明钧君。

四五年来，颇下了些功夫搜集关于杜诗的文字和著作。回到了成都，草堂寺自然想去的，便携了二儿龄川出通惠门，经百花潭、青羊宫，行二里许，古道西风，小桥流水，遥见茂林深处的工部祠堂，幼时所见寺院围墙上的古色红泥，今已剥落净尽，曼殊"春风细雨红泥寺，不见僧归见燕归"之诗境，不复再可追寻！寺内有驻军，禁人游览，交涉后，由兵卫领导经浣花祠而入草堂。重门深巷，但见竹树参天，苍苔露冷。我记得昔年入草堂二门，有"花径不曾缘客扫，蓬门今始为君开"集工部诗一联，今已不见。虽三径依然，屋舍多已败坏。入祠堂正门，原有何子贞一联"锦水春风公占却，草堂人日我归来"，幼时极喜诵读，听说久已不存，后在市中购得一拓片，聊以慰情。祠堂正中为工部神位，道光间杨若杰、谭光祐等以陆放翁、黄山谷配飨。日色渐西，凉风起于天末，乃携儿返城中。

生平不常看戏，这回留成都两月余，却看了五次川戏。川戏即所谓高腔戏，用锣鼓铙钹等，大小音响与京戏稍异，亦有胡琴，婉转抑扬，不如京调。然川戏之特色，却在"帮腔"，一个角色把一节戏文唱完时，最后一句不唱出来，便由场上打锣鼓的人接下去，那角色只随着这"帮腔"的声音表情。帮腔有一定的调子，若词曲之牌调，如〔山坡羊〕〔幽冥钟〕〔红绣鞋〕之类，一个牌子代表一种情调，如〔幽冥钟〕是表示悲伤情感的，帮腔者极度的高音，把那剧情渲染的更为凄惨，这是一种艺术上的夸张手法，川戏感人的力量即在此，油然使人起水远山长之思。《琵琶记》中的"合唱"，大概即指此而言。其渊源大约起于明末清初之间，乾隆间所编〔缀白裘〕第六集及第十八集所载杂曲有"高腔"一种，《天咫偶闻》卷七以为源出弋腔，仍昆曲之辞而变其音节，称为"得胜歌"，相传清初清军出征得胜归来，于马上歌之，以代凯歌。其演奏的情形，《啸亭杂录》卷八说，其饶钹喧阗，唱口器杂，这话宛如现在高腔戏的情状。今高腔所用的乐器，文场用夹板、单皮鼓、大钹、手锣，武场则有堂鼓、单皮鼓、大锣、小锣、大钹、小钹、唢呐，这与汤若士《玉茗堂集·宜黄戏神清源师庙记》中所说弋阳腔的演奏其节（拍子）以鼓，其声喧"的话，完全符合。所以我以为四川的高腔戏，从出于弋腔。故乾隆末年四川的一个名旦魏长生，俗呼魏三，初以高腔而变唱秦腔，《滚楼》一剧，遂名动京城，以后京戏旦角梳水头，踹高跷，皆呼魏三始。川戏与京戏的关系，研究近代戏剧者多未能明了，故今藉此机会，略略表而出之。

在成都停留两月余，将家眷安置后，10 月 21 日启程到重庆。自昭亦新由昆明抵此，居住距重庆五十里之温塘，约我留住数日。自卢沟桥事变后，旧京一别，恍如隔世重逢，山中畅谈数夜，固想在旧京时"清夜沉沉动春酌，灯前细语檐花落"，此情此景，何时可以再得。迪生先生亦来重庆赴参政会，泰和一别，在此异地相逢，皆大欢喜。他约我同车返校，我因车票已购妥，遂于 11 月 3 日启行赴桂。川黔道上，风景绝佳，过贵阳访朴山典守的藏书。途中行六日，才抵宜山。

大凡游记的文字，在读者可以轻轻看过，也许认为不足道，而在写游记的本人，却视为重大，因为他所遭际的险阻艰难，只有他自己才知道，不能详细语人。

民国廿八年一月八日记于宜山望两楼

原载民国二十八年（1939）三月浙江大学《国命旬刊》第十五号

选自贺昌群：《贺昌群文集》（第三卷），商务印书馆，2003 年

哭梅迪生先生

梅迪生（光迪）先生，三十四年十二月廿七日逝世，渝地友好曾一度公祭于中央图书馆。本文草成后，即寄遵义浙江大学，后展转始寄还，未及发表于公祭之日。复员后，《国文月刊》征文，爰发表之。今《思想与时代》为出纪念专号，再为整理一过，不尽欲言，聊以尽后死者之哀思云尔。三十六年四月廿八日昌群附志。

这两年来，痛哭了两个在浙江大学的朋友之死亡，前年哀张荫麟先生，今天又哭梅迪生先生。古人说，"中年伤于哀乐"，现在才深切地体味到这意义，他们那样活泼的富于创造的生命力，竟溘然而逝，实非我们意料所及。在这个社会中，英俊杰出的人常被迫害，而庸碌无耻之辈却能保留，这是怎样一个惯于戕折人才的社会。荫麟之死，已是中国历史学上不可弥补的损失；迪生先生之死，是中西文化思想上一个巨星之陨落！

迪生长我十四岁，廿七年暑假，我往成都，他赴香港，通信时，我以前辈称呼，随着得他一长函（我们通信总是长函，忙了便不写），意气殷殷勤勤，要我以至友相待。他这忘年相交的盛意，不单使我感谢，亦可见他的虚心、他的真挚、他的年少精神。他是一个不服老的人，当浙大从严州撤退，转江西泰和时，洽周、以中等我们八人一号为"八仙过海"，同乘一木船，溯江而上，道出兰溪，登岸投宿。他同我一号舍，茶房来挂号，问年龄，我随意说了一句，"这位老先生四十七岁"。他登时变色，望着我："什么老先生？"倒把我吃了一惊。所以在这篇纪念文中，我以字称他，亦以慰故人泉下之意。

我们初次相见，在"八一三"之前四日，在南京阅中大、浙大、武大三校入学会考试卷，应浙大竺校长的宴会上。看他风致翩翩，绰绰大雅，有点尘不著之概，口里噙着烟嘴，篆烟袅袅而上，谈话时，不时仰屋而视，如有所思，但我们却终席未交一言。我知道迪生是《学衡》杂志社的主将，以反对"五四"新文学、发扬中国文化自任的人。我是治中国中古史的，当时我的学问兴趣大抵偏于考证，而我的心里对于中国文化却蕴着一种不妥协的态度，对于"五四"运动的意义，我怀着充分的同情。今邂逅迪生，既自以道不同，不必相为谋，所以终席冰襟，未尝叙同事之谊。

如今我对于新文学运动与"学衡社"两方面，却另有一番新的认识。我以为一种影响于后世几千百年的思想或学说，其本身必含有两个不可分的成分：一是属于时代的，一时代有一时代的问题，一种思想或学说的产生，必是针对那个时代的问题而发，问题愈大，那学说在当时的影响也愈大。另一个成分是超时代的，那是总集一种文化之大成而带有承先启后的作用，才能继续影响于后世，息息与整个历史文化相关。"五四"运动所攻击的，是儒家思想的时代的部分，这是曾经历代帝王政治利用、墨守、假借，成了一种虚伪的古典的形式主义，演成了中国政治社会、文化思想的种种腐败与停滞，百害而无一利，我们应当绝对排斥的，我们有我们的问题。"五四"运动所做的是这个破坏工作，我们现在还需要继续做这个工作，要紧的是我们须具备超高的贯通古今的鉴别能力，才能认得清应当攻击、应当破坏的目标，再不能做玉石俱焚的勾当了。"学衡社"所欲发扬的，是那超时代的部分，那是一个民族文化的基石，终古常新，虽打而不能倒，因为我们自身与古代即在这个同样的时间空间内，怎能跳得出这个文化圈外去？孙行者仗他的筋斗矫健，目空一切，然而，毕竟无法打出佛的掌心，不过"五四"运动的攻击得其时，"学衡社"的发扬非其时，须知在一个深厚的文化基业上，没有破坏，如何能先言建设？于是一般遂加"学衡社"以"顽固"之名，是极不清楚的看法。当时双方恐怕都不曾互相了解这些意思，迪生的一篇《孔子之风度》，活泼泼地以一种人文主义的笔调去描写孔子，孔子是那样一个风趣横生、高华可爱的人，因知作者也是这样一个风趣横生、高华可爱的人。

我以高华二字称迪生，与王伯沆先生赠他的"迪生守狷洁，美玉自无瑕"（这两句他常引为知己之言）可以参照，足以知迪生之为人，狂者进取，狷者有所不为。在近代人文史上，比较说，长江上游多名士，每喜放言高论，直接间接多曾与政治发生关系；长江下游多高士，狷介自守，有所不为。慧皎《高僧传》序录说："实行潜光，则高而不名；寡德适时，则名而不高。"名士和同风气，没入于时代中，与时俯仰，偏于广大的空间活动，于文教政俗有提倡鞭策奖掖之功。高士则好比"暗水流花径，春星带草堂"，他是继文化学术一线之传的人，"为天地立心，为生民立命"，具有顶天立地的人格，如日月经天，江河行地。哲学之精微，文学之才艺，史学之识力，聚集于一身，而成人性之最高发展。他不求名，而名自归之；不求名，所以能欣赏自己，虽处忧患，有其自得之乐。谢灵运诗："潜虬媚幽姿，飞鸿响远音。"可为高士风格的写照。他给与社会的，不是有形的功利实惠，而是精神道德的影响，是想象的交流。因其有德而无位，故荣华丘壑，甘足枯槁。非义之所在，虽"天子不得臣，诸侯不得友"，有"素王自贵"的气象；若义之所在，虽老农牧竖，贩夫走卒，亦可与之为伍。

我们要评量一个民族文化价值的高低，当看那个民族在他的文化生活中如何成就下列三个活动：——健全愉快的身心，明哲的智慧，高华的性格。神存富贵，始轻黄金，才算得高华，才算得最高的文化性能。

迪生虽以"狷洁"自好，而其实正是他的高华处。狷洁而不高华，啬夫而已。他为什么狷洁？因为他不能达到他的政治抱负（包括在学校内的措施），他何以高华？因为他有政治家的抱负。他在流离转徙中，Machiavelli 的 *The Prince*，Babbitt 的 *Democracy and Leadership* 一类的书，常不释手；王荆公和曾、左的政事文章，他确曾下过一番功夫。他具有政治家胸襟，而绝不想亦不宜做一个政客。做政客，必具三个条件：一要身体好，个人的时间精神乃至饮食起居，都不由得自己支配；二要有口辩，临机应变，应对如流，内容尽管空疏，甚至无中生有亦可；三不可有学问，有学问必辨是非真伪，不能寡廉鲜耻。这三者，迪生无一具备，此所以他在大学里，在参政会，一般朋友认为他"潇洒""不亲事务"之故，东晋过江，王导"为政务为清静"，殷羡谓庾冰曰："卿辈自是纲目不失，皆是小道小善耳，至如王公，故能行无所事。"而王导自云："人言我愦愦，后人当思此愦愦！"当今之世，在中国任何地方，要保持一种政治家风度，必然行不通，也不能为人所了解。今日中国举世是一套卑劣的急功近利的思想，他焉得不狷洁？焉得不被认为不亲事务？他说：

> 我辈年事愈长，入世愈深，愈觉一切毫无办法。此或因个性使然，无可改变，然世间好人实在太少，我任天真，而人用机诈；我本无所为而为，而人则得寸进尺。……而弟亦天赋傲骨，当然自有身份。……平日喜笑怒骂，纯取玩世态度。……昔日之理想规划早已付诸烟云，而弟之"潇洒"与"不管事"，纯是表面作法，实则内心痛苦万状。（三十年四月七日函）

陶渊明《感士不遇赋》序云：

> 夫履信思顺，生人之善行；抱朴守静，君子之笃素。自真
> 风告逝，大伪斯兴，闾阎懈廉退之节，市朝驱易进之心，怀正
> 志道之士，或潜玉于当年；洁己清操之人，或没世以徒勤。故
> 夷皓有安归之叹，三闾发已矣之哀，悲夫！寓形百年，而瞬息
> 已尽；立行之难，而一城莫赏：此古人所以染翰慷慨，屡伸而
> 不能已者也。

迪生少年时，"意气发扬"，"抱负甚伟"（郭洽周兄撰《梅迪生
光生传略》语），那是可想见的，在杭州、泰和、宜山的时候，他
还不觉得老之将至，五十以后，从他和我几十次的通信和几次重庆
会晤的谈话中（可惜这些信札十分之九都散佚了，总以为来日方
长，文字所传，毕竟糟粕，未曾加意保存），他的思想渐次归于平
澹了，上面抄录的《感士不遇赋》序，正是他这几年来的心情。他
原是一个 classical-minded 的人，今归于平澹，是很自然的，前年来
信，他谦虚地说，我多少已尽立言之意（这话令我汗颜），他尚无
甚成就，战事结束后，生活若较安定，必要写成一两部书。

他对于清代政教风俗，有许多精到的见解，他说：他曾和现在
一位号称治清史的朋友谈过，那朋友简直不甚领解，使他非常失
望。他很想有人出来把清代士大夫的生活，像 Boswell's Life of
Samual Johnson 一样，很有趣的记述一下，这种叙传文学，中国学
人从不曾留意，假如有人当时把沈子培言谈生活详细的记述下来，
岂不是一桩快事。中国民族性之深处，不单外国人不了解，本国人
也不大了解，叙传文学的表现法，在这方面最为亲切。宋明以前的
文集和遗事，都不完备了，不能互相参照，清代的文献现在流传的
还多，正可着手，近来工作之余，我亦尝以 Boswell 的书自遣，对

约翰生的言谈丰采，有时亦颇有会心处。卅四年八月，当他离渝返遵义的前一日，到我那里留了一宿，娓娓谈约翰生到深夜，说到英王一次特意微服出行，去图书馆会约翰生，他事前并不知道，正在低头看书，有人低低地在他耳边说道："Sir, the King is here."这时迪生意兴飞扬，他似乎感觉学士大夫之享此光荣，与英王之有此逸兴，那个社会的文化生活多么健全愉快呵。这是我们最后的长谈。第二天，英大使薛穆先生通知他，有军车到遵义，他便率夫人子女仓卒成行，不料竟成永别！

我常劝他用英文发表中国文化思想的著作，精力如感不能久持，短篇的论文更好。今日英文已成领导的文字，实际是一种世界语，国际间文化思想的交流，英文比较容易普遍。今日不是中西文化比较的问题，而是中西文化如何合一而成世界文化的问题，——如何将旧世界的思想与新世界的行动，融会而为一。这须得对于中西文化学术思想的源流能心领神会，对于现代思潮也能辨章其是非得失，而于文字尤须具有充分的控制与表现能力。迪生确是一个具备这样资格的人。他前后在美国二十年，我在北平时，据美国一个汉学者，他的学生 Creel 说：他的西洋文学的修养，比一个普通美国教授还好。他非常愿意接受我的建议。他说：他的英文，国内知名的英文学者是如楼石庵、范雪桥、郭洽周都深知。去年暑假，我同石庵先生一起读到他的一篇纪念其本师 Irving Babbitt 的长文，石庵亦频频赞服，那用字之典雅与持论之渊博，足以见他平生学术思想之大体，其实他的中文不如他的英文，这话他自己也承认。他的中文从古文入手，古文的家法，他也不尽守，而他所写的文章的内容，又多半是现代的材料，他的见解虽高明正确，如他在浙大《国命旬刊》上所发表的几篇，然而，其行文终难引人入胜，从这点说，他是失败的。古文的句法和词汇绝不能充分的显示现代意识和现代精神，这层，他未尝不知道，无奈受古文的影响太深，而他的文章遂不知不觉的成了"改组派"的小脚了。

他的西洋文化思想的素养，我不能窥其涯涘，当然他受白璧德的影响最深。他们虽谊属师弟，而彼此都有知己之感，这可以从他纪念白氏的那篇文章看出。白氏是美国近代人文主义的大师，在国内外观感不一，有的人极佩服，有的人也反对；但从那本纪念白氏的论文集看来，他是一个很有风趣而性情醇厚的长者。他的学问的全貌，非文学非哲学非史学，而亦文学亦哲学亦史学，迪生的学问趋向亦大略与此相同，他们是把这二者凝聚起来，一齐打破，再用水调和，然后"你泥中有我，我泥中有你"。即迪生纪念白氏文中所谓 philosophical acumen，literary gift，solid scholarship，亦即姚姬传《古文词类纂·序》、曾文正《圣哲画像记·序》所称义理、词章、考据，这三者兼而有之，才可以论人生之精微，文化之优劣；辨章学术，考镜源流；由分析而归于综合，虽综合而见其分析之精；发为文章，自然不同凡响；见诸行事，自然深切著明。

迪生在纯文学方面的造诣，我不曾见过所作，但看他圈点的诗词，欣赏力很高，见解很通达，在宜山，我同他住南街的南楼，早晚总是喃喃不息的念念有词，我是要做札记，仿佛认真工作的样儿，对于他的这类起居，其实有点烦。他读诗文每到自己得意处，不管如何，便来拉着"奇文共赏"，这时我更有点烦。其实他是很警觉的人，足见他的情谊之厚。一次，我用了一句"昏昏灯火话平生"，又是一次，引"风亭把盏酬孤艳"，他很高兴地说，这是荆公的佳句。可见他的欣赏力很高，记诵亦强。在南楼，他同我接连谈了三夜的生平往事，我有所感触，写了一首《浣溪纱》送他看，他起初还表示一种 coy refusal，后来说：我们寻弘度去，发起一个诗社好不？诗词要练练才好。那时刘弘度先生同我们隔了一条街住，可见他很富有文学趣味的。

二十八九两年，我避居乐山附近古寺中，空山楼阁，寒林晚鸦，几与外界隔绝往来，一意撰述《魏晋南北朝史稿》，承他不断来函相慰，谈今论古，在那样的孤寂生活中，有这样一个热情的天涯知己，亦足以自豪。三十年，我来重庆，陆续抽出史稿三四篇发表，其中两篇是关于魏晋清谈的，承他谬赞，复加以商榷。他说：

返复研读，觉大著组织缜密，识解深刻，具有申、韩家法，又弦外之音，所谓"历史非仅纸上陈迹"，正见人之贤愚忠奸，千载如一日也，弟意道、法两家之所以同，自史公以来，未有能予以适当之解释者，道家任自然，法家主干涉，各趋极端，有如水火，而何以史公云申、韩皆原于道德之意？秦汉以来，言刑名者亦喜黄、老。此实为历史上一大疑案。兄著亦未能予以明确之解答。兄云：老子之学出于阴，阴之道虽柔，而其机则杀，故学之而善者，清静慈祥，不善者则深刻坚忍（昌群按：此数语系引魏默深《老子本义》）云云，亦只指出其一二面，实则此中微妙，犹不止此，弟觉其不止此，而亦不能得一更充足之解释，盖须于中西思想史上下一番工夫，而后或可解决此一问题也。（昌群按：拙稿《魏晋之政与清谈之起》一文，于此意仅发其端，未遑畅论，宜其有疑。去岁成《清谈思想初论》一篇详述此意，迪生来渝时，原稿已交商务付印，仅于谈话中略有解释，他曾首肯。近日此稿已出版，而"人琴俱杳"，悲夫！）再者兄之极好材料，往往埋没于注脚中，如所引司马父子之作伪与阴险诸端，皆当置之正文中，此种材料用来更使文章有声有色，引人入胜也。古今中外不朽之史学名著，皆是文学名著，彼谈"客观"史学，或"科学式"史学者，皆其文采不足动人，故作大言以自卫耳。（三十二年五月二十五日函）

他对于客观与科学的史学之说，容有误解，或言之过甚，而"古今史学名著皆是文学名著"，却是至言。他又说：

> 久不奉候……实则弟何尝一日忘吾兄乎？通信之道，在一来一往，不可少断，否则日久则话愈多，话愈多则不知从何说起，愈久愈难动笔，此弟之大病也。……前次数函（昌群按：今仅偶然存此文中所发表之三函，其余都散失了）所论著作事业，其话甚长，非面谈不能尽，简而言之，著作全视题目而定，有考证故实者，有阐发思想者，有描写生活方式者，兄所从事之魏、晋南北朝史，关于思想与生活方式者居多，绝非钱文子《补汉兵志》之类，故须传事而兼传人，起古人于九原使之活现纸上，"万古骚人心不死，文章作到还魂时，"此虽为《牡丹亭》而发，史学家亦可资为借镜也。吾国史书称《左传》与《史记》，非以其文章生动、长于传人而有还魂之术乎！（三十三年六月四日函）

他的这段史学见解是对的，"传事而兼传人"，都须经组织力之强，文章技术之妙，原来历史的研究过程是科学，历史的叙述过程却是文学。故史学三长——才、学、识——为古今不易之论。

前面说他的"高华"，下边说他的"可爱"。

迪生是一个性情很真率的人，朋友私下都说他是一个"大的小孩子"，"大人者，不失其赤子之心者也"，这他的可爱处，也是他的伟大处。他是极推崇 Thomas Carlyle 的人，卡莱尔称此为 childlike greatness，有小孩的天真坦白，而有大人的沉着深厚。他又好像李后主的词，似乎含蓄，似乎也不含蓄，只觉意兴缠绵，一往情深，毫无矫饰，有时，在一种不调和的场合，他的风趣使得空气变为轻松。但他并无辩才，不善于辞令，却有一种直觉的机智，言谈微中，一针见血，发人深省，约简隽永，有魏晋人之流风。有时，他认为义不可屈的时候，便一怒而不可遏。他却有个好处，怒发过了，便一切烟消云散，不念旧恶。有时，他对最熟的朋友也怒，事情过了，他觉得自己输理了，仍旧来要好，毫无芥蒂存于心。弘度、石庵曾告诉我，我们都受过他这样的怒，弘度手上至今还留着一星钢笔尖点破的蓝记（那是青年时在复旦同学的时候）。我也受过这样的怒，那是从宜山南楼移到乡间的小楼上，弘度亦在座。不过都只此一次，前几天和石庵谈起，还余情袅袅，感激他对朋友的真切。他与石庵虽不常通信，他自己说，却是"太上之交"，可见他在友情上面有着超高的意境，而石庵亦许为知己之言。他能感到朋友的好意而多情，亦善于表示好意给朋友而感愉快。他具着强烈的正义感，大关节目上绝不敷衍，非贯彻主张不可。

我同他在学问的方法上不同，所以在浙大搬迁中，两年患难相处，共数晨夕，他的"奇文共欣赏"的情调，当时虽使我有点烦，今日岂能再得！而他的真率，与我性情相契，则无间然。人生会意不多，相知有几！此刻我在更深人静，坐在他不久以前到我这里来坐的书案边，结束这篇吊他的文字，不觉悲从中来，泣数行下，仿佛杜少陵之梦太白："魂来枫叶青，魂返关山黑。""死别已吞声，生别常恻恻！"

卅五年一月廿九日辱交贺昌群拜述于重庆沙坪坝松林坡

原载民国三十五年（1946）三月《思想与时代》第四十六期，选自贺昌群：《贺昌群文集》（第三卷），商务印书馆，2003年

"历史学社"题辞[①]

历史之学,非故纸之钻研,而为生命之贯注。生命起于现在。古人之生命入于现在,而后现在之生命乃能发扬而光大。故曰,承百代之流,而会乎当今之变,此历史之力量也。历史之力量,乃亘古今,聚众力,而后成其排山倒海之势,顺之者生,逆之者亡。是以历史之学,盖在明此历史之力量。观之往古,验之当世,参以人事,察盛衰之理,审权势之宜,则所以为学也。

1947 年

选自贺昌群:《贺昌群文集》(第三卷),商务印书馆,2003 年

---

① 中国社会科学院文学研究所研究员乔象钟说明如次:"历史学社"是 20 世纪 40 年代后期,南京国立中央大学历史系进步学生组织的社团名称,在当时中共地下党的领导下,曾举办过一些活动以团结同学,配合学运。如 1947 年 5 月,他们把学校图书馆"五四"时期的旧杂志借出,加以解说,分类陈列,举办了一次展览,以引起同学们对五四运动的追忆及认识。有时也配合学生运动,组织会议,反对内战,呼吁民主。贺昌群先生支持进步学生,同情学生运动,曾参加过学社的一些活动。我当时是学社的成员之一。——原编者注

罗　淑

| 作者简介 |　　罗淑（1903—1938），原名罗世弥，四川简阳人（一说出生于成都），知名小说家，代表作为小说集《生人妻》。

捞粪草

一连出了两天太阳，走起来几乎扯脱鞋子的烂泥路收干了水气，软绵绵的比没落雨以前还要好走：一步一个浅足印，鞋子上不粘一丝泥土。孩子兴高彩烈的要我带她去田里捉蚱蜢，说早上看见一个女孩，她拿根稻草栓了一串，还有野枣子也是想要的，并且硬拖上一个三岁的朋友。他们手携着手，说说笑笑的在前面，我保姆一样的，默默跟着这一对小朋友。

太阳渐渐往西偏，雀鸟尽向着林子飞，几个大概是赶场的人回家吧，有的扁担上挑着包棉花的蒲包，有的提篮中装着油盐，看见这对小朋友，微笑了笑，依然走他们的路。起先的蚱蜢，枣子想来都忘了，他们蹲在田塍上，只管采棉花，毛豆，芝麻……一枝一朵的往衣裳里塞。

不要紧，这点损失，辛苦的种田人或者还可以担当得下。

"好了，衣裳袋装满了，回家去？"

一个回答我说他少摘一个棉花桃。等到棉花桃摘下来，那一个又说他差支毛豆，他们的帐算不清，我的命令终是没效。我只好去看新涨了水的小溪。

溪里浮着一只木船，上面载了许多浮萍，整齐的堆成长方形。立在船头上的人正在用两只竹竿在水里打捞，他的举动很灵活：竿一下去，手举起来，就有两挂又多又长的萍悬在上面，身子稍微一转，萍又砌在堆上了。我心里暗暗佩服他的本事。

“这拿作什么？”我明知他不是为要使溪水清洁才来捞萍的。

“肥料。”

“你们叫什么，浮萍不是？”

“叫粪草，堆起来和些泥。和些土粪，就肥田葛。”他以为我不懂，说了之后，就要想笑，但又忍了下去。在他故意把脸朝左边转的当儿，我看见他的补了多次的汗衣背上又扯几个窟窿，裤子也是破的。

“笑吧，若果你还有笑的气力！”我心里这样想，但是笑容马上不见了，他的嘴也闭着。看看他周围的萍通通被他堆上了堆子去，他两手把竹竿往河底一撑，船又浮在另一个萍多的地方。萍又少起来，船可满得快要进水了。看他的意思好像想把溪里的萍一齐打捞个干净。不过船太小，只好收了手。

“那就是我的家。”他在把船身掉转的时候，手指着不远的一间草房，这条水一直可通到他的门前。竹林底下有三五个小孩儿的影子，有一个影子比较长大，或许就是母亲了。

“你有几个孩子？”

“六个小人。”

六个小人，六个小人的口粮在那里！

在拖着孩子回家的路上，耳朵里还有“六个小人”的余音。

选自罗淑：《鱼儿坳》，文化生活出版社，民国三十年（1941）八月

弄堂里的叫卖声

　　风雨不改，每天总有许多卖零食的小贩到弄堂里来叫卖，如像瓜，糕饼，香豆，素火腿，酸梅汤之类的东西。每一个人有一个人的特别声调，有的声音尖锐得震耳朵；有的又懒，又长，又低。听去好似一个人在说梦话，又好似烟瘾没有过足，提不起神，而又不得不喊几声的样子。还有的叫里带着唱，很可以使一个初次听见的人发笑。

　　最讨厌的莫过于卖茯苓糕的人，不管你午后躺一躺或是夜里正要入睡的时候，他总要用那凄厉的，哭一般的声音把你惊醒，那时要是手中有东西，真说不定会向他扔去，但是一想，算了罢，别人为着要吃饭，拼着不结实的喉咙在做广告啦！

　　他们的声音虽是不好听，却有着无上的魔力，往往这些声音一来，弄堂里的孩子们就嘈杂起来：哭的哭，闹的闹，跑的跑，各人去向各人的母亲要铜钱买，等到妈妈被缠得不开交了，于是，铜子飞进小贩的袋里，他的货物的一部分移入小孩的手里。

　　交易成功：挑担的，拿木盘的，各自满足地叫着走开了。

　　黄昏，太阳失掉了它的威力。善于讨好的凉风，把所有躲在屋里的人们都欢迎了出来。过道成了会集所。到处有的是谈话。

　　"我的大孩子昨天肚泻了一次，今天还没全好！"

　　"呵！……小三也有些发吐呢……"

　　"天气太热了，大人都吃不消，还说小人……"

　　是的，天气过热，容易使人发生病症，不过，那些叫卖的声音过多了，作兴还会使几个作母亲的人哭呢！

　　但是卖零食的若是不叫卖，或者他的孩子的母亲又会哭了！……

　　　选自罗淑：《鱼儿坳》，文化生活出版社，民国三十年（1941）八月

卢剑波

| 作者简介 |　　卢剑波（1904—1991），四川合江人，著名历史学家、语言学家，巴金曾称他是"中国的甘地"。

谈"性"

一

人总是爱好异性的美，所以女人爱美男子，男子也爱好美女人，这是自然界中动物的公例，性的刺激与冲动是自然合理的，也就是使动物之所以有活气的一种动力；人类不朽的共业不知有多少是由他的发动。

我不像一般佛洛依德或 Jung 派的变态心理学者那样肯定唯性史观，把性美颂赞得像全能的主宰；然而我认定性关系对于个人对于社会的重要。固然经济制度可以决定性的关系——譬如性道德，性中心及婚制等等——但我敢断言，便是经济制度达到自由共产主义 Free Communism 在社会上全人的经济关系都平等，各尽所能，各取所需，没有因经济关系而发生反社会或损及别人的行为；性问题的解决，还要在后面；又固然，经济的自由共产主义可以减去极多的性的悲剧；教育的普及，艺术生活的施行……更可以减去极多的性的悲剧；但我第一，认定由性而生的反社会的行为，必定要在经济的自由共产主义，和政治的 Anarkiismo 实行许久才有消灭的可能；第二，我又认定社会的经济制度虽然可以决定当时之性关系，但不能全部决定它。因此，我和我的同志都常常主张在社会运动的过程中，决不能漠视妇女的解放运动；而且参加社会运动的各成员，不能不对于两性观念有明晰的了解，不仅应该对于生物的，或社会的意义上之另何一面，而且要知道二者，与二者间的联带。因为，它们在社会革命的实现上，及新社会组织的完成上都有莫大的关系。

经济制度虽然是决定人类社会之政治道德宗教……之力量，人类虽然是绝对地不能离开经济生活；但是人类绝对没有天赋的，本能（?）的私有的本性，后者只是社会的遗传，然而因性的冲动而求满足，则是一切生物的本性。

二

私有经济制度影响了性关系，并且 Sanetified 性的占有；但影响于性的占有的，还有因男性中心的道德之流行，妇女被囚束于闺闱之中，没有社交自由的可能。男女双方无择偶的自由。尤其是女子一方面的供不应求的关系，增固了性占有的根蒂。又在他方面，好美是人类的本性，在男性中心的时代，对于美女的占有拒他，亦是很显然的。

现存的经济制度，宗教，道德，习惯，风俗，政治，法律……等等，无一不是压迫性的自由，而保障性的私产主义的。即使社交可以公开而自由了，离婚也自由了（?），保护性占有的锁链似乎弛缓了许多；但这也止于弛缓而已。庄严的结婚制度——无论它的形式如何——现存的规定性关系之种种法律，妇女经济之不能独立，这些都依然为性的占有设下了多重防线。然而要想冲破这几重防线，首先打破此现存的社会观念形态 Ideologie 固然是必需而且有效力，但最大而最有效的最后之一击，还是摧毁现社会组构的基础——经济制度，重新估定一切社会价值的 Socia Revolucio。

三

"性"这个东西，在我们"文明"（!）的社会里，不管科学如何发达，依旧罩上一层厚厚神秘观念。性的"塔布"Taboo 无处不可以见着，而且更比野蛮人更有权势，其干涉的范围更宽广，现代人都扮起一副庄重有礼的 Gentle 态度，把自然的，"美"与"能"都掩饰起来，加上无数矫饰人为的虚伪。所谓装饰美者，假如是不抹杀玷污自然美而加增一点装饰美，自有其十分可贵的价值，无如近世之所谓装饰美，乃是完全抹杀玷污自然美而另换上一套虚伪的浮饰，这简直是可憎的事情。至于讲到"性能"一方面，更是以为绝对的淫猥亵秽的了。交媾之于男女，在事实上和在理论上一样，与吃饭没有分别；但总为一般人所忌讳，俨同鼠窃狗偷，生殖器的崇拜，虽然在人们的观念里留意得很深，但在青天白日下依然认做污秽不洁之处。尤其是女人的阴部，便是排泄粪尿也要逼着戒严。像这样的神秘观念支配着大多数男女，为腐朽的老人的新青年所拥护，性关系能有多大的自由呢!

四

在这种情形之下，一方面固然发生许多氤氲旖旎，可歌可羡的爱的喜剧，但同时不知还有若干倍于前的悲剧滋生，装点我们"文明人"的门面。就是在"随便下去"与"好似圆满"中间，两性间的悲哀，隔膜和背驰是依然不少，勉强的合，与不自由的离，都是可哀的事，现社会下的结婚自由和离婚自由不过是形式的伪饰罢了，不济于事的！

真的，两性间的关系，除了性欲的满足与生殖而外。不知还有许多和与人之间的关系不同？不同的都是由人为的社会制度所造成所累积，假如说性爱是可歌诵崇拜的；那么，人与人之间的休戚相关，Soitadartut，互助 Gegenseitige Hilfe 牺牲 Selbstaufopferung 同情 Sympathie 和自损 Selbstverleugung 也是应该加以等值等量的歌诵崇拜了。事实上，假如揭破性的神秘观念，把交媾认做吃饭一样的等闲，把接吻抱腰以至张竞生所说的"情玩"只认做人与人之间的亲爱的表示，把生殖看做人对于自己对于社会的责任，那么，在将来自由社会实现以后，人只是人，只有人 Homo，没有 Viro 和 Vrino 的差别，都是同伴 Gekamaradoj，都是爱侣 Geamantoj，没有什么夫妻的关系，这才是人的至高完成；性的至高完成；男女的真实和谐，那时的"性"才的裸露的，自然的，社会的，崇高的，善的和美的。

五

以前，我的妇女解放之最后目的，除了和男性一样的在政治经济上同跻于 Herrschaftsiosen Kommunismus 的社会地位而外，是自由恋爱，自由性交，自由母性，这个见解，依然是十分正确，要只把"自由恋爱"改做"自由交爱"①而且加以说明便足够了。

性的解放是人的解放之第一步首要工作，否则人依然是奴隶；女性做男性的奴隶；男性和女性共同做性的神秘观念——广义的禁欲主义和性的"搭布"——和性的占有观念——结婚制度的奴隶。

一九二八年三月十五日病中草成，上海

六

——从抹杀"结婚制"与"自由恋爱"而说到自由性交——

"Oh，Voi Che entrate, Irsciate ogei Speranza!" Dante

结婚是一个这样的地方——如但丁所说——走进那里，便没有希望留在后面了。迷恋结婚以为恋爱的成熟者，当他或她一经圆满地达到目的以后，便嗒然若失地叫喊道："结婚是恋爱的坟墓。"我的朋友长虹说道："一到结婚那一天起，所谓恋爱的神圣义务者已正式开始，而性却不能够追那种随好大喜功的远征事业，所以恋爱中的那一部分真实的性的表现便立刻停止，而人们要开始过他们的升之九天的神化和沉之九渊的性交的灭裂而凑合的矛盾生活，而颂祝恋爱的胜利。"恋爱胜利了？不独恋爱已经是破产，便是人生也黯淡无光而将近熄灭了。长虹谓结婚并不是坟墓而是监狱。应该自己进去而的确是自己进去的监狱。如果进了监狱而永远不想逃脱，那就是坟墓了。

恋爱的真实性有两面：（一）是由生理而来的性欲要求；（二）

---

① 此处之"爱"，完全不是"恋爱"的"爱"；而且"自由交爱"也和老梅所著之《自由交爱》一书的主张不同。——作者注

是和普通人与人间的亲爱关系，不过后者因为自私有制度（注意！我此地是说"私有制度，"而不是资本主义制度）确立以后，增加了人类的占有性，自私性，而附加上去的一点——和男女社交不公开，性结合失了自由以后而又附加上去的一点所谓恋爱的纯化美化现象。柏柏尔说：

> 人类对于身体各部自然所规定的非满足它不可，否则须受伤害身体组织的天罚。生理的发达的法则，须和精神的发达同样地研究与考虑。人类的精神活动和他器管的生理状态有密切的关系；一方有了障碍，他方非受影响不可。所谓"兽的欲望"决不和精神的欲望立于不同的阶级；两者是同一的组织作用，互有影响，这是男女多一样的。（中译妇女与社会一三三页）

柏柏尔的见解不独超过当时许多的社会改革家，而且在现在——距"妇人和社会（主义）"著成四十八年了——还比许多妇女主义者，恋爱至上论者高明得多，不过他好像一个二元论者那样，而没有胆大地将所谓精神者认为物质的产物而属从于物质之下。——即是说他仍然没有将性的本来面目还原，而蹈了灵肉一致论者的足印，我们只觉得惋惜！

给性以它的本来面目，不仅要铲除"现今唯一的法认奴隶制"（John Stuart Mill 给婚姻下的定义）的结婚制，而且还要将"恋爱"这个带有性的神秘性的占有，性的自私……的"唯一公认的性的奴隶制"铲除方可。在这上面，我们，尤其是我们 Anarkiisto，要努力向上述二者进攻，在它们的掩瘗了的残骸之上建筑我们合于人类的生理，性的本来，而且和将来社会的政治经济新原则相合的"自由性交论。"这是我们除了无产男女二者须一致参加超性别的人的解放外而向新男女青年提供的唯一性的解放。

有些过虑的中庸主义者以为没有了结婚制度便会走到杂交的状态。自由恋爱论者便惊惶起来，说：不对，结婚制虽废除了，还是"自由恋爱，"它一点不是杂交，他们说：

> 　　文明人的两性关系，因为各方面的发达，需要一种较高尚的形式，他们的生殖作用，需要精神上的满足——这就是恋爱。

> 　　要有真正的自由恋爱；应该使两性生活，完全依了性的需要，性的利益，一点也不受物质生活的影响。两个人发生性的问题的时候，不该立刻就加上一个另外的问题，口腹问题，自由恋爱，就是使大家对于性的问题，加以尊重，解决性的问题，完全以那利他的爱生活为主，不受别的力量的干涉。

> 　　可耻的行为，不道德的行为，是一男一女，没有高尚纯洁的恋爱，而住在一起，只有肉的结合。（上文均见新女性二卷九号吴友三君阿尔伯氏的自由恋爱论）

　　阅者能看出一点"自由恋爱"的内容吗？什么高尚纯洁的有价值意义的字眼，有清净主义的歧视"肉"的意义的字眼；和什么精神上的满足和——像法国乔治桑 George Sand 所倡——"不以感觉违反灵魂，不以灵魂违反感觉"的灵肉一致恋爱是一样的，他们始终把肉看得低于灵，而灵究竟是个什么东西呢？他们始终把男女性的感情——比对别人更深挚的感情——认做是神妙的，是恋爱的特征，而不知是非本性的社会的产品，他们总要把这两个不是学生的联合在一条裤子内，加上一些玄妙的装饰。他们很得意地——知道了自己的弱点——又提供出一个自由离异的论调，然而他们却不愿意知道恋爱除了本身只是性欲的完全表现以外毫没有什么。我说，自由恋爱者简直是个心物二元论者（虽然他们有的要否认，）是到性解放的中途而徨彷者，是带有性神秘性，和清净主义的遗传者。他们不知道"完全依了性（先认明什么是性！）的需要，性的利益，"没有高尚（?）纯洁（?）的恋爱（?）而住在一起，只有肉的结合"不是可耻的行为，是超道德的价值判断的行为。无政府主义者的阿尔伯氏，高德曼氏都在其"性革命"一边，显示其彷徨的满足了。

假如说到结婚制度废除了，人类会走入杂交；假如杂交是合乎男女性的要求，性的合适，不是强迫的肉的结合，这个我们非常的承认。我们对于原婚时代的杂交 Promiscuity 情形是不很知道的，又假如他们的杂交是我所说的那样，这也是对的。历史不是重演，而只是相似，重演是决对不可能的。据杂交 Promiscuity 一字而论，他是从拉丁文 Promiscuus（＝ Pro before, in Place of fort miscere, tomix）而来，完全没有含什么道德的价值判断的意味。

记得在去年国民党清党期始，吴稚晖先生在一篇文字内引叙一个故事：在武汉某大集会中，男女杂众，突有一青年男子向一女郎的肩上一拍，说："我们交媾去。"尔时彼女郎面赪欲怒。青年男子便说："你思想落后了。"女郎闻之回嗔作喜，与青年男子携手而去，吴稚晖是着用在思想落后上面，我不管他，我以为假如当时男子确有性的切实要求而扳出道德面孔，加以抑遏，真是思想落后；受拍女郎尔时果自己有性的切实要求，或被引起了切实的性的要求，反而扳出贞洁面孔，加以抑遏，也是思想落后。然而在此间须得声明，我不是主张过度性质的纵欲。

一九二八年二月廿一日上海

剑波

原载 1924 年《世界月刊》第 1 卷第 1 号

选自卢剑波编：《恋爱破灭论》，泰东图书局，民国十七年（1928）

壬午新岁

一

营营青蝇，止于樊；

营营青蝇，止于棘；

营营青蝇，止于榛；

现在，满天都是雪花，那么轻捷地，飘飏地，忽而上举，而终焉止于可止之处。又岂只止于"樊"于"棘"于"榛"？一开窗，更止于人的眉梢，人的鼻尖上来了。

那是白亮亮的，白蝇啊！成群，却没有行列，并不突然来袭，而是那么地纡徐自得，那么气派。说"来了，怎么样？"实在，那么便答道，"来了么？倒不是意外的；就请便罢！"……

二

从一·二八回到四川以来，看见这样的大雪，是第二次。差不多十年了。

雪，固然是难见，而人却是生活在寂寞的雪地里样。雪地里的寂寞，比爱罗先柯君之寂寞之感更不同吧？所谓冷暖也者，实在在暖中更能体觉得冰人心的冷意。是人间？所谓在被残害被践踏的命运的相同里面，会使人忘去小我的私利私害，忘了由此而生的憎怨，团结得更紧更热，这可是事实么？而我却仍然看见相反的哑剧，而所谓人的解放也者，岂竟终于是不可能的么？抑是在不可想像的辽远的未来呢？

三

在大雪天里，更显得光明，是银色的月光似的白亮，是那么令人感到一种不切实的梦幻……

在大雪天里，尽有年青人搏雪抛雪的哄笑声，可是总比深夜里还觉得悄静。似乎听得见片片的雪花落在草上，叶上，屋瓦上，地上的声息，调和着将涸的沟水的潺湲，是天地之心的太息啊，是"人类"那贯穿过去现在未来的人类的幽灵的呜咽啊！

四

雪点点地积起来，巧妙地绘成了一幅美妙的"宇宙的梦"的结构。人在图画中，人在梦幻里。像美化了生长着刺的蒺藜一般，人间的丑恶却被银色的幕遮掩在底子里。幕一拉，人从梦里醒来，那景况是不堪设想的。

不要说它会消抹了世间的坎坷，将殷碧的血化成玛瑙，将晶莹的泪化成明珠，它连我心上的创伤也平复不起来，更划破那疮痂刺进比牛毛还细的透澈心骨的针刺……

但心还比雪朝更悄静，它不哭了。它吞下了泪，来滋养它自己。

五

一连串的爆竹声，是一种庆贺么？一种告白么？是告白"生住异灭"之新的一环之"成住"么？是此一"成住"对于彼一"坏空"之骄傲么？之怜惜么？而爆竹——爆过了，也不再爆了！

人的心花为一对红烛开了！我不期然而然地记起"洞房昨夜停红烛"的诗句，更仿佛听见有人在反复吟哦这句似的，然而"如此星辰"定非"昨夜"啊！

我记得黄仲则有这么样两句诗："马因识路翻疲路，蝉为吞声更有声。"而人之喜欢红红的蜡烛也者，不会因为它的"成灰泪始干"，而当其未成灰烬之时，血和泪一齐悄悄静静的流罢？

六

在热闹中，我更如置身沙漠，有人的心在和我的心合着一样的旋律而搏动么？我的世界逐渐的缩小了，慢慢的长起了坚硬的壳，于是我便像蜗牛一样的躲进我的世界里。

对于蜗牛的壳，蜗牛是主人；

请不要以客心的寂寞来诃责蜗牛罢，

它实在在陌生的世界里啊！

一九四二，二，十八补记

选自卢剑波：《心字》，文化生活出版社，民国三十五年（1946）十一月

芭　蕉

　　窗外有芭蕉：长的两株，短的一株，最小的两株。春来了许久，我耐着性天天等着它们抽出蕉叶来。每天早晨，打开窗子第一眼，便贪想着这种欢喜。后来，除一株大的外，都果然长出宽大的叶子来了——不只有凉意，尤其感人的，是那生意。

　　可惜的是一株终竟槁然秃立，更也不倾倒。像是传奇上说的有志未遂，便屈死在疆场上的英雄那样。其余的几株，平均每星期长出一张叶子。起先是黄绿色的枪锋，那么出人不意地在清晨突然挺露出来，而在头一天傍晚时分，连一点消息也不透露的。其后，慢慢地便一秒一丝一忽也从未停息，更不给人的眼光捉着地向上长。总而言之，出人不意地抽长了，像一杆长枪，像一柄刀，然后像一柄扇熄炎蒸之气，而使人生意葱茏的扇子。新鲜地，肥肥地，厚厚地，像刚半岁肥胖的婴孩。

　　然后，更浓碧了。是壮年了。于是，被风撕，被雨打，被虫篆，剖成丝丝折断了，伛偻如驼背，而仍默默活着，望着幼少者的出生与成长。有时也和风风雨雨，叫号几声，呻吟几夜，第二天早晨推开窗子，却仍是那般宁谧而沉着地活着。

　　而对于那一株槁然木立的，我终于耐不着性子等了。我不能替它拔出新芽来，但我总想试探它是否还有生意。有一天，我用刀在它周围先画了个圆，然后切去三四寸左右，看，是半腐了的新叶卷样，只有一股热腾腾的气在手上感到。我真废然了。有一天，我问小工老康：

"这根芭蕉，为什么不长叶子呢？"

"快要长出来了。"

我也不复往下问。这样，又等些天，那另一株已经前后左右开展了四扇或五扇叶子了。连幼小的两株，虽屡受顽童的摧残，仍好不胆怯地伸出头。一天，我又问了：

"为什么总不长叶子来呢？"

"去年开过了花的。"

我默然。心想，开过了花，难道不结果便放心地死了？芭蕉的花和果，我记得我年青时候也看见过。那是不很好看，而有一股闷人鼻子的气味的花，而果实，在形式上像芭蕉，却没有滋生的能力的。但又想：这蕉干不见萎倒，也不见发黄，难道它也眠息起来，像蚕虫一样？

推开窗，它总像一根烟囱，也像一根永远不再挂旗子的旗杆。在眼前那么不调和，不愉快，至少也是将死的气息了。于是，一天，我毅然叫老康提起锄头，齐地将它锄去。

也许明年它会从根上再抽新芽，那会给人以一种说道不出的喜悦呢！

为了那两株幼小的，我真尽了不少的心。

它们比大指姆粗不了好多，离地面不过两三尺长，清瘦瘦削，刚刚长出一片嫩叶，还不曾开展到四分，已被邻校的几个孩子们来掐下了，又撕扯在地面上。那一群孩子，有时来踢脚球，把花花草草，任意践踏；有时牵来两三头羊，专挑着花苗吃。小工是招呼不着的；他们明白他们的身份。

这学校有一条人踏成的小径，几乎成了校后面省师附小若干学生必由之道。于是，两茎小芭蕉，竟遭了多次摧毁肢体的苦难。小孩们把发育未完的卷心茎掐下来，展开看看，一会儿，便毫不经心的撕碎在地上去了，头也不掉。

为着这两茎幼小的芭蕉，我每早开窗，必先给它们灌水。

为着这两茎的残毁，我对那有身份有教养的孩子们，狠狠地睐过眼。

为着它们，我在黯然太息之后，想过了不知若干的保护方法。

终于我从颇远的泥地上，一趟趟拾来了廿来枝枯了的铁蒺藜，把大大小小的芭蕉都围起来，而有一次，那小芭蕉又遭了一次残害。是星期日早晨，吃过早饭，我还欣悦于它们每株的仅有的一叶嫩黄。谁知下午从街上回来，已经又是残枝断臂了！

然而，我天天清早起来第一件事，便是推开窗子望望芭蕉的新叶，看见这些在践踏与残毁下生长出来的新叶，我禁不住要想："生命真是无处不在啊！"于是我心里有了一丝丝的暖意了。

一九四二，六，三十晨

选自卢剑波：《心字》，文化生活出版社，民国三十五年（1946）十一月

为了一个幼小者的夭死

儿童节的第二天，七弟从故乡亲戚处（我们自己租赁的家，早在三年前被日寇炸毁）发给九弟一信，说："小莽子死了！"小莽子是么妹筝的儿子，而筝才满过二十岁不久，正为着自己的儿女，抑遏着自己求知的雄心，广大活动的志气而失学，常常独自抱着褓褓子奔走于川陕路上的。她此时正在武功乳育着不满一岁的第二个孩子，而她的心，我敢断言，没有一夜不展开疲乏老瘁而多忧患的心的翅子，飞越秦岭的啊！

连着被炸死的长妹的儿子，死去多年的二哥的遗女，和么妹的

小莽子都肩累在饱经人生的磨折的七弟身上。七弟的妻子，也是连着我们一家最精干，最果敢，最牺牲的八弟，以及长妹，和她的小女，被炸坍了的房子焚死的。然而老母的奉养，幼小者的抚育，使他忘去了自我，忘去了情私——以一颗大公的心，病弱的身，来支持一年三百六十多天，天天的烦累与焦虑和换取赡养费用的工作。他还饶恕着我这个于母亲妹妹侄子们一无补助，而反以个人的难解的葛藤，来焦灼他的哥哥，复抱愧于栖遑远方的弱妹。我的心，被我的愆咎压得透不过气来，我该当受九重的死的刑报！

我自己的一个刚满十五天的小女孩，断断续续地在竹篮里面啼哭。号叫什么？——有时显然不是为了奶。我早预断她——如果她能够长成，她的苦难定为繁多得像她父亲所遭受的。无泪的号哭，额上渗出了细粒的汗珠，两只小手膊向头上伸出来，有时以握着拳头的姿势，用力挥舞。这是人生的开始啊！我起先真不耐听，然而据说，靠了这样，这小生命可以扩大肺部，吐出胎中的毒气，活动四肢的筋络的。吐去胎中的毒气，从而将来更要饱受人间的恶气，那时，也许连号哭也不得自由，只报之以苦笑或哑默的。则趁着这初生不久的时候，预支一些挣扎的和吐出恶气的号叫，不是当父亲的人可以高兴地容许的么！

我想给筝写寄如下的信："请你不要为了孩子的死而过于悲伤。最该当心的是自己该承受着已来过的，正来的，和将来的苦难活下去。活下去，是对于我们不该受的折磨，与夫给我们以这些折磨的'不公''不正'所付的抗争与报复。不要为一颗尚在长成期中夭折的小树——虽说那是壮茂的母树的分枝，更是用她的生命来培植的——而便憔悴枯涸了母树的生命力。"我知道，我和她之间，为了各人的私生活，累积了甚多的隔膜与误解。对于这些，我愿意守着沉默的态度。我知道，我们有差不多二十年的年龄距离和经历上的差异，这在她，是不能单凭"同胞之爱"来逾越过去的。她以丰盈的爱来沉默地为我祝福，而除去不了她所认为不值得赞许的或甚至于值得斥责的我的行事。而我，则对于我该当负责的与反省中或是或非的行事，我自有我的看法，而默默地以负责咎或自许，爱着我的同胞手足，爱着和我一般受着身上心上的折磨，与苦痛的人，而无对谁的憎恨。我记得起，我也还在过为憎恨或人所烧灼的年辰，虽则我不愿意徒然想以爱的说教去扑熄他人的愤憎之火。只要是爱的泉水的丰饶，憎恨之火终会有一日化为洗炼人间罪恶的情热，而所毁损者，即不是命定地也是理定地要染有罪恶的生命，而是给与生命以罪恶的那势那境了。也许我对于这一方面所持的生活态度，是太"中国人的"，或十足地传统的，和甚至对那已经打死了的哈吧狗踹踩几脚者不同，但我还不曾觉得这是对于人间的不公不正的容许。这些话，我似乎终竟不当说出，因为对于同受命运折磨的人，不是一种慰藉，反是对自己的辩护我们不仅有着同命运的共感与自絜矩之道所由出的互相悲悯，而还联系着同样爱着爱与公正，憎着憎与不义的血缘与传统啊！

要是不公不正的残暴的势力不曾碎裂人类爱真理爱自由者的联合，则本是同根同气的我们，心息的呼吸自是相通，而祝福与慰藉自是相同，不必巧藉于言说文字的。又岂只于此！凡向往，爱慕，追求自由与公正的真理的人，虽曰有大小，然"担水砍柴，无非妙道"，"洒扫应对，可以尽性至命"。以至于粉身碎骨以殉，凡此等等血性之伦，亦无不呼吸相通，休戚相关，事功相系的。

一个幼小者夭亡了，而幼小者不至于尽夭亡；作育幼小者的父母，更应该自爱。我们的幼小者，是不应该夭亡的，（有的是进步的医疗方术与药剂，有的是设备完善的医院，有的是学技经验俱高的医师，这是若干世代的文化，与文明的成就）然而我们的幼小者毕竟夭亡，其原因不在天而在人，不在我们贫穷劳乏的父母伯叔，而在……而在什么呀？难道我们会昧然不晓？正为此，我们便当横一横心，抹干眼泪而生活下去！

拉杂写此，心绪未能尽百什也。

选自卢剑波：《心字》，文化生活出版社，民国三十五年（1946）十一月

春　信

春早已君临人间，而春并不刻刻给人以暖意。当作垣篱的蒺藜只经过一夜小雨，便密密地点上了嫩绿。近处某家门前的紫藤花也像葡萄样地垂了。可是，春水未发，溪里反涸了水。最难将息的气候，竟像一个反覆任情的小姑娘，是冷是暖，一点不能预测，也穷于应付。据说"花会"场里的人潮来潮去，士女如雪，看人的比看特产的多而有劲。我则忙里偷不出闲，也再没有"学少年"的心境，好久，我不曾踏过这门前的草坝了。

为着一个老朋友的邀请，我不能不进城去为他端一杯祝福四十年华的寿酒，差不多二十天以前，我就接着乐山蓶的信，说："××是×月××的生日，他今年整整满四十了……我希望用我俩的名义共同送个礼。"又说，"明年又是你满四十了……"我早回了蓶的信，可是，我终于想不出什么一种可以合人心意的礼物来。随后，我才决定，写点心里要说的话在宣纸上，诗也好，文也好，看写的时候如何动念。二十多年前大家怀着热情，也过着热情的生活，那情景，是我们都忘记不了的。

又是半个多月不曾得着蓶的信。我担心着她病着了，而我又猜想当不是病。我所欠负于她的太多，而人的衷情是呕出了肺肝也道

不尽，更道不出甘苦的。尤其是一个招承了死罪的囚徒，他在吁请着天恩的赦宥，然而应得的处罚或报偿，他终是不辞的啊！

正午，蒞的信来了，说："请勿念我，我过得快乐呢！春天与我同在呢！老实说，春天的赐与，对人们都是平等的呢，不管你幸福的人和不幸的人，穷人或富人，春光都一样地普照！"是的，春光是一样普照，便蛰伏在阴暗的地底下的虫子，也鼓翼而飞了，飞向有光有花有热处去了！于天心，无所谓大小美丑善恶，等价齐观；而跂行喙息之伦，也早忘却了霜雪的刑威，沐浴于春阳的慈惠中了。

夜幕掩蔽了鉴辨的光，洒着普施的雨，自叶流根，而新芽新根的吸息是可感的。待到山垭吐出新浴过的旭日一轮，于是，除去老朽与残败，一切都醒了，叫了，笑了，"人子新生了"！广大的爱仍是交织着宇宙而无痕的。

便是突然一阵阵冷人肌肤的西风，连带着助威的呼叫：而打下来的米麦大的雨点，仍是带着暖意的。想来，×公祠山顶上早晚看出来的峨眉当更秀美婀娜，多姿多态，而萧公嘴的双江会合之流，当又激荡如雷了！远人的怀念虽是峨山一样的哑默无声，但不平者心底激荡的涛浪，他却是听得出起伏的节拍来的啊！

一九四三，四，六，夜

选自卢剑波：《心字》，文化生活出版社，民国三十五年（1946）十一月

忆 旧

又回到我住过的屋子里来了。

把床铺写字台书架箱子安放好，除了几件从前没有搬来过的家具，一切都照原样。写字台是初到这后坝来时新置的一张，上面有我的旧好用刀尖刻上的字纹，虽然破损了，退色了，我可舍不得掉换它。床也是那时买的，棕绷子有些坏了，但臭虫却长得不多……

墙新粉过了，我挂上几只大大小小的像架：我的父亲，海涅，托尔斯泰，莫娜·丽萨，和抱着私生子进教室的甘泪卿。

门上一切如旧，我从前钉过的门扣，我用唱片细针和图钉钉在门沿上的一小叠纸，使门容易开合的，都如故。窗子上缺少了玻璃的没有添，玻璃破了罅的，仍贴着我用浆糊粘上的邮票……

我不仅有着长途旅客走回几年前歇过夜的旅舍一样的感觉，那旅舍里面，消度过生命最平静也最变幻，有如深沉的镜面的海底，有如莫娜·丽萨笑过里一样声与色的日子，我简直如同会见我的已逝的年华，我恍如捉着永远在我灵魂之前隐隐现现的有血肉的人影。

我进门对它打亲切的招呼。我又来寝息工作思感在过去的历史里了，只把现在的生命的血流灌注了进去。

窗外新割后的禾干疏落成堆，像外国女人金黄色的发卷；打禾声时有所闻。远远沿溪一带高低的树子，已显出沉郁的黝黑色，隐在枝叶间的屋脊，比几年前更多了，窗外右边的草屋，泥墙犹新，像已换了主人；左边的瓦房间杂草房，我倒还记得是遭过一度失火后新建起来的。

　　人们似乎多生活在遗忘中，而我却仍然活在我的历史里。生命一天一天地扩延下去，而入海的江流总是与源流断不了缘的。

　　不久便当是静观火炭成灰的时候了，而远远地钟楼上的钟声，半夜里乘着月光来扣我久闭的心扉的故事又可重听了。

　　我是一九四〇年秋初（？）初次迁住这间屋子的。再次年的初春，可记忆的二月，我搬到对面的校舍里。现在是一九四四年的九月，我要对我的老朋友说："久违了，一别二年半了!"

　　选自卢剑波：《心字》，文化生活出版社，民国三十五年（1946）十一月